新潮日本古典集成

金槐和歌集

樋口芳麻呂　校注

新潮社版

目次

凡例 …… 三
金槐和歌集 …… 九
春 …… 一一
夏 …… 四三
秋 …… 五四
冬 …… 八六
賀 …… 一〇六
恋 …… 一一一

旅……一四六
雑……一五三

実朝歌拾遺……一九一

解説
金槐和歌集――無垢な詩魂の遺書……二三七

付録
校異一覧……二六七
参考歌一覧……二六九
勅撰和歌集入集歌一覧……二九八
実朝年譜……三〇三
初句索引……三一八

凡例

本書は、現代の読者に、源実朝の全和歌を、最も読みやすい形で提供することを目的として編集したものである。およそ次の方針に基づいて通読と鑑賞の便宜を図った。

〔本　文〕

一、源実朝自撰の家集『金槐和歌集』の他、「実朝歌拾遺」と銘打って、同歌集に不収録の九十四首をも併録した。

一、『金槐和歌集』は、藤原定家所伝本（「建暦三年十二月十八日」の奥書をもつ。以下、「建暦三年本」と略称する）の複製に基づいて忠実に翻刻された『鎌倉右大臣家集　本文及び総索引』（久保田淳・山口明穂編）を底本とする。底本に明らかな誤脱がある場合は、柳営亜槐本系の宮内庁書陵部蔵本および貞享四年板本によって適宜改めた。柳営亜槐本については解説二五八頁を参照されたい。

一、「実朝歌拾遺」における掲出歌は、柳営亜槐本『金槐和歌集』、および『吾妻鏡』「鶴岡八幡宮蔵詠草」「六孫王神社蔵詠草」『東撰和歌六帖』『新和歌集』『夫木和歌抄』『雑歌集』『紀伊続風土記』から採録したが、それらの底本ならびに校訂本は次の通りである。

柳営亜槐本　宮内庁書陵部蔵『金槐和歌集』（貞享四年板本によって校訂）
吾妻鏡　貴志正造訳注『全訳吾妻鏡』
鶴岡八幡宮蔵詠草　斎藤茂吉『源実朝』所載写真
六孫王神社蔵詠草　斎藤茂吉『源実朝』所載写真
東撰和歌六帖　巻一　続群書類従本（一部は中川文庫本によって校訂）
巻二〜四　福田秀一「祐徳稲荷神社寄託中川文庫本『東撰和歌六帖』（解説と翻刻）」（『国文学資料館紀要』第二号）
新和歌集　群書類従本
夫木和歌抄　山田清市・小鹿野茂次『作者分類夫木和歌抄』
雑歌集　斎藤茂吉『金槐和歌集』（日本古典全書）
紀伊続風土記　斎藤茂吉『源実朝』

一、底本改訂個所のうち、理解の手掛りとして有効と思われるものに限って頭注に記した。他は巻末に「校異一覧」を設けて注記した。

一、底本を、その表記法まで忠実に再現することは避け、現代一般の表記慣習に沿うよう配慮した。すなわち漢字表記と仮名表記を調整し、濁音符を打ち、必要に応じて送り仮名を補うなどの類である。また詞書中の漢字題は、訓み下し文に改め、適宜読点を付した。

一、漢字は新字体に、仮名づかいは歴史的仮名づかいに統一した。

一、和歌は各句ごとの間を一字分あけ、また歌頭にアラビア数字による配列番号を付した。

〔注解〕

一、本文鑑賞の手引きとなる事柄を頭注として掲げた。

一、歌についての注解は、アラビア数字による歌番号で本文と対応させ、各々次のように構成した。

口語訳（色刷り）

釈注

語釈

一、口語訳は、原歌の構造、語法等をも反映させるよう心掛けたが、まずこなれた現代口調であることに主眼をおいた。

一、釈注は、口語訳の次に改行して記した。作歌事情、趣向の妙味、時代背景等に言及したほか、実朝の歌が依拠している本歌・参考歌を列挙した。実朝は、多くの先行歌の歌句を自在に摂取して自歌を創出する場合が多く、本歌・参考歌との対照は、真の理解のために不可避の手続きとなるからである。その掲出基準は次の通りである。

(イ) 引用する和歌や文章は、それぞれ信憑性の高い文献によったが、表記法は本文に準じた。

(ロ) 『万葉集』の歌については、実朝の生存時に近い時代の古写本の訓みに従ったものがある。

(ハ) 釈注欄に掲げた以外で、影響関係が想定しうる先行歌は、巻末の「参考歌一覧」に一括した。

一、語釈は、枕詞・序詞・掛詞・縁語など、主として技巧面の分析と、口語訳では消化しきれない語意の詳説を旨とした。これらが口語訳と釈注とによって充分汲みとれると思われる場合は、必ずしも語釈に取り上げることはしなかった。

一、本書収録歌の歌番号を示す場合は、平体漢数字を用い、頁数・年号などの数字と区別した。

（例）　三七参照

　　三〇頁注一参照

　　建保六年（一二一八）

〔その他〕

一、巻末に解説を付し、源実朝の生涯と作歌活動について概観した。

一、付録として、「校異一覧」「参考歌一覧」「勅撰和歌集入集歌一覧」「実朝年譜」「初句索引」を添えた。作成要領の詳細は、それぞれの冒頭に記した。

金槐和歌集

金槐和歌集

春

1　今朝見ると、山に霞《かすみ》がかかっている。待ちに待った春が、大空からやって来たのだ。

一夜のうちに春めいて、山も霞む元旦の喜びを大らかに詠む。『新古今集』春上巻頭の「み吉野は山も霞みて白雪のふりにし里に春は来にけり」（藤原良経《よしつね》）などが念頭にあろう。

◇ひさかたの　「天」の枕詞《まくらことば》。

2　幾重にも雲のたちこめる空にも春がついに来たようだ。大内山に霞がたなびいている。

都の立春。ただし想像上の作。実朝は生涯箱根以西の地を踏まなかった。「九重」「雲居」「大内山」には皇居の意もあり、慶祝の気分をこめて荘重に詠む。後鳥羽院に対する敬慕を詠んだ六三と見事に照応。「白雲の九重に立つ峰なれば大内山と言ふにぞありける」（『大和物語』三十五段、藤原兼輔《かねすけ》）によるか。

◇大内山　京都市右京区仁和寺《にんなじ》の北の山。宇多法皇の離宮があった。

一　ここは、昔皇居や離宮のあった土地、旧都、の意。

3　朝霞の立ちこめているところをみると、昔の吉野の宮の跡にもいよいよ春がやって来た。

「水の江のよしのの宮は神さびて齢《よはひ》たけたる浦の松風」（『新古今集』雑中、藤原季能《すえよし》）の「水の江の」を「吉野」の枕詞と誤解して詠んだもの。季能の詠む「よしのの宮」は丹後の国（京都府北部）の能野《よしの》の古社。

◇吉野の宮　奈良県吉野郡吉野町宮滝付近にあった斉明・天武・持統天皇などの離宮。

正月一日よめる

1 けさ見れば　山もかすみて　ひさかたの　天《あま》の原《はら》より　春は来にけり

立春の心をよめる

2 九重《ここのへ》の　雲居《くもゐ》に春ぞ　立ちぬらし　大内山《おほうちやま》に　かすみたなびく

一故郷の立春

3 朝霞《あさがすみ》　立てるを見れば　みづのえの　吉野の宮に　春は来

にけり

春のはじめに雪の降るをよめる

4 かきくらし　なほ降る雪の　寒ければ　春とも知らぬ　谷の鶯《うぐひす》

5 春立たば　若菜《わかな》摘《つ》まむと　しめおきし　野辺《のべ》とも見えず　雪の降れれば

春のはじめの歌

6 うちなびき　春さり来れば　ひさぎ生《お》ふる　片山かげに　鶯ぞ鳴く

7 山里に　家居《いへゐ》はすべし　鶯の　鳴く初声《はつこゑ》の　聞かまほし

4 あたりが暗くなるほどに降り続く雪、その雪の寒さに、谷の鶯は春の訪れに気づかないのだ。

雪のせいで鶯が谷を出て鳴かないのを残念がった歌。「かきくらし雪は降りつつしかすがに我家《わぎへ》の園に鶯ぞ鳴く」(『後撰集』春上、読人しらず)などをふまえる。

5 春になれば若菜を摘もうと心積りしていた野辺も見当がつかない、雪が降り続いているので……。

春雪に埋もれた若菜を嘆く。『新古今集』春上、山辺《やまべの》赤人《あかひと》の「明日《あす》からは若菜摘まむとしめし野に昨日《きのふ》も今日《けふ》も雪は降りつつ」などを参考にするか。◇若菜　初春に食べる野草。◇しめおきし　「しめおく」は、しめ縄を張って占有する意。ここでは心に予定しておいた、の意。

6 春が来たので、楸《ひさぎ》の生えている山陰で鶯がさわやかに鳴いている。

片山陰の暗さと鶯の声の明るさとを対照させた。「うちなびく春さり来ればしのの末《うれ》に尾羽うち触れて鶯鳴くも」(『万葉集』巻十、作者未詳)、「楸生《ひさぎお》ふる片山陰に忍びつつ吹きけるものを秋の夕風」(『新古今集』夏、俊恵《しゆんゑ》)を参考にするか。◇うちなびき　「春」の枕詞。◇ひさぎ　赤芽柏《あかめがしわ》の古名。◇片山かげ　片方が小高くなっている山の陰。

7 家は山里に構えよう。鶯の初音が聴いてみたいからだ。

「梓弓《あづさゆみ》春山近く家居して絶えず聞きつる鶯の声」(『新古今集』春上、山辺赤人)の境地への願望を詠む。

さに

一 屏風《びやうぶ》の絵に、春日《かすが》の山に雪降れるところを
よめる

8 松の葉の　白きを見れば　春日山《かすがやま》　木《こ》の芽《め》もはるの　雪ぞ
降りける

若菜《わかな》摘《つ》むところ

9 春日野《かすがの》の　とぶ火の野守《のもり》　けふとてや　むかしがたみに
若菜《わかな》摘《つ》むらむ

雪の中の若菜といふことを

10 若菜摘む　衣手《ころもで》濡れて　片岡《かたをか》の　あしたの原に　淡雪《あはゆき》ぞ
降る

一 以下二首、屏風の絵柄を見て詠んだ歌。屏風歌。

8 松の葉が白く見える。春日山には木の芽も張るという春の雪が一面に降ったのだ。

「見渡せば松の葉白き吉野山幾代《いくよ》積れる雪にかあるらむ」(『拾遺集』冬、平兼盛《かねもり》)、「霞《かすみ》立ち木の芽もはるの雪降れば花なき里も花ぞ散りける」(『古今集』春上、紀貫之《きのつらゆき》)などによる。◇春日山　奈良市春日野町にある。◇はる　芽を出す意の「張る」と「春」を掛ける。

9 春日野の飛火《とぶひ》野の番人は、今日が好日と知ってか、昔を偲《しの》んで筐《かたみ》に若菜を摘み入れている。

「春日野の飛火の野守出でて見よいま幾日《いくか》ありて若菜摘みてむ」(『古今集』春上、読人しらず)、「行きて見ぬ人も偲べと春の野のかたみに摘める若菜なりけり」(『新古今集』春上、紀貫之)をふまえるか。◇とぶ火の野守　春日野の中、烽火《のろし》台のあった付近の見張りをした人。◇むかしがたみ　「かたみ」に「形見」と「筐《かたみ》」(竹かご)を掛ける。

10 若菜を摘む私の袖も濡れてしまった。片岡のあしたの原には淡雪が降っている。

一幅の絵のような情景を流麗な調べにのせて歌う。「君がため春の野に出でて若菜摘むわが衣手に雪は降りつつ」(『古今集』春上、光孝天皇)等によるか。『新後撰集』に藤原道家作として入集しているが誤り。◇片岡のあしたの原　奈良県北葛城《かつらぎ》郡王子町・香芝《かしば》町付近か。

梅の花をよめる

11 梅が枝《え》に　氷《こほ》れる霜や　とけぬらむ　ほしあへぬ露の　花にこぼるる

屏風《びやうぶ》に、梅の木に雪降りかかれる

12 梅の花　色はそれとも　わかぬまで　風に乱れて　雪は降りつつ

梅の花咲けるところをよめる

13 わがやどの　梅の初花《はつはな》　咲きにけり　待つ鶯《うぐひす》は　などか来《き》鳴かぬ

[一]花の間《あひだ》の鶯といふことを

11　梅の枝に凍りついていた霜が解けたのだろうか、乾ききらぬ露が花にこぼれている。

露が乾かぬうちに次々と霜が解け、枝から押し出された露がしたたって花を濡らすという観察は細かく新鮮。第二・第四句には、藤原良経の「笹《ささ》の葉はみ山もさやにうちそよぎ氷れる霜を吹く嵐《あらし》かな」(『新古今集』冬)、「うつせみの鳴く音《ね》やよそにもりの露ほしあへぬ袖《そで》を人の問ふまで」(同恋二)の影響があろう。

12　梅の花の白い色とほとんど見分けがつかないくらいに、雪が風に乱れて降りしきっている。

白梅が降雪に紛れる趣向を詠んだ屏風歌。「梅の花それとも見えずひさかたの天霧《あまぎ》る雪のなべて降れれば」(『古今集』冬、読人しらず)が想起されているか。

13　わが家の梅の初花が咲いたというのに、待ち焦がれている鶯はなぜ訪れて鳴いてはくれないのか。

梅を眺める人の身になって詠んだ屏風歌。「わが宿の梅の初花昼は雪夜は月かと見え紛《まが》ふかな」(『後撰集』春上、読人しらず)、「藤波の繁りは過ぎぬあしひきの山時鳥《やまほととぎす》などか来鳴かぬ」(『万葉集』巻十九、久米広縄《くめのひろつな》)に学ぶ。

一　花の間をぬって鶯が鳴く、という題で詠んだ意。

14　春が来るとまず咲くのはわが家の梅の花だ。その香を慕って鶯が花の中で鳴いている。

「春さればまづ咲く宿の梅の花ひとり見つつや春日暮らさむ」(『万葉集』巻五、山上憶良《やまのうへのおくら》)を本歌とする。

二「人々」は家臣などのこと。歌会での作ということになる。

15　梅の香を夢見心地の私の枕辺に誘って来た春の山風は、私が目覚めるのを待っていてくれた。

梅の香りを運ぶ風を擬人化し、風の心遣《づか》いの優しさを詠んだ。「帰り来《こ》ぬ昔を今と思ひ寝の夢の枕に匂ふ橘《たちばな》」(『新古今集』夏、式子内親王)、「風通ふ寝覚《ねざめ》の袖《そで》の花の香に薫る枕の春の夜の夢」(同春下、藤原俊成女《むすめ》)にもとづく。

16　ふと目覚めた夜明け時、折からの風に軒端の梅の初花が薫っている。

ひんやりとした夜明けの風に、梅の初花の芳香が漂っている情景。前歌と同じく歌会での作だが、こちらのほうがいま少し眠気の覚めた状態。実朝の歌の師である藤原定家撰の『新勅撰集』に収録。「秋立ちて幾日《いくか》もあらねばこの寝ぬる朝明の風はたもと寒しも」(『万葉集』巻八、安貴王《あきのおおきみ》)にもとづくか。

◇この寝ぬる朝明　寝て起きたこの明け方、の意。

三 梅の香りが衣に染みついて芳香を漂わせている、の意。

17　梅の香が私の衣の袖に匂ってきた、梅の花を吹き過ぎる春の初風に乗って。

第四句は、「野辺《のべ》の露は色もなくてやこぼれつる袖より過ぐる荻《をぎ》の上風《うはかぜ》」(『新古今集』恋五、慈円)を参考にしているのだろう。

◇より　動作の経由する地点を示す格助詞。

14 春くれば　まづ咲く宿の　梅の花　香《か》をなつかしみ　鶯ぞ鳴く

梅の花、風に匂《にほ》ふといふことを、人々[二]によませ侍《はべ》りしついでに

15 梅が香を　夢の枕《まくら》に　さそひきて　さむる待ちける　春の山風《やまかぜ》

16 この寝ぬる　朝明《あさけ》の風に　かをるなり　軒端《のきば》の梅の　春の初花《はつはな》

[三]梅が香、衣《ころも》に薫《くん》ず

17 梅が香は　わが衣手《ころもで》に　匂ひ来《き》ぬ　花より過ぐる　春の初風

梅の花をよめる

18 春風は　吹けど吹かねど　梅の花　咲けるあたりは　著《しる》く
ぞありける

一 春の歌

19 早蕨《さわらび》の　萌《も》えいづる春に　なりぬれば　野辺《のべ》の霞《かすみ》も　たな
びきにけり

霞《かすみ》をよめる

20 み冬つぎ　春し来《き》ぬれば　青柳《あをやぎ》の　葛城山《かづらきやま》に　かすみたな
びく

21 おほかたに　春の来ぬれば　はる霞《がすみ》　四方《よも》の山辺《やまべ》に　立ち

18 春風が吹こうと吹くまいと、梅の花の咲いている所は、馥郁《ふくいく》たる香りにすぐそれと知られる。

梅の芳香を称讃する。「山風は吹けど吹かねど白波の寄する岩根《いはね》は久しかりけり」（『新古今集』賀、伊勢）、「梅の花匂《にほ》ふ春べはくらぶ山闇に越ゆれど著《しる》くぞありける」（『古今集』春上、紀貫之）などを参考とする。

一 一九～三は霞の歌群。

19 早蕨が芽を出す春になったから、野辺の霞も一面にたなびいている。

早蕨と霞に春の確かな手応えを感じている歌。「岩そそく垂水《たるみ》の上の早蕨の萌え出づる春になりにけるかな」（『新古今集』春上、志貴皇子《しきのみこ》）をふまえるか。◇早蕨　芽を出したばかりの蕨。

20 冬が終って春になったので、葛城山には霞がたなびいている。

「み冬つぎ春は来たれど梅の花君にしあらねば招《を》く人もなし」（『万葉集』巻十七、大伴書持《おおとものふみもち》）と、「白雲の絶え間になびく青柳の葛城山に春風ぞ吹く」（『新古今集』春上、藤原雅経《まさつね》）とを巧みに取り合せた歌。◇青柳の　枕詞。青柳を鬘《かずら》にするので同音の「葛城山」に掛る。◇葛城山　大阪府と奈良県の境にある山。

21 あたり一面に春が来たので、霞も四方の山辺にあまねくかかっている。

四方の山々が霞む大観を捉えた。「おほかたの秋来るからにわが身こそ悲しきものに思ひ知りぬれ」（『古今集』秋上、読人しらず）、「君によりわが名は花に春霞野にも山にも立ち満ちにけり」（同恋三、読人しらず）が念頭にあろう。

22 どこもかしこも春になった。筑波山の木の下ごとに霞がたなびいている。

「筑波嶺の木《こ》の下《もと》ごとに立ちぞ寄る春のみ山の陰を恋ひつつ」（『古今集』雑下、宮道潔興《みやじのきよき》）によるか。

◇筑波嶺　茨城県筑波郡の筑波山。

23 春が訪れたので、山城の常磐《ときわ》の森の青柳の枝は、いっそう緑あざやかになった。

常緑を意味する呼称を持つ常磐の森の青柳も、春は格別鮮麗だと詠む。「常磐なる松の緑も春来れば今ひとしほの色まさりけり」（『古今集』春上、源宗于《むねゆき》）、「時雨《しぐれ》の雨染めかねてけり山城の常磐の森の真木《まき》の下葉は」（『新古今集』冬、能因）などによる。

◇ときはの森　京都市右京区常盤付近にあった森。

◇青柳の糸　緑に芽ぶいた柳の、しだれた枝をいう。

24 薄い緑色に染めてかけた青柳の糸に、玉を貫くように春雨が降りかかっている。

春雨の降るさまを、柳糸が水滴の玉を貫いているものと見立てた。「浅緑糸よりかけて白露を玉にも貫《ぬ》ける春の柳か」（『古今集』春上、遍昭《へんじょう》）をふまえる。

25 池の堤の柳の挿木《さしき》が、この春雨をうけて芽をふいたよ。

「さし柳」の語は、『万葉集』巻十三の挽歌（長歌）の「刺し柳　根張り梓《あづさ》を」によったものか。

◇水たまる　「池」の枕詞。

満ちにけり

22 おしなべて　春は来にけり　筑波嶺《つくばね》の　木《こ》のもとごとに　霞たなびく

柳をよめる

23 春来れば　なほ色まさる　山城《やましろ》の　ときはの森の　青柳《あをやぎ》の糸

雨の中の柳といふことを

24 あさみどり　染めてかけたる　青柳の　糸に玉貫《ぬ》く　春雨《はるさめ》ぞ降る

25 水たまる　池の堤《つつみ》の　さし柳　この春雨に　萌《も》えいでに

けり

柳

26 青柳《あをやぎ》の　糸もて貫《ぬ》ける　しらつゆの　玉こき散らす　春の山風《やまかぜ》

[一]雨そぼ降れる朝《あした》、[二]勝長寿院《しようちやうじゆゐん》の梅《むめ》、所どころ咲きたるを見て、花にむすびつけし歌

27 古寺《ふるでら》の　朽木《くちき》の梅も　春雨《はるさめ》に　そぼちて花ぞ　ほころびにける

雨の後の鶯《うぐひす》といふことを

28 春雨の　露もまだひぬ　梅《むめ》が枝《え》に　上毛《うはげ》しをれて　うぐひすぞ鳴く

26　青柳の糸で貫き通した白露の玉を、春の山風がしごき散らしている。

山風に吹かれて乱れる柳の枝から、露が飛散する光景。「浅緑…」(二四釈注参照)の歌や「こき散らす滝の白玉《しらたま》拾ひ置きて世の憂《う》き時の涙にぞ借る」(『古今集』雑上、在原行平《ありわらのゆきひら》)などをふまえる。

一 雨のしょぼしょぼ降る朝。二七〜二九は春雨の歌群。

二 鎌倉市雪ノ下にあった寺。源頼朝《よりとも》が父義朝と鎌田正清の霊を弔うために、文治元年(一一八五)に創建。実朝もしばしば参詣していた。ただしこの歌の詠作時期は不明。

27　古刹《こさつ》の朽ちた梅の木も、この春雨に芯《しん》まで濡れて息を吹き返し、見事に花を開いた。

朽木の梅が花を咲かせた健気《けなげ》さを歌う。『和漢朗詠集』雨、紀長谷雄《きのはせお》の「養ひ得ては自《おのづか》ら花の父母《ぶも》たり」(草木を養う春雨は花の父母である)を想起し、なるほどと頷《うなず》いている。『古今集』春上、紀貫之の連続する二首「わがせこが衣《ころも》春雨降るごとに野辺の緑ぞ色まさりける」「青柳の糸縒《よ》り懸《か》くる春しもぞ乱れて花のほころびにける」などが想起されている。

28　春雨の露もまだ乾かずにいる梅の枝で、羽根の表をしっとり濡らしたまま鶯が鳴いている。

「村雨の露もまだ干《ひ》ぬ真木《まき》の葉に霧立ちのぼる秋の夕暮」(『新古今集』秋下、寂蓮《じやくれん》)の第二句を採りこみ、雨後の鶯の新鮮な姿態を捉える。

三 梅の花は雨に散ることを嫌う、の意。

三 梅の花、雨を厭《いと》ふ

29 わが宿の　梅の花咲けり　春雨は　いたくな降りそ　散らまくも惜し

四 故郷《ふるさと》の梅の花

30 誰《たれ》にかも　昔も問《と》はむ　ふるさとの　軒端《のきば》の梅は　春をこそ知れ

31 年経《ふ》れば　宿は荒れにけり　梅の花　はなは昔の　香《か》に匂《にほ》へども

32 ふるさとに　誰《たれ》しのべとか　梅の花　昔忘れぬ　香に匂ふらむ

29 わが家の梅が花開いた。春雨よひどく降るな、せっかくの花が散るのは惜しいではないか。「わが宿の梅咲きたりと告げやらば来《こ》と言ふに似たり散りぬともよし」（『万葉集』巻六、作者未詳）、「春雨はいたくな降りそ桜花まだ見ぬ人に散らまくも惜し」（『新古今集』春下、山辺赤人）などにもとづく。◇散らまく　散ってしまうであろうこと、の意。

四 ここは、もと住んでいた所の意。以下三首、連作。

30 いったい誰に昔のことを尋ねたらよいのか。故郷の家の軒端の梅は春の訪れを知って昔のままに咲きほこっているが、何も答えてくれはしない。「月やあらぬ春や昔の春ならぬわが身一つはもとの身にして」（『伊勢物語』四段）を本歌とする藤原家隆《いえたか》の「梅が香に昔を問へば春の月答へぬ影ぞ袖に映《うつ》れる」（『新古今集』春上）によった物語的な歌。

31 幾星霜もの間に家は荒れはててしまった。梅の花は昔どおりの香りを放っているけれども。人の世の無常を自然と対比させて詠む。「人はいさ心も知らず故郷《ふるさと》は花ぞ昔の香に匂ひける」（『古今集』春上、紀貫之）を本歌とする。

32 この故郷でいったい誰を思い出させようと、梅の花は昔を忘れぬ芳香で薫っているのか。「あやめ草誰しのべとか植ゑおきて蓬《よもぎ》がもとの露と消えけむ」（『新古今集』哀傷、高陽院木綿四手《かやのいんのゆうしで》）、「人ぞ憂《う》き頼めぬ月はめぐり来て昔忘れぬ蓬生《よもぎふ》の宿」（同恋四、藤原秀能《ひでよし》）などから歌句を採取したもの。

一故郷《ふるさと》の春の月といふことをよめる

33 ふるさとは　見しごともあらず　荒れにけり　影ぞむかし
の　春の夜《よ》の月

34 誰《たれ》住みて　誰ながむらむ　ふるさとの　吉野の宮の　春の
夜の月

春の月

35 ながむれば　衣手《ころもて》かすむ　ひさかたの　月の都の　春の夜
の空

梅の花をよめる

36 わが宿の　八重《やへ》の紅梅《こうばい》　咲きにけり　知るもしらぬも　な

一 ここは、旧都の意。

33 荒れはてた都には昔日の面影もない。ただ春の夜の月光だけが昔の美しさをとどめている。
「故郷《ふるさと》は見しごともあらず斧《をの》の柄《え》の朽ちし所ぞ恋しかりける」（『古今集』雑下、紀友則《きのとものり》）、「梅の花飽かぬ色香も昔にて同じ形見の春の夜の月」（『新古今集』春上、藤原俊成の女《むすめ》）などによる。

34 いったい誰が住み、誰が眺めているのだろう、過ぎし日の都吉野の宮に照る春の夜の月を。
「誰住みてあはれ知るらむ山里の雨降りすさむ夕暮の空」（『新古今集』雑中、西行）、「花ぞ見る道の芝草踏み分けて吉野の宮の春のあけぼの」（同春上、藤原季能）などをふまえる。
◇吉野の宮　三参照。

35 眺めていると袖も霞《かす》んでくるようだ。月も朧《おぼ》ろな春のこの夜空は。
「ながむれば衣手涼し久方の天の川原の秋の夕暮」（『新古今集』秋上、式子内親王）、「眺めつつ思ふも寂し久方の月の都の明方の空」（同、藤原家隆）にもとづくが、季節を秋から春に転換している。
◇月の都　月世界の都。月宮殿。ここは月そのもの。

36 わが家の八重の紅梅が咲いた。知人であろうとなかろうと、皆々花を見に訪ねて来てほしい。
「わが宿の八重山吹は一重《ひとへ》だに散り残りなむ春の形見に」（『拾遺集』春、読人しらず）、「筑波嶺《つくばね》の峰のもみぢ葉落ち積り知るも知らぬもなべて悲しも」（『古今集』東歌《あずまうた》）が念頭にあるか。
◇なべて　一様に。◇なむ　相手に望む意の終助詞。

37　鶯よ、そんなにひどく嘆くでない。梅の花が散るのはなにも今年だけのことではないのだから。
「しるしなき音《ね》をも鳴くかな鶯の今年のみ散る花ならなくに」（『古今集』春下、凡河内躬恒《おおしこうちのみつね》）と同じく落花を惜しむ気持を詠むが、実朝歌のほうが鶯への同情をより深く表現している。

38　いくらなんでも来て下さるだろうと思っているうちに時は過ぎ、梅の花は散ってしまった、なのにとうとう、あなたはおいで下さらなかった。
「さりともと思ひし人は音もせで荻《をぎ》の上葉に風ぞ吹くなる」（『後拾遺集』秋上、三条小左近）、「見むと言はば否《いな》と言はめや梅の花散り過ぐるまで君が来まさぬ」（『万葉集』巻二十、中臣清麻呂《なかとみのきよまろ》）が脳裏にある。

39　私の袖にせめて香りをなりと残せ、梅の花よ。満足に見もせぬうちに散った忘れ形見として。
「散りぬとも香をだに残せ梅の花恋しき時の思ひ出にせむ」（『古今集』春上、読人しらず）と、「たちながら着てだに見せよ小忌衣《をみごろも》飽かぬ昔の忘れ形見に」（『新古今集』雑下、加賀左衛門）とを合わせた優美な作。

40　梅の花の盛りをわが家で眼前に眺め暮していると、春の月日はいかにも短い気がする。
梅と桜の違いはあるが、「いたづらに過ぐる月日は思ほえで花見て暮す春ぞ少なき」（『古今集』賀、藤原興《おき》風《かぜ》）に似た詠嘆を詠む。

べて訪《と》はなむ

37　鶯《うぐひす》は　いたくな侘《わ》びそ　梅の花　今年のみ散る　ならひならねば

38　さりともと　思ひしほどに　梅の花　散り過ぐるまで　君が来まさぬ

39　わが袖《そで》に　香《か》をだに残せ　梅の花　飽《あ》かで散りぬる　わすれがたみに

40　梅の花　咲けるさかりを　眼の前に　過ぐせる宿は　春ぞ少なき

41 一呼子鳥《よぶこどり》
あをによし　奈良《なら》の山なる　呼子鳥《よぶこどり》　いたくな鳴きそ　君
も来《こ》なくに

42 菫《すみれ》
浅茅原《あさぢはら》　ゆくへも知らぬ　野辺《のべ》に出《い》でて　ふるさと人《びと》は
すみれ摘《つ》みけり

43 雉子《きぎす》
たかまとの　尾上《をのへ》の雉子《きぎす》　朝なあさな　妻に恋ひつつ　鳴
く音《ね》悲しも

44 己《おの》が妻　恋ひわびにけり　春の野に　あさる雉子の　朝な
あさな鳴く

一 郭公《かつこう》の異称かという。春の景物として詠まれる。

41 奈良の山にいる呼子鳥よ、そんなに鳴いてくれるな。鳴いたとてあの人は来ないのだから。

「神奈備《かむなび》の磐瀬《いはせ》の森の呼子鳥いたくな鳴きそ我《あ》が恋まさる」（『万葉集』巻八、鏡王女《かがみのおおきみ》）などによる。

◇あをによし　「奈良」の枕詞。

42 浅茅の原と化した故郷で、昔馴染《なじみ》が方角も知れぬ野辺に出て菫を摘んでいたよ。

荒廃した故郷で旧知に会ったもの。「故郷《ふるさと》は浅茅が原と荒れはてて夜すがら虫の音《ね》をのみぞ鳴く」（『後拾遺集』秋上、道命《どうみよう》）、「石上《いそのかみ》ふりにし人を尋ぬれば荒れたる宿に菫摘みけり」（『新古今集』雑中、能因）による。

◇浅茅　丈の低い茅《ちがや》。

43 高円山《たかまと》の頂《いただき》の雉《きじ》が、毎朝毎朝妻を恋い慕って鳴く、その鳴声は何ともせつない。

「萩《はぎ》が花真袖《まそで》にかけて高円の尾上の宮に領巾《ひれ》振るや誰」（『新古今集』秋上、顕昭《けんしよう》）、「春の野にあさる雉子の妻恋ひにおのがあたりを人に知れつつ」（『万葉集』巻八、大伴家持《おおとものやかもち》）などが念頭にあろう。

◇たかまと　奈良市東南の高円山、およびその付近の称。◇尾上　山頂。

44 よほど妻のことを恋い悩んだのだな。春の野で餌を探す雉が毎朝毎朝鳴いている。

自分の居所を人に知られる危険を冒してまで鳴く雉に同情した。「春の野に…」（四三釈注参照）による。

名所の桜 二

45 音《おと》に聞く　吉野の桜　咲きにけり　山のふもとに　かかる白雲《しらくも》

遠き山の桜

46 葛城《かづらき》や　高間《たかま》のさくら　ながむれば　夕《ゆふ》ゐる雲に　春雨《はるさめ》ぞ降る

雨の中の桜

47 雨降ると　たちかくるれば　山桜　花の雫《しづく》に　そぼちぬるかな

48 けふもまた　花に暮らしつ　春雨の　露のやどりを　われ

二 四五〜五六は桜の歌群。

45 名高い吉野の桜はいよいよ開花を迎えた。山麓《さんろく》に白雲がかかったように見えている。

桜を白雲に見立てた。「音に聞く吉野の桜見に行かむ告げよ山守《やまもり》花の盛りを」（『柿本集』）、「葛城《かづらき》や高間《たかま》の桜咲きにけり龍田の奥にかかる白雲」（『新古今集』春上、寂蓮）が想起されていよう。

46 葛城の高間山の桜を遠望すると、夕方からかかったままの雲に春雨が降っている。

「思ひあまりそなたの空を眺むれば霞《かすみ》を分けて春雨ぞ降る」（『新古今集』恋二、藤原俊成）、「葛城や……」（四五釈注参照）を参考とするか。

◇葛城や高間　大阪府と奈良県の境、葛城連山中の高《たか》天《ま》の山。

47 雨が降ってきたからといって山桜の木陰に身を寄せると、かえって花の滴《しずく》に濡れてしまった。

雨を避けて花の滴に濡れたことを、風雅として興ずる歌。「陰にとて立ち隠るれば唐衣《からころも》濡れぬ雨降る松の声かな」（『新古今集』雑中、紀貫之）、「心から花の滴にそぼちつつ憂《う》く干《ひ》ずとのみ鳥の鳴くらむ」（『古今集』物名、藤原敏行）が想起されている。

48 今日も一日花を眺め暮した。春雨の露の宿る花の下を、私にも今夜の宿とさせてほしい。

「尋ね来て花に暮せる木《こ》の間《ま》より待つとしもなき山の端《は》の月」（『新古今集』春上、藤原雅経）などによるか。

にかさなむ

49　山路《やまぢ》の夕《ゆふべ》の花

みち遠み　けふ越え暮れぬ　山桜　花のやどりを　われにかさなむ

50　春山の月

風さわぐ　遠《をち》の外山《とやま》に　空晴れて　桜にくもる　春の夜《よ》の月

一屏風絵《びやうぶゑ》に、旅人あまた花の下《した》に臥《ふ》せるところ

51　木《こ》のもとの　花の下臥《したぶ》し　夜《よ》ごろ経《へ》て　わが衣手《ころもで》に　月ぞ馴《な》れぬる

49　道のりが遠く、山を越えないうちに日暮れを迎えた。山桜よ、花の宿を私に貸してほしい。

「思ふどちそことも知らず行き暮れぬ花の宿貸せ野辺《のべ》の鶯《うぐひす》」（『新古今集』春上、藤原家隆）による。ただし鶯に花の宿を借りようとしている家隆の歌を、花に直接頼みこむという趣向に仕立てている。

◇みち遠み　遠い道程なので。「み」は原因・理由を示す接尾語。

50　風のざわつく遠くの外山の上空は快晴だ。春の夜の月がよく見えてもよさそうなのに、桜の落花のせいで曇ってしまっている。

「あたら夜の真屋《まや》のあまりに眺むれば桜に曇る有明の月」（建仁元年『老若五十首歌合』、後鳥羽院）に第四句を学ぶか。第二句の用例には「しぐれ行く遠の外山の峰続き移りもあへず雲かかるらむ」（『千載集』冬、源師光《もろみつ》）などがある。

◇外山　人里に近い山。「深山《みやま》」に対する語。

一　大勢の旅人が桜の下に臥せっている屏風の絵柄を詠んだ歌、の意。以下吾まで。

51　桜の木のもと、花の下での旅寝が幾夜も続き、私の涙に濡れた衣の袖に月の映るのがならわしとなってしまった。

涙に濡れた袖が月を映すという趣向は当時の常套《じようとう》。「木のもとを栖《すみか》とすれば自《おのづか》ら花見る人になりぬべきかな」（『詞花集』雑上、花山院）にみられる修行のための野宿と同じく、旅寝を苦労の多いものとみている。

52 木《こ》のもとに　宿りはすべし　桜花《さくらばな》　散らまく惜しみ　旅ならなくに

53 木《こ》のもとに　宿りをすれば　かたしきの　わが衣手《ころもで》に　花は散りつつ

54 今しはと　思ひしほどに　桜花　散る木《こ》のもとに　日数経《ひかずへ》ぬべし

二 山家に花を見るところ

55 時《とき》の間《ま》と　思ひて来《こ》しを　山里に　花見るみると　長居《ながゐ》し　ぬべし

52 桜の散るのが惜しいから木の下で泊ろう。急ぐ旅ではないので。
「この里に旅寝しぬべし桜花散りのまがひに家路忘れて」(『古今集』春下、読人しらず)、「秋の野に宿りはすべしをみなへし名をむつまじみ旅ならなくに」(同秋上、藤原敏行)をふまえる。

53 桜の木の下に宿をとったので、独り寝の私の袖に、花びらが絶えず散りかかってくる。
旅寝の侘《わび》しさを優艶な落花に紛らしている歌。
◇かたしき　自分の衣だけを敷くこと。独り寝。

54 今度こそは立ち去ろうと思って眺めているうちに、花の散る桜の下でまだまだ何日も過してしまいそうだ。
「今しはとわびにしものをささがにの衣にかかり我を頼むる」(『古今集』恋五、読人しらず)、「今よりは風に任せむ桜花散る木の下に君とまりけり」(『後撰集』春下、読人しらず)、「今よりは紅葉《もみぢ》のもとに宿りせじ惜しむに旅の日数経ぬべし」(『拾遺集』秋、恵慶《えぎやう》)などが想起されているか。
◇今しは　今こそは。「し」は強意の助詞。

二「山家」は山の中の家。これも屛風の絵柄。

55 ほんのしばらくと思って山里へ来たのだが、花にみとれて長居してしまいそうだな。
「いささかに思ひて来しを多祜《たこ》の浦に咲ける藤見て一《ひと》夜《よ》経ぬべし」(『万葉集』巻十九、久米広縄)が念頭にあるか。

56
一花散れるところに雁《かり》の飛ぶを
雁《かり》がねの　かへる翼《つばさ》に　かをるなり　花を恨むる　春の山風《やまかぜ》

二如月《きさらぎ》の二十日あまりのほどにやありけむ、北向きの縁《えん》に立ち出《い》でて、夕暮の空をながめて一人をるに、雁《かり》の鳴くを聞きてよめる

57
ながめつつ　思ふも悲し　帰る雁　行くらむ方《かた》の　夕暮の空

三弓あそびをせしに、吉野山のかた四をつくりて、五山人《やまびと》の花見たるところをよめる

58
みよしのの　やまの山守《やまもり》　花をよみ　長々《ながなが》し日を　飽《あ》かず

一 これも屏風の絵柄。

56 北へ帰る雁の翼に花の香りが漂っている。散る花を惜しむ春の山風が乗せてやった香りだろう。

二 二月下旬。以下孤独な実朝像の浮ぶ詞書《ことばがき》。「霜まよふ空にしをれし雁《かりがね》の帰る翼に春雨《はるさめ》ぞ降る」（『新古今集』春上、藤原定家）、「散りにけりあはれ恨みの誰なれば花の跡とふ春の山風」（同春下、寂蓮）による。

57 ただつくねんと眺めながらものを思えばますます悲しい。北へ帰る雁たちが飛んでゆくであろうあの夕暮れの空は。

「眺めつつ思ふも寂し久方の月の都の明方の空」（『新古今集』秋上、藤原家隆）、「眺むれば思ひやるべき方ぞなき春の限りの夕暮の空」（『千載集』春下、式子内親王）などを参考にするか。

三 弓を射て競争する遊び。四 模型。五 山住みの人。仙人の意もある。これも作り物。弓遊びの場の飾り物（洲浜）として置かれた。

58 吉野の山の番人は、花の美しさに、長い春の一日を飽きることなく眺めて佇《たたず》んでいる。

「あしびきの山の山守もる山の紅葉《もみぢ》せさする秋は来にけり」（『後撰集』秋下、紀貫之）、「桜咲く遠山鳥のしだり尾の長々し日も飽かぬ色かな」（『新古今集』春下、後鳥羽院）が脳裏にあるか。

◇花をよみ　花がよいので。

もあるかな

59 みよしのの　山に入《い》りけむ　山人《やまびと》と　なりみてしがな　花
に飽《あ》くやと

屏風《びやうぶ》[六]に、吉野山描《か》きたるところ

60 みよしのの　山にこもりし　山人や　花をば宿の　ものと
見るらむ

故郷[七]の花

61 里はあれぬ　志賀《しが》の花園《はなぞの》　そのかみの　昔の春や　恋しか
るらむ

62 たづねても　誰《たれ》にか問はむ　ふるさとの　花もむかしの

59　吉野の山に入ったとかいう山人になってみたいものだ、ほんとうに花に堪能するかどうかと。
「み吉野の山の白雪踏み分けて入りにし人の訪れもせぬ」（『古今集』冬、壬生忠岑《みぶのただみね》）などをふまえる。
六　洲浜の吉野山（五八〜五九）から屏風絵の吉野山に転ずる。山人を詠む点は同じ。

60　吉野山に籠《こも》った山人は、花をわが家のもののように、心ゆくまで眺めていることだろうか。
「今はわれ吉野の山の花をこそ宿の物とも見るべかりけれ」（『新古今集』雑上、藤原俊成）にもとづく。
七　ここは、旧都の意。

61　荒れはてた志賀の旧都の桜の園は、さぞや往時の春が恋しかろうな。
「里は荒れぬ尾上《をのへ》の宮のおのづから待ち来し宵も昔なりけり」（『新古今集』恋五、後鳥羽院）、「あすよりは志賀の花園まれにだに誰かは訪はむ春の故郷《ふるさと》」（同春下、藤原良経）を想起するか。
◇志賀　天智天皇の皇居、大津宮のあった地。滋賀県大津市。◇そのかみ　当時。

62　かつての都を訪れても、いったい誰に尋ねればよいのか。桜も昔のままの主人ではないので。
桜も昔のままの老木ではなく、旧都のことを尋ねるすべがないというもの。「人はいさ心も知らず故郷は花ぞ昔の香に匂ひける」（『古今集』春上、紀貫之）、「春来てぞ人も訪《と》ひける山里は花こそ宿の主《あるじ》なりけれ」（『拾遺集』雑春、藤原公任《きんとう》）による。

63　花の散るのを惜しんで、宮殿への行き来の人たちが、桜の木をとり囲んで坐っているよ。

「うちひさす宮道《みやぢ》に逢ひし人妻ゆゑに玉の緒の思ひ乱れて寝《ぬ》る夜しぞ多き」（『万葉集』巻十一、作者未詳）、「榊葉《さかきば》の香をかぐはしみ求《と》め来れば八十氏人《やそうぢびと》ぞ円居せりける」（『拾遺集』神楽《かぐら》歌、読人しらず）等によるか。◇散らまく　散るであろうこと。◇うちひさす　「宮」の枕詞。◇円居　多くの者が輪のように並ぶこと。

64　桜の花が散ってしまったら、さぞかし惜しかろう。今、行きずりに手折って頭に插《さ》そう。

花を空《むな》しく散らすよりは、髪飾りとして愛惜しようというもの。「白露に争ひかねて咲ける萩《はぎ》散らば惜しけむ雨な降りそね」（『万葉集』巻十、作者未詳）、「たまぼこの道行ぶりに思はぬに妹《いも》を相見て恋ふるころかも」（同巻十一、作者未詳）を参考にしている。◇たまぼこの　「道」の枕詞。◇道行ぶり　みちみち。道の途中で。

65　道すがら雪と見紛うばかりに散り乱れる花を見て、立ち去るのをためらっているうちに、今日一日が過ぎてしまった。

落花を雪と幻想した歌。「春の野に若菜摘まむと来しものを散り交《か》ふ花に道はまどひぬ」（『古今集』春下、紀貫之）などの影響がある。

66　咲いたと思うそのそばから散り始めている山桜なのだ。風よ、花のあたりで吹かないでくれ。

「咲けばかつ散りぬる山の桜花心のどかに思ひけるか

あるじならねば

花をよめる

63
桜花《さくらばな》　散らまく惜しみ　うちひさす　宮路《みやぢ》の人ぞ　円居《まどゐ》せりける

64
桜花　散らば惜しけむ　たまぼこの　道行《みちゆき》ぶりに　折りてかざさむ

65
道すがら　散りかふ花を　雪とみて　やすらふほどに　この日暮らしつ

66
咲けばかつ　うつろふ山の　桜花《さくらばな》　はなのあたりに　風な吹きそも

人のもとに詠《よ》みてつかはし侍《はべ》りし

67 春は来れど　人もすさめぬ　山桜　風のたよりに　われのみぞ訪《と》ふ

山家に花を見るといふことを、人々[一]あまたつかうまつりしついでに

68 桜花　咲き散るみれば　山里に　われぞ多くの　春は経《へ》にける

屏風《びやうぶ》に、山中《さんちゆう》に桜咲きたるところ

69 山桜　散らばちらなむ　惜しげなみ　よしや人見ず　花の名だてに

な」(『柿本集』)、「春風は花のあたりを避《よ》きて吹け心づからや移ろふと見む」(『古今集』春下、藤原好風《よしかぜ》)などに学ぶか。
◇かつ　…すると同時に一方では、の意。

67　春が訪れても誰一人心を寄せぬ山桜を、風の知らせで、私だけが訪ねて見てきました。

山桜を手折って帰り、人に贈った際に添えた歌であろう。「山高み人もすさめぬ桜花いたくなわびそ我《われ》見はやさむ」(『古今集』春上、読人しらず)に学ぶ。
◇すさめぬ　好まない。心を寄せない。
一 歌会での題詠。「あまた」はたくさん。「つかうまつる」は、ここは「詠む」の敬語。

68　桜の咲き散るさまを見ていると、この山里で私が過ごした幾多の春に気づかされる。

「植ゑし時花見むとしも思はぬに咲き散る見れば齢《よはひ》老いにけり」(『後撰集』春中、藤原扶幹《すけもと》)、「はかなくて過ぎにし方《かた》を数ふれば花に物思ふ春ぞ経にける」(『新古今集』春下、式子内親王)によるか。

69　山桜よ、散るなら散るで惜し気なく、きれいさっぱりと散ってくれ。たとい人には見られなくても、お前自身の名誉のために。

「桜花散らば散らなむ散らずとて故郷人《ふるさとびと》の来ても見なくに」(『古今集』春下、惟喬親王《これたかのみこ》)、「秋の野の花の名だてに女郎花《をみなへし》仮りにのみ来む人に折らるな」(『拾遺集』秋、読人しらず)を参考にしている。
◇名だて　評判を立てること。

70 花を尋《たづ》ぬといふことを
花を見む　としも思はで　来《こ》しわれぞ　深き山路《やまぢ》に　日数《ひかず》経《へ》にける

一屏風《びやうぶ》の絵に
71 山風《やまかぜ》の　桜吹きまく　音《おと》すなり　吉野の滝の　岩もとどろに

散る花
72 滝の上《うへ》の　三船《みふね》の山の　やま桜　風に浮きてぞ　花も散りける

73 春来れば　いとかの山の　やま桜　風に乱れて　花ぞ散りける

70 花を見るつもりはなかったのに、桜に引かれて山奥に入りこみ、そこで何日も過してしまった。
「春の野に菫《すみれ》摘みにと来しわれぞ野を懐かしみ一夜《ひとよ》寝にける」（『万葉集』巻八、山辺赤人）、「白雲のかかる旅寝もならはぬに深き山路に日は暮れにけり」（『新古今集』羇旅、永縁《ようえん》）などが想起されている。
◇花を見むとしも　「し」は強意。
一 七一〜七三は屏風絵の歌。吉野の桜を題材としている点、七〇の屏風と同じものを詠んだものか。

71 山風が桜に激しく吹きつけ花を巻き上げる音がする、吉野の滝の岩のとどろきとともに。
山風や滝の音の激しさを屏風絵から活写している。「山風に桜吹き巻き乱れなむ花の紛れに立ちとまるべく」（『古今集』離別、遍昭）などを参考にするか。
◇吉野の滝　奈良県吉野郡吉野町の宮滝《みやたき》。

72 滝のほとりの三船の山の山桜は、舟が海を浮き漂うように、烈風にその身を委ねて散ってゆく。
山風に巻き上げられた桜の花弁が、滝の辺りを乱舞する光景。「滝の上の三船の山にゐる雲の常にあらむとわが思はなくに」（『万葉集』巻三、弓削皇子《ゆげのみこ》）が想起されている。
◇三船の山　吉野町菜摘東南方の山。「滝」「船」「浮く」は縁語。

73 春が来ると、糸鹿《いとか》の山の山桜は、風に乱れて散ってゆく。
糸鹿の山を歌枕として選んでいるのは、糸が風に吹き

花、風をいとふ

74 咲きにけり　長等《ながら》の山の　桜花《さくらばな》　風に知られで　春も過ぎなむ

花をよめる

75 みよしのの　山下陰《やましたかげ》の　桜花　咲きて立てりと　風に知らすな

名所の散る花

76 桜花　うつろふ時は　みよしのの　山下風《やましたかぜ》に　雪ぞ降りける

[二]花、雪に似たりといふことを

ちぎられ、そのために花が散乱したと詠みなす意図による。「足代《あて》過ぎて糸鹿の山の桜花散らずあらなむ帰り来るまで」（『万葉集』巻七、作者未詳）、「梅の花枝にか散ると見るまでに風に乱れて雪ぞ降りくる」（同巻八、忌部黒麻呂《いむべのくろまろ》）が念頭にあろう。
◇いとかの山　和歌山県有田市糸我《いとが》町にある山。

74　長等の山の桜がついに咲いた。風に知られないで、春が過ぎてほしいものだ。

「さざなみや長等の山の嶺《みね》続き見せばや人に花の盛りを」（『千載集』春上、藤原範綱《のりつな》）、「春ごとに松の緑に埋もれて風に知られぬ花桜かな」（『金葉集』春、源有仁《ありひと》）をふまえるか。
◇長等の山　滋賀県大津市の三井寺背後の山。

75　吉野の山裾の陰に咲く桜花よ、美しく咲いて佇《たたず》んでいることを風に気取られぬようにせよ。

山麓《さんろく》の陰になった所にひっそり咲く桜を見つけた感慨を詠む。「白雪の降りしく時はみ吉野の山下風に花ぞ散りける」（『古今集』賀、紀貫之）、「あしびきの山隠れなる桜花散り残れりと風に知らるな」（『拾遺集』春、小弐命婦《しょうにのみょうぶ》）の影響がある。

76　桜の花の散る時は、吉野の山の麓《ふもと》を吹く風をうけて、雪が降り乱れているように見える。

「白雪の…」（七五釈注参照）、「桜散る木の下風は寒からで空に知られぬ雪ぞ降りける」（『拾遺集』春、紀貫之）によった歌。

二　落花が雪に似ていることを詠んだ歌、の意。

77　風が吹くと、花は雪と見紛うばかりに散り乱れる。すると吉野の山には春がないのだろうか。
冬は降雪、春は花吹雪《ふぶき》と、吉野には春がないのではないかと、面白く、幼く疑った歌。「春立ちて雪は花とぞ散り紛ふ若菜摘む野も道迷ふがに」（建仁元年『老若五十首歌合』、藤原家隆）などを参考にするか。

78　山深い所なので、尋ねて来た木の下には、雪ではないかと思うほどに花が散っている。
山深く桜の花を尋ねて分け入ったが、花はすでに散っていた、深山ゆえ落花を残雪かと錯覚した、というのである。「散り残る花もやあるとうち群れてみ山隠れを尋ねてしがな」（『新古今集』春下、藤原道信《みちのぶ》）、「冬ごもり思ひかけぬを木の間より花と見るまで雪ぞ降りける」（『古今集』冬、紀貫之）が脳裏にあろう。

79　春が来て雪の消えてしまった木の下に、今度は白く白く、花が散り積っている。
白々とした木の下の落花が、消え去った雪を連想させるという、単純だが嫌味のない歌。

80　山桜の、今しも散ろうとしている花の枝に、暮れ方の雨の露がこぼれ落ちている。
雨露が落花を早めるのではないかと案ずる歌だろう。「龍田姫いまはの頃の秋風に時雨《しぐれ》を急ぐ人の袖かな」（『新古今集』秋下、藤原良経）を参考にするか。

81　山桜の花のあえなく散ってしまった枝に、その形見であるかのような、夕方の雨のはかない露

77
風ふけば　花は雪とぞ　散りまがふ　吉野の山は　春やなからむ

78
山ふかみ　尋ねて来つる　木《こ》のもとに　雪と見るまで　花ぞ散りける

79
春の来て　雪は消えにし　木《こ》のもとに　白くも花の　散りつもるかな

雨中の夕《ゆふべ》の花

80
山桜　今はのころの　花の枝《え》に　ゆふべの雨の　露ぞこぼるる

81
山桜　あだに散りにし　花の枝《え》に　ゆふべの雨の　露の残

が残っている。
「枝よりもあだに散りにし花なれば落ちても水の泡とこそなれ」（『古今集』春下、菅野高世《すがののたかよ》）をふまえる。

82　春も深まったので、風の激しい嵐山の桜の花は、咲いたと思うまにもう散ってしまった。
「うつせみの世にも似たるか花桜咲くと見しまにかつ散りにけり」（『古今集』春下、読人しらず）による。
◇嵐の山　京都市西京区、大堰《おおい》川西岸の嵐山。ここでは「嵐」を掛けている。

83　一　鎌倉市雪ノ下にあった寺。一八頁注二参照。

見に行こうと思っているまに散ってしまったのだな。わけのわからぬ花だ、風も吹かないうちに落ちてしまうとは。

桜のことが心配で、勝長寿院の境内へ入る前に見かけた僧に尋ね、散ったと聞いて落胆し、軽く桜を恨んで詠んだ即興歌。「起きて見むと思ひしほどに枯れにけり露より異《け》なる朝顔の花」（『新古今集』秋上、曾禰好忠《そねのよしただ》）が念頭にあろう。
◇あやな　「あやなし」（筋が通らぬ意）の語幹。

84　桜が咲いたと思っているうちにもう散ってしまった。現実に吹いたのだろうか、それとも夢だったのか、あの春の山風は。
「うつせみの…」（八二釈注参照）、「桜花夢か現《うつつ》かしら雲の絶えてつれなき嶺《みね》の春風」（『新古今集』春下、藤原家隆）が想起されている。

れる

落花をよめる

82 春ふかみ　嵐《あらし》の山の　桜花《さくらばな》　咲くと見しまに　散りにけるかな

三月のすゑつかた、一勝長寿院《しようちやうじゆゐん》に詣《まう》でたりしに、ある僧、山かげにかくれをるを見て、「花は」と問ひしかば、「散りぬ」となむこたへ侍《はべ》りしを聞きてよめる

83 ゆきて見むと　思ひしほどに　散りにけり　あやなの花や　風立たぬまに

84 桜花　咲くと見しまに　散りにけり　夢か現《うつつ》か　春のや

ま風

水辺の落花といふことを

85 桜花《さくらばな》　散り交《か》ひかすむ　春の夜の　朧月夜《おぼろづくよ》の　賀茂《かも》の川かぜ

86 ゆく水に　風吹き入《い》るる　桜花　ながれて消えぬ　泡《あわ》かともみゆ

87 山桜　木々の梢《こずゑ》に　見しものを　岩間《いはま》の水の　泡となりぬる

湖辺の落花

88 山風《やまかぜ》の　霞《かすみ》吹きまき　散る花の　乱れて見ゆる　志賀《しが》の

85 賀茂川の川風に桜の花が散り乱れ、春の夜の朧月は、いっそう霞《かす》んで見える。

「桜花散り交ひ霞む久方の雲居に薫る春の山風」（建仁二年『三体和歌』、藤原家隆）、「照りもせず曇りもはてぬ春の夜の朧月夜にしくものぞなき」（『新古今集』春上、大江千里《おおえのちさと》）にもとづく。

◇賀茂の川　京都市東部を流れる川。

86 流れる水に風が吹き入れた桜の花、川面を下るその花びらは、水の中にあっても消えぬ泡のようにも見える。

「枝よりも…」（八一釈注参照）を念頭に置いて詠む。

87 山桜を木々の梢に仰ぎ見ていたのに、いつのまにか岩の間を流れる泡となってしまった。

「枝よりも…」（八一釈注参照）により、花のはかなさを歌ったもの。

88 山風が霞に吹きつけて巻き上げ、琵琶湖《びわこ》の岸の波に桜の花が乱れ飛んでいるのが見える。

「山風に…」（七七釈注参照）、「桜咲く比良の山風吹くままに花になりゆく志賀の浦波」（『千載集』春下、藤原良経）などに学んでいる。

◇志賀の浦波　「志賀の浦」は、滋賀県滋賀郡の琵琶湖に面する湖岸一帯の地。

89 志賀の旧都の花盛りを、風が吹くより前に訪れるべきだったのに。

「さざなみや志賀の都は荒れにしを昔ながらの山桜かな」（『千載集』春上、読人しらず）、「八重匂《にほ》ふ軒端《のきば》の桜うつろひぬ風より先に訪ふ人もがな」（『新古今集』春下、式子内親王）に負う。
◇さざなみや　「志賀」の枕詞。◇志賀　琵琶湖南西岸の旧地名。

90　桜が散ってしまえば訪ねる人とてない。旧都ではやはり桜が昔のままの変らぬ主人であった。
「春来てぞ人も訪ひける山里は花こそ宿の主《あるじ》なりけれ」（『拾遺集』雑春、藤原公任）、「人はいさ心も知らず故郷は花ぞ昔の香に匂ひける」（『古今集』春上、紀貫之）を本歌とする。

91　桜が花盛りの今年だというのに、訪ねて来る人もなく春は暮れた。してみると、春とはいえ名ばかりにすぎなかったのだ。
後鳥羽院の、建仁二年『三体和歌』の後の歌会歌「今年さへ志賀の弥生《やよひ》の花盛り訪はれで暮れぬ春の故郷」をふまえ、春が来ていたことは確かなのに、この里では春とは名ばかりだと、花に対して春を恨む歌。
◇むなしき名　虚名の意。

一　花のために風が吹くのを恨めしく思う歌、の意。

92　無情な風だよ、咲いたと思っているうちに、桜の花はもう散ってしまいそうだ。
「春立ちてなほ降る雪は梅の花咲くほどもなく散るかとぞみる」（『拾遺集』春、凡河内躬恒）、「鳴きとむる花しなければ鶯《うぐひす》もはてはもの憂くなりぬべらなり」（『古今集』春下、紀貫之）などを参考にしていよう。
◇べらなる　…しそうだ、…ようだ、の意。

浦波《うらなみ》

故郷に花を惜しむ心を

89　さざなみや　志賀の都の　花ざかり　風よりさきに　訪《と》は
ましものを

90　散りぬれば　訪《と》ふ人もなし　ふるさとは　花ぞむかしの
主《あるじ》なりける

91　今年さへ　訪《と》はれで暮れぬ　桜花　春もむなしき　名にこ
そありけれ

[一]花、風を恨む

92　心憂《う》き　風にもあるかな　桜花　咲くほどもなく　散りぬ

93　桜が咲いたと思ったらもうはかなく散ってしまった。吉野山はただ春風が寂しく吹くばかりだ。
藤原良経の「吉野山花の故郷《ふるさと》跡絶えて空《むな》しき枝に春風ぞ吹く」（『新古今集』春下）、「人住まぬ不破《ふは》の関屋の板廂《いたびさし》荒れにし後はただ秋の風」（同雑中）をふまえる。

94　桜の花咲く山道はそれほど遠いのだろうか。さも去りにくそうに、春は遅々として暮れた。
春を擬人化し、花との別れを惜しんで去ってゆく春の足どりを重いと見た。第四句には「わが宿に咲ける藤《ふぢ》波《なみ》立ち返り過ぎがてにのみ人の見るらむ」（『古今集』春下、凡河内躬恒）の影響があろう。

95　春も深まった。桜の散りかかる山の井の、昔からの清水で蛙の鳴く声がする。
「春深み井手の川波立ち返り見てこそ行かめ山吹《やまぶき》の花」（『拾遺集』春、源 順《みなもとのしたごう》）、「沢水に蛙鳴くなり山吹の移ろふ影や底に見ゆらむ」（同、読人しらず）に学ぶか。
◇山の井　山の岩間から水の湧き出ているところ。

一　山吹の異名。九六～一〇六は山吹の歌群。

96　山吹の花からしたたる滴《しづく》が袖をしっとりと濡らし、昔を懐かしく偲《しの》ばせてくれる玉川の里よ。
「駒《こま》とめてなほ水かはむ山吹の花の露そふ井手の玉川」（『新古今集』春下、藤原俊成）、「吹く風に花橘《はなたちばな》や匂《にほ》ふらむ昔覚ゆる今日の庭かな」（同釈教、寂然《じゃくぜん》）、「見渡せば波のしがらみかけてけり卯《う》の花咲ける玉川の里」（『後拾遺集』夏、相模《さがみ》）などによる。

べらなる

春風をよめる

93　桜花《さくらばな》　咲きてむなしく　散りにけり　吉野の山は　ただ春の風

桜をよめる

94　桜花　咲ける山路《やまぢ》や　遠からむ　過ぎがてにのみ　春の暮れぬる

95　春ふかみ　花散りかかる　山《やま》の井《ゐ》の　古き清水《しみづ》に　蛙《かはづ》鳴く　なり

川辺《かはべ》の款冬《くわんとう》一

96　山吹《やまぶき》の　花のしづくに　袖《そで》ぬれて　むかしおぼゆる　玉川《たまがは》の里

97　山吹の　花のさかりに　なりぬれば　井手《ゐで》のわたりに　行《ゆ》かぬ日ぞなき

款冬を見てよめる

98　わが宿の　八重《やへ》の山吹　露を重《おも》み　うち払ふ袖の　そぼちぬるかな

雨の降れる日、山吹をよめる

99　春雨《はるさめ》の　露のやどりを　吹く風に　こぼれてにほふ　山吹の花

◇玉川の里　相模の歌にみえる「玉川の里」を、『五代集歌枕』（藤原範兼《のりかね》）は陸奥《むつ》の国（福島・宮城・岩手・青森の諸県）のものとするが、実朝は、これを京都府南部、井手の玉川流域の里とみているらしい。

97　山吹の花の盛りになったので、井手のあたりに見に行かぬ日は一日とてない。

山吹への愛着を詠む。「蛙鳴く井手の山吹散りにけり花の盛りにあはましものを」（『古今集』春下、読人しらず）、「山吹の花の盛りに井手に来てこの里人《さとびと》になりぬべきかな」（『拾遺集』春、恵慶）を本歌とする。◇井手　京都府綴喜《つづき》郡井手町。山吹の名所。

98　わが家の八重の山吹に露が重く宿っている、それを払う私の袖はすっかり濡れてしまった。

「わが宿の八重山吹は一重《ひとへ》だに散り残りなむ春の形見に」（『拾遺集』春、読人しらず）、「宮城野《みやぎの》の本《もと》あらの小《こ》萩《はぎ》露を重み風を待つごと君をこそ待て」（『古今集』恋四、読人しらず）を参考にしていよう。

99　春雨の露を宿している山吹、その花へ吹きよせる風に露がこぼれ、よい香りを放っている。

雨中、ことに山吹の香りが高い理由を、花を濡らした雨滴が香りを発散させることに求めている。「春雨に匂へる色も飽かなくに香さへ懐かし山吹の花」（『古今集』春下、読人しらず）、「影とめし露の宿りを思ひ出でて霜に跡訪ふ浅茅《あさぢ》生《ふ》の月」（『新古今集』冬、藤原雅経）、「藤袴《ふぢばかま》主は誰ともしら露のこぼれて匂ふ野辺の秋風」（同秋上、公猷《こうゆう》）が想起されている。

100 春はあと幾日もないから、たとえ春雨に濡れようとも、山吹の花を手折るとしよう。

題意とやや異なり、山吹を折ろうとする際の気持を詠んだ。「いま幾日《いくか》春しなければ鶯《うぐひす》もものは眺めて思ふべらなり」（『古今集』物名、紀貫之）、「露時雨《つゆしぐれ》漏る山《やま》陰《かげ》の下紅葉《したもみぢ》濡るとも折らむ秋の形見に」（『新古今集』秋下、藤原家隆）などが念頭にあるか。

◇春し 「し」は強意。

101 いったい、私の心をどうしようとして、散ってゆく山吹に嵐がことさら吹きつけているのか。

嵐が落花を促すのではないかと心切ないのである。「わが心いかにせよとて時鳥《ほととぎす》雲間の月の影に鳴くらむ」（『新古今集』夏、藤原俊成）などによる。

102 立ち戻って何度も眺めてみるが、飽きないものだ。山吹の花の散っている岸の、春の川波は。

前歌の詞書を承《う》ける形だが、内容的には適合しない。詞書が欠落しているものか。「春深み井手の川波立ち返り見てこそ行かめ山吹の花」（『拾遺集』春、源順）、「桜麻《さくらあさ》の苧生《をふ》の浦波立ち返り見れども飽かず山梨《やまなし》の花」（『新古今集』雑上、源俊頼《としより》）が想起されている。

一 以下の二首は山吹を折って人に贈った際のもの。

103 おのずとあわれを催されるでしょう、どうぞよくご覧下さい。春の深まりとともに散り始めている、川岸の山吹の花の一輪です。

「眺むればわが山の端に雪白し都の人よあはれとも見よ」（『新古今集』冬、慈円）、「吉野川岸の山吹吹く風

山吹を折りてよめる

100 いま幾日《いくか**》**　春しなければ　春雨《はるさめ》に　濡《ぬ》るとも折らむ　山吹《やまぶき》の花

山吹に風の吹くを見て

101 わが心　いかにせよとか　山吹の　うつろふ花に　嵐《あらし》たつらむ

102 たちかへり　見れどもあかず　山吹の　花ちる岸の　春の川波《かはなみ》

一山吹の花を折りて、人のもとにつかはすとてよめる

103 おのづから　あはれとも見よ　春ふかみ　散りゐる岸の

山吹の花

104 散り残る　岸の山吹　春ふかみ　このひと枝《えだ》を　あはれと言はなむ

山吹の散るを見て

105 玉藻《たまも》刈《か》る　井手《ゐで》の川風　吹きにけり　水泡《みなわ》にうかぶ　山吹の花

106 玉藻刈る　井手のしがらみ　春かけて　咲くや川瀬《かはせ》の　山吹の花

的弓《まとゆみ》[二]の風流《ふりう》[三]に、大井《おほゐ》[四]川《がは》をつくりて、松に藤《ふぢ》[五]かかるところ

に底の影さへ移ろひにけり」（『古今集』春下、紀貫之）などを参考にしている。

104 散り残っている岸の山吹です。春も深まりました、この一枝を見てあわれと言ってください。去りゆく春の形見として、山吹の花の一枝を哀惜してほしいというもの。

105 井手の川風が吹き過ぎていった。その後には山吹の花が水泡のように川面に浮んでいる。「玉藻刈る堰《ゐで》のしがらみ薄みかも恋の淀《よど》めるわが心かも」（『万葉集』巻十一、作者未詳）、「潮満てば水泡《みなわ》に浮かぶ砂《まなご》にもわれは生けるか恋ひは死なずて」（同）を参考にするか。◇玉藻刈る　「堰《ゐで》」（川水を堰《せき》止めた所）と同音の「井手」に掛る枕詞。

106 井手の柵《しがらみ》があるせいで、春の間中、川瀬に山吹の花が咲いている。流れに落ちた山吹が柵に堰止められたのを、川瀬に咲いた花に見立てた。藤原定家撰の『新勅撰集』に入集。情景と調べの優美さが、定家の眼鏡に叶《かな》ったのだろう。「龍田山風の柵秋かけてせくや川瀬の峰のもみぢ葉」（承元元年『最勝四天王院障子和歌』、藤原家隆）による。◇しがらみ　水流を堰止める柵《さく》。◇川瀬　川の浅瀬。

二 的に向って弓を射ること。三 趣向を凝らした飾り物。四 京都市の嵯峨《さが》・嵐山《あらしやま》辺りを流れる川。ただしここは洲浜の作り物。五 一〇七〜一一〇は藤の歌群。

107 たちかへり　見てを渡らむ　大井川《おほゐがは》　川辺《かはべ》の松に　かかる
藤波《ふぢなみ》

屏風絵《びやうぶゑ》に、多祜《たこ》[一]の浦に旅人の藤の花を折り
たるところ

108 多祜《たこ》の浦の　岸の藤波　たちかへり　折らではゆかじ　袖《そで》
は濡《ぬ》るとも

池の辺《へん》の藤の花

109 ふるさとの　池の藤波　誰《たれ》植ゑて　むかし忘れぬ　かたみ
なるらむ

110 いとはやも　暮れぬる春か　わが宿の　池の藤波　うつろ
はぬまに

107　もう一度立ち戻ってよく見て渡ろう。大井川の川辺の松にかかる美しい藤の花を。

洲浜中の人物の心情になって詠んだもの。「春深み…」（一〇三釈注参照）や「大井川川辺の松に言問《ことと》はむかかる御幸やありし昔も」（『拾遺集』雑上、紀貫之）などが想起されている。

◇見てを　「を」は強意の間投助詞。◇藤波　藤の花房が風に靡《なび》き揺れる様を波に見立てた語。

一　富山県氷見《ひみ》市付近に昔あった布勢の湖の東南部。

108　多祜の浦の岸の藤の花を、立ち戻ってぜひとも手折ってゆこう。たとえ打ち寄せる波に袖は濡れようとも。

屏風の絵柄から旅人の心中を推測した歌。「多祜の浦の底さへ匂《にほ》ふ藤波をかざして行かむ見ぬ人のため」（『万葉集』巻十九、内蔵縄麻呂《くらのなわまろ》）などによるか。

109　荒れすさんだ里の池の藤の花は、いったい誰が植え、昔を思い出させる形見として美しく咲き続けているのだろう。

「石上布留野《いそのかみふるの》の桜誰植ゑて春は忘れぬ形見なるらむ」（『新古今集』春上、源通具《みちとも》）にもとづく。

110　たいそう早く春が暮れてしまった。わが家の池の藤の花はまだ散ってもいないのに。

「いと早も鳴きぬる雁《かり》か白露の彩《いろど》る木々も紅葉《もみち》あへなくに」（『古今集』秋上、読人しらず）、「わが宿の池の藤波咲きにけり山時鳥《ほととぎす》いつか来鳴かむ」（同夏、読人しらず）が念頭にあろう。

二 正月ふたつありし年、三月に時鳥《ほととぎす》鳴くを聞きてよめる

111 聞かざりき　弥生《やよひ》の山の　時鳥《ほととぎす》　春加《くは》はれる　年はありしかど

三 春の暮をよめる

112 春ふかみ　嵐《あらし》もいたく　吹く宿は　散り残るべき　花もなきかな

113 ながめこし　花もむなしく　散りはてて　はかなく春の　暮れにけるかな

114 いづかたに　行《ゆ》きかくるらむ　春霞《はるがすみ》　たちいでて山の　端《は》

二 閏《うるう》正月があった年。建暦元年(一二一一)に当る。

111 三月の山で鳴く時鳥なんて、今まで聞いたこともなかった。春に閏月のある年は経験したが。

「桜花春加はれる年だにも人の心の飽かれやはせぬ」(『古今集』春上、伊勢)を想起している。

◇春加はれる年　正治二年(一二〇〇)。同年は閏二月があった。実朝は当時九歳。

三 一一二～一一五は暮春の歌。

112 春が深まるにつれて嵐も吹きつのるようになったわが家では、散り残りそうな花とてないよ。

「散り残る花もやあるとうち群れて深山《みやま》隠れを尋ねてしがな」(『新古今集』春下、藤原道信)などによる。

113 眺め暮してきた桜の花もむなしく散りはて、春はあっけなく暮れてしまった。

「石走《いはばし》る初瀬の川の波枕早くも年の暮れにけるかな」(『新古今集』冬、藤原実定《さねさだ》)に依拠している。

114 春霞はいったいどこに隠れるのだろう。霞が立った時には外に出て見たものだが、今は山の稜線にさえも見えない。

晩春には霞が見られないことを嘆いた。「いづかたに行き隠れなむ世の中に身のあればこそ人も辛けれ」(『拾遺集』恋五・『新古今集』恋五、読人しらず)、「人知れず思ふ心は春霞立ち出でて君が目にも見えなむ」(『古今集』雑下、藤原勝臣《かちおむ》)による。

◇たちいでて　霞が「立つ」に、人が外に「立ち」出る意を掛ける。

にも見えなで

115 行《ゆ》く春の　かたみと思ふを　天《あま》つ空《そら》　有明《ありあけ》の月は　影も絶えにき

一 三月尽《じん》

116 惜しむとも　今宵《こよひ》あけなば　明日《あす》よりは　花の袂《たもと》を　脱ぎやかへてむ

115 去りゆく春の形見と思っていたのに、大空の有明の月の姿も消えてしまった。

惜春の情を寄せたい有明の月が空に見えぬと嘆く。◇天つ空　大空。◇有明の月　夜が明けてもなお空に残る月。ここは三月下旬の月。

一 陰暦で春の終りをいう。三月末日。

116 たとえ春を惜しむ気持は深くとも、今宵が明けて明日になれば、華やかな春の衣を薄い夏衣に脱ぎ替えてしまう私なのだろうか。

四月一日になったら、世間の風習に倣《なら》って衣更えする自分だろうと嘆息している。「逢はずして今宵明けなば春の日の長くや人を辛しと思はむ」（『古今集』恋三、源宗于）、「唐衣《からころも》花の袂に脱ぎ替へよわれこそ春の色はたちつれ」（『新古今集』雑上、藤原道長）などを参考にしている。

◇花の袂　華やかな衣服。美しい袂。春の衣の意。

二　衣更え。ここは四月一日に夏の装いに改めること。

117　惜しんできた華やかな春の衣服もすべて脱ぎ替えた。こうしてみると、人の心のほうがまず夏になったのだ。

人の心は変りやすく、春を見捨てて夏を求めるので更衣も行われるのだというもの。春部の最終歌一一六を承《う》けた配列。「夏衣花の袂に脱ぎ替へて春の形見もとまらざりけり」（『千載集』夏、大江匡房《おおえのまさふさ》）、「をりふしも移れば替へつ世の中の人の心の花染の袖」（『新古今集』夏、藤原俊成の女《むすめ》）が想起されている。

118　龍田山の時鳥《ほととぎす》よ、早く鳴いてほしい。その美しい初音《はつね》を聞きたいものだ。

「夏衣龍田の山の桜花飽かで散りにし春ぞ恋しき」（『経衡集《つねひら》』）、「五月来《さつきこ》ば鳴きも古《ふ》りなむ時鳥まだしきほどの声を聞かばや」（『古今集』夏、伊勢）等による。◇夏衣　裁断する意の「裁《た》つ」から、同音で「龍田山」の「龍」に掛る枕詞《まくらことば》。◇龍田の山　奈良県生駒《いこま》郡三郷町西方の山。◇いつしか　いつの日か早く。◇ばや　…したいものだ。希望の意の終助詞。

119　春が過ぎてまだ幾日もたたないのに、わが家の池の藤波は散ってしまった。

「秋立ちて幾日もあらねどこの寝ぬる朝明《あさけ》の風は袂涼しも」（『拾遺集』秋、安貴王《あきのおおきみ》）、「時鳥待つとせしまにわが宿の池の藤波うつろひにけり」（建仁元年『老若五十首歌合』、藤原家隆《いえたか》）などの影響があろう。◇藤波　一〇七参照。

夏

[二]更衣《かうい》をよめる

117　惜しみこし　花の袂《たもと》も　脱ぎかへつ　人の心ぞ　夏にはありける

夏のはじめの歌

118　夏衣《なつごろも》　龍田の山の　ほととぎす　いつしか鳴かむ　声を聞かばや

119　春すぎて　幾日《いくか》もあらねど　わが宿の　池の藤波《ふぢなみ》　うつろひにけり

時鳥《ほととぎす》を待つ、といふことをよめる

120 夏衣《なつごろも》　たちし時より　あしびきの　やま時鳥《ほととぎす》　待たぬ日ぞなき

121 時鳥《ほととぎす》　聞くとはなしに　武隈《たけくま》の　まつにぞ夏の　日《ひ》数経《かずへ》ぬべき

122 初声《はつこゑ》を　聞くとはなしに　今日《けふ》もまた　やま時鳥《ほととぎす》　待たずしもあらず

123 時鳥《ほととぎす》　かならず待つと　なけれども　夜なよな目をも　覚ましつるかな

120　夏になった時から、山時鳥が来て鳴くのを心待ちにしない日はない。

◇夏衣たちし　夏衣を裁《た》つ（着られるよう裁断する）意に、立夏を掛けた修辞。◇あしびきの　「山」の枕詞。◇やま時鳥　山に棲息《せいそく》する時鳥。

121　声を聞くこともないまま時鳥をじっと待つうちに、夏の幾日もが空《むな》しく過ぎてしまいそうだ。

「一声と聞くとはなしに時鳥夜深く目をも覚ましつるかな」（『後撰集』・『拾遺集』夏、伊勢）、「植ゑし時契りやしけむ武隈の松を再び逢ひ見つるかな」（『後撰集』雑三、藤原元善《もとよし》）などが念頭にある。

◇武隈のまつ　宮城県岩沼市にあった二株の老松。「武隈の」は松と同音の「待つ」を引き出すための序。

122　初声を聞きたいわけでもないが、今日もまた、何となく山時鳥を心待ちにしている私である。

「時鳥深山《みやま》出づなる初声を何《いつ》れの宿の誰か聞くらむ」（『新古今集』夏、弁乳母《べんのめのと》）、「月夜よし夜よしと人に告げやらば来《こ》てふに似たり待たずしもあらず」（『古今集』恋四、読人しらず）などの影響があろう。

123　是非にというわけではないが、あるいは時鳥が鳴きはせぬかと、夜ごとに目を覚ましてみたよ。

「桐の葉も踏み分けがたくなりにけり必ず人を待つとなけれど」（『新古今集』秋下、式子内親王）、「初声の聞かまほしさに時鳥夜深く目をも覚ましつるかな」（『拾遺集』夏、読人しらず）が想起されていよう。

山家の時鳥

124 山近く　家居《いへゐ》しせれば　ほととぎす　鳴く初声《はつこゑ》は　われの
みぞ聞く

時鳥の歌

125 あしびきの　山時鳥《やまほととぎす》　木《こ》隠《がく》れて　目にこそ見えね　音の
さやけさ

126 葛城《かづらき》や　高間《たかま》の山の　時鳥《ほととぎす》　雲居《くもゐ》のよそに　鳴きわたる
なり

127 あしびきの　山時鳥《やまほととぎす》　深《み》山《やま》出《い》でて　夜ぶかき月の　影に鳴
くなり

124　山にほど近く住まっているので、時鳥の初声は私だけが聞いているのだ。
「野辺近く家居しせれば鶯《うぐひす》の鳴くなる声は朝な朝な聞く」(『古今集』春上、読人しらず)、「山賤《やまがつ》と人は言へども時鳥まづ初声は我のみぞ聞く」(『拾遺集』夏、坂《さかの》上是則《うえのこれのり》)による。

125　山時鳥は木に隠れて目に見えないが、その声はまことに冴《さ》えて際立っている。
「あしびきの山時鳥をりはへて誰かまさると音《ね》をのみぞ鳴く」(『古今集』夏、読人しらず)、「秋萩《あきはぎ》をしがらみ伏せて鳴く鹿《しか》の目には見えずて音のさやけさ」(同秋上、読人しらず)などが脳裏にあろう。

126　葛城の高間の山の時鳥が、空のはるか遠くで鳴きつづけている声が聞える。
「葛城や高間の山の桜花雲居のよそに見てや過ぎなむ」(『千載集』春上、藤原顕輔《あきすけ》)、「時鳥雲居のよそに過ぎぬなり晴れぬ思ひの五月雨《さみだれ》のころ」(『新古今集』夏、後鳥羽院)をふまえるが、より単純でたけ高い。

127　山時鳥が奥山を出て、夜更けの月光のもとで鳴いている、その声がここまで聞える。
山に棲む時鳥がいよいよ山を離れ、月光の下で思うさま鳴く様子を思いやった。品格の高い単純明快な歌。「深山《みやま》出でて夜半《よは》にや来つる時鳥暁《あかつき》かけて声の聞こゆる」(『拾遺集』夏、平兼盛《かねもり》)、「わが心いかにせよとて時鳥雲間の月の影に鳴くらむ」(『新古今集』夏、藤原俊成)に負う。

128　有明の月は木々の間に沈んだが、今度は同じ木の間から山時鳥が鳴きながら飛び立った。
「有明の月は待たぬに出でぬれどなほ山深き時鳥かな」(『新古今集』夏、平親宗《ちかむね》)、「尋ね来て花に暮せる木の間より待つとしもなき山の端の月」(同春上、藤原雅経《まさつね》)によるが、月と時鳥が同じ場所から出入りする点や、視覚・聴覚の対照に面白さがある。

129　村人の名をあまねく呼んでいるのだろうか、時鳥の鳴く声が里中に響き渡っている。
村里に響く時鳥の声を、里人全部の名を呼んでいるものと見立てた。「幾許《いくばく》の田を作ればか時鳥しでの田長《たをさ》を朝な朝な呼ぶ」(『古今集』誹諧《はいかい》歌、藤原敏行)などに学ぶ。

130　薄ぼんやりした夕闇の中で時鳥が鳴いている。その声は何となく物悲しそうだが、道に迷ったのだろうか。
「夕闇は道たづたづし月待ちていませわが背子《せこ》その間《ま》にも見む」(『万葉集』巻四、大宅女《おおやけめ》)と、「夜や暗き道やまどへる時鳥わが宿をしも過ぎがてに鳴く」(『古今集』夏、紀友則《きのとものり》)の両者を巧みに結びつけている。◇夕闇　日が暮れてから月の出るまでの薄暗い頃をいう。◇たづたづし　はっきりしない、不案内だ、の意。

131　五月になって雨が降るのを待つ田夫《でんぷ》は、暇もないほど忙しく、堰きとめた水を田に引いているが、その水に勢いづいて蛙の鳴き騒ぐ声が聞える。
「雨降れば小田のますらを暇あれや苗代水を空にまか

128　有明《ありあけ》の　月は入《い》りぬる　木《こ》の間《ま》より　山時鳥《やまほととぎす》　鳴きて出《い》づなり

129　みな人の　名をしも呼ぶか　時鳥《ほととぎす》　鳴くなる声の　里を響《とよ》むる

夕《ゆふべ》の時鳥

130　夕闇《ゆふやみ》の　たづたづしきに　時鳥《ほととぎす》　声うらがなし　道やまどへる

夏の歌

131　五月《さつき》待つ　小田《をだ》のますらを　暇無《いとまな》み　堰《せ》き入《い》るる水に　蛙《かはづ》鳴くなり

132 五月雨《さみだれ》に　水まさるらし　あやめ草《ぐさ》　末葉《うれは》隠れて　刈る人のなき

133 　五月雨《さつきあめ》降れるに、あやめ草《ぐさ》を見てよめる

袖《そで》濡《ぬ》れて　今日《けふ》葺《ふ》く宿の　あやめ草　いづれの沼に　誰《たれ》か引きけむ

134 　五月雨《さみだれ》

五月雨《さみだれ》は　心あらなむ　雲間より　出《い》でくる月を　待てば苦しも

135 五月雨《さみだれ》に　夜の更けゆけば　時鳥《ほととぎす》　ひとり山辺《やまべ》を　鳴きて過ぐなり

せて」（『新古今集』春上、勝命《しょうみょう》）の逆手をとり、乾天で田に水を引くのに忙しい農夫の姿を詠む。一方で、田の水が増えて勢いづく蛙を捉えている点は面白い。

132 五月雨のせいで増水しているらしい。あやめ草は葉の先端も水中に隠れ、刈る人はいない。

「五月雨に水増《まさ》るらし沢田川槇《まき》の継橋《つぎはし》浮きぬばかりに」（『金葉集』夏、藤原顕仲《あきなか》）、「三島江の入江の真菰《まこも》雨降ればいとどしをれて刈る人もなし」（『新古今集』夏、源経信《つねのぶ》）が想起されていよう。五月雨を待つ一三一から転じ、一三二～一三七は五月雨の歌。

◇末葉　草木の先端の葉。

133 今日、袖を濡らしながら家にあやめを葺いている。一体どこの沼で誰が引いたあやめなのか。

菖蒲《あやめ》・蓬《よもぎ》などを軒端に挿《さ》し、邪気を払う習俗があった。見事なあやめを抜いてきてくれたと、その労苦を感謝しつつ、雨中に葺くあやめを眺めている歌。

134 五月雨よ、思いやってもみてくれ。雲間からさしのぞく月を待つこの苦しさを。

「三輪山をしかも隠すか雲だにも心あらなも隠さふべしや」（『万葉集』巻一、井戸王《いのへのおおきみ》）などが念頭にあろう。

◇心あらなむ　優しい心があってほしい。

135 五月雨が降って夜が更けてゆくと、時鳥がひとり寂しく山辺を通り過ぎるらしい鳴声がする。

「かき霧《き》らし雨の降る夜を時鳥鳴きて行くなりあはれその鳥」（『万葉集』巻九、高橋虫麻呂《むしまろ》）に学んでいる。

136
五月雨《さみだれ》の　露もまだひぬ　奥山の　真木《まき》の葉がくれ　鳴く
ほととぎす

137
五月雨の　雲のかかれる　まきもくの　檜原《ひはら》が峰に　鳴く
ほととぎす

138
五月山《さつきやま》　木高《こだか》き峰の　時鳥《ほととぎす》　たそがれ時の　空に鳴く
なり

故郷の盧橘《ろきつ》一

139
いにしへを　偲《しの》ぶとなしに　ふるさとの　夕《ゆふべ》の雨に　にほ
ふ橘《たちばな》

盧橘、衣《ころも》に薫《くん》ず二

136　五月雨の露もまだ乾かぬ奥山の真木の葉陰で、時鳥が鳴いている。
「村雨の露もまだ乾《ひ》ぬ真木の葉に霧立ちのぼる秋の夕暮」（『新古今集』秋下、寂蓮《じゃくれん》）の秋の奥山を、五月雨の降った後の情景に転じたもの。
◇真木　優れた木。杉や檜《ひのき》などの常緑樹をいう。

137　五月雨の雲のかかった巻向《まきもく》の檜原の峰では、しきりに時鳥が鳴いている。
雲のたちこめる険悪な空模様の山の高みで鳴く時鳥を詠む。「巻向の檜原もいまだ曇らねば小松が原に淡雪ぞ降る」（『新古今集』春上、大伴家持《おおとものやかもち》）によるか。
◇まきもくの檜原が峰　巻向《まきもく》（奈良県桜井市三輪）の檜原の見事な山。『万葉集』には「巻向の檜原の山」（巻七、作者未詳）の用例がある。

138　五月の山の、木立の高い頂上近くの空で、夕暮れ時に時鳥が鳴いている。
◇木高き　木立が高い。
一　夏蜜柑をさすが、歌では橘《たちばな》と同意に用いる。

139　昔を慕うわけでもないが、故郷に降る夕方の雨に橘が薫って、ひとりでに懐旧の情が募る。
同じく故郷を扱った「尋ぬべき人は軒端の故郷《ふるさと》にそれかと薫る庭の橘」（『新古今集』夏、読人しらず）を参考にしていようが、実朝の趣向も巧み。
◇ふるさと　「故郷」に雨の降る意を掛ける。
二　橘の花が衣に芳香を漂わせている、の意。

140 物思いをしながらうた寝をしていると、わが家の軒の橘が匂ってきて、夜着が馥郁《ふくいく》と薫っている。
「橘の匂ふあたりのうたた寝は夢も昔の袖の香ぞする」(『新古今集』夏、藤原俊成の女《むすめ》)などをふまえる。

141 時鳥の声はいくら聞いても飽きない。里で橘の花が散り、五月雨の降る頃は。
「五月山卯《さつきやまう》の花月夜時鳥聞けども飽かずまた鳴かむかも」(『新古今集』夏、読人しらず)と、「時鳥心して鳴け橘の花散る里の五月雨の空」(『千五百番歌合』、後鳥羽院)とを組み合せたような歌。

三 神社のほとりの時鳥。

142 五月雨を幣《ぬさ》として神に供えて、熊野の山時鳥があたりに響き渡るように鳴きたてている。
五月雨の熊野で鳴く時鳥を、神への祈りと見立てた。◇幣 麻・木綿《ゆう》・紙などで作った神への供え物。

143 五月闇の中で鳴く時鳥は実に不可解だ、雨も降っていることだし声を聞く人はないだろうに。
聞く人もないまましきりに鳴く時鳥を訝《いぶか》しんだ歌。「春の夜の闇はあやなし梅の花色こそ見えね香やは隠るる」(『古今集』春上、読人しらず)が念頭にあろう。◇あやな 「あやなし」(理屈に合わぬ)の語幹。◇五月闇 五月雨が降る頃の闇夜。◇なしみ 「なみ」(ないので)と同意。『万葉集』巻四、六二九の「知師乎無三」(験《しるし》をなみ)を古訓では「シルシヲナシミ」と訓んでいたので、実朝も同様に用いたもの。

140
うたた寝の　夜《よる》の衣《ころも》に　かをるなり　もの思ふ宿の　軒《のき》の
たちばな

時鳥をよめる

141
ほととぎす　聞けどもあかず　橘《たちばな》の　花散る里の　五月雨《さみだれ》の
ころ

三社頭の時鳥

142
五月雨《さみだれ》を　幣《ぬさ》に手向《たむ》けて　み熊野《くまの》の　山時鳥《やまほととぎす》　鳴き響《とよ》む
なり

雨いたく降れる夜、ひとり時鳥を聞きてよめる

143
時鳥《ほととぎす》　鳴く声あやな　五月闇《さつきやみ》　聞く人なしみ　雨は降り

つつ

深夜の時鳥

144 五月闇《さつきやみ》　おぼつかなきに　時鳥《ほととぎす》　深き峰より　鳴きて出《い》づなり

145 五月闇　神南備山《かみなびやま》の　ほととぎす　妻恋《つまご》ひすらし　鳴く音《ね》かなしも

蓮《はす》の露、玉に似たり

146 小夜《さよ》ふけて　蓮《はす》の浮葉《うきは》の　露のうへに　玉と見るまで　やどる月影

川風、秋に似たり

144 五月闇の空は視界がよくきかないのに、深い峰から鳴いて出る時鳥の声が聞えてくる。

「深夜」の題意があまり反映されていない。「五月闇くらはし山の時鳥覚束《おぼつか》なくも鳴き渡るかな」（『拾遺集』夏、藤原実方《さねかた》）、「時鳥深き峰より出でにけり外山の裾に声の落ち来る」（『新古今集』秋下、西行）による。

145 五月闇の中で、神南備山の時鳥は、妻を恋い慕っているらしい。鳴声がいかにも哀切だ。

「おのが妻恋ひつつ鳴くや五月闇神南備山の山時鳥」（『新古今集』夏、読人しらず）にもとづいて、鳴声の悲しさから妻恋いする時鳥を推しはかったもの。◇神南備山　神の鎮座する山や森。大和《やまと》では、飛鳥《あすか》・竜田にある。

146 夜も更けたころ、蓮の浮葉の露の上に、玉と見紛うばかりに宿っている月光の美しさ。

「さを鹿《しか》の朝立つ小野の秋萩《あきはぎ》に玉と見るまで置ける白露」（『新古今集』秋上、大伴家持）をふまえるが、露が玉に見えるのは月光のためと理由を推測したもの。◇小夜　夜。「さ」は接頭語。◇浮葉　水に浮いている葉。

147 岩の下をゆく水から立秋となったものか、龍田川の、夏の夕暮れ時の川風はまことに涼しい。

晩夏の川風の涼しさを詠む。「もみぢ葉の流れざりせば龍田川水の秋をば誰か知らまし」（『古今集』秋下、坂上是則《さかのうえのこれのり》）によっている。
◇たつた川　龍田川。奈良県北西部生駒《いこま》谷を南流し、斑鳩《いかるが》町竜田の南で大和川に合流する。ここでは秋が立つ意を掛ける。
一　螢の火が夜空に乱れ飛び、秋ももう近い、の意。『和漢朗詠集』螢に収録の元稹《げんしん》の詩「夜坐」（『全唐詩』巻十五）の一句を踏む。

148　かきつばたの生える沢のほとりを飛ぶ螢の数がぐっと増えた。秋が近くなったせいだろうか。
「五月闇鵜川《うかは》にともす篝火《かがりび》の数増すものは螢なりけり」（『詞花集』夏、読人しらず）を参考にするか。

149　夏山の蟬が、木陰で声も惜しまず鳴いている。秋ももう近いということだろうか。
「秋近きけしきの森に鳴く蟬の涙の露や下葉染むらむ」（『新古今集』夏、藤原良経《よしつね》）を念頭に置く。
二　陰暦六月二十日《はつか》過ぎのこと。

150　秋の兆《きざ》しだろうか、簾《すだれ》の間を通り抜けて吹いてくる風がとても涼しい。
「玉垂れの小簾《をす》の間通し独りゐて見る験《しるし》なき夕月夜かも」（『万葉集』巻七、作者未詳）を本歌とするが、恋の歌である本歌を、四季の歌に転換している。
◇玉だれの小簾《こす》　玉を緒に通して垂らすことから、「玉だれの」は「緒」と同音の「小《を》」に掛る枕詞となり、さらに「小簾《をす》」が「こす」と読まれて、「こす」に掛る枕詞として使われるようになった。「秋近し」の語が、一四八〜一五〇に共通して用いられている。

147　岩くぐる　水にや秋の　たつた川　川風すずし　夏のゆふぐれ

一螢火《けいくわ》乱れ飛んで秋すでに近しといふことを

148　かきつばた　生《お》ふる沢辺《さはべ》に　飛ぶ螢《ほたる》　数こそまされ　秋や近けむ

蟬《せみ》

149　夏山に　鳴くなる蟬《せみ》の　木隠《こがく》れて　秋近しとや　声も惜しまぬ

二水無月《みなづき》の二十日あまりのころ、夕風簾《すだれ》をうごかすをよめる

150　秋近く　なるしるしにや　玉だれの　小簾《こす》の間《ま》とほし　風

の涼しき

[一]夜の風、衣《ころも》に冷《すず》しといふことを

151 夏ふかみ　思ひもかけぬ　うたた寝の　夜《よる》の衣《ころも》に　秋風ぞ吹く

夏の暮によめる

152 昨日《きのふ》まで　花の散るをぞ　惜しみこし　夢か現《うつつ》か　夏も暮れにけり

153 禊《みそぎ》する　川瀬《かはせ》に暮れぬ　夏の日の　入相《いりあひ》の鐘の　その声により

154 夏はただ　今宵《こよひ》ばかりと　思ひ寝の　夢路《ゆめぢ》にすずし　秋の

一 夜の風が衣を吹いて冷たい、の意。柳営亜槐本（一九三頁参照）には「冷」ではなく「涼」の字が用いてあるが、「冷」にも「すずし」の訓があるので底本の用字に従った。

151 夏も深まったので、うたた寝をしている私の夜着に思いがけず吹いた秋風は、ひんやりとして寒いくらいである。

冷風にうたた寝を覚まされて、まだ夏なのに夜は意外にも秋風が吹いているのだと気づかされたもの。「夏衣まだ一重《ひとへ》なるうたた寝に心して吹け秋の初風」（『拾遺集』秋、安法《あんぽう》）などが脳裏にあろう。◇思ひもかけぬ　「秋風ぞ吹く」に続く。また「かけ」は「夜の衣」の縁語。

152 昨日まで花の散るのを惜しんできたのだが、それも夢なのか現実なのか定かでないまま、夏も暮れ方を迎えてしまった。はかないものだ。

時のうつろいやすさを詠嘆している。「いつのまに紅葉《もみぢ》しぬらむ山桜昨日か花の散るを惜しみし」（『新古今集』秋下、具平《ともひら》親王）、「桜花夢かうつつか白雲の絶えてつれなき峰の春風」（同春下、藤原家隆）による。

153 川瀬で禊をしている最中に入相の鐘が鳴って、その声とともに夏の日も暮れてしまった。

「禊する川瀬に小夜《さよ》や更けぬらむ帰る袂《たもと》に秋風ぞ吹く」（『千載集』夏、読人しらず）、「待たれつる入相の鐘の音すなり明日《あす》もやあらば聞かむとすらむ」（『新古今集』雑下、西行）、「夕月夜《ゆふづくよ》をぐらの山に鳴く鹿《しか》の声のうちにや秋は暮るらむ」(『古今集』秋下、紀貫之《きのつらゆき》)などが想起されていよう。◇禊　身の罪や汚れを、川や海水で洗い清めること。ここは六月の晦日《みそか》に行われる六月祓《みなづきばらえ》。◇入相の鐘　日没時に撞《つ》く寺の鐘。

154　夏はただもう今夜だけなのだと思いながら寝た。その夜の夢の中で辿《たど》る通い路、そこを吹いていた秋の初風の涼しさ…。

「帰り来ぬ昔を今と思ひ寝の夢の枕《まくら》に匂《にほ》ふ橘《たちばな》」(『新古今集』夏、式子内親王)、「夏と秋と行きかふ空の通ひ路はかたへ涼しき風や吹くらむ」(『古今集』夏、凡河《おおしこう》内躬恒《ちのみつね》)などをふまえ、さわやかにまとめあげた。

初風

秋

155
七月一日の朝《あした》によめる

昨日《きのふ》こそ　夏は暮れしか　朝戸《あさと》出《い》での　衣手《ころもで》さむし　秋の初風

156
海辺に秋来たるといふ心を

霧たちて　秋こそ空に　来にけらし　吹上《ふきあげ》の浜の　浦の潮風《しほかぜ》

157
うちはへて　秋は来にけり　紀の国や　由良《ゆら》のみ崎の　海《あ》人《ま》のうけ縄《なは》

155　昨日で夏が終ったばかりなのに、朝、戸を開けて外に出ると、秋の初風を袖に寒く感じた。

袖を吹く風の冷やかさに秋の訪れを感じている。夏部の末尾の歌も第五句に「秋の初風」とあり、秋部への連接はなだらか。「昨日《きのふ》こそ早苗《さなへ》取りしかいつの間に稲葉そよぎて秋風の吹く」（『古今集』秋上、読人しらず）、「明けぬるか衣手寒し菅原《すがはら》や伏見の里の秋の初風」（『新古今集』秋上、藤原家隆《いえたか》）などが念頭にある。◇朝戸出で　朝の外出。「あさとで」とも言う。

156　吹上の浜を吹く強風が、波のしぶきを空中に吹き上げて、ちょうど霧が立っているようだ。秋は海辺でもまず空からやってきたらしい。

「うち寄する波の声にてしるきかな吹上の浜の秋の初風」（『新古今集』雑中、祝部成仲《はふりべのなりなか》）を、さらに理屈っぽくひねった。

◇吹上の浜　紀伊の国（和歌山県）の歌枕《うたまくら》。

157　紀伊の国の由良のみ崎に漁《すなど》る漁夫の長く張ったうけ縄、その縄さながらに長く続いた暑い日々のあと、いよいよ秋がやってきた。

由良のみ崎のうけ縄が海面に遠く延びているのを見ながら、秋の到来を感じているもの。ただし机上の作。◇うちはへて　ずっと長く続いて。◇紀　「紀伊」に同じ。◇由良のみ崎　紀伊の国の歌枕。◇うけ縄　浮きをつけた縄。網や延縄《はえなわ》を浮かせるために用いる。

一　夏から秋の末にかけて鳴くひぐらし、またはつくつくぼうし。ここは前者がふさわしい。早朝や日暮れに高く美しい声で「かなかな」と鳴く。この題は、『礼《らい》記《き》』「月令《がつりよう》」の「孟秋之月（七月）…涼風至リ、白露降リ、寒蟬鳴キ…」から採ったものであろう。

158　吹きよせる風がとても涼しい。山の蟬もひとりでに鳴きはじめ、たしかな秋の手応えだ。

前掲『礼記』の文どおり天の運行は違わず、なるほど七月ともなると涼風が吹き、寒蟬も自然に鳴き始めるものだと感銘している。歌格の大きい清爽《せいそう》感溢れる歌。

159　住む人もない荒廃した家ではあるが、荻の葉の上に降りる露を尋ねて、秋はやってきた。

「しきたへの枕の上に過ぎぬなり露を尋ぬる秋の初風」（『新古今集』秋上、源具親《ともちか》）などの発想をふまえ、秋が風に身を変えて露を吹き訪れるとしたものだろう。

◇荻《をぎ》　イネ科の多年草。水辺・原野に自生する。

160　野と化してあの人の足跡も絶えてしまったわが家、深草の里の露のようにはかないこのわが家にも、秋は忘れずに訪れた。

「年を経て住み来《こ》し里を出でて去《い》なばいとど深草野とやなりなむ」（『古今集』雑下、在原業平《ありわらのなりひら》）を本歌とし、その後の女の悲愁を詠んだ物語的な歌。

◇深草　京都市伏見区北部の地名。鶉《うずら》や月の名所。

二　この題も『礼記』（注一参照）によるか。

161　秋はもうやってきてしまった。あたり一帯の野にも山にも、露が降りているようだ。

「おぼつかな野にも山にも白露の何ごとをかは思ひ置くらむ」（『新古今集』秋下、村上天皇）を単純化した。

一　寒蟬《かんぜみ》鳴く

158
吹く風の　涼しくもあるか　おのづから　山の蟬《せみ》鳴きて
秋は来にけり

秋のはじめの歌

159
住む人も　なき宿なれど　荻《をぎ》の葉の　露をたづねて　秋は
来にけり

二　白露

160
野となりて　跡《あと》は絶えにし　深草《ふかくさ》の　露のやどりに　秋は
来にけり

161
秋ははや　来にけるものを　おほかたの　野にも山にも

露ぞ置くなる

秋風

162 夕されば　衣手《ころもで》すずし　たかまとの　尾上《をのへ》の宮の　秋の初風

163 ながむれば　衣手さむし　夕月夜《ゆふづくよ》　佐保《さほ》の川原《かはら》の　秋の初風

秋のはじめによめる

164 天《あま》の川《がは》　水泡《みなわ》さかまき　ゆく水の　はやくも秋の　立ちにけるかな

165 ひさかたの　天の川原を　うちながめ　いつかと待ちし

162　日暮れ時ともなれば、衣の袖が涼しく、快い。高円《たかまと》の尾上の宮を吹く秋の初風を浴びて。

尾上の宮に奉仕する大宮人《おおみやびと》の気持になって詠む。「萩《はぎ》が花ま袖にかけて高円の尾上の宮に領巾《ひれ》振るや誰」（『新古今集』秋上、顕昭《けんしょう》）に学んでいる。◇たかまと　高円。奈良市東南の山、およびその一帯の地。◇尾上の宮　高円山にあった聖武天皇の離宮。

163　夕月を眺めていると、袖が薄寒くなってくる、佐保の河原を吹いている初秋の涼風に。

「ながむれば衣手涼し久方の天の川原の秋の夕暮」（『新古今集』秋上、式子内親王）による。◇夕月夜　夕暮れに出ている月。◇佐保の川原　佐保川は、奈良市春日《かすが》山に発し、大和《やまと》川に注ぐ。

164　水泡も湧き返り流れる天の川の、あの激流のような速さで、見るまに秋が来てしまった。

壮大な銀河を地上の急流になぞらえ、それを季節の推移の早さと結びつけている点は面白い。◇天の川　銀河。または大阪府枚方《ひらかた》市を流れる淀《よど》川の支流の名。ここは「ながむれば…」（一六三釈注参照）の影響も考えられるので前者であろう。銀河の奔流《ほんりゅう》は七夕《たなばた》の二星の出会いを阻《はば》むものともなる。上句は「はやく」の語を引き出すための序。

165　天の川を眺めて、いつになったら、と待ち望んでいた秋も、とうとうやってきた。

秋の到来を喜ぶ歌だが、七夕の二星の心境を詠んでもいる。

◇ひさかたの「天」の枕詞《まくらことば》。

166 彦星が織姫星と巡り逢う時を待つ天の川の河原には、折しも秋の涼風が吹いている。

天の河原に立って舟出を待つ彦星を思い浮べた。

167 夕方になると秋風が涼しい。牽牛《けんぎゅう》・織女は、その薄い天の羽衣を着替えているだろうか。

地上の涼しさから、天上で邂逅《かいこう》する二星は、薄い天の羽衣では寒さに耐えられまいと想像し、同情した歌。「たなばたの天の羽衣うち重ね寝《ぬ》る夜涼しき秋風ぞ吹く」(『新古今集』秋上、藤原高遠《たかとお》)を念頭に置く。

168 天の川には霧が一面に立ちこめている。妻を迎えに急ぐ舟を、彦星よ早く漕いでくれ。

彦星の漕ぐ妻迎え舟の櫂《かい》の滴《しずく》で霧が立ちこめ、待っている織姫星は心細いだろうから早く漕げと、彦星に希望している。「天の川霧立ち渡る今日今日《けふけふ》とわが待つ君し舟出すらしも」(『万葉集』巻九、作者未詳)、「彦星の妻迎へ舟漕ぎ出《づ》らし天の川原に霧の立てるは」(同巻八、山上憶良《やまのうえのおくら》)をふまえる。

169 長く恋い慕った挙句、たまに逢った夜なのだから、天の川の川瀬の鶴よ、鳴き騒がないでくれ。

年一度の逢瀬《おうせ》を迎えた二星を、鳴いて起さぬよう鶴に頼んでいるもの。「恋ひ恋ひてまれに今宵《こよひ》ぞ逢坂《あふさか》の木綿《ゆふ》つけ鳥は鳴かずもあらなむ」(『古今集』恋三、読人しらず)、「たなばたの袖つぐ宵の暁《あかとき》は川瀬の鶴は鳴かずともよし」(『万葉集』巻八、湯原王《ゆはらのおおきみ》)などによる。

◇鶴《たづ》「鶴《つる》」の歌語。

秋も来にけり

166 彦星《ひこぼし》の　行《ゆ》き逢《あ》ひを待つ　ひさかたの　天の川原に　秋風ぞ吹く

167 夕されば　秋風涼し　たなばたの　天《あま》の羽衣《はごろも》　たちやかふらむ

七夕《たなばた》

168 天《あま》の川《がは》　霧たちわたる　彦星の　妻《つま》むかへ舟《ぶね》　はやも漕《こ》がなむ

169 恋ひこひて　まれに逢《あ》ふ夜の　天の川　川瀬《かはせ》の鶴《たづ》は　鳴かずもあらなむ

170　牽牛《けんぎゅう》・織女が別れを惜しんでいるのだ、天の川の安の渡し場の鶴も鳴き悲しんでやってくれ。

前歌では鶴に鳴くなと望み、ここでは逆に鳴くことを求めている。一見矛盾するようだが、牽牛は織女を送ってすでに渡し場におり、惜別の涙にくれているのであって、二首の間には時間の経過が存在する。

◇やすのわたり　天の川の渡し場。

171　牽牛・織女は、今まさに悲しい別れをするらしい、天の河原で鶴の鳴く声が聞える。

二星の別離を鶴の悲鳴から想像している。「たなばたは今や別るる天の川川霧立ちて千鳥鳴くなり」（『新古今集』秋上、紀貫之《きのつらゆき》）に学んでいるが、貫之の詠みこんだ千鳥よりは、白く大きな鳥である鶴のほうが、天の河原で鳴くにはふさわしいかも知れない。

172　大空に雲一つない宵、初秋の月が鵲《かささぎ》の橋に澄んだ光を投げかけている。

初秋の月明を仰ぎながら、鵲の橋を月が冷たく照らす情景を想像した。単純だが歌柄は大きく、嫌味がない。

◇かささぎの橋　七夕《たなばた》の夜、牽牛・織女の二星の逢瀬《おうせ》に、鵲がその翼をひろげて天の川を渡すといわれる橋。

173　秋風が吹き夜は更けてゆく。天の川の河原では、月があんなに傾いた。

「秋風に夜の更けゆけば天の川川瀬に波の立ち居こそ待て」（『拾遺集』秋、紀貫之）と、「ぬばたまの夜は更けぬらし玉匣《たまくしげ》二上《ふたがみ》山に月傾《かたぶ》きぬ」（『万葉集』巻十七、土師道良《はにしのみちよし》）とを巧みに結び合せた大らかな歌。

170
七夕《たなばた》の　わかれを惜しみ　天《あま》の川《がは》　やすのわたりに　鶴《たづ》も
鳴かなむ

171
いまはしも　わかれもすらし　たなばたは　天の川原《かはら》に
鶴《たづ》ぞ鳴くなる

秋のはじめ、月明《あか》かりし夜《よ》

172
天《あま》の原《はら》　雲なき宵《よひ》に　ひさかたの　月冴《さ》えわたる　かささ
ぎの橋

173
秋風に　夜《よ》の更けゆけば　ひさかたの　天の川原に　月か
たぶきぬ

七月十四日夜、一勝長寿院《しようちやうじゆゐん》の廊《らう》に侍《はべ》りて、月のさし入りたりしをよめる

174 ながめやる　軒《のき》のしのぶの　つゆの間《ま》に　いたくな更けそ　秋の夜の月

あけぼのに、庭の荻《をぎ》を見て

175 あさぼらけ　荻《をぎ》のうへ吹く　秋風に　下葉《したば》押《お》しなみ　露ぞこぼるる

「二秋の野に置く白露は玉なれや」といふことを、人々に仰せてつかうまつらせし時よめる

176 ささがにの　玉貫《ぬ》く糸の　緒《を》を弱み　風にみだれて　露ぞこぼるる

一　一八頁注二参照。「廊」は、殿舎をつなぐ屋根のある細長い建物。細殿《ほそどの》。

174　軒の忍ぶ草に宿る露、私が月を遠く見やったのはそのつゆの間であったのに、月はあれほど傾いてしまった。ひどく更けたことを知らせてくれるな、秋の夜の月よ。

勝長寿院の軒端から月を仰ぎ、夜の更けたのに驚く。但し『吾妻鏡』には実朝がこの日参詣した記事はない。◇軒のしのぶの　「つゆ」を導く序。◇つゆ　「露」と、ほんの少しの意の副詞「つゆ」とを掛ける。

175　夜がほんのり明けるころ、荻の上を吹く秋風に下葉が一様に靡《なび》いて、露がこぼれ散っている。

庭の荻の下葉の露が朝風に乱れ落ちる実景を詠んだ。◇押しなみ　一面に押し伏せて。「秋の野の草葉押しなみ置く露に濡れてや人の尋ね行くらむ」（『新古今集』秋下、藤原長実《ながざね》）に比して用法にやや無理がある。

二「秋の野に置く白露は玉なれや貫《つらぬ》きかくる蜘蛛《くも》の糸筋」（『古今集』秋上、文屋朝康《ふんやのあさやす》）をさす。その上句を歌題として人々に詠進させた際に詠んだ歌、の意。

176　蜘蛛《くも》が白露を玉として貫いている糸の紐《ひも》は弱い。それゆえ露が、風に乱れてこぼれている。

詞書《ことばがき》にある歌の蜘蛛の糸が、その後風に吹かれて乱れ、露がこぼれ散ったさまを詠む。「白露を玉に貫《ぬ》くとやささがにの花にも葉にも糸をみなへし」（『古今集』物名、紀友則《きのとものり》）などを参考にする。◇ささがに　蜘蛛の異名。

秋の歌

177 花に置く　露を静けみ　白菅《しらすげ》の　真野《まの》の萩原《はぎはら》　しをれあひにけり

[一]路頭の萩《はぎ》

178 道の辺《べ》の　小野《をの》の夕霧　たちかへり　見てこそゆかめ　秋《あき》萩《はぎ》の花

草花をよめる

179 野辺《のべ》に出《い》でて　そぼちにけりな　唐衣《からころも》　着つつわけゆく　花のしづくに

180 藤袴《ふぢばかま》　きて脱ぎかけし　主《ぬし》や誰《たれ》　問へどこたへず　野辺の

177　風がなく、花にたまった露が静かなので、真野の萩原の萩はいずれも重そうにうなだれた。
「置く露も静心《しづごころ》なく秋風に乱れて咲ける真野の萩原」(『新古今集』秋上、祐子《ゆうし》内親王家紀伊)の趣向を変え、風が吹き出す前の朝の静かな萩原を詠む。◇白菅の「真野」の枕詞。◇真野の萩原「真野」は神戸市長田区にある地名。『万葉集』巻三には「真野の榛原《はりはら》」とある。

一　道ばたに咲く萩、の意。

178　道端の野原に夕霧がかかっていた。今一度立ち戻り眼に焼きつけておこう、あの秋萩の原を。
「春深み井手《ゐで》の川波立ち返り見てこそ行かめ山吹の花」(『拾遺集』春、源　順《みなもとのしたごう》)を本歌とする。◇たちかへり　夕霧が「立つ」を掛ける。

179　唐風の衣で野辺に出ると、かき分け進むその袖が、花の滴《しずく》ですっかり濡れてしまった。
花の滴で衣が濡れるのを優雅なことと見ている。「山路にてそぼちにけりな白露の暁起きの菊の滴に」(『新古今集』羇旅、源国信《くにざね》)にもとづく。◇唐衣　袖の大きい中国風の衣。

180　この野辺にやってきて藤袴を脱ぎかけた主は誰だろう、秋風にそう尋ねるが答えてはくれぬ。
秋の七草の一つである藤袴を、藤色の袴に見立てた誹《はい》諧《かい》性の強い歌。素性《そせい》の「主《ぬし》知らぬ香こそ匂《にほ》へれ秋の野に誰《た》が脱ぎかけし藤袴ぞも」(『古今集』秋上)、「山吹の花色衣主や誰問へど答へずくちなしにして」(同雑

秋風

鳥狩《とがり》[二]しに、砥上《とがみ》[三]が原《はら》といふ所に出《い》で侍《はべ》りし時、荒れたる庵《いほり》の前に蘭《らん》[四]咲けるを見てよめる

181 秋風に　なに匂《にほ》ふらむ　藤袴《ふぢばかま》　主《ぬし》はふりにし　宿と知らずや

故郷の萩

182 ふるさとの　もとあらの小萩《こはぎ》　いたづらに　見る人なしみ　咲きか散りなむ

庭の萩をよめる

183 秋風は　いたくな吹きそ　わがやどの　もとあらの小萩

体）などによる。　二 鷹《たか》を使って鳥を狩ること。鷹狩。　三 神奈川県藤沢市鵠沼《くげぬま》付近の古称。　四 藤袴の異称。

181 藤袴は秋風にどうしてこれほどかぐわしく咲き匂っているのか。主人が故人となってしまった家と知らないのか。

主の死に伴う庵の荒廃も知らぬげに、秋風の中で芳香を放っている藤袴を見て哀れんだ歌。

◇ふりにし　死んでしまった。「里は荒れて人は古りにし宿なれや庭も籬《まがき》も秋の野らなる」（『古今集』秋上、遍昭《へんじょう》）のように、年老いた、の意とする解もある。

182 この荒れ古びた里に生える根元のまばらな小萩は、見る人もなく空《むな》しく咲き、そして空しく散るのだろうか。

過疎の村に無心に咲く小萩を哀れむ、感傷的な趣向の題詠。「ふるさとのもとあらの小萩咲きしよりよなよな庭の月ぞうつろふ」（『新古今集』秋上、藤原良経《よしつね》）、「高円《たかまと》の野辺の秋萩いたづらに咲きか散るらむ見る人無しに」（『万葉集』巻二、作者未詳）による。

◇咲きか　「か」は、疑問の係助詞。

183 秋風よ強く吹いてくれるな、わが家の根元の疎《まば》らな小萩が、風に散るのは惜しいではないか。

「春雨はいたくな降りそ桜花まだ見ぬ人に散らまくも惜し」（『新古今集』春下、山辺赤人《やまべのあかひと》）、「わが宿の物なりながら桜花散るをばえこそ留《とど》めざりけれ」（同、紀貫之）などを想起するか。

184　秋に限ったことではなく、またそれがありふれた風の音であっても、夕方はとくに悲しいものなのに…。題意を直接表現せず、言外にこめている点は巧み。

185　通りいっぺんの物思いどころではない、ただもう私を悲しませるために訪れた秋の夕暮れなのだ。秋の夕暮れの物悲しさを歌う。「世に経《ふ》るに物思ふとしもなけれども月に幾度《いくたび》ながめしつらむ」（『拾遺集』雑上、具平《ともひら》親王）、「おほかたの秋くるからにわが身こそ悲しきものと思ひ知りぬれ」（『古今集』秋上、読人しらず）などが念頭にあろう。

186　物思いに沈んでいる日暮れ時、わが家の荻の葉をそよめかせながら、秋風が吹いている。秋風にそよぐ荻の葉音が夕暮れの憂愁を募らせるのである。「君待つとわが恋ひをればわが宿の簾《すだれ》動かし秋の風吹く」（『万葉集』巻八、額田王《ぬかたのおおきみ》）、「垣ほなる荻の葉そよぎ秋風の吹くなるなべに雁《かり》ぞ鳴くなる」（『新古今集』秋下、柿本人麻呂《かきのもとのひとまろ》）などを想起するか。

187　それを侘しいと思うのは私ひとりだろうか。花薄が穂を出して盛りとなったわが家、その夕暮れの風情…。『古今集』秋上の近接した位置に並ぶ二首「今よりは植ゑてだに見じ花薄穂に出づる秋は侘しかりけり」（平貞文《さだふん》）、「われのみやあはれと思はむきりぎりす鳴く夕かげの大和《やまと》なでしこ」（素性）を参考にするか。

散らまくも惜し

夕《ゆふべ》の秋風といふことを

184
秋ならで　ただおほかたの　風の音《おと》も　ゆふべはことに
悲しきものを

夕《ゆふべ》の心をよめる

185
おほかたに　もの思ふとしも　なかりけり　ただわがため
の　秋の夕暮

186
たそがれに　もの思ひをれば　わが宿の　荻《をぎ》の葉そよぎ
秋風ぞふく

187
われのみや　侘《わび》しとは思ふ　花すすき　穂《ほ》にいづる宿の

秋の夕暮

庭の萩わづかに残れるを、月さし出《い》でてのち見るに、散りにたるにや、花の見えざりしかば

188 萩《はぎ》の花　暮々《くれぐれ》までも　ありつるが　月出《い》でて見るに　なきがはかなさ

一秋をよめる

189 秋萩の　下葉《したば》もいまだ　うつろはぬに　今朝《けさ》ふく風は　袂《たもと》寒しも

朝顔

190 風を待つ　草の葉に置く　露よりも　あだなるものは　朝

◇花すすき　穂の出た薄。

188 夕暮れまで咲いていた萩の花が、月が出てから見るともう散っていた、そのはかない命よ。

月光のもと、萩の花が見当らぬことに拍子抜けし、花の命のはかなさを改めて感じた即興歌。本歌らしいものはないが、第五句は「愛《うるは》しと思ふ吾妹《わぎも》を夢に見て起きて探るに無きがさぶしさ」(『万葉集』巻十二、作者未詳)に近似する。

◇暮々　夕暮れのこと。『万葉集』巻五などに「くれぐれと」の語が見出せるが、その場合は、暗い気持で、の意。

一 柳営亜槐本では「萩をよめる」となっている。

189 秋萩の下葉もまだ色変りしないのに、今朝吹く風は袂に寒くしみてくる。

朝風の寒さに秋の深まりを感じている。上句は『万葉集』巻十の黄葉を詠んだ作者未詳の二首「秋萩の下葉黄葉《もみち》ぬあらたまの月の経《へ》ゆけば風疾《はや》みかも」「秋山の木《こ》の葉もいまだもみたねば今朝吹く風は霜も置きぬべく」などに、下句は同巻八、安貴王《あきのおおきみ》の「秋立ちて幾日《いくか》もあらねばこの寝ぬる朝明《あさけ》の風は袂寒しも」に学ぶ。

190 風を待つ草葉に宿る露よりもはかないもの、それはあの朝顔の花だよ。

「おきて見むと思ひしほどに枯れにけり露よりけなる朝顔の花」(『新古今集』秋上、曾禰好忠《そねのよしただ》)、「宮城野のもとあらの小萩露を重み風を待つごと君をこそ待て」(『古今集』恋四、読人しらず)による。

顔の花

野辺《のべ》の刈萱《かるかや》をよめる

191 夕《ゆふ》されば　野路《のぢ》の刈萱《かるかや》　うちなびき　乱れてのみぞ　露も
置きける

秋の歌

192 朝なあさな　露に折れふす　秋萩《あきはぎ》の　花ふみしだき　鹿《しか》ぞ
鳴くなる

193 萩が花　うつろひゆけば　高砂《たかさご》の　尾上《をのへ》の鹿の　鳴かぬ日
ぞなき

194 さを鹿の　己《おの》が棲《す》む野の　女郎花《をみなへし》　花にあかずと　音《ね》をや

191　夕方になると、野道の刈萱は靡《なび》き乱れ、ただもういっぱいに露が宿っている。

刈萱・露を題材にしつつ、「乱れて」の語を用いている『新古今集』秋上の二首「うら枯るる浅茅《あさぢ》が原の刈萱の乱れて物を思ふころかな」（坂上是則《さかのうえのこれのり》）、「秋風は吹き結べども白露の乱れて置かぬ草の葉ぞなき」（大弐《だいにの》三位《さんみ》）を取り合せて詠んだような作。

192　露の重みで折れ伏している秋萩の花を、踏み砕いて鳴く鹿の声が、毎朝毎朝聞えてくる。

萩を踏む鹿の姿を思い描きながらその声に耳を澄ましている点は、「秋萩をしがらみ伏せて鳴く鹿の目には見えずて音のさやけさ」（『古今集』秋上、読人しらず）と同じだが、実朝の心眼に「露に折れ伏す秋萩」と映じた早朝の野のほうが、より鮮明である。

193　萩の花が散ってゆくのを悲しんで、高砂の尾上の鹿の鳴かぬ日は一日とてない。

「わが岡にさ雄鹿《をしか》来鳴く初萩の花妻問ひに来鳴くさ雄鹿」（『万葉集』巻八、大伴旅人《おおとものたびと》）に知られるように、萩は鹿の花妻と見なされていた。その萩が散り始めたので鹿が悲嘆しているのだろうと想像したもの。
◇高砂の尾上　兵庫県加古川市尾上町。

194　雄鹿は自分の棲む野の女郎花《おみなえし》の花では不満なので、あれほど悲しげに鳴いているのだろうか。

「妻恋ふる鹿ぞ鳴くなる女郎花おのが棲む野の花と知らずや」（『古今集』秋上、凡河内躬恒《おおしこうちのみつね》）をひねり、鹿は女郎花が自分の野に咲くことは知っていても、それは可憐な花妻の萩ではなく、あだっぽい女郎花なので満足できないのだろうと面白く詠んだ。
◇さを鹿　雄鹿。「さ」は接頭語。

195　女郎花をただ遠く眺めて、手折ることなく通り過ぎたりはすまい。たとえ露に濡れようともかまわぬ、「女」というその名に親しみを感じるのだ。
「秋萩を折らでは過ぎじつきくさの花摺《はなず》り衣《ごろも》露にぬるとも」（『新古今集』秋上、永縁《ようえん》）、「秋の野に宿りはすべし女郎花名をむつまじみ旅ならなくに」（『古今集』秋上、藤原敏行）をふまえる。

196　秋風よ、わきまえもなく吹くな。野辺の葛の葉の上に、白露がはかなく宿っているのだから。
「山吹はあやなな咲きそ花見むと植ゑけむ君が今宵来なくに」（『古今集』春下、読人しらず）等によるか。
◇あやな　「あやなし」（筋が通らぬ意）の語幹。

197　葛の葉に降りる白露は実にはかない。たまるとすぐ転げ落ちて消えてしまう。風もないのに。
風が吹いて葛が白い葉裏を見せる前に、すでに消えている露を哀れんでいる。

198　こおろぎの鳴く夕暮れ、秋風に吹かれていると私までがわけもなく物悲しくなってしまう。
「われのみやあはれと思はむきりぎりす鳴く夕影の大和《やまと》なでしこ」（『古今集』秋上、素性）、「彦星の妻待つ宵の秋風にわれさへあやな人ぞ恋しき」（『拾遺集』秋、凡河内躬恒）などが念頭にあろう。
◇きりぎりす　今のこおろぎ。

鳴くらむ

195 よそに見て　折らでは過ぎじ　女郎花《をみなへし》　名をむつまじみ
露に濡《ぬ》るとも

196 秋風は　あやなな吹きそ　白露《しらつゆ》の　あだなる野辺《のべ》の　葛《くず》の
葉の上《うへ》に

197 白露《しらつゆ》の　あだにも置くか　葛《くず》の葉に　たまれば消えぬ　風
立たぬまに

198 きりぎりす　鳴く夕暮の　秋風に　われさへあやな　もの
ぞ悲しき

一 山家の晩望といふことを

199 暮れかかる　夕《ゆふべ》の空を　ながむれば　木高《こだか》き山に　秋風ぞ吹く

200 秋を経《へ》て　忍びもかねに　ものぞ思ふ　小野《をの》の山辺《やまべ》の　夕暮の空

201 声《こゑ》高み　林にさけぶ　猿《さる》よりも　われぞもの思ふ　秋の夕《ゆふべ》は

秋の歌

202 玉だれの　小簾《こす》の隙《ひま》もる　秋風の　妹《いも》恋しらに　身にぞしみける

一 山中の家からの夕方の眺め、の意。

199 暮れかかる夕方の空を眺めていると、木の高く茂った山に秋風が吹き渡り、まことに寂しい。

題詠。残照の中で秋風に揺れる山の木々を詠む。

200 小野の山辺で、秋を幾度も過してきたが、この地で眺める夕暮れの空の風情に、今はもうこらえようもなく寂しくて、物思いに沈んでしまう。

◇小野の山辺 「炭焼く山」（『和歌色葉』）として知られ、藤原俊成が「小野山や焼く炭竈《すみがま》にこり埋む爪木《つまぎ》とともに積る年かな」（『長秋詠藻《ちょうしゅうえいそう》』）と詠んだ、京都市左京区にある小野山をさすか。『源氏物語』でも、落葉の宮がこの地に住んで「朝夕に泣く音《ね》をたつる小野山は絶えぬ涙や音無《おとなし》の滝」と詠み、浮舟もここに身を潜めているので、実朝は『源氏物語』の世界を面影として詠んでいるのかも知れない。

201 声高く林に叫ぶ猿よりも、声に出さぬ私のほうが、秋の夕方の愁いはずっと深いのだ。

猿の鳴き叫ぶ声もたしかに悲痛だが、「きりぎりすいたくな鳴きそ秋の夜の長き思ひはわれぞまされる」（『古今集』秋上、藤原忠房《ただふさ》）同様、哀愁は自分のほうがより深いと嘆いているのであろう。

202 すだれのすき間を漏れて吹き入る秋風が、妻を恋しく思っている私にはよけいに身にしみる。

◇玉だれの 一五〇参照。◇恋しらに 「ら」は接尾語。

203 秋風が徐々に肌寒く感じられるようになった。なのに私は独り寝しなければならないのだろうか、この秋の夜長を。

「秋風のやや肌寒く吹くなべに荻《をぎ》の上葉の音ぞ悲しき」(『新古今集』秋上、藤原基俊《もととし》)、「今よりは秋風寒くなりぬべしいかでか独り長き夜を寝む」(同秋下、大伴《おおとも》家持《やかもち》)をふまえている。

204 雁が鳴くようになり、秋風も冷たくなった。なのに私は、薄い夜着で独り寝をするのか。
「雁鳴きて吹く風寒み唐衣《からころも》君待ちがてに打たぬ夜ぞなき」(『新古今集』秋下、紀貫之)、「蟬《せみ》の羽の夜の衣は薄けれど移り香濃くも匂《にほ》ひぬるかな」(『古今集』雑上、紀友則)が念頭にあろう。

205 笹の生い茂った原いっぱいに降りた露、夜中にその露の上を吹く秋風が少し寒いからというので、虫はあれほどつらそうに鳴くのだろうか。
「小笹原風待つ露の消えやらでこの一節《ひとふし》を思ひ置くかな」(『新古今集』雑下、藤原俊成)、「秋更けぬ鳴けや霜夜のきりぎりすやや影寒し蓬生《よもぎふ》の月」(同秋下、後鳥羽院)を想起するか。

206 秋が深まって、露も冷たく感じられるようになった、そんな夜のこおろぎは、甲斐《かい》もないのにただもう声をあげて空《むな》しく鳴くばかりだ。

207 村雨《むらさめ》に、庭草の露が見る見る数を増してゆく、そんな夜更けに鳴く虫の声は何とも哀切だ。
「庭草に村雨降りてこほろぎの鳴く声聞けば秋付きにけり」(『万葉集』巻十、作者未詳)を本歌とする。
◇むらさめ　急に激しく断続的に降る雨。

203 秋風は　やや肌《はだ》さむく　なりにけり　ひとりや寝《ね》なむ
長きこの夜《よ》を

204 雁《かり》鳴きて　秋風さむく　なりにけり　ひとりや寝なむ
夜《よる》の衣《ころも》うすし

205 小《を》笹原《ざさはら》　夜《よ》はに露ふく　秋風を　やや寒しとや　虫の侘《わ》ぶ
らむ

206 秋ふかみ　露さむき夜の　きりぎりす　ただいたづらに
音《ね》をのみぞ鳴く

207 庭草《にはくさ》に　露の数《かず》そふ　むらさめに　夜《よ》ぶかき虫の　声ぞか
なしき

208 浅茅《あさぢ》原《はら》 露しげき庭の きりぎりす 秋ふかき夜《よ》の 月に鳴くなり

209 秋の夜の 月の都の きりぎりす 鳴くはむかしの 影や恋しき

210 天《あま》の原《はら》 ふりさけ見れば 月清《きよ》み 秋の夜いたく 更けにけるかな

月をよめる

211 われながら おぼえず置くか 袖《そで》の露 月にもの思ふ 夜《よ》ごろ経《へ》ぬれば

208 浅茅一面の原となった庭、露でしとどに濡れたこの庭で、秋も深まった夜更けの月光の中、こおろぎの鳴く声が聞えてくる。
「跡もなき庭の浅茅に結ぼほれ露の底なる松虫の声」(『新古今集』秋下、式子内親王)と、「秋更けぬ鳴けや霜夜のきりぎりすやや影寒し蓬生《よもぎふ》の月」(同、後鳥羽院)とを取り合せたような歌。

209 秋の夜、月の都でこおろぎが鳴いている。あれは、昔の月の光が恋しいからであろうか。
昔地上にいた時に浴びた月光を懐かしみ、月宮殿で鳴いているこおろぎを空想している。「ながめつつ思ふも寂し久方の月の都の明け方の空」(『新古今集』秋上、藤原家隆)、「時鳥《ほととぎす》花橘《はなたちばな》の香をとめて鳴くは昔の人や恋しき」(同夏、読人しらず)などを参考にするか。
◇月の都 月世界にあるという都。月宮殿。

210 大空を振り仰いで見ると、月は清らかに澄み、秋の夜もいつの間にかひどく更けてしまった。
「天の原ふりさけ見れば白真《しらま》弓《ゆみ》張りて懸けたり夜道はよけむ」(『万葉集』巻三、間人大浦《はしひとのおおうら》)、「山の端《は》を出でがてにする月待つと寝ぬ夜のいたく更けにけるかな」(『新古今集』雑上、藤原為時《ためとき》)をふまえる。
◇ふりさけ見れば はるかかなたを見上げると。

211 われ知らず袖を涙で濡らしてしまう。月を眺めて物思いに沈む夜が幾晩も続き、涙もろくなったせいで。
◇置くか 「か」は詠嘆の終助詞。◇露 涙の比喩《ひゆ》。

212
八月十五夜
ひさかたの　月の光し　清ければ　秋のなかばを　空に知るかな

213
海辺の月
たまさかに　見るものにもが　伊勢《いせ》の海の　清き渚《なぎさ》の　秋の夜の月

214
伊勢《いせ》の海や　波にたけたる　秋の夜の　有明《ありあけ》の月に　松風ぞ吹く

215
須磨《すま》の海人《あま》の　袖ふきかへす　潮風《しほかぜ》に　うらみて更《ふ》くる　秋の夜の月

212　清澄な月の光を仰ぐと、仲秋の八月十五夜になったことが空からも自然にわかる。

「大空の月の光し清ければ影見し水ぞまづ氷りける」（『古今集』冬、読人しらず）などに学ぶか。
◇ひさかたの　「月」の枕詞。◇光し　「し」は強意。

213　たまにでもよいから見たいものだ、伊勢の海の清い浜辺を照らす秋の夜の月を。

「伊勢の海の清き渚《なぎさ》に潮間《しほかひ》になのりそや摘まむ貝や拾はむや玉や拾はむや」（催馬楽《さいばら》「伊勢の海」）などを念頭においている。
◇もが　…でありたい、の意の終助詞。

214　伊勢の海の緩慢な波の満ち引きのうちに、いつしか秋の夜も更け、有明の月の淡く照らしている浜辺に、松風が寂しく吹いている。

下句には「しをれこし袂干す間《ま》もなが月の有明の月に秋風ぞ吹く」（建仁二年『三体和歌』、後鳥羽院）の影響があろうか。
◇たけたる　盛りを過ぎた。

215　須磨の漁夫の袖を翻す潮風のために月が曇り、澄んだ光が見られぬと嘆くうちに、次第に秋の夜は更け月は傾いてゆく。

「更け行かば煙もあらじ塩竈《しほがま》のうらみな果てそ秋の夜の月」（『新古今集』秋上、慈円）を逆手にとって、更けてゆくのに月は曇ったままだと恨む趣向。
◇うらみて　「恨みて」に袖の裏、須磨の浦を見る意を掛ける。

216 塩釜《しほがま》の　浦ふくかぜに　秋たけて　籬《まがき》の島に　月かたぶきぬ

月前の雁《かり》

217 天《あま》の原《はら》　ふりさけ見れば　真澄鏡《ますかがみ》　きよき月夜に　雁《かり》鳴きわたる

218 むばたまの　夜《よ》は更《ふ》けぬらし　雁《かり》がねの　聞《きこ》ゆる空に　月傾《かたぶ》きぬ

219 鳴きわたる　雁《かり》の羽風《はかぜ》に　雲消えて　夜深き空に　澄める月影

220 九重《ここのへ》の　雲居《くもゐ》をわけて　ひさかたの　月の都に　雁《かり》ぞ鳴く

216　塩釜の海岸を吹く風に秋も更けて、籬の島では月も傾いた。

「塩釜の浦吹く風に霧晴れて八十島《やそしま》かけて澄める月影」（『千載集』秋上、藤原清輔《きよすけ》）、「わが背子を都にやりて塩釜の籬の島のまつぞ恋しき」（『古今集』東歌《あずまうた》）などを想起して詠んだもの。

◇塩釜　宮城県塩竈市。◇籬の島　塩竈港東方の島。

217　大空を振り仰げば、清らかに澄んだ月前を、雁が鳴きながら飛び渡ってゆく。

「天の原…」（三〇釈注参照）や、「たなばたし舟乗りすらし真澄鏡清き月夜に雲立ち渡る」（『万葉集』巻十七、大伴家持）をふまえる。

◇真澄鏡　澄みきった鏡。ここは「きよき」の枕詞。

218　夜は更けてきたらしい、雁の鳴声の聞える空に、月が傾いた。

「ぬばたまの夜は更けぬらし玉くしげ二上山に月傾きぬ」（『万葉集』巻十七、土師道良）と、「さ夜中と夜は更けぬらし雁がねの聞ゆる空に月渡る見ゆ」（同巻九、作者未詳・『古今集』秋上、読人しらず）とを結合させた、簡潔にして重厚な歌。

◇むばたまの　「夜」の枕詞。

219　鳴きながら飛び渡ってゆく雁の羽風で雲が吹き払われ、清らかな月が深夜の空に照っている。

「村雲や雁の羽風に晴れぬらむ声聞く空に澄める月影」（『新古今集』秋下、朝恵《ちょうえ》）によるが、それが説明的であるのに比べると、自然で嫌味がない。

220 雁の鳴く声が、幾重にも重なった雲をかき分けて、私のいる月の都にまで聞えてくる。
月の都にいる自分を空想し、地上で月前を飛んでいる雁の鳴声が月宮殿にまで響いてくるさまを詠む。三〇～三四はいずれも歌格が大きくたけ高い。

221 夜明けの空で鳴く雁の翼に露が降《お》り、その露は月の姿を映し出している。
類想歌「霜まよふ空にしをれし雁がねの帰るつばさに春雨ぞ降る」(『新古今集』春上、藤原定家)。◇天の戸を　高天原《たかまのはら》にあったという「天《あま》の岩戸」を開ける意から、「あけがた」を導く序。

222 海原のはるかな潮路の彼方へ飛びゆく雁、その翼の波形にも似た連なりに秋風が吹いている。
雁が列をなして海上を飛ぶ実景を詠む。大海原と雁との取り合せは、鎌倉に住んでいればこそのもの。「吹き迷ふ雲居を渡る初雁の翼に鳴らす四方《よも》の秋風」(『新古今集』秋下、藤原俊成の女《むすめ》)の影響もある。◇わたのはら　広々とした海。◇八重の潮路　遠くはるかな海路。

223 秋の暮れ方、大海のはるかな潮路をのぞんでいると様々な思いが湧く。けれどそれも結局は昏《く》れゆく海と一つに融け合い、無心になってしまう。
海上を飛び去った雁の姿が夕空に消えた後も、広大な海を眺め続ける実朝の孤影が浮んでくる。

224 秋風の吹く中で山を越える初雁は、峰にかかった白雲を翼でかき分けながら飛んでゆく。

なる

221 天《あま》の戸《と》を　あけがたの空に　鳴く雁《かり》の　翼《つばさ》の露に　やどる月影

海のほとりを過ぐとてよめる

222 わたのはら　八重《やへ》の潮路《しほぢ》に　飛ぶ雁《かり》の　翼の波に　秋風ぞ吹く

223 ながめやる　心もたえぬ　わたのはら　八重《やへ》の潮路《しほぢ》の　秋の夕暮

雁を

224 秋風に　やま飛びこゆる　初雁《はつかり》の　つばさに分《わ》くる　峰の

白雲《しらくも》

225 あしびきの　やま飛びこゆる　秋の雁《かり》　幾重《いくへ》の霧を　しのぎ来《き》ぬらむ

226 雁《かり》がねは　友まどはせり　しがらきや　真木《まき》の杣山《そまやま》　霧立たるらし

夕《ゆふべ》の雁

227 夕されば　稲葉《いなば》のなびく　秋風に　空とぶ雁《かり》の　声もかなしや

田家《でんか》の夕雁《ゆふかり》

228 雁《かり》のゐる　門田《かどた》の稲葉《いなば》　うちそよぎ　たそがれ時に　秋風

225　山を越えて飛んできた秋の雁は、幾層にも重なる霧をどれほど押し分け、乗り切ってやってきたのだろうか。

はるかな北方から飛来する雁に素直な同情を寄せる。

226　空ゆく雁は友を見失ってしまった。信楽《しがらき》の真木の杣山には霧が立っているらしい。

群れからはずれた孤雁を詠む。「夕されば佐保の川原の川霧に友まどはせる千鳥鳴くなり」（『拾遺集』冬、紀友則）、「都だに雪降りぬれば信楽の真木の杣山跡絶えぬらむ」（『金葉集』冬、隆源《りゅうげん》）などを想起するか。◇しがらき　滋賀県甲賀郡信楽町。◇真木　一三六参照。◇杣山　材木を切り出す山。

227　夕方になると稲葉をなびかせる秋風が吹いて、空を飛ぶ雁の声も悲しく聞える。

「夕されば門田の稲葉音づれて芦《あし》の丸屋に秋風ぞ吹く」（『金葉集』秋、源経信《つねのぶ》）、「つとに行く雁の鳴く音《ね》はわがごとく物思へかも声の悲しき」（『万葉集』巻十、作者未詳）などを参考にするか。

228　雁の降りている門田の稲葉をそよがせて、夕暮れ時に秋風が吹いている。

「夕されば…」（二二七釈注参照）、「昨日《きのふ》こそ苗取りしかいつの間に稲葉そよぎて秋風の吹く」（『古今集』秋上、読人しらず）が念頭にあるのだろう。◇門田　家の前にある田。

229　大空を飛びゆく雁の涙なのだろうか、大荒木野の笹の上に宿る露は。

ぞ吹く

野辺《のべ》の露

229 ひさかたの　天《あま》とぶ雁《かり》の　涙かも　おほあらき野の　笹《ささ》が上《うへ》の露

田家の露

230 秋田守《も》る　庵《いほ》に片敷《かたし》く　わが袖《そで》に　消えあへぬ露の　幾重《いくへ》おきけむ

田家の夕《ゆふべ》

231 かくてなほ　堪《た》へてしあらば　いかがせむ　山田守《も》る庵《いほ》の　秋の夕暮

「鳴き渡る雁の涙や落ちつらむ物思ふ宿の萩《はぎ》の上の露」（『古今集』秋上、読人しらず）と、「かくしてやなほや老いなむみ雪降る大荒木野の小竹《しの》にあらなくに」（『万葉集』巻七、作者未詳）とを結びつけた。◇ひさかたの　「天《あま》」の枕詞。◇おほあらき野　奈良県五条市今井町の荒木山南方の地か。◇笹　本歌とした『万葉集』の歌には「小竹」とあり、現在は「しの」と訓まれているが、実朝は「ささ」と訓む元暦校本・『類聚古集』などの『万葉集』古写本によったのである。

230 秋の田を守る仮小屋で独り寝をする私の袖に、消えきらぬ涙と露とが、いかばかり重なり置いたことであろうか。

独り寝の侘《わび》しさを嘆く涙がしきりに落ちて、夜露とともに乾かぬ袖に重畳するさまを思い浮べている。「秋田守《も》る仮庵《かりいほ》作りわがをれば衣手寒し露ぞ置きける」（『新古今集』秋下、読人しらず）が念頭にあろう。

◇片敷く　五三参照。

231 かくも寂しさに耐えきれぬ生活が今後も続くのなら、私はいったいどうすればいいのか。山の田を守る仮小屋での秋の夕暮れは何とも切ない。

「堪へてやは思ひありともいかがせむ葎《むぐら》の宿の秋の夕暮」（『新古今集』秋上、藤原雅経《まさつね》）、「山田守る秋の仮庵に置く露は稲負《いなおほ》せ鳥《どり》の涙なりけり」（『古今集』秋下、壬生忠岑《みぶのただみね》）を参考にするか。

◇かくてなほ　このような状態でなおも。

田家の秋といふことを

232 唐衣《からころも》　稲葉《いなば》の露に　袖《そで》ぬれて　もの思へとも　なれるわが身か

233 山田守《も》る　庵《いほ》にし居《を》れば　朝なあさな　たえず聞きつるさを鹿《しか》の声

夕《ゆふべ》の鹿

234 鳴く鹿の　声より袖《そで》に　置くか露　もの思ふころの　秋の夕暮

鹿をよめる

235 妻恋ふる　鹿ぞ鳴くなる　小《を》倉山《ぐらやま》　山の夕霧　立ちにけむかも

232　衣の袖が稲葉の露にぬれて、私の身は、物思いの涙で袖を濡らせと言われでもしたような有様だよ。

稲葉の露に濡れた袖を、人は恋の物思いによるものと思うだろうと、みずから興じた歌。

◇わが身か　「か」は詠嘆の終助詞。

233　山の田を守る仮小屋にいるので、朝ごとに絶えず雄鹿の声を聞いたよ。

「野辺近く家居しせれば鶯《うぐひす》の鳴くなる声は朝な朝な聞く」(『古今集』春上、読人しらず)、「梓弓《あづさゆみ》春山近く家居して絶えず聞きつる鶯の声」(『新古今集』春上、山辺赤人)に学ぶとともに、鶯を鹿に転換している。

234　鹿の哀切な鳴声を聞くと、すぐ涙の露が袖に宿るようになるのだろうか。物思いに沈みがちな秋の日暮れ時は。

鹿の鳴声が涙を誘引するとしている。「秋萩に乱るる玉は鳴く鹿の声より落つる涙なりけり」(『貫之集』)、「露は袖に物思ふころはさぞな置く必ず秋の習ひならねど」(『新古今集』秋下、後鳥羽院)に学ぶ。

235　妻を恋い慕って鳴く鹿の声がする。小倉山をおおうように夕霧がかかったのだろうか。

夕霧の中で妻を見失って鳴く鹿を捉えた単純かつ荘重な歌。「妻恋ふる…」(一九四釈注参照)、「夕月夜《ゆふづくよ》小倉の山に鳴く鹿の声のうちにや秋は暮るらむ」(『古今集』秋下、紀貫之)を本歌とする。

◇小倉山　京都市右京区嵯峨《さが》にある山。

236 夕方になると霧がかかってくるらしい。小倉山の日陰で、鹿の鳴く声がする。

「あしひきの山の常陰《とかげ》に鳴く鹿の声聞かすやも山田守《も》らす児《こ》」（『万葉集』巻十、作者未詳）に依拠する。◇常陰《とかげ》 山の隈《くま》など、いつも日が射さず陰となっている所。木暗い印象を持つ小倉山という歌枕を用いたため、この語が生きている。

237 雲のかかるほど高い高師の山の梢を、はるか遠く霧が包み隠す中、鹿の鳴く声が聞えてくる。

高師の山は豊橋市南東部の台地。箱根以西を訪れたことのない実朝は、この山を文字通り高峻な山と見做《な》し、歌枕としての明るい響きと、高いというイメージを活かして、さわやかなたけ高い歌に仕立てている。

238 夜が更けるにつれ、村里近い山の木々の間から月の出を誘うかのように、鹿が独り鳴いている。

月を友と慕う孤独な鹿を詠む。「小夜更くるままに汀《みぎは》や氷るらむ遠ざかりゆく志賀の浦浪」（『後拾遺集』冬、快覚）、「下紅葉《したもみぢ》かつ散る山の夕時雨《ゆふしぐれ》濡れてや独り鹿の鳴くらむ」（『新古今集』秋下、藤原家隆）による。

239 月だけに感じ入っているうちに夜は更け、奥山に隠れ鳴く鹿の声が、哀愁を募らせる。

「いつとてもあはれと思ふを寝ぬる夜の月は朧《おぼ》ろげなくなくぞ見し」（『新古今集』恋四、中務《なかつかさ》）、「われならぬ人もあはれやまさるらむ鹿鳴く山の秋の夕暮」（同秋下、源通親《みちちか》）をふまえる。

一 静かに住んで月を眺める、の意。

236 夕されば　霧立ちくらし　小倉山　やまの常陰《とかげ》に　鹿ぞ鳴
くなる

237 雲のゐる　梢《こずゑ》はるかに　霧こめて　高師《たかし》の山に　鹿ぞ鳴く
なる

238 小夜《さよ》ふくる　ままに外山《とやま》の　木《こ》の間《ま》より　さそふか月を
ひとり鳴く鹿

239 月をのみ　あはれと思ふを　小夜ふけて　深山《みやま》がくれに
鹿ぞ鳴くなる

一閑居《かんきよ》、月を望む

240 苔《こけ》の庵《いほ》に　ひとりながめて　年も経《へ》ぬ　友なき山の　秋の夜《よ》の月

名所の秋の月

241 月見れば　衣手《ころもで》さむし　さらしなや　姨捨山《をばすてやま》の　みねの秋風

242 山さむみ　衣手《ころもで》うすし　さらしなや　姨捨《をばすて》の月に　秋ふけしかば

243 さざなみや　比良《ひら》の山風《やまかぜ》　小夜《さよ》ふけて　月影さむし　志賀《しが》の唐崎《からさき》

240 苔むした草庵で独り眺め暮してもう何年にもなる。友もいないこの山に照る秋の夜の月を。

月を友とする孤独な隠者的人物の心境になって詠む。

241 姨捨山にかかった月を眺めていると、峰を吹く秋風に袖が冷たくなってくる。

「明けぬるか衣手寒し菅原《すがはら》や伏見の里の秋の初風」(『新古今集』秋上、藤原家隆)を参考にするか。◇姨捨山　長野県戸倉町と上山田町の境にある冠着山《かむりき》の別称。「わが心慰めかねつ更級《さらしな》や姨捨山に照る月を見て」(『古今集』雑上、読人しらず)や、『大和物語』百五十六段の棄老伝説で著名。なおこの地を古来から「更級」と呼ぶ。

242 更級の姨捨山に照る月に秋の夜も更けたので、山は寒さをまし、袖が薄く感じられる。

冷え冷えとした山の夜気の中で、晩秋の姨捨の月明を仰ぎ、袖の薄さを感じている。

243 比良の山風に夜も更けて、月の光が寒く感じられる。志賀の唐崎に立っていると。

志賀の唐崎を名所に選んだ作。「さざなみの比良山風の海吹けば釣する海人《あま》の袖かへる見ゆ」(『新古今集』雑下、読人しらず)、「さざなみや志賀の唐崎風冴えて比良の高嶺《たかね》にあられ降るなり」(同冬、藤原忠通《ただみち》)などの影響が考えられる。◇さざなみや　「比良」の枕詞。琵琶《びわ》湖西南岸一帯を古く「ささなみ」といった。「や」は間投助詞。◇比良の山　琵琶湖西岸に沿って走る山地の称。◇志賀の

唐崎　滋賀県大津市の琵琶湖岸の地名。歌枕。

244　清澄な月明りの中、秋の夜もたいそう更けてしまった。佐保の河原では、千鳥がしきりに鳴いている。

「夕されば佐保の川原の川霧に友惑はせる千鳥鳴くなり」(『拾遺集』冬、紀友則)、「ぬばたまの夜の更けゆけば久木《ひさぎ》生ふる清き川原に千鳥しば鳴く」(『万葉集』巻六、山辺赤人) などをふまえる。◇佐保の川原　一六三参照。◇しば　たびたび。

一　布地を柔らげて光沢を出すために砧《きぬた》に載せて槌《つち》で打つこと。晩秋の歌の題材の一つ。

245　秋も深まった。深夜の月を眺めていると、荒れはてた家で衣を打つ音が聞えてくる。

「み吉野の山の秋風さ夜更けて故郷《ふるさと》寒く衣打つなり」(『新古今集』秋下、藤原雅経)、「石上《いそのかみ》…」(四三釈注参照) などが念頭にあるのだろう。

246　夜が更けて半ば西に傾いている月に、なお飽き足らなくて、人は衣を打つのをやめないのであろうか。

擣衣の音が夜更けまで続くのは、月の美しさに眠ってしまうのが惜しまれるせいだろうと推測したもの。「さ夜更けて半ばたけゆく久方の月吹き返せ秋の山風」(『古今集』物名、景式《かげのりのおおきみ》王) を本歌とする。

247　秋の夜長に寝覚めて耳を澄ますと、九月の有明の月のもとで衣を打っている音がする。

◇有明の月　夜が明けても空に残る月。中旬以降の月。

244
月清《きよ》み　秋の夜いたく　更《ふ》けにけり　佐保《さほ》の川原《かはら》に　千鳥《ちどり》
しば鳴く

月前の擣衣《たうい》一

245
秋たけて　夜深《よぶか》き月の　影見れば　荒れたる宿に　衣《ころも》打つ
なる

246
小《さ》夜《よ》ふけて　なかばたけゆく　月影に　あかでや人の　衣《ころも》
打つらむ

247
夜を長み　寝覚《ねざ》めて聞けば　ながつきの　有明《ありあけ》の月に　衣《ころも》
打つなり

擣衣をよめる

248 ひとり寝《ぬ》る　寝覚《ねざめ》に聞くぞ　あはれなる　伏見《ふしみ》の里に　衣《ころも》打つ声《こゑ》

249 みよしのの　山下風《やましたかぜ》の　寒き夜《よ》を　誰《たれ》ふるさとに　衣《ころも》打つらむ

秋の歌

250 むかし思ふ　秋の寝覚の　床《とこ》の上《うへ》を　ほのかにかよふ　峰の松風

251 見る人も　なくて散りにき　時雨《しぐれ》のみ　ふりにし里の　秋《あき》萩《はぎ》の花

252 秋萩の　むかしの露に　袖《そで》ぬれて　ふるき籬《まがき》に　鹿《しか》ぞ鳴く

248 独り寝の寝覚めに聞くと、とりわけ身にしみる。伏見の里で衣を打っている音は。

「衣打つ音は枕に菅原《すがはら》や伏見の夢を幾夜残しつ」（『新古今集』秋下、慈円）などが念頭にあるか。

◇伏見の里　奈良市菅原町付近の称。「いざここにわが世は経なむ菅原や伏見の里も荒れまくも惜し」（『古今集』雑下、読人しらず）で有名。

249 吉野の山から冷たい風が吹き下る夜、いったい誰がこの旧都で衣を打っているのだろうか。

「み吉野の山下風の寒けくにはたや今宵もわが独り寝む」（『万葉集』巻一、作者未詳）、「み吉野の山の秋風さ夜ふけて故郷《ふるさと》寒く衣打つなり」（『新古今集』秋下、藤原雅経）による。

◇山下風　山から麓《ふもと》へと吹き下ろす風。

250 古《いにしえ》の思い出に浸っていた秋の夜の寝覚めの床に、遥かな峰の松風の音が幽《かす》かに聞えてくる。

「昔思ふさ夜の寝覚の床冴えて涙も氷る袖の上かな」（『新古今集』冬、守覚法親王）、「琴の音《ね》に峰の松風通ふらしいづれのをより調べ初《そ》めけむ」（『拾遺集』雑上、徽子《きし》女王）などを想起していよう。

251 見向きもされずに散ってしまった。これでもかとばかり時雨が降った旧都の秋萩の花は。

「見る人もなくて散りぬる奥山の紅葉《もみち》は夜の錦《にしき》なりけり」（『古今集』秋下、紀貫之）、「藤原の古りにし里の秋萩は咲きて散りにき君待ちかねて」（『万葉集』巻十、作者未詳）などにもとづく。

なる

253 朝まだき　小野《をの》の露霜《つゆじも》　さむければ　秋をつらしと　鹿ぞ
鳴くなる

254 秋萩《あきはぎ》の　下葉《したば》のもみぢ　うつろひぬ　ながつきの夜《よ》の　風
の寒さに

雨の降れる夜、庭の菊を見てよめる

255 露を重《おも》み　籬《まがき》の菊の　ほしもあへず　晴るれば曇る　宵《よひ》の
むらさめ

月夜、菊の花を折るとてよめる

256 濡《ぬ》れて折る　袖《そで》の月影　ふけにけり　籬《まがき》の菊の　花のうへ

252　昔を偲《しの》ばせる秋萩の露に袖を濡らし、ふと聞けば、古びた垣根のあたりで鹿が鳴いている。

かつて住んだ所を訪れての懐旧の情を詠む。

253　早朝の野に降りる露や霜の寒さのために、秋を苦しがって鳴く鹿の声が聞えてくる。

鹿の悲鳴を露霜の寒さに耐えかねてであろうと思いやった。上句は「朝まだき嵐《あらし》の山の寒ければ紅葉の錦《にしき》着ぬ人ぞなき」（『拾遺集』秋、藤原公任《きんとう》）に類似する。

254　秋萩の下葉の紅葉は散ってしまった、九月の夜風の寒さのために。

「秋萩の下葉の黄葉《もみち》花に継ぎ時過ぎ行かば後恋ひむかも」（『万葉集』巻十、作者未詳）、「寝覚する長月の夜の床寒み今朝吹く風に霜や置くらむ」（『新古今集』秋下、藤原公継《きんつぐ》）などを想起するか。

255　露が重く宿って、垣根に咲く菊は乾ききることがない。晴れたと思うとすぐ曇って降ってくる宵の村雨のために。

「霜を待つ籬の菊の宵の間に置き迷ふ色は山の端の月」（『新古今集』秋下、宮内卿《くないきよう》）、「声はして雲路にむせぶ時鳥《ほととぎす》涙やそそぐ宵の村雨」（同夏、式子内親王）。

256　垣根の菊の花の上に宿る露に菊を手折る袖がひどく濡れ、夜更けの月を映し出している。

「霜を待つ…」（二五五釈注参照）や、「何か思ふ何とか嘆く世の中はただ朝顔の花の上の露」（『新古今集』釈教、清水観音）などによるか。

257 野辺には露や霜が寒そうに宿っており、こおろぎの羽では薄すぎて耐えがたいのではないか。
同じようにあなたの夜着も寒気を凌《しの》げますまい。

僧侶《そうりよ》の厳しい生活に同情し、僧衣を贈った際に添えた歌。「きりぎりす鳴くや霜夜のさむしろに衣片敷き独りかも寝む」（『新古今集』秋下、藤原良経）、「夜や寒き衣や薄き片削ぎの行き合ひの間より霜や置くらむ」（同神祇、住吉明神）などによる。

258 こおろぎの、薄い夜着の上に、霜よ、ひどく降りないでくれ。
こおろぎが鳴くのは晩秋の霜夜の寒さのせいだろうと同情した。「きりぎりす夜寒に秋のなるままに弱るか声の遠ざかりゆく」（『新古今集』秋下、西行）や、「きりぎりす…」（三五七釈注参照）が念頭にあろう。

一『礼記《らいき》』の月令《がつりよう》に「季秋の月」（九月）について、「霜始《メテ》降《ル》」とか「寒気総至《ス》」（寒さが八方から集まる）とあり、それによったものであろう。

259 虫の音もか細くなった。秋は末、花薄の先端の葉には霜が置いてもいるだろうか。
「夕暮の同じ籬《まがき》の虫の音もほのかになりぬ荻《をぎ》の上風《うはかぜ》」（『堀河院百首題』、藤原家隆）、「花薄秋の末葉になりぬれば事ぞともなく露ぞこぼるる」（『新古今集』雑上、源行宗《ゆきむね》）などによるか。
◇秋の末葉　「秋の末」を掛ける。

260 雁は鳴くし、吹く風も寒いので、高円《たかまと》の野辺の浅茅は色づいてしまった。

の露

　ある僧に衣を賜《たま》ふとて

257 野辺《のべ》見れば　露霜《つゆじも》さむき　きりぎりす　夜《よる》の衣《ころも》の　薄くや
あるらむ

　長月《ながつき》の夜、きりぎりすの鳴くを聞きてよめ
る

258 きりぎりす　夜《よ》はの衣《ころも》の　うすきうへに　いたくは霜の
置かずもあらなむ

　一九月霜降り、秋早くも寒しといふ心を

259 虫の音《ね》も　ほのかになりぬ　花すすき　秋の末葉《すゑば》に　霜や
置くらむ

「雁鳴きて吹く風寒み唐衣《からころも》君待ちがてに打たぬ夜ぞなき」（『新古今集』秋下、紀貫之）、「雁が音《ね》を聞きつるなへに高松《たかまと》の野の上の草ぞ色づきにける」（『万葉集』巻十、作者未詳。第三句は旧訓による）などにもとづく。

261　雁が鳴いて寒々とした夜明けの露や霜に、矢野の神山はすっかり紅葉してしまった。

「雁鳴きて寒き朝《あした》の露ならし龍田の山をもみだすものは」（『後撰集』秋下、読人しらず）、「妻隠《ごも》る矢野の神山露霜に匂《にほ》ひそめたり散らまく惜しも」（『万葉集』巻十、作者未詳）などによりつつ、それらを単純化して力強い自然詠に仕立てた。

◇矢野の神山　「矢野」の地名は各地にあり、所在未詳。「神山」は、神の鎮座する山。

262　初雁の羽風が寒くなるにつれ、佐保の山辺はすっかり色づいてきた。

紅葉の名所として佐保山を詠む。「初雁の羽風涼しくなるなべに誰か旅寝の衣かへさぬ」（『新古今集』秋下、凡河内躬恒）、「入日さす佐保の山辺の柞原《ははそはら》曇らぬ雨と木の葉降りつつ」（同、曾禰好忠）などに学ぶ。

263　雁が鳴いて寒い嵐が吹くにつれ、龍田の山はすっかり紅葉してしまった。

前歌に続き、龍田山の紅葉を詠じた。「雁がねの来鳴きしなへに唐衣龍田の山は紅葉始《もみちそ》めたり」（『万葉集』巻十、作者未詳）、「夕されば雁の越えゆく龍田山時雨に競《きほ》ひ色づきにけり」（同）をふまえる。

秋の末によめる

260　雁《かり》鳴きて　吹く風さむみ　たかまとの　野辺《のべ》の浅茅《あさぢ》は　色づきにけり

261　雁《かり》鳴きて　さむき朝明《あさけ》の　露霜《つゆじも》に　矢野《やの》の神山《かみやま》　色づきにけり

名所の紅葉

262　初雁《はつかり》の　羽風《はかぜ》の寒く　なるままに　佐保《さほ》の山辺《やまべ》は　色づきにけり

263　雁《かり》鳴きて　寒き嵐《あらし》の　吹くなべに　龍田《たつた》の山は　色づきにけり

雁の鳴くを聞きてよめる

264 今朝《けさ》来《き》鳴く　雁《かり》がねさむみ　唐衣《からころも》　龍田《たつた》の山は　紅葉《もみぢ》しぬらむ

深山の紅葉

265 神無月《かみなづき》　待たで時雨《しぐれ》や　降りにけむ　深山《みやま》にふかき　紅葉《もみぢ》しにけり

一佐保山《さほやま》の柞《ははそ》のもみぢ時雨に濡《ぬ》る、といふことを人々によませしついでによめる

266 佐保山の　柞《ははそ》のもみぢ　千々《ちぢ》の色に　うつろふ秋は　時雨《しぐれ》降りけり

264　今朝来て鳴く雁の声が寒々と聞えてくるが、龍田の山はもう色づいたのだろうか。

雁が鳴くのを聞き、「雁がねの…」（二六三釈注参照）を連想し、その声の寒さから龍田山の紅葉を思いやった。
◇唐衣　「裁《た》つ」と同音の「龍田山」に掛る枕詞。

265　十月の声を聞かぬうちに時雨が降ったのだろうか、山奥では木々が色濃く紅葉をとげた。

「秋といへば岩田の小野の柞原《ははそはら》時雨も待たず紅葉しにけり」（『千載集』秋下、覚盛）、「野分せし小野の草伏《くさぶ》し荒れはてて深山に深きさ雄鹿の声」（『新古今集』秋下、寂蓮《じやくれん》）などが脳裏にあろう。
◇時雨　「神無月降りみ降らずみ定めなき時雨ぞ冬の始めなりける」（『後撰集』冬、読人しらず）とあるように、時雨は初冬の景物で、降るたびに紅葉を促すとされた。ここは、まだその時期ではないのに奥山の紅葉はすでに色濃いというもの。
一『古今集』秋下、読人しらずの二首「佐保山の柞の紅葉散りぬべみ夜さへ見よと照らす月影」「秋霧は今朝はな立ちそ佐保山の柞の紅葉よそにても見む」などをさし、これを題材に人々に詠進させた。

266　秋の佐保山の柞の紅葉は薄く濃く様々に染まる、時雨がしきりに降って濡らしたせいで。

下句は、「千々の色に移ろふらめど知らなくに心し秋の紅葉ならねば」（『古今集』恋四、読人しらず）などによるのだろう。
◇柞　楢《なら》の別名。

秋の歌

267 木《こ》の葉《は》散る　秋の山辺《やまべ》は　憂《う》かりけり　堪《た》へでや鹿《しか》の
ひとり鳴くらむ

268 もみぢ葉は　道もなきまで　散りしきぬ　わが宿を訪《と》ふ
人しなければ

水上の落葉

269 流れゆく　木《こ》の葉《は》のよどむ　江《え》にしあれば　暮れてののち
も　秋の久しき

270 暮れてゆく　秋の湊《みなと》に　浮かぶ木の葉　海人《あま》の釣《つ》りする
舟かともみゆ

267 木の葉の散る秋の山辺は憂鬱《ゆううつ》、それをつらがって孤独な鹿はあのように鳴くのだろうか。
「桜散る春の山辺は憂かりけり世を逃れにと来《き》し甲斐《かひ》もなく」(『新古今集』春下、恵慶《えぎょう》)、「下紅葉かつ散る山の夕時雨濡れてや独り鹿の鳴くらむ」(同秋下、藤原家隆)などの影響があろう。

268 道も見えぬほど、紅葉が庭一面に散り敷いてしまった、わが家を訪れてくれる人もないので。
閑居する人の侘《わび》しい心情。「秋は来ぬ紅葉は宿に降りしきぬ道踏み分けて訪ふ人はなし」(『古今集』秋下、読人しらず)、「わが宿は雪降りしきて道もなし踏み分けて訪ふ人しなければ」(同冬、読人しらず)などを参考にしていよう。

269 流れゆく木の葉が滞る入江だから、秋の去った後もここだけには秋が長逗留《とうりゅう》しているのだ。
澱《よど》んでいる紅葉に秋の名残を見ている。「秋かけて言ひしながらもあらなくに木の葉降りしく江にこそありけれ」(『伊勢物語』九十六段)をふまえる。
◇江　海などの一部が陸地に入りこみ水を湛えた所。

270 暮れゆく秋の河口に浮んでいる木の葉は、釣りをする漁夫の舟ではないかとも見える。
「暮れてゆく春の湊は知らねども霞に落つる宇治の柴舟」(『新古今集』春下、寂蓮)、「白波に秋の木の葉の浮かべるを海人《あま》の流せる舟かとぞ見る」(『古今集』秋下、藤原興風《おきかぜ》)などを念頭におくか。
◇湊　河口。入江の口。

271 秋の末によめる

はかなくて　暮れぬと思ふを　おのづから　有明《ありあけ》の月に　秋ぞ残れる

272 秋を惜しむといふことを

長月《ながつき》の　有明《ありあけ》の月の　つきずのみ　来る秋ごとに　惜しきけふかな

273 年ごとの　秋の別れは　あまたあれど　今日《けふ》の暮るるぞ　侘《わび》しかりける

九月尽《じん》の心を、[一]人々に仰《おほ》せてつかうまつらせしついでによめる

274 初瀬山《はつせやま》　けふをかぎりと　ながめつつ　入相《いりあひ》の鐘に　秋ぞ

271　あっけなく秋は去ったものと思っていたが、たまたま起きていて眺めることになった夜明けの月は、まだ秋の名残をとどめていた。

「長月の有明の月はありながらはかなく秋は過ぎぬべらなり」(『後撰集』秋下、紀貫之)の上・下句を倒置させた格好の歌。

272　九月の有明の月を眺めながら、暮れゆく秋を心おきなく惜しむ今日…。考えてみるとこうしたことを私は毎年秋がくるたびに繰り返しているのだ。

九月尽(九月末日)に秋を嘆く歌。「今来むと言ひしばかりに長月の有明の月を待ち出でつるかな」(『古今集』恋四、素性)、「ほのぼのと有明の月の月影に紅葉吹きおろす山おろしの風」(『新古今集』冬、源信明《さねあきら》)などを参考にするか。

◇長月の　上二句は第三句の「つき」を引き出す序。単なる無心の序ではなく、有明の月を眺めながら、の意を含んでいよう。◇けふ　九月尽の日である。

273　毎年めぐり来る秋とはこれまでもたび重なる別れをしてきたが、九月尽の今日の日の暮れてゆくのは、やはりわびしくてたまらない。

「もろともに泣きて留《とど》めよきりぎりす秋の別れは惜しくやはあらぬ」(『古今集』離別、藤原兼茂《かねもち》)、「常よりものどけかりつる春なれど今日の暮るるは飽かずぞありける」(『拾遺集』春、凡河内躬恒)などに学ぶか。

一　人々に命じて詠進させたついでに詠んだ歌、の意。歌会での題詠である。

暮れぬる

274　秋も今日で終りかと思いつつ初瀬山を眺めていると、夕暮れの鐘が鳴り響いた。これで秋も去ってしまったのだ。

「夕霧に梢《こずゑ》も見えず初瀬山入相の鐘の音ばかりして」(『詞花集』秋、源兼昌《かねまさ》)や、『新古今集』の能因の二首「山里の春の夕暮来てみれば入相の鐘に花ぞ散りける」(春下)、「夏草のかりそめにとて来し宿も難波《なには》の浦に秋ぞ暮れぬる」(秋下)、さらには藤原定家の「年も経ぬ祈る契りは初瀬山尾上《をのへ》の鐘のよその夕暮」(同恋二)などによるか。
◇初瀬山　奈良県桜井市初瀬の山。長谷寺《はせでら》を南腹に抱いている。「初」は「果つ」の意も含む。◇ながめつつ　惜秋の思いをこめて何度も眺めて。「つつ」は動作の反復を示す。◇入相の鐘　日没時に撞《つ》く寺の鐘。

冬

275 十月一日よめる

秋は去《い》ぬ　風に木《こ》の葉《は》は　散りはてて　山寂《さび》しかる　冬は来にけり

276 松風、一時雨《しぐれ》に似たり

降らぬ夜《よ》も　降る夜もまがふ　時雨《しぐれ》かな　木の葉の後《のち》の　峰の松風

277 神無《かみな》月《づき》　木の葉降りにし　山里は　時雨にまがふ　松の風かな

275 秋は去った。吹く風に木の葉はすっかり散り落ちて、山の寂しい季節、冬がついにやってきた。
人気《ひとけ》の絶した、裸木の林立する初冬の山の寂寥《せきりよう》感を力強く詠む。歌柄の大きな作。第二・三句には「人は来《こ》ず風に木の葉は散りはてて夜な夜な虫は声弱るなり」(『新古今集』秋下、曾禰好忠《そねのよしただ》)の影響がある。夏を除く春・秋・冬の部の冒頭が、それぞれ月初めの歌で始まっており、実朝の暦月意識は顕著。

一 初冬の景物としての時雨を絡ませた歌は、二七八を除いて二八二まで続く。

276 降る降らないにかかわらず、夜の時雨に似て紛らわしい。木の葉の散った後の峰の松風の音は。
「今はまた散らでも紛ふ時雨かな独りふりゆく庭の松風」(『新古今集』冬、源具親《ともちか》)、「やよ時雨物思ふ袖のなかりせば木の葉の後に何を染めまし」(同、慈円)によった歌。

277 木の葉も散ってしまった十月の山里は、松風の音が時雨にとてもよく似て聞える。

278 木の葉が散り、秋も暮れてしまった寂しい片岡の森に、いよいよ冬がやってきた。
『新古今集』夏、紫式部《むらさきしきぶ》の「時鳥《ほととぎす》声待つほどは片岡の森の雫《しづく》に立ちやぬれまし」に詠まれた片岡の森が、冬になって木の葉の落ち尽した寂しい姿に化している情景を思い描いて歌ったもの。時雨の歌ではないが前歌と「木の葉」の語を共通させ、関連を持たせている。
◇片岡　裾《すそ》の一方が他方より長くなだらかに傾斜する

岡。普通名詞。しかし『新古今集』を自家薬籠《やくろう》中の物としている実朝は、賀茂に詣でた際の紫式部の歌（前掲）にもとづき、上賀茂神社の摂社である片岡神社の森を念頭に置いているのだろう。

279　初時雨の降った日から、神南備の森の梢は、その色をますます深めてゆく。

前歌の「片岡の森」を「神南備の森」に転じている。また初時雨の歌であるため二八〇の時雨の歌の前に配列された。『後撰集』冬、読人しらずの二首「初時雨降るほどもなく佐保山の梢あまねくうつろひにけり」「神無月時雨とともに神奈備の森の木の葉は降りにこそ降れ」などを参考にするか。

◇神南備の森　神の鎮座する森。一四五参照。

280　山の奥では十月の時雨が降って紅葉を散らしているらしい。里近い山の紅葉はいま、真盛りである。

「神無月時雨降るらし佐保山の正木《まさき》のかづら色まさりゆく」（『新古今集』冬、読人しらず）、「わが背子にあが恋ふらくは奥山のあしびの花の今盛りなり」（『万葉集』巻十、作者未詳）などに学んでいよう。

281　十月の時雨が降ったせいか、奈良山の楢《なら》の木の葉が風に散っている。

「榊《さかき》取る卯月《うづき》になれば神山の楢の葉柏《はがしは》本《もと》つ葉もなし」（『後拾遺集』夏、曾禰好忠）をふまえる。

◇奈良山　奈良市北部の山々。◇ならの葉がしは　楢の葉。「奈良」と頭韻をふむ。なお楢柏《ならがしは》は楢の一種。

冬の歌

278　木の葉散り　秋も暮れにし　片岡《かたをか》の　さびしき森に　冬は来にけり

279　初時雨《はつしぐれ》　降りにし日より　神南備《かみなび》の　森の梢《こずゑ》ぞ　いろまさりゆく

280　神無月《かみなづき》　時雨《しぐれ》降るらし　奥山《おくやま》は　外山《とやま》のもみぢ　今さかりなり

冬のはじめの歌

281　神無月　時雨降ればか　奈良山《ならやま》の　ならの葉がしは　風にうつろふ

282　柞原よ、ある所では下葉の紅葉がもう散りそめているが、なぜと訊《き》かれたら、十月になって時雨が降ったせいだと言いなさい。
降る時雨に抗しかねて柞の下紅葉が散ったものと見、柞を擬人化して散った理由を言わせようという趣向。◇かつは　一方では。◇柞原　柞（楢《なら》の別名）の生い茂る原。◇てへ　「と言へ」の約。

283　三室山では紅葉が散っているらしい。十月の龍田川に紅葉が一面に浮んで、さながら錦を織って掛けたようだ。
『古今集』読人しらずの二首「龍田川もみぢ葉流る神《かみ》南備《なび》の三室の山に時雨降るらし」（秋下）、「龍田川錦織り掛く神無月時雨の雨を経緯《たてぬき》にして」（冬）を合成したような歌。◇三室山　奈良県生駒《いこま》郡斑鳩《いかるが》町の神南備山のこと。麓《ふもと》を龍田川が流れる紅葉の名所。◇龍田の川　一四七参照。◇錦　金・銀・色糸で華麗に織った絹織物。

284　紅葉が吉野川を流れ下っている。滝のほとりの三船の山に嵐が吹いているらしい。
「飛鳥《あすか》川もみぢ葉流る葛城《かづらき》の山の秋風吹きぞしくらし」（『新古今集』秋下、柿本人麻呂《かきのもとのひとまろ》）により、飛鳥川を吉野川に、葛城山を三船の山に転換して詠んでいる。◇三船の山　奈良県中央部、吉野町菜摘東南方の山。

285　散り積った木の葉もすでに腐ってしまった谷川、その水が氷で閉ざされる冬の到来である。
平素から実朝が属目している谷川が氷結しているのを

282
下紅葉《したもみぢ》　かつはうつろふ　柞原《ははそはら》　神無月《かみなづき》して　時雨《しぐれ》ふれり
てへ

283
三室山《みむろやま》　もみぢ散るらし　神無月　龍田《たつた》の川に　錦《にしき》織り
かく

284
吉野川　もみぢ葉《ば》ながる　滝の上《うへ》の　三船《みふね》の山に　嵐《あらし》ふく
らし

285
散りつもる　木《こ》の葉《は》朽《く》ちにし　谷水も　氷《こほり》に閉《と》づる　冬は
来にけり

286
夕月夜《ゆふづくよ》　沢辺《さはべ》にたてる　葦鶴《あしたづ》の　鳴く音《ね》悲しき　冬は来に

けり

野の霜といふことを

287 花すすき　枯れたる野辺《のべ》に　置く霜の　むすぼほれつつ
冬は来にけり

霜をよめる

288 東路《あづまぢ》の　道の冬草　枯れにけり　夜なよな霜や　置きまさ
るらむ

289 大沢《おほさは》の　池の水草《みづくさ》　枯れにけり　長き夜すがら　霜や置く
らむ

月影《つきかげ》、霜に似たりといふことをよめる

見て、冬の訪れを感じたもの。

286 夕月のもと、沢のほとりに立って鳴く鶴の声がいかにも哀切に響く季節、冬がやってきた。

鶴が悲しげに鳴くのは、沢が氷結して餌を漁《あさ》れないためであろう。◇葦鶴　鶴の異名。多く葦辺にいるのでこの名がある。

287 花薄も枯れ、野辺一面に霜の置く冬、こころ鬱《うつ》陶《とう》しいその冬がやってきた。

「ほのかにも風は吹かなむ花薄結ぼほれつつ露に濡るとも」（『新古今集』秋上、徽子《きし》女王）などによるか。◇むすぼほれ　「むすぼる」は、露や霜が置く意だが、心の鬱屈《うつくつ》する意も掛ける。

288 東路の路傍の冬草は枯れてしまった。夜ごとに霜がいっそうひどく降りるからだろうか。

「あづま路の道の冬草茂りあひて跡だに見えぬ忘れ水かな」（『新古今集』冬、康資《やすすけ》王の母）の初二句をそのまま用いたが、東国人としてその風土を詠んでいるだけに、実感に溢れた歌となっている。◇東路　都から東国への道、または東国自体をさす。

289 大沢の池の水草が枯れてしまった。長い夜の間中、霜が降りるからであろうか。

東路の冬草から都のそれへと思いを転じた。大沢の池については「一本《ひともと》と思ひし菊を大沢の池の底にも誰か植ゑけむ」（『古今集』秋下、紀友則《きのとものり》）が念頭にあるか。◇大沢の池　京都市右京区嵯峨《さが》大沢町、大覚寺の東にある池。◇夜すがら　一晩中。

290 月影の　しろきを見れば　かささぎの　渡せる橋に　霜ぞ
置きにける

冬の歌

291 夕月夜《ゆふづくよ》　佐保《さほ》の川風　身にしみて　袖《そで》より過ぐる　千鳥《ちどり》鳴
くなり

川辺《かはべ》の冬月

292 千鳥鳴く　佐保の川原《かはら》の　月清《きよ》み　衣手《ころもで》さむし　夜や更《ふ》け
にけむ

月前の松風

293 天《あま》の原《はら》　空を寒《さむ》けみ　むばたまの　夜《よ》わたる月に　松風ぞ
吹く

290 月が白々と冷たく光るところをみると、鵲《かささぎ》の渡した天の川の橋に、厚く霜が降りているのだ。天界の霜のために月光も白々と見えるのだと捉えた。「鵲の渡せる橋に置く霜の白きを見れば夜ぞ更けにける」（『新古今集』冬、大伴家持《おおとものやかもち》）などをふまえる。◇かささぎの渡せる橋　一七三参照。

291 夕月の下、身にしみる佐保川の寒風が袖を吹き過ぎ、その風に乗って千鳥の鳴く声が聞える。「思ひかね妹《いも》がり行けば冬の夜の川風寒み千鳥鳴くなり」（『拾遺集』冬、紀貫之《きのつらゆき》）が念頭にあろう。第四句には「浦人の日も夕暮に鳴海《なるみ》潟《がた》帰る袖より千鳥鳴くなり」（『新古今集』冬、源通光《みちてる》）の影響がある。◇佐保の川風　一六三参照。◇袖より過ぐる　川風が千鳥の声を運んで袖を吹き過ぎる意。袖のすぐ脇を千鳥が飛び過ぎるのではない。

292 千鳥の鳴く佐保の河原に照る月が清澄だからと、月を眺めて過していくうち、袖が寒く感じられてくる。いつの間に夜が更けてしまったものか。「行く先はさ夜更けぬれど千鳥鳴く佐保の川原は過ぎ憂かりけり」（『新古今集』冬、伊勢大輔《いせのたいふ》）による。

293 広大な空は寒々として、夜空を渡る月が氷のような光を投げる中、松風の吹く音も寂しい。「月前松風」の歌題は、建仁元年『八月十五夜撰歌合』に見出される。ただ季節が冬なので荒涼とした情景になった。「天の原空さへ冴えや渡るらむ氷と見ゆる冬の夜の月」（『拾遺集』冬、恵慶《えぎょう》）の影響があろうか。

海の辺《へん》の千鳥《ちどり》といふことを、人々あまたつかうまつりしついでに

294 夜を寒《さむ》み　浦の松風　吹きむせび　虫明《むしあけ》の波に　千鳥鳴くなり

295 夕月夜《ゆふづくよ》　満《み》つ潮《しほ》あひの　潟《かた》をなみ　波にしをれて　鳴く千鳥かな

296 月清《きよ》み　小夜《さよ》ふけゆけば　伊勢島《いせしま》や　一志《いちし》の浦に　千鳥鳴くなり

名所の千鳥

297 衣手《ころもで》に　浦の松風　冴《さ》えわびて　吹上《ふきあげ》の月に　千鳥鳴く

◇空を寒けみ　空が寒いので。◇むばたまの　「夜」の枕詞《まくらことば》。

294 海辺の夜寒に、松風がむせび泣くように吹き、虫明の瀬戸の波の上では千鳥の鳴く声がする。

実朝への影響関係は不明だが、藤原定家の「虫明の松吹く風や寒からむ冬の夜深く千鳥鳴くなり」（寿永元年『堀河院題百首』）に類似した作である。

◇虫明　岡山県邑久《おく》郡の虫明の瀬戸。「瀬戸」は狭い海峡の意。『狭衣物語』で飛鳥井《あすかい》の姫君が入水した所。

295 夕月の下、折からの満潮で干潟がなくなり、波に濡れ弱った千鳥がつらそうに鳴いている。

第四句は「幾夜われ波にしをれて貴船川袖に玉散る物思ふらむ」（『新古今集』恋二、藤原良経《よしつね》）による。

◇潮あひ　潮のさしひきの間。

296 夜が更けてゆくと、伊勢の一志の浦で月光の清らかさに鳴く千鳥の声が聞える。

「今日《けふ》とてや磯菜《いそな》摘むらむ伊勢島や一志の浦の海人《あま》のをとめ子」（『新古今集』雑中、藤原俊成）に学ぶ。

◇伊勢島　伊勢の国（三重県）のこと。◇一志の浦　三重県一志郡香良洲《からす》町付近の海岸。

297 耐えがたいほどに寒い海辺の松風が、私の袖に吹きつける中、吹上の浜を照らす月光のもとで鳴く千鳥の声が聞えてくる。

「浦風に吹上の浜千鳥波立ち来らし夜半に鳴くなり」（『新古今集』冬、祐子《ゆうし》内親王家紀伊）などに学ぶ。

◇吹上　吹上の浜。一六六参照。

なり

寒夜の千鳥

298 風さむみ　夜《よ》の更《ふ》けゆけば　妹《いも》が島　形見《かたみ》の浦に　千鳥《ちどり》鳴くなり

深き夜《よ》の霜

299 むばたまの　妹《いも》が黒髪　うちなびき　冬ふかき夜に　霜ぞ置きにける

冬の歌

300 かたしきの　袖《そで》こそ霜に　むすびけれ　待つ夜《よ》ふけぬる　宇治《うぢ》の橋姫《はしひめ》

298 風が冷たいので、夜が更けてくると、妹が島の形見の浦で千鳥の鳴く声がする。

「思ひかね…」（二九一釈注参照）、「藻刈《もがり》舟沖漕《こ》ぎ来《く》らし妹が島形見の浦に鶴翔《たづかけ》る見ゆ」（『万葉集』巻七、作者未詳）を合わせたような趣の歌。

◇妹が島形見の浦　和歌山市加太《かだ》付近の島や浦と見る説があるが、未詳。

299 独り寝をする妻のなびかせている黒髪に、とうとう冬の夜更けの霜が降りてしまった。

夫の訪れを待って侘《わび》しく独り寝をする女を詠んだ。『万葉集』の作者未詳の二首「ぬばたまの妹《いも》が黒髪今夜《こよひ》もかわがなき床に靡《なび》けて寝《ぬ》らむ」（巻十一）、「君待つと庭のみ居ればうち靡くわが黒髪に霜ぞ置きにける」（巻十二）による。

◇むばたまの　「黒」の枕詞。

300 独り寝の衣の袖を霜で凝結させてしまった。恋人の訪れを待って、空《むな》しく夜を更かした宇治の橋姫は。

「さむしろや待つ夜の秋の風更けて月を片敷く宇治の橋姫」（『新古今集』秋上、藤原定家）などをふまえる。

◇宇治の橋姫　京都府宇治市にある宇治橋守護の女神。和歌の世界では、橋姫伝説の流布に伴い、遊女・恋人等、広い意味をこめて使われる。

301 冬の夜の独り寝の袖が、雨が小降りとなってきた暁、気づいた時には凍《い》てついていた。

独り寝の涙で濡れた袖が凍っていたというもの。「片

301 かたしきの　袖《そで》も氷りぬ　冬の夜の　雨降りすさむ　暁《あかつき》の空

302 夜を寒《さむ》み　川瀬《かはせ》にうかぶ　水の泡《あわ》の　消えあへぬほどに　氷《こほり》しにけり

氷をよめる

303 音羽《おとは》山《やま》　やまおろし吹きて　逢坂《あふさか》の　関の小川《をがは》は　氷りわたれり

月前の嵐

304 更けにけり　外《と》山《やま》の嵐《あらし》　冴《さ》えさえて　十市《とをち》の里に　澄める月影

敷きの袖の氷も結ぼほれ解けて寝ぬ夜の夢ぞ短かき」（『新古今集』冬、藤原良経）、「誰住みてあはれ知るらむ山里の雨降りすさむ夕暮の空」（同雑中、西行）が念頭にある。◇降りすさむ　小降りとなる。ひどく降る意とする解もある。

302　夜が冷え込むので、川の浅瀬に浮ぶ水泡は、まだ消えきらぬうちに凍ってしまった。

泡立ったように見える川瀬の氷に接しての歌だろう。「消えかへり岩間にまよふ水の泡のしばし宿かる薄氷かな」（『新古今集』冬、藤原良経）を参考にするか。

303　音羽山から吹き下ろす寒風で、逢坂の関の小川は一面に凍《い》てついてしまった。

「音羽山紅葉《もみぢ》散るらし逢坂の関の小川に錦《にしき》織り掛く」（『金葉集』秋、源俊頼《としより》）、「衣手《ころもで》に山おろし吹きて寒き夜を君来まさずは独りかも寝む」（『新古今集』恋三、柿本人麻呂）が想起されているのであろう。◇音羽山　京都市山科《やましな》区と、滋賀県大津市との境にある山。◇逢坂の関　音羽山の北に連なる逢坂山にあった関所。なお逢坂山は音羽山より標高が低い。

304　夜は更けた。里近い山の嵐は冷えに冷え、十市の里には澄んだ月が寒々と照っている。

『新古今集』式子内親王の「更けにけり山の端近く月冴えて十市の里に衣打つ声」（秋下）、「さ筵《むしろ》の夜半《よは》の衣手冴え冴えて初雪白し岡の辺の松」（冬）による。◇十市の里　奈良県橿原《かしはら》市十市町。

湖上の冬月といふことを

305 比良《ひら》の山　やまかぜ寒《さむ》み　唐崎《からさき》や　鳰《にほ》のみづうみに　月ぞ
氷れる

池上の冬月

306 原《はら》の池の　葦間《あしま》のつらら　繁《しげ》けれど　たえだえ月の　影は
澄みけり

冬の歌

307 葦《あし》の葉は　沢辺《さはべ》もさやに　置く霜の　寒き夜なよな　氷《こほ》し
にけり

308 難波潟《なにはがた》　葦の葉しろく　置く霜の　冴《さ》えたる夜はに　鶴《たづ》ぞ
鳴くなる

305　比良の山風が冷たいので、唐崎の地に立ってみると、琵琶《びわ》湖に凍った月が映っている。

氷結した湖面に月の映ずる光景。水面の月明を詠んだ『新古今集』の「鳰の湖《うみ》や月の光のうつろへば波の花にも秋は見えけり」（秋上、藤原家隆《いえたか》）などによっている。

◇鳰のみづうみ　琵琶湖の別称。

306　原の池の葦の間に氷がすき間なく張りつめて、澄みきった月影を切れ切れに映している。

「繁し」「たえだえ」と、対照的な語を意識的に用いた。「うばたまの夜を経て氷る原の池は春とともにや波も立つべき」（『後拾遺集』冬、藤原孝善《たかよし》）、「原の池の葦間に宿る月影はわかれし秋のかたみなりけり」（『散木奇歌集』）の影響が考えられよう。

◇原の池　摂津の国（大阪府・兵庫県の一部）の歌枕《うたまくら》。

307　沢辺の葦の葉にまでもくっきりと霜が降りていたが、寒い夜々、その霜も凍ってしまった。

「沢辺」「さや」「寒き」とサ音を意識的に繰り返している。「笹《ささ》の葉はみ山もさやにうちそよぎ氷れる霜を吹く嵐《あらし》かな」（『新古今集』冬、藤原良経）、「秋されば雁《かり》の羽風に霜降りて寒き夜な夜な時雨《しぐれ》さへ降る」（同秋下、柿本人麻呂）によっているか。

◇さやに　はっきりと。

308　難波潟の葦の葉に霜が白く降りて、冷たく光っている夜更けに、鶴の鳴いている声が聞える。

「難波潟潮干《しほひ》にあさる葦田鶴《あしたづ》も月かたぶけば声の恨む

夜ふけて月を見てよめる

309 小夜《さよ》ふけて　雲間《くもま》の月の　影見れば　袖《そで》に知られぬ　霜ぞ置きける

社頭の霜

310 小夜ふけて　稲荷《いなり》の宮の　杉の葉に　白くも霜の　置きにけるかな

屏風《びやうぶ》に、三輪《みわ》[一]の山に雪の降れるところ

311 冬ごもり　それとも見えず　三輪《みわ》の山　杉の葉白く　雪の降れれば

社頭の雪

る」(『新古今集』雑上、俊恵《しゆんえ》)を念頭におくか。
◇難波潟　大阪地方の海面の古称。

309　夜が更けて雲のすき間からもれる月影を見ていると、袖には見知らぬ霜が置いたよ。

袖を白々と照らす月光を霜に喩《たと》えて「袖に知られぬ霜」と表現した。「桜散る木の下風は寒からで空に知られぬ雪ぞ降りける」(『拾遺集』春、紀貫之)の第四句に学んでいる。

310　夜が更けゆき、稲荷の宮の杉の葉に、さても白々と霜が降りたよ。

凜冽《りんれつ》たる神々しさを歌う。稲荷神社の神木「験《しるし》の杉」に霜の降りた神々しい情景。「稲荷山験の杉の年ふりて三《み》つの御社《みやしろ》神さびにけり」(『千載集』雑下、有慶)、「鶯《うぐひす》の鳴けどもいまだ降る雪に杉の葉白き逢坂《あふさか》の山」(『新古今集』春上、後鳥羽院)などが脳裏にあろう。
◇稲荷の宮　京都市伏見区の稲荷山にある稲荷神社。参詣者はその神木「験の杉」で祈願の成否を占った。
一 奈良県桜井市の北にある山。山全体がその麓《ふもと》にある大神《おおみわ》神社の神体とされている。三輪山伝説で有名。

311　冬籠《ごも》りする家がどこなのか見当がつかない。三輪の山に、杉の葉も白く雪が降って、どれが目印の杉ともはっきりしないのだ。

稲荷の「験の杉」から三輪山の「印《しるし》の杉」(目印となる杉)に転じた。「わが庵《いほ》は三輪の山もと恋しくは訪《とぶら》ひ来ませ杉立てる門《かど》」(『古今集』雑下、読人しらず)などをふまえる。

312 み熊野《くまの》の　梛《なぎ》の葉《は》しだり　降る雪は　神のかけたる　垂《しで》に
ぞあるらし

一鶴岡《つるがをか》の二別当僧都《べつたうそうづ》のもとに、雪の降れりし朝《あした》
よみてつかはす歌

313 鶴の岡　あふぎて見れば　峰の松　梢《こずゑ》はるかに　雪ぞつも
れる

314 八幡山《やはたやま》　木高《こだか》き松に　ゐる鶴《たづ》の　羽《はね》しろたへに　み雪降る
らし

海辺の鶴

315 難波潟《なにはがた》　潮干《しほひ》に立てる　葦鶴《あしたづ》の　羽《はね》しろたへに　雪は降り
つつ

312 熊野三山の社頭の梛《なぎ》の葉を、重く垂れ下がらせて降る雪は、神の掛けた垂《しで》であるらしい。
◇み熊野　和歌山県南部の熊野三山。本宮・新宮・那智の三社の総称。◇梛　マキ科の常緑高木で熊野権現の神木。祈願者はその葉を挿頭《かざし》とした（金刀比羅本『保元物語』）という。実朝は六四八の詞書《ことばがき》に見える法眼《ほうげん》定忍《じょうにん》などからそれを聞き知っていたか。◇しだり　垂れ下がること。◇垂　しめ縄や玉串《たまぐし》につけて垂らす紙。
一 鎌倉市雪ノ下の鶴岡《つるがおか》八幡宮。源頼義が氏神の京都石清水《いわしみず》八幡宮を由比ガ浜に迎えて祀《まつ》り、後に頼朝が現在地に移した。二 鶴岡などの神社に置かれ、庶務を司《つかさど》った僧侶《そうりょ》。当時の別当僧都は定暁と思われる。

313 鶴岡八幡宮を振り仰いでみると、はるか彼方の峰の、松の梢にまで雪が積っている。これでは鶴と白雪と見分けがつきはしない。
◇鶴の岡　鶴のいる岡と鶴岡八幡宮とを掛ける。属目の景を即興的に詠んだ。

314 梢の高く伸びた八幡山の松にとまる鶴、その白い羽に、さらに真白い雪が降っているらしい。
◇八幡山　鶴岡八幡宮の鎮座する山。鶴の羽に雪の降るさまを想像して、森厳な八幡宮の鎮座する山にふさわしい景と考えたのであろう。

315 難波潟の潮の引いたあとに立って餌をあさる、葦鶴の羽も真白に、雪は降りしきっている。
前歌と「鶴の羽しろたへに」「雪」「降り」などの語を共有しつつ、鎌倉から難波へと連想が働いている。

冬の歌

316 降りつもる　雪踏む磯《いそ》の　浜千鳥《はまちどり》　波にしをれて　夜はに鳴くなり

317 みさごゐる　磯辺《いそべ》に立てる　むろの木の　枝もとををに　雪ぞつもれる

318 夕《ゆふ》されば　潮風《しほかぜ》寒し　波間より　見ゆる小島《こじま》に　雪は降りつつ

319 たちのぼる　煙《けぶり》はなほぞ　つれもなき　雪の朝《あした》の　塩釜《しほがま》の浦

316　降り積る雪を踏んで歩む磯の浜千鳥、その波に濡れ弱って鳴く声が、夜中に聞えてくる。

千鳥の鳴声からその様子を想像した。「浦風に吹上の浜の浜千鳥波立ち来《く》らし夜はに鳴くなり」（『新古今集』冬、祐子内親王家紀伊）などによるか。

317　みさごの棲《す》む磯辺に立つむろの木、その枝もたわむほどに雪が積った。

「みさごゐる磯廻《いそみ》に生《お》ふるなのりその名は告《の》らしてよ親は知るとも」（『万葉集』巻三、山辺赤人《やまべのあかひと》）、「離磯《はなれそ》に立てるむろの木うたがたも久しき時を過ぎにけるかも」（同巻十五、作者未詳）などに学んでいる。

◇みさご　ワシタカ目《もく》の鳥。海辺や湖沼に棲息《せいそく》する。

◇むろの木　ヒノキ科の常緑針葉樹、ネズの古称。

◇とををに　たわわに、しなうほどに。

318　夕方になると海上を吹いてくる風が冷たい。波間に見える小島には雪が降っている。

緊縮した調べの佳品。「夕されば潮風越して陸奥《みちのく》の野田の玉川千鳥鳴くなり」（『新古今集』冬、能因）、「夕凪《ゆふなぎ》に門《と》渡る千鳥波間より見ゆる小島の雲に消えぬる」（同、藤原実定《さねさだ》）に学んでいよう。

319　雪の降った朝も、塩釜の海岸にはあい変らず塩焼く煙が立ち上り、何事もなげである。

「降る雪にたく藻《も》の煙かき絶えて寂しくもあるか塩釜の浦」（『新古今集』賀、九条兼実《かねざね》）の趣向を変え、雪の朝も製塩の煙を絶やさぬさまを詠んだ。

◇つれもなき　外部に影響されず平然としたさま。

雪をよめる

320 ながむれば　寂《さび》しくもあるか　煙《けぶり》たつ　室《むろ》の八島《やしま》の　雪の下燃《したも》え

冬の歌

321 夕《ゆふ》されば　浦風《うらかぜ》寒し　海人小舟《あまをぶね》　とませの山に　み雪降るらし

322 まきもくの　檜原《ひはら》の嵐《あらし》　冴《さ》えさえて　弓月《ゆつき》が岳《たけ》に　雪降りにけり

323 深山《みやま》には　白雪《しらゆき》降れり　しがらきの　真木《まき》の杣人《そまびと》　道辿《たど》るらし

320 眺めてみると何と寂しいことか、煙の立ち上る室の八島が、雪のためにいぶっているのは。
◇あるか　「か」は詠嘆。◇室の八島　栃木市国府《こう》町の大神《おおみわ》神社。ここにある池から立ち上る水気が煙のように見えるといい、「いかでかは思ひありとも知らすべき室の八島の煙ならでは」(『詞花集』恋上、藤原実《さね》方《かた》)の歌で有名。◇下燃え　物の下で火が燃えること。

321 夕方になると海辺の風が寒い。とませの山に雪が降っているらしい。
◇とませの山　「海人小舟泊瀬《はつせ》の山に降る雪の日《け》長く恋ひし君が音《おと》ぞする」(『万葉集』巻十、作者未詳)の「泊瀬《はつせ》」を「とませ」と訓じた伝本によった。実朝はこれを海岸近くの山と誤解している。二七四参照。

322 巻向《まきもく》の檜《ひのき》の原を吹きすさぶ嵐が冷えに冷えて、弓月が岳には雪が降り積った。
巻向山を実見して詠んだわけではないが、臨場感溢れる自然詠に仕立てあげた。堅く引き締った調べは印象深い。「巻向の檜原もいまだ曇らねば小松が原に淡雪ぞ降る」(『新古今集』春上、大伴家持《おおとものやかもち》)などによる。◇まきもくの檜原　一三七参照。◇弓月が岳　巻向山の山頂の古称。

323 山奥に白雪が降った。信楽《しがらき》の真木の杣山に暮す山人は、道に迷いつつ歩みゆくことだろう。
「都だに雪降りぬれば信楽の真木の杣山跡絶えぬらむ」(『金葉集』冬、隆源《りゅうげん》)が念頭にあろう。◇しがらき　三六参照。◇杣人　木こり。

324 はらへただ　雪分衣《ゆきわけごろも》　緯《ぬき》を薄《うす》み　つもれば寒し　山おろしの風

325 真木《まき》の戸を　あさあけの雲の　衣手《ころもで》に　雪を吹きまく　山おろしの風

326 山里は　冬こそことに　わびしけれ　雪踏みわけて　訪《と》ふ人もなし

327 わが庵《いほ》は　吉野の奥の　冬ごもり　雪降りつみて　訪ふ人もなし

328 奥山の　岩根《いはね》に生《お》ふる　菅《すが》の根《ね》の　ねもころごろに　降れる白雪《しらゆき》

324 山おろしの風よ、ひと思いに雪を吹き払ってくれ。雪分衣は横糸が薄く、積ると寒いのだ。
◇雪分衣　雪を分けて行く衣。この語は「夏草の露分衣着もせぬになどわが袖の乾く時なき」（『新古今集』恋五、柿本人麻呂・『万葉集』巻十、作者未詳）の「露分衣」の応用である。◇緯　織物の横糸。

325 朝、真木の戸を開けると、雪を巻きあげる山おろしが、私の袖に吹きつける。
◇あさあけ　朝、戸を開ける意と、夜が明ける意を掛ける。◇雲の　「衣手」の序。「雲の衣」は雲の比喩《ひゆ》。

326 山里の冬はとりわけ侘《わび》しい。雪を踏み分けて訪れてくれる人もない。
「山里は秋こそことに侘しけれ鹿《しか》の鳴く音《ね》に目を覚ましつつ」（『古今集』秋上、壬生忠岑《みぶのただみね》）などによった。

327 私の庵は、吉野の奥の冬籠《ごも》りの住まいだ、雪が降り積って訪ねてくる人もいない。
「冬籠り春に知られぬ花なれや吉野の奥の雪の夕暮」（正治二年十一月『影供歌合』、後鳥羽院）によるか。

328 山奥の岩にびっしりと延びている菅の根のように、すき間もないほど白雪が降り積った。
「高山の巌《いはほ》に生《お》ふる菅の根のねもころごろに降り置く白雪」（『万葉集』巻二十、橘《たちばなの》奈良《なら》麻呂《まろ》）の模倣作。◇岩根　大地に深く根を張った岩石。◇菅の根の　「菅」はスゲ。カヤツリグサ科の草本。上句は序。「根」の同音で第四句を起す。◇ねもころごろに　隅《すみ》隅《ずみ》まで。

329 自然と寂しさがこみあげる。ここは山が深いので、苔むした庵に雪の降り積む夕暮れは。
山奥に住む隠遁《いんとん》者の寂しい生活を思いやった。「おのづから涼しくもあるか夏衣日も夕暮の雨のなごりに」（『新古今集』夏、藤原清輔《きよすけ》）、「降りそむる今朝だに人の待たれつる深山《みやま》の里の雪の夕暮」（同冬、寂蓮《じゃくれん》）などが想起されていよう。
◇苔の庵　苔の生えた古い庵。

330 にわかに物悲しさがこみあげてくる。初瀬山の頂に鐘の音《ね》が響き、雪しんしんと降る暮れ方は。
「うちつけに物ぞ悲しき木の葉散る秋の初めを今日ぞと思へば」（『後撰集』秋上、読人しらず）、「年も経ぬ祈る契りは初瀬山尾上の鐘のよその夕暮」（『新古今集』恋二、藤原定家）によった。
◇初瀬山　奈良県桜井市にある。麓《ふもと》に長谷寺《はせでら》がある。

331 何が心寂しいというわけでもないのに、古都吉野の奥で迎える雪の夕暮れはとても耐え難い。
「厭《いと》ひてもなほ厭はしき世なりけり吉野の奥の秋の夕暮」（『新古今集』雑中、藤原家衡《いえひら》）などによるか。

332 夕方になると、篠を吹く風が身に沁《し》みる。吉野の高峰に雪が降っているらしい。
「今宵《こよひ》誰篠吹く風を身にしめて吉野の岳の月を見るらむ」（『新古今集』秋上、源頼政）と「夕されば衣手寒しみ吉野の吉野の山にみ雪降るらし」（『古今集』冬、読人しらず）とを結合させたような趣の歌。
◇篠　細い竹。

329 おのづから 寂《さび》しくもあるか 山ふかみ 苔《こけ》の庵《いほり》の 雪の夕暮

寺辺の夕暮

330 うちつけに ものぞかなしき 初瀬山《はつせやま》 尾上《をのへ》の鐘の 雪の夕暮

331 ふるさとは うら寂しとも なきものを 吉野の奥の 雪の夕暮

冬の歌

332 夕《ゆふ》されば 篠《すず》ふく嵐《あらし》 身にしみて 吉野の岳《たけ》に み雪降るらし

333 山高み　明けはなれゆく　横雲の　たえまに見ゆる　峰の白雪《しらゆき》

334 見わたせば　雲居《くもゐ》はるかに　雪白し　富士の高嶺《たかね》の　あけぼのの空

335 笹《ささ》の葉は　深山《みやま》もそよに　霰《あられ》降り　さむき霜夜を　ひとりかも寝《ね》む

山辺《やまべ》の霰《あられ》

336 雲ふかき　深山の嵐　冴《さ》えさえて　生駒《いこま》の岳《たけ》に　霰《あられ》降るらし

333 夜明けとともに空にたなびく横雲が別れてゆく。山が高いので、雲の切れ目から白雪をいただく頂上がのぞいた。

印象鮮明な光景を新古今風の優美な調べにのせて詠む。『新勅撰集』入集。

◇横雲　横に長くたなびいている雲。

334 明け方、富士の高峰の空を見渡すと、はるかに雪が白々と積っているのが見える。

『新古今集』の慈円の二首「眺むればわが山の端《は》に雪白し都の人よあはれとも見よ」(冬)、「天《あま》の原富士の煙《けぶり》の春の色の霞《かすみ》に靡《なび》くあけぼのの空」(春上)を念頭に置いて詠んでいるのだろう。

335 笹の葉が山でさやさやと鳴って、霰も降るような寒いこの霜の夜を、私は独り寝するのだろうか。

「君来ずはひとりや寝なむ笹の葉のみ山もそよにさやぐ霜夜を」(『新古今集』冬、藤原清輔)、「きりぎりす鳴くや霜夜のさむしろに衣片敷き独りかも寝む」(同秋下、藤原良経)の二首を結びつけ、嫌味なくまとめた。

336 雲の厚く立ちこめる深山から、鋭く吹き下ろす嵐が冷えに冷える、生駒の岳では霰が降っているらしい。

「冬深み外山《とやま》の嵐冴え冴えて裾野の柾《まさき》霰降るなり」(建仁元年『老若五十首歌合』、後鳥羽院)などの影響が考えられる。

◇生駒の岳　大阪府と奈良県の境、生駒山地の主峰。

雪をよめる

337 はしたかも　今日《けふ》や白斑《しらふ》に　かはるらむ　とかへる山に　雪の降れれば

冬の歌

338 雪降りて　今日《けふ》とも知らぬ　奥山に　炭《すみ》焼く翁《おきな》　あはれはかなみ

339 炭窯《すみがま》の　煙《けぶり》もさびし　大原《おほはら》や　古《ふ》りにしさとの　雪のゆふぐれ

340 わが門《かど》の　板井《いたゐ》の清水《しみづ》　冬ふかみ　影こそ見えね　氷《こほり》すらしも

337 鷂《はしたか》も、今日は白斑の鷹《たか》に変っているのだろうか、鷹の毛の生え変る山に雪が降ったので。「鷂の白斑に色や紛ふらむとかへる山に霰《あられ》降るなり」（『金葉集』冬、大江匡房《おおえのまさふさ》）により、霰を雪に置換した。◇はしたか　鷹狩に使う小形の鷹。◇白斑　白いまだら。◇とかへる　鷹の毛が抜け変る。

338 雪が降って、今日がいつとも知れぬ山奥で炭を焼く老人は、ああ、儚《はか》なさに耐えぬ思いだろう。第二句は「昨日《きのふ》とも今日《けふ》とも知らず今はとて別れしほどの心惑ひに」（『新古今集』恋四、恵子《けいし》女王）による。◇はかなみ　頼りないので。

339 炭を焼く窯から立ち上る煙も寂しい。大原の荒れ古びた里に、雪の降り積む冬の日暮れは。前歌の奥山から大原へと連想が及んだ。「日数経る雪げにまさる炭窯の煙も寂し大原の里」（『新古今集』冬、式子内親王）、「わが里に大雪降れり大原の古《ふ》りにし里に降らまくは後」（『万葉集』巻二、天武天皇）など。◇大原　京都市左京区の北部。かつての製炭地。

340 わが家の門前の板井の清水は、物の形も映さぬが、冬が深まったので凍っているらしい。前歌の雪から氷の歌に転じている。「わが門の板井の清水里遠み人し汲まねば水草《みくさ》生ひにけり」（『古今集』神遊びの歌）を本歌とする。◇板井　板で囲った井戸。

341 冬も深まったので、氷がよほど張りつめたのだろう、山の井の水には物の影も映らない。

前歌の板井から山の井へと思い及んだもの。「安積《あさか》山影さへ見ゆる山の井の浅き心をわが思はなくに」（『万葉集』巻十六、作者未詳）を本歌とする。

342　冬のさなかのこととて、氷結した山川の水を汲む人はない、このまま年が暮れるのだろうか。

「もらしわび氷に閉づる谷川の汲む人なしに行き悩みつつ」（元久元年『北野宮歌合』、藤原良経）。

343　宇治川をゆく水の流れは速い。月日の流れもそのように早くて、なんともう年の暮だ。

◇もののふの八十　「うぢ」を導く序。「もののふ」（武人）の射る「矢」から「八十《やそ》」に掛り、さらに文武の官人に多くの「氏」があることから、同音の「うぢ」に掛る。◇うぢがは　宇治川。琵琶湖を源とする瀬田川の下流。上句は序。「はやき」を起す。

344　白雪の降《ふ》る布留の山の杉ではないが、過ぎてゆく月日は早く、もう年の暮を迎えてしまった。

「石上《いそのかみ》布留の山なる杉群の思ひ過ぐべき君ならなくに」（『万葉集』巻三、丹生王《にうのおおきみ》）の歌で、「杉群」が「過ぐ」を導く序とされている技巧を採り入れたもの。

◇ふる　「降る」に天理市の地名「布留《ふる》」を掛ける。

345　葛城の山の木々が高いので雪が白く積っている。しみじみと眺めているうちに年も暮れた。

「よそにのみ見てややみなむ葛城や高間の山の峰の白雲」（『新古今集』恋一、読人しらず）を参考にしつつ、「白雲」を「白雪」に転じ、「よそに」ではなくて近くでしみじみと見る趣向に詠み直した。

341　冬ふかみ　氷やいたく　閉《と》ぢつらし　影こそ見えね　山の井《ゐ》の水

342　冬ふかみ　氷に閉づる　山川《やまがは》の　汲《く》む人なしみ　年や暮れなむ

343　もののふの　八十《やそ》うぢがはを　ゆく水の　流れてはやき　年の暮かな

344　白雪《しらゆき》の　ふるの山なる　杉群《すぎむら》の　過ぐるほどなき　年の暮かな

345　葛城《かづらき》や　山を木高《こだか》み　雪白し　あはれとぞ思ふ　年の暮れぬる

346 一 仏名《ぶつみやう》の心をよめる
身につもる　罪やいかなる　つみならむ　今日《けふ》降る雪と　ともに消《け》ななむ

歳暮

347 老いらくの　頭《かしら》の雪を　とどめおきて　はかなの年や　暮れてゆくらむ

348 とりもあへず　はかなく暮れて　ゆく年を　しばしとどめむ　関守《せきもり》もがな

349 乳房《ちぶさ》吸ふ　まだいとけなき　嬰児《みどりご》と　ともに泣きぬる　年の暮かな

一 十二月十九日から三日間、宮中や諸国の寺院で行われた法会《ほうえ》。諸仏の名号《みょうごう》を唱えて罪障を懺悔《ざんげ》する。

346 わが身に積った罪は、はたしてどんな罪なのだろう。いずれにせよ仏の御名を唱えることによって、今日降る雪と一緒に消えてしまってほしい。

心につぶやいたような素直な歌。「年の内に積れる罪はかきくらし降る白雪とともに消えなむ」（『拾遺集』冬、紀貫之）を本歌とする。

◇つもる　「雪」の縁語。

347 年老いたしるしの頭の雪を残したまま、はかなく年は暮れてゆくのだろうか。

源英明《ふさあきら》は三十五歳で白髪が交じり、顔回は二十九歳で白髪だったというが、二十二歳以前の実朝が自身の白髪を詠んでいるとは思えない。『古今集』仮名序に「年《とし》ごとに鏡の影に見ゆる雪と波とを嘆き」として引かれている「うばたまのわが黒髪や変るらむ鏡の影に降れる白雪」（同物名、紀貫之）などが念頭にあるか。

◇老いらく　年老いたこと。◇頭の雪　白髪の比喩《ひゆ》。

348 見る間にあっけなく暮れてゆく年を、しばらくの間でも留《とど》めてくれる関守がいてほしい。

「惜しめどもはかなく暮れてゆく年の忍ぶ昔に返らましかば」（『千載集』冬、源光行）などに学ぶか。

349 母の乳房を吸う、まだがんぜない幼児ともども泣いてしまった。この年の暮に……。

実朝には実子がないので、他人の子を見て詠んだもの。火のついたように泣く嬰児に同情して泣いたのか、心中に何か別の悲哀があってのことなのかは不明。素直な心優しい実朝像が現れている。
◇いとけなき　幼い。◇嬰児　生後間もない赤ん坊。

350　塵をさえ留めておくまいとするかのように、去ってゆく年の足跡もない庭を、さらに松風が吹き払ってゆく。

松風は、塵もない清らかさのうちに春を迎えようとして吹いているのだろうと、松風を擬人化して推測した歌。ただ、旧年《ふるとし》の思い出に浸っていたい実朝は、松風をむしろ苦々しく思っているのだろう。初二句には「塵をだに据ゑじとぞ思ふ咲きしより妹《いも》とわが寝る常《とこ》夏《なつ》の花」(『古今集』夏、凡河内躬恒《おおしこうちのみつね》)の影響がある。

351　大晦日《おおみそか》の今夜は明けないでほしい。まだ旧年中だ、新年ではないと、たびたび思いたいから。

「うばたまの今宵な明けそ明け行かば朝行く君を待つ苦しきに」(『拾遺集』恋二、柿本人麻呂)による。

352　あえなく夜が明けてしまったら、去って行った年の思い出を何も留めていない春に会うことになるのだろうか。

旧年との別れを惜しむ気持から、新年になって旧年のことを忘れ去ってしまう軽薄さをうとましく思っている。二六にみられる発想と類似。また新春を詠んだ巻頭歌一ともよく対応する。
◇あはなむ　文法上は「なむ」を願望の意に解すべきだが、ここは新年を待望しているとは思われない。「あひなむ」と同意に用いているのだろう。

350
塵《ちり》をだに　据《す》ゑじとや思ふ　ゆく年の　あとなき庭を　はらふ松風

351
うばたまの　この夜《よ》な明けそ　しばしばも　まだ旧年《ふるとし》の　うちぞと思はむ

352
はかなくて　今宵《こよひ》あけなば　ゆく年の　思ひ出《い》でもなき　春にやあはなむ

賀

353 千々《ちぢ》の春　万《よろづ》の秋に　ながらへて　花と月とを　君ぞ見るべき

354 男山《をとこやま》　神にぞ幣《ぬさ》を　手向《たむ》けつる　八百《やほ》万代《よろづよ》も　君がままに

松に寄する祝《いはひ》といふことをよめる

355 八《や》幡山《はたやま》　木高《こだか》き松の　種《たね》しあらば　千歳《ちとせ》の後《のち》も　絶えじとぞ思ふ

353　わが君は、千年万年もの春秋を生き永らえて、春の桜、秋の月を存分にご覧になるでしょう。

慶祝の意をこめた歌。実朝の尊敬してやまぬ後鳥羽院を「君」に想定して詠んだものであろう。

354　男山の神に幣を供えて祈りました。わが君のお心のままに、未来永劫お栄え下さいませ。

男山の石清水《いわしみず》八幡宮に後鳥羽院の長寿を祈った形だが、箱根を越えたことのない実朝は、鶴岡《つるがおか》八幡宮が元来男山の神を勧請《かんじょう》したものであることから、鶴岡に祈念すれば男山に祈ったも同然と考えて詠んだものか。◇男山　京都府八幡市にあり、頂に石清水八幡宮が祀《まつ》られている。◇幣　一四三参照。

355　八幡山に高く聳《そび》えた松のように、種があるなら千年の後も絶えることなく栄えるであろう。

題詠。源氏の氏神である鶴岡八幡宮に、源氏の血統がいつまでも栄えるように、自分にも子供を授けて下さいと祈る気持がこめられているのだろう。ちなみに、実朝には実子がなかった。◇八幡山　鶴岡八幡宮の鎮座する山。

356　位山《くらいやま》の、高く生い茂るだろう松にだけ、いつまでも栄えるようにと春風が吹いている。

将来位も高く昇るだろう若者にだけ、長寿・繁栄の祝福が約束されているとの意を裏に含むのだろう。後年官位昇進を求め続けた実朝の不可解な言動を理解する鍵《かぎ》はこのあたりに潜むのかも知れない。解説参照。◇くらゐ山　岐阜県中北部の飛驒《ひだ》山地にある。「くらゐ」は官位の暗喩《あんゆ》として用いられる。

357　将来も限り知れぬ長寿を保つであろう住吉の松は、いったいどれほどの年月を過しているのだろうか。

「われ見ても久しくなりぬ住《すみ》の江《え》の岸の姫松幾世経ぬらむ」(『古今集』雑上、読人しらず)が念頭にあろう。◇住吉　大阪府の古郡名。古くは「住の江」と呼ばれた。「住吉」は平安初期以降の名称。

358　住吉に生えているという老松の枝はたいそう繁茂しており、しかも一葉ごとにわが君の千年もの長寿がこめられているのだ。

「住の江に生ひ添ふ松の枝ごとに君が千歳《ちとせ》の数ぞこもれる」(『新古今集』賀、源隆国《たかくに》)をふまえる。「生ふてふ」とあるのは、実朝が実際に見ていないため。

359　わが君の齢《よわい》は、やはり尽きはすまい。住吉の松が百回生え代るとしても。

「君が代は尽きじとぞ思ふ神風や御裳濯《みもすそ》川の澄まむ限りは」(『後拾遺集』賀、源経信《つねのぶ》)などに学ぶか。◇なほしも　それでもやはり。「し」「も」は強意。

360　鶴の下りている長柄の浜の浜風に、永遠の未来までもと波が打ち寄せている。

『新古今集』雑中の二首「沖《おき》つ風夜半《よは》に吹くらし難波《なには》潟《がた》暁かけて波ぞ寄すなる」(藤原定頼《さだより》)、「春の日の長柄の浜に舟とめていづれか橋と問へど答へぬ」(恵慶《えぎょう》)に学ぶか。◇長柄の浜　大阪付近の海岸。

356　くらゐ山　木高《こだか》くならむ　松にのみ　八百万代《やほよろづよ》と　春風ぞ吹く

357　ゆくすゑも　かぎりは知らず　住吉《すみよし》の　松に幾世《いくよ》の　年か経《へ》ぬらむ

358　住吉の　生《お》ふてふ松の　枝《えだ》しげみ　葉ごとに千代《ちよ》の　数《かず》ぞこもれる

359　君が代は　なほしも尽《つ》きじ　住吉の　松は百度《ももたび》　生《お》ひ代《かは》るとも

祝の心を

360　鶴《たづ》のゐる　長柄《ながら》の浜の　はま風に　万代《よろづよ》かけて　波ぞ寄する

なる

361 姫島《ひめしま》の　小松が末《うれ》に　ゐる鶴《たづ》の　千歳経《ちとせふ》れども　年《とし》老いず
けり

一 大嘗会《たいじやうゑ》の年の歌

362 黒木《くろき》もて　君が造れる　宿なれば　万代経《よろづよふ》とも　古《ふ》りずも
ありなむ

梅《むめ》の花を瓶《かめ》にさせるを見てよめる

363 玉だれの　小瓶《こがめ》にさせる　梅《むめ》の花　万代経《よろづよふ》べき　插頭《かざし》なり
けり

花の咲けるを見て

361 姫島の小松の梢《こずえ》に下りている鶴は、千年の時を経ても老いを見せず、若々しいものだよ。

「妹《いも》が名は千代に流れむ姫島の小松がうれに苔生《こけむ》すまでに」(『万葉集』巻二、河辺宮人《かわべのみやひと》)を本歌とする。◇ずけり　「ず」は打消し、「けり」は詠嘆の助動詞。『万葉集』には「なほしかずけり」(巻三)などの用例がある。

一 天皇即位後の最初の新嘗《にいなめ》祭。ここは順徳天皇の御代、建暦二年(一二一二)十一月に行われたもの。

362 わが君が黒木で造られた大嘗会の祭殿なのだから、万年を経ても古びないでいてほしい。

大嘗会の正殿の大嘗宮は、祭の七日前に建てられ祭の後すぐ撤去されるが、実朝は長く保存されると誤解していたようだ。「はだ薄《すすき》尾花逆葺《さかふ》き黒木もち造れる室《むろ》は万代までに」(『万葉集』巻八、元正上皇)に学ぶ。◇黒木　皮のついたままの木。「白木《しらき》」の対。

363 小瓶に插《さ》してある梅の花は、万年も過されるであろうわが君の髪飾りだったのだ。

この小瓶の梅の美しさは、君の插頭《かざし》にこそふさわしいというもの。「玉垂《たまだれ》の小瓶やいづらこよろぎの磯の波分け沖に出でにけり」(『古今集』雑上、藤原敏行)などが想起されていよう。

◇玉だれの　「小瓶」の「小」に掛る枕詞《まくらことば》。◇插頭　草木の花や枝を折って髪や冠にさし、飾りとしたもの。

364 わが家の桜が美しく花開いた。これから後、千回もの春にわたって、いつもこのような見事な花を見たいものだ。

下句は、自分の長寿よりも桜の花が永遠に美しく咲き続けることを願った表現であろう。
◇かくし見む　こうして眺めたい。「し」は強意。

365　岩に生える緑の苔の深い色を、何千年も続くようにと、誰がいったい染めたのだろうか。

幾星霜を経て色に深みのある苔、そんな美しいものを作り出す造物主にただ感嘆せざるを得ぬというもの。

366　伊豆山権現のこの見事な椿は、今後もはてしなく咲き続け、色あせることもないだろう。

＝伊豆山と箱根の二カ所の権現《ごんげん》（仏が仮に神となって現れたもの）に参詣すること。鎌倉将軍家の両権現への崇敬の念は、頼朝以来非常に篤《あつ》い。

実朝の二所詣は前後八回行われている。ここは建暦二年二月上旬か、建暦三年正月下旬の際の詠であろう。
◇ちはやぶる　「伊豆」の枕詞。◇伊豆のお山　静岡県熱海市にある伊豆山権現をさす。◇玉椿　椿の美称。

367　九月の有明の月が空にあって見飽きないように、あなたがこの世におられるかぎり、千年万年見ていても飽きないことでしょう。

「万代に見とも飽かめやみ吉野の激《たぎ》つ河内《かふち》の大宮所《おほみやどころ》」（『万葉集』巻六、笠金村《かさのかなむら》）、「長月の有明の月のありつつも君し来まさばわれ恋ひめやも」（『拾遺集』恋三、柿本人麻呂《かきのもとのひとまろ》）などの影響があろう。
◇有明の月　夜が明けてもまだ空に残っている月。

364
宿にある　桜の花は　咲きにけり　千歳《ちとせ》の春も　常《つね》かくし見む

苔《こけ》に寄する祝《いはひ》といふことを

365
岩にむす　苔《こけ》のみどりの　深きいろを　幾千代《いくちよ》までと　誰《たれ》か染《そ》めけむ

二《に》所詣《しよまうで》し侍《はべ》りしとき

366
ちはやぶる　伊豆《いづ》のお山の　玉椿《たまつばき》　八百《やほ》万代《よろづよ》も　色はかはらじ

月に寄する祝

367
万代《よろづよ》に　見るともあかじ　長月《ながつき》の　有明《ありあけ》の月の　あらむかぎりは

368　御手洗川の底が清らかなので、月の姿がのどかに澄んで映っている。

『新古今集』の「月冴ゆる御手洗川に影見えて氷にすれる山藍《やまあゐ》の袖」（神祇《じんぎ》、藤原俊成）、「真菰《まこも》刈る淀《よど》の沢水深けれど底まで月の影は澄みけり」（夏、大江匡房《おおえのまさふさ》）の影響が考えられる。

◇ちはやぶる　「御手洗川」の枕詞。◇御手洗川　神社の参詣者が、手を洗い口を漱《すす》いで身を清める川。ここは賀茂神社のそれ。◇澄み　「住み」を掛ける。

369　わが君の齢《よわい》も私の齢も尽きることはなかろう。石川の瀬見の小川の流れが絶え間ないように、賀茂の神の加護は永久に続くと思われるので。

◇石川や瀬見の小川　鴨長明《かものちょうめい》の『無名抄』等によれば賀茂川の異称。前歌に詠まれた賀茂神社の御手洗川からの連想によるのだろう。「君が代もわが代も知るや岩代《いはしろ》の岡の草根をいざ結びてな」（『万葉集』巻一、中皇命《なかつすめらみこと》）、「石川や瀬見の小川の清ければ月も流れを尋ねてぞすむ」（『新古今集』神祇、鴨長明）をふまえる。

370　朝廷にあって私の齢の尽きることはあるまい。天の岩戸を出る月と太陽が空を照らす限りは。

天照大神《あまてらすおおみかみ》の子孫である天皇の御代は無窮に続き、朝臣としての自分の寿命も限りないだろうというもの。

◇朝　朝廷。◇天の戸　天の岩戸。天界の門。

371　龍田の山の桜花は、立ちこめる春霞《はるがすみ》のためにはっきりと見えずもどかしい。私も、あの人に知

川辺《かはべ》の月

368
ちはやぶる　御手洗川《みたらしがは》の　底きよみ　のどかに月の　影は
澄みけり

祝《いはひ》の歌

369
君が代も　わが代も尽《つ》きじ　石川《いしかは》や　瀬見《せみ》の小川の　絶え
じとおもへば

370
朝《てう》にありて　わが代は尽きじ　天《あま》の戸《と》や　出《い》づる月日の
照らむかぎりは

恋

初恋の心をよめる

371 春霞《はるがすみ》 たつたの山の さくら花 おぼつかなきを 知る人のなさ

鹿に寄する恋

372 秋の野の 朝霧がくれ 鳴く鹿《しか》の ほのかにのみや 聞きわたりなむ

恋の歌

373 あしびきの 山の尾上《をのへ》に 刈《か》る萱《かや》の 束《つか》の間《ま》もなし 乱れ

られないまま、もどかしい恋心をもてあましている。

「行かむ人来む人しのべ春霞龍田の山の初桜花」(『新古今集』春上、大伴家持《おおとものやかもち》)、「散り散らずおぼつかなきは春霞たなびく山の桜なりけり」(同春下、祝部成仲《はふりべのなりなか》)を念頭においている。

◇たつたの山　霞が「たつ」と「龍田山」とを掛ける。

372　秋の野の朝霧に隠れて鳴く鹿の声のか細さにも似て、あの人の声はほんのかすかにしか聞えてこない。このままやるせない日々を過すのだろうか。

「天雲の八重雲隠り鳴る神の音のみにやも聞き渡りなむ」(『万葉集』巻十一、作者未詳)や「追風に八重《やへ》の潮路を行く舟のほのかにだにも逢ひ見てしがな」(『新古今集』恋一、源師時《もろとき》)を参考にしつつ、鹿の歌に詠み変えたもの。

373　山の頂で刈る萱の束《つか》、その束の間も絶えることない物思いに、心乱れるこのごろだ。

「東路《あづまぢ》に刈るてふ萱の乱れつつ束の間もなく恋ひや渡らむ」(『新古今集』恋三、醍醐《だいご》天皇)などによる。

◇あしびきの　「山」の枕詞《まくらことば》。◇尾上　山頂の平らな所。底本には「岡辺《をかべ》」とあるが、山と岡とが重複することになり、勅撰集にも用例がない。「の」と「か」の草仮名は類似するので誤写と考え、書陵部本に従った。◇萱　屋根を葺《ふ》くのに使う草の総称。萱・薄などの類。上三句は序。「束」を導く。◇束の間　ごく短い時間をいう。「束」は上句の続きからは束《たば》の意、下句への続きでは一握り指四本の幅。

374 おろしたての山藍の摺衣の乱れ模様にも似た初恋のおののきに、人知れず心をかき乱し、物思いに明け暮れている私なのだ。
◇初山藍 「初」には初恋と摺衣を初めて着る意とを掛ける。「山藍」はトウダイグサ科の多年草で染料。
◇摺ごろも 山藍などの汁で模様を染め出した衣。

375 木の陰に隠れて物思いに沈んでいると、わびしさに耐えかねて、蟬《せみ》の羽に宿る露が消えるように焦がれ死にしそうな気がする。
「空蟬《うつせみ》の羽に置く露の木隠れて忍び忍びに濡るる袖かな」(『源氏物語』空蟬・『伊勢集』)をふまえる。
◇うつせみ 蟬。◇消えやかへらむ 露が消える意と物思いで死にそうだとの意を掛ける。

376 物思いに耐えかねている私は、鵲《かささぎ》の羽に宿る露が消え去るように、あの人からの手紙も見ぬまま死んでしまうのではなかろうか。
上二句は結句を導く序、「丸木橋」は「踏み」と同音の「ふみ」(文)の序。また「かささぎ」は、七夕《たなばた》の鵲の橋の伝説(一七三参照)から「橋」の縁語、「露」はその形状から「丸木橋」の縁語等々、技巧の光る歌。

377 月の姿と見えたのは、あるいは美しいあの人だったのか。陽炎《かげろう》のようにかすかにその姿を見せただけで身を隠してしまったが…。
「かげろふのそれかあらぬか春雨《はるさめ》の降る日となれば袖ぞ濡れぬる」(『古今集』恋四、読人しらず)、「めぐり逢ひて見しやそれともわかぬ間に雲隠れにし夜はの月

てぞ思ふ

374 わが恋は　初山藍《はつやまあゐ》の　摺《すり》ごろも　人こそ知らね　乱れてぞ思ふ

375 木《こ》隠《がく》れて　ものを思へば　うつせみの　羽《は》におく露の　消えやかへらむ

376 かささぎの　羽《は》におく露の　丸木《まろき》橋《ばし》　ふみ見ぬさきに　消えやわたらむ

377 月影の　それかあらぬか　かげろふの　ほのかに見えて　雲隠《くもがく》れにき

378　雲隠れ　鳴きてゆくなる　初雁《はつかり》の　はつかに見てぞ　人は
恋しき

草に寄せて忍ぶる恋

379　秋風に　なびくすすきの　穂には出《い》でず　心乱れて　もの
を思ふかな

風に寄する恋

380　あだし野の　葛《くず》の裏ふく　秋風の　目にし見えねば　知る
人もなし

381　秋萩《あきはぎ》の　花野《はなの》のすすき　露をおもみ　おのれしをれて　穂
にや出《い》でなむ

影」（『新古今集』雑上、紫式部《むらさきしきぶ》）を念頭におく。◇それかあらぬか　そうなのか、そうでないのか。

378　雲に隠れて鳴きながら飛んでゆく初雁の、わずかに見え隠れするその姿のように、ちらっと見ただけなのに、なぜかあの人が恋しくてならない。
◇初雁の　上句は、「はつか」を引き出すための序。
◇はつかに　わずかに。かすかに。

379　秋風になびく薄の穂は、やがて目につくほど伸びてくる。私はそのように表には出さないものの、恋しさを胸に秘め、心乱れて物思いに沈んでいる。
◇秋風に　上二句は序。第三句の「穂」に、すすきの「穂」を掛けて導く。◇穂には出でず　「穂に出づ」は、表面に出る意。

380　あだし野の葛の葉をひるがえす秋風は目には見えない。私の恋心も、表に出さない以上知る人もない。
空しく心をかきたてる私の片思いも、風に似て、人は見すごしているというのである。
◇あだし野　京都市右京区嵯峨《さが》の、小倉山東北麓一帯の地。鳥辺野・蓮台野とともに墓地として知られた。

381　秋萩の花咲く野の薄は、露にうたれておのずとしおれ、その重みを解いてくれる風を待っている。秘めた恋に鬱々《うつうつ》と過している私も、いっそ表に出して人の気づくにまかせようか。
詞書《ことばがき》どおり「風」に重点をおいて解釈したが、「露に寄する恋」の詞書が脱落しているのかも知れない。

382　難波潟の水際の葦が、秋になっても穂を出さないでいる。あなたにうとまれながら、私はいったいいつまでこの秘めた慕情に耐えなければならないのか。
「難波潟水際の葦の老《おい》が世に恨みてぞ経《ふ》る人の心を」（『後撰集』雑二、読人しらず）などによる。◇難波潟　大阪地方の海面の古称。上二句は序。第四句の「穂」を導く。三七九参照。◇秋　「飽き」を掛ける。

383　舞い下りた雁の羽風にざわめく秋の田のように、私は思い乱れて、秘めてきた恋を露《あら》わしてしまった。
◇秋の田　上三句は序。「乱れて」を導く。「秋の田」「穂」は縁語。

384　夜が更けると雁の翼に宿った露も消えてしまう。その儚《はかな》い露のように、消え入りそうなほど物思いの限りを尽す私なのだ。
「故郷《ふるさと》に帰る雁がね小夜ふけて雲路に迷ふ声聞ゆなり」（『新古今集』春上、読人しらず）、「冬の池の鴨《かも》の上毛に置く霜の消えて物思ふ頃にもあるかな」（『後撰集』冬、読人しらず）に学ぶか。

385　大荒木野の笹原が時雨にぐっしょり濡れるように、とめどない涙で頬《ほお》を濡らすにしても、恋の思いを打ちあけようか、いやそうはすまい。
「かくしてやなほや老いなむみ雪降る大荒木野の篠《しの》にあらなくに」（『万葉集』巻七、作者未詳）が本歌。◇おほあらき野　三九参照。◇濡れは漬づとも　ひど

ある人のもとにつかはし侍《はべ》りし

382
難波潟《なにはがた》　水際《みぎは》の葦《あし》の　いつまでか　穂に出《い》でずしも　秋を
しのばむ

383
雁《かり》のゐる　羽風《はかぜ》にさわぐ　秋の田の　思ひ乱れて　穂にぞ
出《い》でぬる

恋の心をよめる

384
小夜《さよ》ふけて　雁のつばさに　置く露の　消えてものは
思ふかぎりを

忍ぶる恋

385
時雨《しぐれ》降る　おほあらき野の　小笹原《をざさはら》　濡《ぬ》れは漬《ひ》づとも
いろに出《い》でめや

く濡れそぼつことではあろうが。「は」は強意。

386　時雨の繰り返し降る布留の神木の杉が古びたように、あなたへ思いを寄せてもう何年にもなった。なのにまだ冷たいとは、いったい私にどうしろと言うのですか。

焦がれ死にせよとでも言うのかと相手を恨んだ歌。◇ふる　「降る」に「布留」を掛ける。布留は、奈良県天理市の地名。石上《いそのかみ》神宮がある。◇色　態度の意。杉は常緑樹で色を変えないところから縁語として用いた。

387　この夜寒で鴨の羽交に降りた霜、その霜が消えてしまうようにたとえ死を迎えようとも、私は恋を表沙汰《ざた》にするようなことだけはしない。

「葦辺行く鴨の羽交に霜降りて寒き夕《ゆふべ》は大和《やまと》し思ほゆ」(『万葉集』巻一、志貴皇子《しきのみこ》)、「秋萩《あきはぎ》の枝もとををに置く露の消《け》なば消ぬとも色に出でめやも」(同巻八、大《おお》伴像見《とものかたみ》)をふまえている。◇羽交　鳥の左右の翼の重なり合った所。

388　葦辺の鴨が騒ぐ入江の浮草のように、心の落着きを失って物思いを続けることであろうか。

389　海面の浮き波は、雄島の漁夫の衣を濡らす。だがそのように私も泣き濡れているなどとは言わないでほしい、たとえ恋い焦がれて死のうとも。

◇うきなみ　表面近くの砕け泡立つ波。◇雄島　宮城県松島湾北西の島。◇朽ちは果つ　死ぬ。腐る意を含み、「濡れ衣」の縁語ともなっている。「は」は強意。

神無《かみな》月《づき》のころ、人のもとに

386 時雨のみ　ふるの神杉《かみすぎ》　古《ふ》りぬれど　いかにせよとか　色のつれなき

恋の歌

387 夜《よ》を寒《さむ》み　鴨《かも》の羽交《はがひ》に　置く霜の　たとひ消《け》ぬとも　色に出《い》でめやも

388 葦鴨《あしがも》の　さわぐ入江の　浮草《うきくさ》の　うきてやものを　思ひわたらむ

海の辺《へん》の恋

389 うきなみの　雄島《をじま》の海人《あま》の　濡《ぬ》れ衣《ごろも》　濡るとな言ひそ　朽《く》

390　伊勢の一志の漁夫の捨てた衣が、波間で朽ちはてるように、あの人に逢うことのできぬ私は、やがて空しく死ぬことであろうか。
◇伊勢島や一志　二九六参照。◇海人　漁夫。◇なみ「波」と「無み」（無いので）とを掛ける。

391　休みなく羽ばたいて淡路島に通う千鳥のように、私も絶え間なくあの人を恋い慕い続けるのだろうか。
「淡路島通ふ千鳥の鳴く声に幾夜寝覚めぬ須磨の関守」（『金葉集』冬、源兼昌《かねまさ》）、「百羽搔羽搔く《ももはがきはねか》鴫《しぎ》もわがごとく朝《あした》わびしき数はまさらじ」（『拾遺集』恋二、紀貫之《きのつらゆき》）などが念頭にあろう。◇羽搔く　ここまで序。「間なく」を導く。

392　豊国の企救の長浜ではないが、長い間噂《うわさ》に聞いてきて、しかも夢にさえまだ見たことのない人に、私は恋心を抱き続けるのだろうか。
◇豊国　九州北東部の古称。豊前・豊後の国。◇企救の長浜　北九州市小倉の海岸。長く聞く意を掛ける。

393　須磨の海辺で、漁夫の灯《とも》した漁火がかすかに見える。同じように、ほんの少しでいいからあの人を垣間見る術《すべ》がないものだろうか。
「須磨の浦に海人の伐《こ》り積む藻塩木《もしほぎ》のからくも下に燃え渡るかな」（『新古今集』恋一、藤原清正《きよただ》）、「志賀の浦の釣に灯《とも》せる漁火のほのかに人を見るよしもがな」（『拾遺集』恋五、大伴坂上郎女《おおとものさかのうえのいらつめ》）にもとづく。
◇漁火　沖で漁をする際に焚《た》く、魚を誘いよせる火。

ちは果《は》つとも

390
伊勢《いせ》島《しま》や　一志《いちし》の海人《あま》の　捨て衣《ごろも》　あふことなみに　朽《く》ちや果てなむ

391
淡路《あはぢ》島　通《かよ》ふ千《ち》鳥《どり》の　しばしばも　羽搔《はねか》く間《ま》なく　恋ひやわたらむ

恋の歌

392
豊国《とよくに》の　企《き》救《く》の長浜《ながはま》　ゆめにだに　まだ見ぬ人に　恋ひやわたらむ

393
須磨《すま》の浦に　海人《あま》のともせる　漁火《いさりび》の　ほのかに人を　見るよしもがな

394 芦《あし》の屋《や》の　灘《なだ》の塩焼《しほやき》　われなれや　夜《よる》はすがらに　くゆり
わぶらむ

沼に寄せて忍ぶる恋

395 隠《かく》れ沼《ぬ》の　下《した》はふ葦《あし》の　水籠《みごも》りに　我ぞもの思ふ　ゆくへ
知らねば

水辺《すいへん》の恋

396 真《ま》薦《こも》生《お》ふる　淀《よど》の沢水《さはみづ》　水草《みくさ》ゐて　影し見えねば　訪《と》ふ人
もなし

397 三《み》島《しま》江《え》や　玉江《たまえ》の真《ま》薦《こも》　水《み》隠《がく》れて　目にし見えねば　刈《か》る
人もなし

394 恋の炎を胸の中に秘めている私は、芦屋の灘で塩を焼く海人のようなもの。今日もその炎で一晩中くすぶり悩むことだろう。
◇芦の屋の灘　兵庫県芦屋市の海岸。波が荒い。◇すがらに　…の終るまでずっと、の意。

395 草深く隠れてよく見えない沼の底に根を張った葦が、水中に籠《こも》ったままでいる。行方も知れぬ恋に悩む私も、思いを胸に秘めて苦しんでいるのだ。
◇水籠り　「身籠り」（身をひそめる）を掛ける。

396 真薦の生える淀の沢水は、水草のために影を映し出さず、訪れる人とてない。私も荒れた家に住んで人目につかないため、誰一人尋ねては来ぬ。
「真薦刈る淀の沢水深けれど底まで月の影は澄みけり」（『新古今集』夏、大江匡房《おおえのまさふさ》）、「絶えぬるか影だに見えば問ふべきを形見の水は水草ゐにけり」（同恋四、藤原道綱の母）をふまえる。◇真薦　イネ科。沼沢・川岸に自生する。◇淀　京都市伏見区の地名。賀茂・桂《かつら》・宇治川の合流する低湿地。

397 三島江の真薦は水中に隠れて目に見えず、刈る人もない。人目につかぬ生活をしている私にも、訪ねてくれる人はいない。
「三島江の入江の真薦雨降ればいとどしをれて刈る人もなし」（『新古今集』夏、源経信《つねのぶ》）に学ぶ。◇三島江　大阪府高槻《たかつき》市の淀川沿いにあった入江。◇玉江　美しい入江。「玉」は美称。

雨に寄する恋

398 ほととぎす　鳴くや五月《さつき》の　さみだれの　晴れずもの思
ふ　頃にもあるかな

399 ほととぎす　待つ夜《よ》ながらの　五月雨《さみだれ》に　繁《しげ》きあやめの
音《ね》にぞなきぬる

400 ほととぎす　来《き》鳴く五月《さつき》の　卯《う》の花の　憂《う》きことの葉の
繁きころかな

夏の恋といふことを

401 五月山《さつきやま》　木《こ》の下闇《したやみ》の　くらければ　おのれまどひて　鳴く
時鳥《ほととぎす》

398　時鳥《ほととぎす》の鳴く五月、晴れ間も見えずに五月雨が降る。私の心も晴れやらず、物思いに沈むこのごろだ。

「うちしめりあやめぞ薫る時鳥鳴くや五月の雨の夕暮」（『新古今集』夏、藤原良経《よしつね》）、「かきくらし降る白雪の下消えに消えて物思ふころにもあるかな」（『古今集』恋二、壬生忠岑《みぶのただみね》）などが念頭にあろう。

399　時鳥の訪れを待ちわびる夜、折から降り続く五月雨に催され、声をあげて泣いてしまった。

時鳥は恋人の比喩《ひゆ》であろう。

◇繁きあやめの　あやめの根と同音で「音《ね》」を導く序。

400　時鳥がやってきて鳴く五月の卯の花、けっして憂の花というわけでもなかろうが、憂くつらい言葉を聞くことの多い昨今である。

◇卯の花の　上三句は序。「卯」の同音で「憂き」を導く。◇憂きことの葉の繁き　「葉の繁き」は「卯の花」の縁語。

401　五月の山は長雨のせいで木の下闇が深く、時鳥は道を見失って鳴き続ける。私の恋もうまくゆかずにお先真暗、心も乱れて泣き暮している。

◇木の下闇　枝葉が繁茂して木陰が暗いこと。

402　どういう人なのかまだ何も様子を知らないあなたなのに、私はひとり勝手に心を乱してしまったようです。

◇奥山の　「立つ木」を掛けて「たづき」を導く序。

◇たづき　様子を知る手段。◇べらなる　九三参照。

403　奥山の苔を踏みならす雄鹿《おじか》のようなお方《かた》よ、あなたも、私の思いの深さに気づいて下さい。

「岩にむす苔踏みならすみ熊野《くまの》の山のかひある行く末もがな」(『新古今集』神祇、後鳥羽院)、「世を厭《いと》ふ吉野の奥の呼子鳥《よぶこどり》深き心のほどや知るらむ」(同雑上、幸清《こうしょう》)により、「呼子鳥」を「雄鹿」に転換し、さらに女の立場になって詠んだもの。

◇さを鹿　雄鹿。「さ」は接頭語。

404　風に乗っている大空の浮雲のように、これからいったいどうなってゆくやら、見当もつかぬ恋に身を委ねている私なのだ。

「風になびく富士の煙の空に消えて行方《ゆくへ》も知らぬわが思ひかな」(『新古今集』雑中、西行)が念頭にあろう。

◇天の原　大空。

405　白雲が消え去るように命が絶えてしまったわけでもないのに、どうしてこう艶《つや》っぽい噂《うわさ》ばかりが立つのだろう。

◇白雲の　「消え」を導く序。◇消えは消えなで　今にも消えそうでいて消えずに。「なかなかに消えは消えなで埋《うづ》み火《び》の生きてかひなき世にもあるかな」(『新古今集』冬、永縁《ようえん》)、「なき名のみ龍田の山に立つ雲の行方も知らぬながめをぞする」(同恋二、藤原俊忠《としただ》)による。◇何しかも　何でまた。◇たつたの山の　「立つ」を導く序。龍田山は二八参照。

恋の歌

402　奥山の　たづきも知らぬ　君により　わが心から　まどふべらなる

403　奥山の　苔《こけ》踏みならす　さを鹿《しか》も　深き心の　ほどは知らなむ

404　天《あま》の原《はら》　風にうきたる　浮雲の　ゆくへ定めぬ　恋もするかな

雲に寄する恋

405　白雲《しらくも》の　消えは消えなで　何しかも　たつたの山の　名のみ立つらむ

衣《ころも》に寄する恋

406 忘らるる　身はうらぶれぬ　唐衣《からころも》　さても立ちにし　名こそ惜しけれ

恋の心をよめる

407 君に恋ひ　うらぶれをれば　秋風に　なびく浅茅《あさぢ》の　露ぞ消《け》ぬべき

408 もの思はぬ　野辺《のべ》の草木の　葉にだにも　秋のゆふべは　露ぞ置きける

409 秋の野の　花の千種《ちぐさ》に　ものぞ思ふ　露より繁《しげ》き　いろは見えねど

406 あの人に忘れられてすっかりうちしおれている私。それにつけ、今は恋の噂《うわさ》が立ってしまったことが悔まれてならない。

「人もねのうらぶれ居《を》るに龍田山み馬《ま》近づかば忘らしなむか」(『万葉集』巻五、山上憶良《やまのうえのおくら》)、「祈りけむ事は夢にて限りてよさても逢ふてふ名こそ惜しけれ」(『後拾遺集』雑二、四条宰相)の影響があろう。

◇唐衣　「裁ち」と同音の「立ち」に掛る枕詞。

407 あなたを恋い慕って愁いに沈んでいると、浅茅の露が秋風になびいて消え失せるように、私もやがて事切れてしまいそうだ。

「君に恋ひうらぶれ居れば敷《しき》の野の秋萩《あきはぎ》しのぎさ牡鹿《をしか》鳴くも」(『万葉集』巻十、作者未詳)、「秋風になびく浅茅の末ごとに置く白露のあはれ世の中」(『新古今集』雑下、蟬丸《せみまる》)が想起されているか。

408 物思いには縁のない野草の葉にさえ、秋の夕方にはこんなに露が降りるのだ。あの人を慕って愁いに沈む私の袖がしとどに濡れるのも頷《うなず》けよう。

「われならぬ草葉も物は思ひけり袖より外に置ける白露」(『後撰集』雑四、藤原忠国)、「物思はでかかる露やは袖に置くながめてけりな秋の夕暮」(『新古今集』秋上、藤原良経)に学んでいる。

◇だにも　…さえも。

409 秋の野の花が様々に咲き乱れるように、あれこれと胸中をめぐる物思い…。夥《おびただ》しい花の露にもまさる涙のその色は、傍《はた》からはそれと分るまいが。

「秋の野に乱れて咲ける花の色の千種に物を思ふころかな」(『古今集』恋二、紀貫之)、「亡き人の形見の雲やしぐるらむ夕べの雨に色は見えねど」(『新古今集』哀傷、後鳥羽院)が念頭にあろう。

410　白露にさえ萩の下葉は色づくのです、恋の苦しみに身悶《もだ》えする私の袖が、血の涙でどんなに赤く染まっているかお察し下さい。

下句は「このころの暁露《あかときつゆ》にわが宿の萩の下葉は色づきにけり」(『万葉集』巻十、作者未詳)によるか。

411　山城の岩田の森の梢は、秋には色鮮やかな紅《くれない》に染まる。私の思慕も、口にこそ出さぬがあなたにはっきり伝わっているでしょう。

「山城の岩田の森の言はずとも心の中を照らせ月影」(『詞花集』雑上、藤原輔尹《すけただ》)にもとづく。◇山城　京都府の南部。◇岩田の森　京都市伏見区石田町の森。上二句は序。「岩」と同音で「言は」を導く。◇秋の梢　上二句の縁語で盛んな恋の比喩《ひゆ》。

一「後朝《ごてう》」に同じ。男女が共寝をした翌朝。

412　今朝あなたが訪ねて下さらなければ、私は人の出入りも絶えた山城の家で、道芝の露が消え失せるようにはかなくなることでしょう。

「誰行きて君に告げまし道芝の露もろともに消えなましかば」(『新古今集』恋三、賀茂成助《かものなりすけ》)、「故郷《ふるさと》を恋ふる涙やひとりゆく友なき山の道芝の露」(同哀傷、慈円)などを参考にしていよう。◇道芝　道端に生えている芝草。

露に寄する恋

410　わが袖《そで》の　涙にもあらぬ　露にだに　萩《はぎ》の下葉《したば》は　いろに出《い》でにけり

恋の歌

411　山城《やましろ》の　岩田《いはた》の森の　言はずとも　秋の梢《こずゑ》は　著《しる》くやあるらむ

山家の後《のち》の朝《あした》（一）

412　消えなまし　けさ尋ねずは　山城の　人来《こ》ぬ宿の　道芝《みちしば》の露

撫子《なでしこ》に寄する恋

413 撫子《なでしこ》の　花に置きゐる　朝つゆの　たまさかにだに　心隔《へだ》つな

[一]草に寄せて忍ぶる恋

414 わが恋は　夏野のすすき　繁《しげ》けれど　穂にしあらねば　問ふ人もなし

[二]逢《あ》ひて逢はぬ恋

415 いまさらに　なにをか忍ぶ　花すすき　穂に出《い》でし秋も　誰《たれ》ならなくに

すすきに寄する恋

416 待つ人は　来《こ》ぬものゆゑに　花すすき　穂に出でて妬《ねた》き　恋もするかな

413　撫子の花に宿った朝露の玉、その玉ではありませんが、時たまにしか逢えなくても、私との間に心の壁はつくらないで下さい。

「紀の国や由良の湊《みなと》に拾ふてふたまさかにだに逢ひ見てしがな」（『新古今集』恋一、藤原長方《ながかた》）等による。

一 草に託して詠んだ秘めた恋、の意。

414　夏の野の薄の繁りのように、絶え間なくあの人を思う私なのだ。しかし薄がまだ穂を出していないようにわが恋心も表には出さないので、私の恋に気づいて問いただす人もいない。

◇穂にしあらねば　表面に出ないので。

「牡鹿《をじか》臥《ふ》す夏野の草の道を無み繁き恋路に惑ふころかな」（『新古今集』恋一、坂上是則《さかのうえのこれのり》）に学んでいよう。

二 一度逢って、その後逢うことのない恋、の意。

415　今さら何を隠そうとなさるのか。花薄が穂を出すように、この秋、私たちの仲が世間に知られてしまったのも、他ならぬあなたのせいなのですよ。

「今さらに何をか思はむうちなびき心は君に寄りにしものを」（『万葉集』巻四、安倍女郎《あべのいらつめ》）、「今よりは植ゑてだに見じ花薄穂に出づる秋はわびしかりけり」（『古今集』秋上、平貞文《さだふん》）の影響がある。

416　待っているのにあの人は来ない。花薄が穂を出すように、憎さを顔に出して恋い恨む私である。

◇ものゆゑに　…なので。

三 訪れをあてにさせた人へ、の意。

417　笹原に降りる露の冷たさに、秋になると松虫が鳴かぬ夜とてない。あなたの訪れを待っている私も、同じように毎夜声をあげて泣いています。◇まつむし　「松虫」に「待つ」を掛ける。◇なかぬ　「鳴く」に「泣く」を掛ける。

418　あなたの訪れを待っていると、宵が更けてゆくのさえつらいのに、月までがわきまえもなく傾いて、私の憂いを募らせる。

「来ぬ人を待つとはなくて待つ宵の更けゆく空の月も恨めし」(『新古今集』恋四、藤原有家《ありいえ》)、「更けにけるわが身の影を思ふまにはるかに月の傾きにける」(同雑上、西行)による。

◇あやな　「あやなし」の語幹。

419　待っていてくれとあてにさせていたわけでもないのに、山の月は夕暮れの空にちゃんと姿を見せた。なのにあなたは、来るなんて口先ばっかり。

正治二年『後鳥羽院百首』の「あぢきなく頼めぬ月の影も憂し言ひしばかりの有明の月」(藤原忠良《ただよし》)、「待ち出てもいかにながめむ忘るなと言ひしばかりの有明の空」(式子内親王)が参考にされていよう。

420　人の数にも入らない私だけれど、浮雲のように遠く離れた所からにせよ、秋の夜の月みたいに美しいあなたを、心からお慕いしております。

月は恋人の比喩《ひゆ》。「立ち帰りあはれとぞ思ふよそにても人に心をおきつ白波」(『古今集』恋一、在原元方《ありわらのもとかた》)が想起されたか。

三 頼めたる人のもとに

417　小《を》笹原《ざさはら》　置く露寒《さむ》み　秋されば　まつむしの音《ね》に　なかぬ
夜《よ》ぞなき

418　待つ宵《よひ》の　更けゆくだにも　あるものを　月さへあやな
傾《かたぶ》きにけり

419　待てとしも　頼《たの》めぬ山も　月は出《い》でぬ　言ひしばかりの
夕暮の空

月に寄する恋

420　数《かず》ならぬ　身は浮雲《うきぐも》の　よそながら　あはれとぞ思ふ
秋の夜の月

421　月の姿もはっきりとは見えない。恋の悲しみに分別を失い、真暗になった心がなかなか晴れないせいで。
「三日月のさやにも見えず雲隠り見まくぞ欲しきうたてこのころ」（『万葉集』巻十一、作者未詳）、「かきくらす心の闇に迷ひにき夢うつつとは世《よ》人《ひと》定めよ」（『古今集』恋三、在原業平《ありわらのなりひら》）にもとづく。

422　思いもよらず、私の袖に月が映った。なぜ、と尋ねる人があればどう答えたらよいのだろう。
袖に月が宿るのは涙で袖が濡れているためだが、あえてその理由を問われたら、恋の苦悶《くもん》を告白すべきかどうか返答に窮するだろうというもの。「面影の霞《かす》める月ぞ宿りける春や昔の袖の涙に」（『新古今集』恋二、藤原俊成の女《むすめ》）、「袖の上に誰ゆゑ月は宿るぞとよそになしても人の問へかし」（同、藤原秀能《ひでよし》）によるか。
◇おぼえず　思いもよらず。
一　秋のころ、言い寄り馴《な》れ親しんだ人がよそへ出かけた折、機会を得て手紙などを送ろうとして詠んだ歌、の意。

423　大空に浮ぶ月を眺めやると、心も上の空で見やったあなたの面影が甦ってきて、月のように美しいお姿に馴染《なじ》んだ秋の頃が恋しくなります。
「夢かとよ見し面影も契りしも忘れずながらうつつならねば」（『新古今集』恋五、藤原俊成の女）等による。

424　大空はるかに飛ぶ雁は、去りゆくにつれその声が遠のいてゆく。あの人も、逢瀬を続けること

421
月影も　さやには見えず　かきくらす　心の闇《やみ》の　晴れしやらねば

月の前の恋

422
わが袖《そで》に　おぼえず月ぞ　宿りける　問ふ人あらば　いかが答へむ

一 秋ごろ、言ひなれにし人の、ものへ罷《まか》れりしに、便《たより》につけて文《ふみ》など遣《つか》はすとて

423
うはのそらに　見し面影《おもかげ》を　思ひ出《い》でて　月になれにし　秋ぞ恋しき

424
逢ふことを　雲居《くもゐ》のよそに　ゆく雁《かり》の　遠ざかればや　声

も聞えぬ

二遠き国へ罷《まか》れりし人、八月ばかりに帰り参るべきよしを申して、九月まで見えざりしかば、かの人のもとに遣《つか》はし侍《はべ》りし歌

425 来《こ》むとしも　頼《たの》めぬうはの　そらにだに　秋風ふけば　雁《かり》は来にけり

426 今来《こ》むと　頼めし人は　見えなくに　秋風寒《さむ》み　雁は来にけり

雁に寄する恋

427 忍びあまり　恋しき時は　天《あま》の原《はら》　空とぶ雁の　音《ね》に鳴きぬべし

など思いもよらぬと心を決めて私のもとを去り、姿はおろか声も聞えないのか。

相手の女は実朝に親しみはしたが、身分の差もあるので、関係を続けることなど慮外だったのだろう。
◇よそ　かけ離れて無縁なこと。
二 遠国へ出向いた人が、八月頃には帰ると言いながら、九月になっても音沙汰なかったので、の意。

425 人に何も期待を抱かせないあの上空にさえ、秋風が吹くと雁がやって来る。なのにあなたは、帰るとあてにさせ、私が心も上の空で待っていたのに、今日まで姿を見せずにいますね。
相手の不実を軽く怨《えん》じた歌。「聞くやいかに上の空なる風だにも松に音する習ひありとは」(『新古今集』恋三、宮内卿《くないきよう》)、「秋風に初雁がねぞ聞ゆなるたが玉づさをかけて来つらむ」(『古今集』秋上、紀友則《きのとものり》)など。

426 近いうちに行くよと、私を心待ちにさせたあの人は姿を現さないのに、雁だけは、秋風が冷たい季節になると忘れずにやって来た。
「今来むと頼めしことを忘れずはこの夕暮の月や待つらむ」(『新古今集』恋三、藤原秀能)などによるか。

427 恋しさに耐えかねるような時は、大空を飛ぶ雁のように、声をあげて泣いてしまいそうだ。
「思ひ出でて恋しき時は初雁の鳴きて渡ると人知るらめや」(『古今集』恋四、大伴黒主《おおとものくろぬし》)を本歌とする。「天の原」と「空」は重複した表現になっている。

恋の歌

428 雨《あま》ごろも　田蓑《たみの》の島に　鳴く鶴《たづ》の　声聞きしより　忘れかねつも

429 難波潟《なにはがた》　浦より遠《をち》に　鳴く鶴の　よそに聞きつつ　恋ひやわたらむ

430 人知れず　思へば苦し　武隈《たけくま》の　まつとは待たじ　待てば術《すべ》なし

431 わが恋は　深山《みやま》の松に　這《は》ふ蔦《つた》の　繁《しげ》きを人の　問はずぞありける

428　田蓑の島で鳴く鶴の声、私もあの人の声を聞いた日から、忘れかねて恋い慕っているよ。

雁から鶴の歌に転じた。本歌は「難波潟《なにはがた》潮満ち来《く》らし雨衣田蓑の島に鶴鳴き渡る」（『古今集』雑上、読人しらず）。◇雨ごろも　装束の上に着て雨を防ぐ衣。「田蓑」の枕詞。◇田蓑の島　大阪市の田蓑橋付近にあった島か。

429　難波潟の岸から遠く隔たって鳴く鶴、私も同じようにあの人の慕わしい声を遠く離れて耳にしながら、ひたすら恋い続けることだろうか。

前歌の本歌から『新古今集』恋一、伊勢の二首「難波潟短き葦の節の間も逢はでこの世を過《すぐ》してよとや」「み熊野《くまの》の浦より遠《をち》に漕《こ》ぐ船の我をばよそに隔てつるかな」を連想して詠むか。

430　人知れず恋い慕うと苦しいものだ。武隈の松ではないがあの人をじっと待つのはよそう、待っているとどうしようもなく切なくなるから……。

「人知れず思へば苦し紅《くれなゐ》の末摘花《すゑつむはな》の色に出でなむ」（『古今集』恋一、読人しらず）、「阿武隈《あぶくま》に霧立ち曇り明けぬとも君をばやらじ待てばすべなし」（同東歌）によるか。◇武隈のまつ　三一参照。

431　山奥の松に這い纏《まつ》わって茂る蔦のように、私は絶えず恋い慕っているが、あの人の訪れはない。

この初句で始まる歌は『新古今集』に九首も存在し、実朝にも七首ある。

432　茂った山の木々の下陰をひそかに流れる水の音のように、噂《うわさ》話を小耳に挟《はさ》んでからというもの、私はあの人を忘れることができない。「秋山の木の下隠《かく》りゆく水の我こそ増さめ思ほすよりは」（『万葉集』巻二、鏡王女《かがみのおおきみ》）など。

433　神山の麓《ふもと》を流れる水が沸き返り流れるように、心はたぎるばかりでありながら、口には出さず、物思いに沈んでばかりいる今のやるせない私。「人知れず思ふ心はあしひきの山下水の沸きや返らむ」（『新古今集』恋一、大江匡衡《おおえのまさひら》）をふまえる。

434　苔の深い石の間を伝って流れ下る山水が音をたてないように、声に出してこそ言わないが、人知れず思慕を寄せてもう何年にもなった。「忍ばじよ石間伝ひの谷川もせをせくにこそ水増《まさ》りけれ」（『新古今集』恋二、藤原公継《きんつぐ》）によるか。

435　東国への道の奥の白河の関の名のとおり、この袖ではせきとめきれぬほどに涙が溢《あふ》れてくる。「東路の道のはてなる常陸《ひたち》帯のかことばかりも逢はむとぞ思ふ」（『新古今集』恋一、読人しらず）等による。
◇白河のせき　福島県白河市にあった陸奥《みちのく》への関門。

436　信夫山の木々の下を沸き返り流れる水。何年も耐え忍んできた私の胸の裡《うち》も同じように沸き立っている、あの人に逢う術《すべ》もないままに…。
本歌は「信夫山忍びて通ふ道もがな人の心の奥も見るべく」（『伊勢物語』十五段）。
◇信夫山　福島市北方にある山。

432　山しげみ　木《こ》の下隠《したがく》れ　ゆく水の　音《おと》聞きしより　われや忘るる

433　神山《かみやま》の　山下水《やましたみづ》の　沸《わ》きかへり　言はでもの思ふ　われぞ悲しき

434　苔《こけ》深き　石間《いしま》をつたふ　山水の　音《おと》こそたてね　年は経《へ》にけり

435　東路《あづまぢ》の　道の奥なる　白河《しらかは》の　せきあへぬ袖《そで》を　漏《も》る涙かな

436　信夫《しのぶ》山《やま》　下《した》ゆく水の　年を経《へ》て　沸《わ》きこそかへれ　逢《あ》ふよしをなみ

437 漏《も》らしわびぬ　信夫《しのぶ》の奥の　山深み　木隠《こがく》れてゆく　谷川の水

438 心をし　信夫のさとに　置きたらば　阿武隈川《あぶくまがは》は　見まく近けむ

439 年経《ふ》とも　おとにはたてじ　音羽川《おとはがは》　下《した》ゆく水の　したの思ひを

440 いそのかみ　布留《ふる》の高橋　古《ふ》りぬとも　本《もと》つ人《ひと》には　恋ひやわたらむ

441 広瀬川《ひろせがは》　袖漬《そでつ》くばかり　浅けれど　われは深めて　思ひそ

437 心の中を打ちあけられず、この胸は痛む。信夫の奥の山深く、谷川の水が木の陰をひそかに流れてゆくように、人知れず恋をする私…。
忍ぶ恋。「信夫山…」(四三六釈注参照)を本歌とする。
◇漏らしわびぬ　「谷川の水」の縁語。◇信夫　陸奥《むつ》の国の郡名。現在の福島市にあたる。

438 信夫の里ではないが、耐え忍ぶことを心がけていたなら、阿武隈川の名のとおり、あの人に逢う日もきっと近いだろう。
「心をし無何有《むかう》の郷《さと》に置きてあらば藐姑射《はこや》の山を見まく近けむ」(『万葉集』巻十六、作者未詳)による。
◇信夫　「忍ぶ」を掛ける。◇阿武隈川　福島県・宮城県を流れ太平洋に注ぐ川。「逢ふ」を掛ける。

439 たとえ何年過ぎようが口に出したりはすまい。木々の下を流れゆく音羽川の水のように、心中に秘めているこの思いを。
◇音羽川　京都市の音羽山に発し、北流して四宮川に合流する。

440 布留の高橋のその名どおりに、たとえ縁《えにし》は古びてゆこうと、昔馴染《なじみ》を慕い続けるのだろうか。
『万葉集』巻十二、作者未詳の二首「石上《いそのかみ》布留の高橋高々に妹《いも》が待つらむ夜ぞ更けにける」「橡《つるばみ》の衣《きぬ》解き洗ひ真土山《まつちやま》本つ人にはなほ及《し》かずけり」をふまえる。
◇いそのかみ　奈良県天理市石上付近。布留はその地の一部。◇布留の高橋　布留川に架《かか》る橋。橋脚が長い。
◇本つ人　ずっと前から親しくしている人。

441　広瀬川は、渡るとしても袖が浸る程度の浅い川だが、逆に私は深く深くあの人を慕い始めてしまった。

「広瀬川袖つくばかり浅きをや心深めて我《あ》が思《も》へるらむ」（『万葉集』巻七、作者未詳）が念頭にあろう。◇広瀬川　大和川の上流。奈良県北葛城《かつらぎ》郡を流れる。

442　逢坂の関屋はどこなのか、山科の音羽の滝のように評判には聞いていても分らない。同様にあの人も、噂《うわさ》が伝わってくるだけで逢う術《すべ》がないのだ。

◇逢坂　三〇三参照。「逢ふ」を掛ける。◇関屋　関の番小屋。◇山科　京都市山科区。◇音羽の滝　音羽山にある滝。◇おと　噂、評判。

443　山の麓《ふもと》を激しく流れ下る川水のように、心も千々に砕けてあの人を恋い続けることだろう。

「あしびきの山下激つ岩波の心砕けて人ぞ恋しき」（『新古今集』恋一、紀貫之）にもとづく。◇石走る　「激つ」の枕詞。

444　山川のあの瀬この瀬で岩波が沸き返り流れるように、私一人が、身を砕き散らすような激しさで恋い焦がれるのであろうか。

◇くだくらむ　「くだく」は「岩波」の縁語。

445　浮きつ沈みつ、しまいには泡と消えてしまいそうだ。あの瀬この瀬の岩波のように、千々にこの身を砕き続けて。

恋に悩み、焦がれ死にしそうな自分を、川瀬の波が岩に砕け散るさまに喩《たと》えた。

めてき

442　逢坂《あふさか》の　関屋《せきや》もいづら　山科《やましな》の　音羽《おとは》の滝の　おとに聞きつつ

443　石走《いしばし》る　山した激《たぎ》つ　やま川《がは》の　心くだけて　恋ひやわたらむ

444　山川《やまがは》の　瀬々《せぜ》の岩波《いはなみ》　わきかへり　おのれひとりや　身をくだくらむ

445　浮き沈み　はては泡《あわ》とぞ　なりぬべき　瀬々の岩波　身をくだきつつ

恋

446
白山《しらやま》に　降りてつもれる　雪なれば　下《した》こそ消ゆれ　上《うへ》は
つれなし

447
雲のゐる　吉野の岳《たけ》に　降る雪の　つもりつもりて　春に
あひにけり

448
春深み　峰の嵐《あらし》に　散る花の　定めなき世に　恋ひつつぞ
経《ふ》る

月に寄せて偲《しの》ぶる恋

449
春やあらぬ　月は見し世の　空ながら　なれしむかしの
影ぞ恋しき

446　白山《はくさん》に降り積った雪は、下層は消えていても表には何の変化もない。私の恋もその雪と同じだから、心では命も消えいるばかりに慕っているのに、表には出さずそしらぬふりをしているのだ。
「白山に年経《ふ》る雪や積るらむ夜半《よは》に片敷く袂《たもと》さゆなり」（『新古今集』冬、藤原公任《きんとう》）が念頭にあろう。四四六～七は名所の山の雪に寄せる恋を扱った歌。
◇白山　石川・岐阜の県境にある。付近は豪雪地帯。

447　雲のかかった吉野の岳に降る雪が積り積って春を迎えるように、私の恋も、一途の思いがやっと通じて、とうとうあの人に逢えることになった。
「み雪降る吉野の岳にゐる雲のよそに見し児《こ》に恋ひわたるかも」（『万葉集』巻十三、作者未詳）等による。
◇吉野の岳　奈良県吉野郡の金峰山《きんぷせん》。

448　春も深いので、山頂を吹きすさぶ嵐にあちこちと舞い散る桜の花、そのように定めない世に私は生きて、あの人を慕いつつ日を送っている。峰の落花に寄せた恋歌。世の無常に気づかぬかのように恋する自分をいとおしんだ。

449　今年の春は古《いにしえ》と違うのか。そのはずはない、月はかつてのように空にある。睦《むつ》み交《か》わした恋人の姿だけが今はなく、慕わしくてならぬのだ。
「月やあらぬ春や昔の春ならぬわが身ひとつはもとの身にして」（『古今集』恋五、在原業平）による。

450　思いがけぬことだった。かつて見た月の姿を、今度は遠く大空に見出そうとは。月のように清らかで美しいあの人は、もう今は手の届かない宮中の人となってしまったのだ。

「月影」は美しい恋人の比喩《ひゆ》。かつての恋人を宮中に見出すという物語的趣向を詠んだ。
◇雲居　はるか遠く雲のかかった所。ここでは宮中。

451　筵《むしろ》の上に空《むな》しく独り寝の夜々を過して、もう何年にもなった。夜着の裾が合わないように、あの人と逢うこともたえてないまま…。
本歌は「さ筵に衣片敷き今宵もや我を待つらむ宇治の橋姫」(『古今集』恋四、読人しらず)、「朝影に我《あ》が身はなりぬ唐衣《からころも》裾のあはずて久しくなれば」(『万葉集』巻十一、作者未詳)。
◇さむしろ　敷物。「さ」は接頭語。◇あはず　「合はず」に「逢はず」を掛ける。

452　この筵で秋をいったい幾度耐え忍んできたことか。今はあの宇治の橋姫にも似た身の上だよ。
「さ筵に…」(前歌釈注参照)を本歌とする。
◇はた　やはり。◇宇治の橋姫　300参照。

453　訪れぬ人をきっと来てくれると心待ちにしているわけではないが、眠れないでいるうち、もう暁を迎えてしまったのか。
男の訪れを心の片隅で期待しつつ夜を明かした女のやるせなさを詠んだ。「桐《きり》の葉も踏み分けがたくなりにけり必ず人を待つとなけれど」(『新古今集』秋下、式子内親王)、「暁になりやしぬらむ月影の清き川原に千鳥鳴くなり」(『千載集』冬、藤原実定《さねさだ》)によるか。

450　思ひきや　ありしむかしの　月影を　今は雲居《くもゐ》の　よそに見むとは

待つ恋の心をよめる

451　さむしろに　独《ひと》り空《むな》しく　年も経《へ》ぬ　夜《よる》の衣《ころも》の　裾《すそ》あはずして

452　さむしろに　幾世《いくよ》の秋を　忍びきぬ　今はたおなじ　宇治《うぢ》の橋姫《はしひめ》

453　来《こ》ぬ人を　かならず待つと　なけれども　暁《あかつき》がたに　なりやしぬらむ

暁《あかつき》の恋

454 筵《むしろ》の上に露が降《お》り、そしてはかなく消え去るように、あなたが起きて帰ってしまわれたら、私は暁ごとに死ぬほど心細い思いをすることになるでしょう。
女の立場になって詠んだ。
◇おきて 「置きて」と「起きて」を掛ける。「置き」「消え」は「露」の縁語。

455 暁に降りるこの露は、いったいどのようなものなのかしら。あの人が起きて出ていってしまうと、袖にいっぱいたまっていて侘しくてならない。
「唐衣《からころも》たつ日は聞かじ朝露のおきてし行けば消《け》ぬべきものを」(『古今集』離別、読人しらず)、「置き添ふる露やいかなる露ならむ今は消えねと思ふわが身を」(『新古今集』恋三、円融院)によっていよう。
◇露 暗に涙をにおわす。◇おきて 前歌参照。

456 暁方の鴫の羽ばたきはひっきりなしに続くのに、あの人との逢瀬《おうせ》はなぜこうも間遠なのか。
本歌は「暁の鴫の羽搔百羽搔《はねがきももはがき》君が来ぬ夜は我ぞ数かく」(『古今集』恋五、読人しらず)。

457 陸奥《みちのく》の真野の萱原は、遠すぎて狩りにすらやってくる人などいはしない。そのようにかりそめにさえ来ない人をひたすら待つ苦しさといったら…。
「陸奥《みちのく》の真野の萱原遠けども面影にして見ゆといふものを」(『万葉集』巻三、笠女郎《かさのいらつめ》)、「山城《やましろ》の淀《よど》の若菰《ごも》かりにだに来ぬ人頼むわれぞはかなき」(『古今集』恋五、読人しらず)による。

454
さむしろに　露のはかなく　おきて去《い》なば　暁《あかつき》ごとに　消
えやわたらむ

暁の恋といふことを

455
あかつきの　露やいかなる　露ならむ　おきてしゆけば
侘《わび》しかりけり

456
あかつきの　鴫《しぎ》の羽搔《はねがき》　しげけれど　などあふことの　間《ま》
遠《どほ》なるらむ

人を待つ心をよめる

457
みちのくの　真野《まの》の萱原《かやはら》　かりにだに　来《こ》ぬ人をのみ　待
つが苦しさ

458 待てとしも　頼めぬ人の　葛《くず》の葉も　あだなる風を　うらみやはせぬ

恋の心をよめる

459 秋深み　裾野《すその》の真葛《まくず》　かれがれに　うらむる風の　音《おと》のみぞする

460 秋の野に　置く白露の　朝なあさな　はかなくてのみ　消えやかへらむ

461 風を待つ　今はたおなじ　宮城野《みやぎの》の　もとあらの萩《はぎ》の　花の上《うへ》の露

菊に寄する恋

◇みちのく　秋田・山形両県を除く東北地方の古称。東海・東山両道の奥の意。◇真野　福島県相馬郡鹿島町内の地名。◇萱　屋根を葺《ふ》くのに使う草の総称。458　あの人は待ってくれと私に期待などさせないが、葛の葉でも頼りない風を恨んで葉裏を見せていますよ。私が不実なあなたを恨むのは当然です。難解な歌。「人」を「野べ」の誤りとする説もある。

◇うらみ　「裏見」と「恨み」を掛ける。

459　秋が深いせいで山の裾野の葛も枯れかかり、風の音ばかりが恨むように響いてくる。あれは、私に飽きがきて離《か》れがちになったあの人を恨めしく思う心が、声と化したものなのだろう。

◇秋　「飽き」を掛ける。◇真葛　「葛」の美称。◇かれがれ　「枯れ枯れ」に「離《か》れ離《が》れ」を掛ける。

460　秋の野に置く白露は毎朝はかなく消え去っているでしょうが、頼りない私の命も、消えかかっているのではないでしょうか。

「秋の野に置く白露の消えざらば玉に貫《ぬ》きてもかけて見てまし」(『後撰集』秋中、読人しらず)など。

461　宮城野の萩の上の露が、風を受けてまさに散ろうとしている。ちょうど同じように、あの人を待つ私も焦がれ死にしてしまいそうです。

「宮城野の本荒《もとあら》の小萩露を重み風を待つごと君をこそ待て」(『古今集』恋四、読人しらず)を本歌とする。

◇宮城野　仙台市東郊の野。萩と露で有名な歌枕。◇もとあらの萩　下葉がまばらになった萩。

462 色変りする秋の菊の上の霜さながらに、命も消え入るばかり、生きているやらいないのやらといったありさまで、物思いに沈む私である。
「うつろふ秋の花」は、心変りする恋人の比喩《ひゆ》だろう。「消えかへりあるかなきかのわが身かな恨みて帰る道芝の露」（『新古今集』恋三、藤原朝光）などに学ぶか。

463 初霜が降りきらないうちに菊の花が色変りするように、ほかの美しい女のために、あの人の心はすっかり変っていたのだ。
「花」は美しい女の比喩。「世の中の人の心は花染めのうつろひやすき色にぞありける」（『古今集』恋五、読人しらず）をふまえていよう。

464 あなたに逢えぬまま、私は一体いつまで待てばよいのでしょう。布留野の笹の原に幾夜も降りる霜のように、白髪になるまで待てというのですか。
「霜」は白髪の比喩。「石上《いそのかみ》布留野の小笹霜を経てひと夜ばかりに残る年かな」（『新古今集』冬、藤原良経）などが想起されていよう。
◇ふる野　布留の野。「経る」を掛ける。三八六参照。

465 草が深いので、たいそう荒れた感じのする家となってしまったが、私は涙の露を思い出のしるしとして尋ねてきたのだ。
昔の恋人の荒れはてた家に尋ね寄ったという趣向。「浅茅《あさぢ》原《はら》はかなく置きし草の上の露を形見と思ひかけきや」（『新古今集』哀傷、周防内侍《すおうのないし》）、「しきたへの枕の上にすぎぬなり露を尋ぬる秋の初風」（同秋上、源

462 消えかへり　あるかなきかに　ものぞ思ふ　うつろふ秋の　花の上《うへ》の霜

463 花により　人の心は　初霜の　置きあへず色の　変るなりけり

久しき恋の心を

464 わが恋は　逢《あ》はでふる野の　小《を》笹原《ざさはら》　幾世《いくよ》までとか　霜の置くらむ

故郷の恋

465 草深み　さしも荒れたる　宿なるを　露をかたみに　尋ね来《こ》しかな

466　里は荒れて　宿は朽《く》ちにし　跡《あと》なれや　浅茅《あさぢ》が露に　松虫の鳴く

467　荒れにけり　頼めし宿は　草の原　露の軒端《のきば》に　松虫の鳴く

468　忍草《しのぶぐさ》　しのびしのびに　置く露を　人こそ訪《と》はね　宿は古《ふ》りにき

469　宿は荒れて　ふるき深山《みやま》の　松にのみ　問ふべきものと　風の吹くらむ

年を経て待つ恋といふことを、人々に仰せてつかうまつらせしついでに

具親《ともちか》）による。

466　里は荒れ、家も腐って姿を消してしまった跡だろうか、浅茅の露の底で松虫が鳴いている。男の訪れを空《むな》しく待つうちに死んでしまった女の亡魂が松虫と化して、なお待ち侘《わ》びるかのように廃屋で哀切な鳴声をたてているのだろう。「里は荒れて人は古りにし宿なれや庭も籬《まがき》も秋の野らなる」（『古今集』秋上、遍昭《へんじょう》）、「跡もなき庭の浅茅に結ぼほれ露の底なる松虫の声」（『新古今集』秋下、式子内親王）による。

467　再訪を約束した男の訪れを待ち侘びつつ女が過していた家は、今は荒れ放題で草むら同然だ。露の降りた軒端では松虫が鳴いている。露に女の涙を、松虫に死んだ女の妄執《もうしゅう》を感じているのであろう。物語的情趣の漂う歌。「跡絶えて浅茅が末になりにけり頼めし宿の庭の白露」（『新古今集』恋四、二条院讃岐《さぬき》）などが脳裏にあろう。

468　忍草に露が降りるように、人知れず涙で袖を濡らしている私だけれど、あの人は訪れてもくれず、家は古びてしまった。「空蟬《うつせみ》の羽に置く露の木隠れて忍び忍びに濡るる袖かな」（『源氏物語』空蟬）にもとづく。

469　人の訪れもないまま家は荒れはてて、山深く生い立つ老松だけに風が吹き訪れているが、風は松だけを尋ねればよいとでも思っているのだろうか。訪れる人もない女の侘《わび》しさを詠んだ。老松を吹く風にも愚痴を言わずにはいられないのである。

470 故郷の浅茅に結んだ露に濡れて、鬱々《うつうつ》としてひとり鳴く虫のように、私も来ぬ人を恨みつつ、むせび泣きながら待っているのだ。
恋人を空《むな》しく待つ女が虫の姿に己《おのれ》を見出している。「跡もなき庭の浅茅に結ぼほれ露の底なる松虫の声」(『新古今集』秋下、式子内親王)が想起されていよう。

一 ここは『唐物語』の長恨歌説話を詠んだものか。

471 楊貴妃《ようきひ》と死に別れたその昔…。時の流れは露が消え失せるごとくはかないもの、今は昔の面影すらない浅茅原の野辺に、ただ秋風が吹くばかり。
安禄山の乱の際に楊貴妃と死別した玄宗が、乱後その場所を訪れた時の悲哀を描写した『唐物語』の一節「浅茅が原に風うち吹きて夕の露玉と散るを御覧じても消え入りぬべくおぼされける」や、源道済《みちなり》の「思ひかね別れし野辺を来て見れば浅茅が原に秋風ぞ吹く」(『詞花集』雑上)などの影響がある。

472 人の訪れた気配もない浅茅原の野辺に霜が結んでいるように、悲しみに気も滅入り、死を迎えてもおかしくないようなありさまで日を送るだろう。
「通ひ来し宿の道芝枯れ枯れに跡なき霜の結ぼほれつつ」(『新古今集』恋四、藤原俊成の女《むすめ》)による。

473 浅茅原に霜が結晶し、日の光を待つうちに儚《はかな》く消える。ふさいだ気持であの人を待つ間《ま》の私にも、消え入るほどの心細い思いが続くのだろうか。

470 ふるさとの　浅茅《あさぢ》が露に　むすぼほれ　ひとり鳴く虫の
人をうらむる

一 物語に寄する恋

471 別れにし　むかしは露か　浅茅原《あさぢはら》　あとなき野辺《のべ》に　秋風
ぞ吹く

冬の恋

472 浅茅原　あとなき野辺に　置く霜の　むすぼほれつつ　消
えやわたらむ

473 浅茅原　あだなる霜の　むすぼほれ　日影を待つに　消え
やわたらむ

474 庭の面《おも》に　しげりにけらし　八《や》重葎《へむぐら》　訪《と》はで幾世《いくよ》の　秋か経《へ》ぬらむ

故郷の恋

475 ふるさとの　杉の板屋《いたや》の　隙《ひま》を粗《あら》み　行《ゆ》きあはでのみ　年の経ぬらむ

簾《すだれ》に寄する恋

476 津の国の　昆陽《こや》のまろやの　葦《あし》すだれ　間遠《まどほ》になりぬ　行《ゆ》きあはずして

恋の歌

477 住吉《すみよし》の　まつとせしまに　年も経《へ》ぬ　千木《ちぎ》の片削《かたそぎ》　行《ゆ》きあはずして

474 庭一面に八重葎が茂ったようだ。あの人の足が遠のいてから、これが何度めの秋なのだろう。

「八重葎茂れる宿は人もなしまばらに月の影ぞすみける」（『新古今集』雑上、大江匡房）が念頭にあろう。◇八重葎　幾重にも生い茂った蔓《つる》で絡む雑草。

475 故郷の板葺《ぶ》き屋根の、板の隙間《すきま》が粗いのでうまくかみ合わない。そのように、あの人と巡り逢える折もなく、何年が私の傍を過ぎていったことか。

「山里の賤《しづ》の松垣《まつがき》隙を粗みいたくな吹きそ木枯《こがらし》の風」（『後拾遺集』秋下、大宮越前）、「わが恋は千木《ちぎ》の片削《かたそぎ》かたくのみ行きあはで年の積りぬるかな」（『新古今集』恋二、藤原公能《きんよし》）による。

476 摂津の昆陽《こや》のあばら家の葦簾《すだれ》の編目が粗いように、あの人と巡り逢えぬまま間遠になった。

「津の国の昆陽とも人をいふべきに隙こそなけれ葦の八重葺」（『後拾遺集』恋二、和泉式部《いずみしきぶ》）等によるか。◇津の国　摂津の国（大阪府・兵庫県の一部）。◇昆陽　兵庫県伊丹市内の地名。◇まろや　葦や茅《かや》で屋根を葺《ふ》いた粗末な家。

477 住吉の松の名のとおり、あの人を待つうちに何年も過ぎた。千木の片削が交差するようにあの人と巡り逢うこともないままに。

◇まつ　「松」に「待つ」を掛ける。◇千木　屋根棟の両端の材木を交差させ、先を長く空中に突出させたもの。◇片削　千木の片側を縦に切り落したもの。

478　住の江の老松《おい》ではないが、あの人の訪れを待つことも久しくなった。私のもとへ来るなどとあてにさせたくせに、年月ばかりが過ぎてゆくので。

「住の江のまつほど久になりぬれば葦《あし》たづの音に鳴かぬ日はなし」(『古今集』恋五、兼覧王《かねみのおおきみ》)が本歌。

479　あの人のことはとっくに諦《あきら》め、ひとり寂しく暮していたのに、「野中の水」の古歌ではないが、今ごろ現れて私を期待させるとは…。

恋に破れた後静かに暮していた女の前に、突然昔の恋人が現れて求愛してきた際の、女の困惑を詠んだ。

◇野中の水　「いにしへの野中の清水《しみづ》ぬるけれどもとの心を知る人ぞ汲《く》む」(『古今集』雑上、読人しらず)によった表現。歌意のとおり、昔の恋人を意味する。

480　雄鹿の伏している夏の野、その草の上一面に置く露。私の恋の煩悶《はんもん》はその露よりもさらに激しく絶え間ない。でもあなたはそれを知るまいね。

「牡鹿臥す夏野の草の道を無み繁き恋路にまどふころかな」(『新古今集』恋一、坂上是則)をふまえる。

◇繁き　露の多さと間断ない物思いの両義を掛ける。

481　いっそのこと聞かずにいればよかったのに。夕月の出るころに荻の上葉を吹く風音は、人に空《むな》しい期待を持たせ、そして裏切るばかりなのだ。

恋人の訪れかと思わせる風の音を恨む女の歌。

482　織姫でもない私が、年に一度しか訪れぬ彦星のような人をなぜこうまで待ちわびているのか。

「篝火《かがりび》にあらぬわが身のなぞもかく涙の川に浮きて燃

478
住《すみ》の江《え》の　まつこと久《ひさ》に　なりにけり　来《こ》むと頼めて　年の経《へ》ぬれば

479
思ひ絶え　侘《わ》びにしものを　いまさらに　野《の》中《なか》の水の　我を頼むる

480
牡《を》鹿《じか》ふす　夏野の草の　露よりも　知らじな繁《しげ》き　思ひありとは

481
聞かでただ　あらましものを　夕月夜《ゆふづくよ》　人頼《ひとだの》めなる　荻《をぎ》の　うは風

七夕《たなばた》に寄する恋

482 織女《たなばた》に　あらぬわが身の　なぞもかく　年にまれなる　人を待つらむ

恋の歌

483 わが恋は　天《あま》の原《はら》とぶ　葦鶴《あしたづ》の　雲居《くもゐ》にのみや　鳴きわたりなむ

484 ひさかたの　天の川原《かはら》に　棲《す》む鶴も　心にもあらぬ　音《ね》をや鳴くらむ

485 ひさかたの　天《あま》とぶ雲の　風をいたみ　われはしか思ふ　妹《いも》にし逢《あ》はねば

486 わが恋は　籠《かご》の渡《わた》りの　綱手縄《つなでなは》　たゆたふ心　やむ時も

ゆらむ」（『古今集』恋一、読人しらず）、「あだなりと名にこそ立てれ桜花年にまれなる人も待ちけり」（同春上、読人しらず）を本歌とする。

483 私の恋は大空の葦鶴が雲居遥かに鳴き渡るようなもの、心も上の空で泣き呆《ほう》けることだろう。

「人を思ふ心は雁《かり》にあらねども雲居にのみも鳴き渡るかな」（『古今集』恋二、清原深養父《ふかやぶ》）を本歌とする。

484 天の河原に棲む鶴も、意のままにならぬ恋に、私と同様、声をあげて鳴くのであろうか。

「秋風の吹きにし日より久方の天の川原に立たぬ日はなし」（『古今集』秋上、読人しらず）、「心にもあらぬわが身の行き帰り道の空にて消えぬべきかな」（『新古今集』恋三、藤原道信）が脳裏にあろう。

485 空をゆく雲が激しい風をうけて乱れ飛んでいる。妻と長らく逢っていない私も、心を千々に乱して恋い慕っているのだ。

「久方の天飛ぶ雲にありてしか君を相見む落つる日なしに」（『万葉集』巻十一、作者未詳）によるが、乱れる意を表す語もなく舌足らずな歌。

486 私の恋は籠の渡りの引綱だ。あの人への思慕に心は揺れ動いてとどまる時もない。

「うちはへて籠の渡りに引く綱のゆくへは君に任せたらなむ」（『久安六年百首』、藤原隆季）によるか。

◇籠の渡り　引綱で吊《つ》った籠に身を託して渡る難所。石川県や三重・愛知の県境などにあったとされている。歌枕。◇綱手縄　舟の引綱。「綱手」に同じ。

なし

黄金《こがね》に寄する恋

487 黄金《こがね》掘る　陸奥山《みちのくやま》に　立つ民《たみ》の　いのちも知らぬ　恋もするかも

488 逢《あ》ふことの　なき名をたつの　市《いち》に売る　かねてもの思ふ　わが身なりけり

雪中待つ人といふことを

489 今日《けふ》もまた　ひとりながめて　暮れにけり　頼めぬ宿の　庭の白雪《しらゆき》

恋の歌

487 金《きん》を掘る陸奥の山で生死をかけて働く民さながら、命をも顧みない恋に身を焦がす私だよ。
天平二十一年（七四九）、宮城県遠田《とおだ》郡の山に金が産出し、聖武天皇は東大寺盧舎那《るしゃな》仏の前で感謝報告する詔《みことのり》を発した。第一・二句は、その際に大伴家持《おおとものやかもち》が詠んだ「陸奥国に金を出だす詔書を賀《ほ》く歌一首幷《あは》せて短歌」（『万葉集』巻十八）によるもの。

488 逢ったこともないのに噂《うわさ》をでっちあげられてしまい、かねてから頭の痛い私なのだ。
「なき名のみたつの市とは騒げどもいさまた人をうるよしもなし」（『拾遺集』恋二、柿本人麻呂）。◇たつの市に売る　「かねて」を導く序。「たつの市」は、奈良県添上郡で辰の日に開かれていた市《いち》。「たつ」は浮名が「立つ」と「辰」の掛詞。◇かねて　「金」と「兼ねて」とを掛ける。

489 あの人の訪れが期待できるわけでもない私の家。今日も庭に降りかかる白雪の美しさを、またひとりで眺め暮してしまった。

490 山奥の岩に囲まれた沼に木の葉が舞い落ち、そして沈んでゆく、そのように恋の物思いに沈む私の心を、あの人がはたして知っていようか。
上句は「しづめる」を導く序。印象鮮明で巧みな表現となっている。「奥山の岩垣沼の水隠《みごも》りに恋ひや渡らむ逢ふよしをなみ」（『拾遺集』恋一、柿本人麻呂）。

491 さあ、行く末はどうなることやら。いとしいあの人に逢えぬまま年月だけが過ぎてゆくので。

「梓弓《あづさゆみ》末のたづきは知らねども心は君に寄りにしものを」(『万葉集』巻十二、作者未詳)、「立ちて居てすべのたどきも今はなし妹《いも》に逢はずて月の経ぬれば」(同)による。

◇奥山の「たつき」を導く序。◇たつき「立つ木」に「たづき」(手がかり、よるべ)を掛ける。

492 富士の煙はあのように空へ立ち上るのに、私の思いはなぜ胸の中でばかり燃えるのだろう。

相手に伝わらない片思いの悲しさ。「富士の嶺《ね》の煙もなほぞ立ち昇る上なきものは思ひなりけり」(『新古今集』恋二、藤原家隆《いえたか》)。

◇思ひ「ひ」に「火」を掛ける。

493 恋の思いだけがむやみに深い私は、山奥の時鳥さながらに、人知れず声をあげて泣くばかり。

「年を経て深山隠れの時鳥聞く人もなき音をのみぞなく」(『拾遺集』雑春、藤原実方《さねかた》)をふまえる。

494 「逢ふ日」という名を持っている草なのです、神山の葵草を物に掛けた時には、私に逢った昔を懐かしく思い出して下さい。

「いかなればその神山の葵草年は経《ふ》れども二葉《ふたば》なるらむ」(『新古今集』夏、小侍従《こじじゅう》)による。

◇その神山　昔の意の「そのかみ」から、賀茂神社のある「神山」へと言い継いだ。◇葵　双葉葵《ふたばあおい》の別称。賀茂祭に用いる。ここは「逢ふ日」を掛ける。◇かけて　賀茂祭の日、牛車や簾《すだれ》に葵を掛けることと気に掛けることの両意を含む。

490 奥山の　岩垣沼《いはがきぬま》に　木《こ》の葉《は》おちて　しづめる心　人知るらめや

491 奥山の　末のたつきも　いさ知らず　妹《いも》に逢はずて　年の経《へ》ゆけば

492 富士の嶺《ね》の　煙《けぶり》も空に　たつものを　などか思ひの　下《した》に燃ゆらむ

493 思ひのみ　深き深山《みやま》の　時鳥《ほととぎす》　人こそ知らね　音《ね》をのみぞなく

494 名にし負《お》はば　その神山《かみやま》の　葵草《あふひぐさ》　かけてむかしを　思ひ出《い》でなむ

495 夏深き　森の空蟬《うつせみ》　おのれのみ　空《むな》しき恋に　身をくだくらむ

495 夏も深まった森の、蟬の脱殻《ぬけがら》のような空しい恋に、ただ私ひとりが思い乱れるのであろうか。
◇空蟬　蟬の脱殻。転じて身の力が抜け、ぼんやりした状態をもいう。

496 大荒木《おほあらき》の　浮田《うきた》の森に　ひく注連《しめ》の　うちはへてのみ　恋ひやわたらむ

496 大荒木の浮田の森に引く注連縄《しめなわ》が長く延びているように、末永くあの人を慕い続けることであろうか。
◇大荒木の浮田の森　奈良県五条市今井町の荒木神社付近にあった森。

497 それをだに　思ふこととて　ちはやぶる　神の社《やしろ》に　祈《ね》がぬ日はなし

497 恋の成就、それさえ叶《かな》えてくださればと、神社に加護を祈らぬ日はない。
「それをだに思ふこととてわが宿を見きとな言ひそ人の聞かくに」（『古今集』恋五、読人しらず）による。
◇ちはやぶる　「神」の枕詞。

498 ちはやぶる　賀茂《かも》の川波　幾十度《いくそたび》　たちかへるらむ　かぎり知らずも

498 何度となく寄せては返す賀茂川の波さながら、幾度も幾度も恋しさが湧き起ってきてとどまるところを知らない。
◇ちはやぶる　ここは「賀茂」の枕詞。

499 涙こそ　ゆくへも知らね　三輪《みわ》の崎《さき》　佐野の渡りの　雨の

499 あてどなく涙が溢れてくる。雨の降りかかるこの三輪の崎の佐野の渡し場の夕暮れ時は…。
恋人を尋ねて佐野の渡し場まで来たものの、捜しあぐねて涙にくれている様を詠んだものか。
◇三輪の崎　和歌山県新宮市三輪崎町。◇佐野の渡り　三輪の崎にあった渡し場。新宮市佐野町。

夕暮

500 しらまゆみ　磯辺《いそべ》の山の　松の葉の　常磐《ときは》にものを　思ふ
ころかな

501 白波《しらなみ》の　磯越路《いそこしぢ》なる　能登瀬川《のとせがは》　のちもあひ見む　水脈《みを》し
絶えずは

502 わたつうみに　流れ出《い》でたる　飾磨川《しかまがは》　しかも絶えずや
恋ひわたりなむ

503 君により　われとはなしに　須磨《すま》の浦に　藻塩《もしほ》たれつつ
年の経《へ》ぬらむ

500　磯辺の山の松葉は、いつも変らぬ緑を保っているが、私も、途切れることのない物思いに身を委ねて、恋に悩む毎日なのだ。

「白真弓石辺《いそへ》の山の常磐なる命なれやも恋ひつつ居らむ」(『万葉集』巻十一、作者未詳)を本歌とする。◇しらまゆみ　「磯辺」の枕詞。◇磯辺の山　滋賀県甲賀郡石部《いしべ》町の磯部山か。◇常磐に　常に。

501　白波が磯を越すという越《こし》の国への道筋にある能登瀬川のその名にあやかり、のちの機会にまた逢おう、私の命が川の水脈のように絶えることがなかったなら。

◇越　今の北陸地方。◇能登瀬川　滋賀県坂田郡近江《おうみ》町能登瀬辺りを流れていた川か。現在は天野川が流れる。上三句は序。類似音で「のち」を導く。

502　海に流れ出している飾磨川の水が尽きないように、私の思慕も絶えることがないのだろうか。

「わたつみの海に出でたる飾磨川絶えむ日にこそ我《あ》が恋止《や》まめ」(『万葉集』巻十五、作者未詳)にもとづく。◇飾磨川　姫路市内を流れる船場川の旧称。

503　あなたを恋したばっかりに、須磨の浦で塩水が藻から垂れるように、われ知らず涙を流しながら日々を送って何年になるだろうか。

「わくらばに問ふ人あらば須磨の浦に藻塩垂れつつ侘《わ》ぶと答へよ」(『古今集』雑下、在原行平《ありわらのゆきひら》)による。◇須磨　神戸市須磨区。◇藻塩たれ　製塩用の藻にかけた海水がしたたること。涙を流す意をも掛ける。

504 打出の浜の浜楸が、波に濡れしおれているように、涙にただ濡れうなだれて、もう幾歳《いくとせ》が過ぎたであろう。
「君恋ふと鳴海《なるみ》の浦の浜楸しをれてのみも年を経《ふ》るかな」（『新古今集』恋二、源俊頼《としより》）に学び、地名を変えた作。初句の枕詞も自然。◇沖つ波 「打出」の枕詞。◇打出のはま 滋賀県大津市膳所《ぜぜ》北方の琵琶湖畔。◇浜楸 海辺に生えるアカメガシワ。

505 荒磯《ありそ》の海というけれど、このように耐え忍ぶ日々があり通しでも、あなたに逢える時さえあれば、どうして恨みに思おうか。
◇荒磯の海の 第三・四句とともに「あ」の頭韻をふむ。◇うらみむ 「荒磯」との縁語関係から「浦見」を掛ける。

506 熊野の浦の浜木綿ではないが、口に出して言うこともできずにいる。だが絶え間なくあなたを思う心の丈《たけ》を、どうか察してほしい。
「み熊野の浦の浜木綿百重《ももへ》なす心は思《も》へどただに逢はぬかも」（『万葉集』巻四・『拾遺集』恋一、柿本人麻呂）を本歌とする。◇み熊野の浦 紀伊半島の南沿岸一帯。「み」は美称。◇浜木綿 浜万年青《はまおもと》。暖かい地方の海岸砂地に自生。葉が重なって成長するため、幾重にも重なる意に用いられる。◇数 繁く思いを寄せる、その回数。

504
沖つ波　打出《うちいで》のはまの　浜楸《はまひさぎ》　しをれてのみや　年の経《へ》ぬらむ

505
かくてのみ　荒磯《ありそ》の海の　ありつつも　逢《あ》ふ世もあらばなにかうらみむ

506
み熊野《くまの》の　浦の浜木綿《はまゆふ》　言はずとも　思ふ心の　数《かず》を知らなむ

507
わが恋は　百島《ももしま》めぐる　浜千鳥《ちどり》　ゆくへも知らぬ　かたになくなり

508
沖つ島　鵜《う》の棲《す》む石に　寄る波の　間《ま》なくもの思ふ　我ぞかなしき

507　数知れぬ島々を飛び渡り、行く先を見失って干《ひ》潟《がた》に鳴いている浜千鳥。恋に陥《お》ちた私もどうなるのやらわからず、千鳥に倣《なら》って泣いている。
◇かた　方角の意と「潟」とを掛ける。

508　沖の島の鵜の棲む岩に寄せ返す波、そのように絶え間ない物思いに沈む、悲しい私……。
◇鵜　全蹼《ぜんぼく》目ウ科の水鳥。巧みに潜水して魚を捕える。

509　田子の浦の荒磯の玉藻が、波に浮んで揺れている。恋する私も落ち着かず、心はおののき揺れている。
◇田子の浦　静岡県東部の海岸。現在は陸となった庵《い》原《はら》川流域にあたる。◇玉藻　美しい藻。「玉」は美称。

510　鷗《かもめ》の棲む荒磯の洲崎が潮の満ちるにしたがって隠れてしまうように、あの人も姿を見せなくなってゆく。私の恋心はかえって募るばかり。
◇洲崎　洲が長く海に突出し、岬《みさき》となった所。

511　武庫の浦の入江に、毎朝のように群れている洲鳥。あなたもあのように、いつも私の眼の前にいてほしいのだ。
「武庫の浦の入江の洲鳥羽ぐくもる君を離れて恋に死ぬべし」（『万葉集』巻十五、読人しらず）が本歌。
◇武庫の浦　兵庫県尼崎市から西宮市にかけての海岸。◇洲鳥　海や川の洲にいる鳥。千鳥・鴫《しぎ》など。上二句は序。第三句以下を導く。

509
田子《たご》の浦の　荒磯《あらいそ》の玉藻《たまも》　波のうへに　浮きてたゆたふ
恋もするかな

510
かもめゐる　荒磯の洲崎《すさき》　潮《しほ》みちて　隠《かく》ろひゆけば　まさ
るわが恋

511
武庫《むこ》の浦の　入江の洲鳥《すどり》　朝なあさな　つねに見まくの
ほしき君かも

512　さほど遠くもない道のりなのに、これも旅路と思うせいか、むしょうに侘しい。
「玉鉾《たまぼこ》の道は遙かにあらねどもうたて雲居にまどふころかな」（『新古今集』恋四、朱雀院《すざくのいん》）、「里離《さか》り遠からなくに草枕旅とし思《も》へばなほ恋ひにけり」（『万葉集』巻十二、作者未詳）が念頭にあろう。◇たまぼこの　「道」の枕詞《まくらことば》。

513　旅に出ていると、刈菰《かりこも》さながら思いは乱れ、なかなか寝つかれないでいる。
後に残した妻などを慕って寝つけないというもの。ただし机上の作か。「家にあれば笥《け》に盛る飯《いひ》を草枕旅にしあれば椎《しひ》の葉に盛る」（『万葉集』巻二、有間皇子《ありまのみこ》）、「かりこもの思ひ乱れてわが恋ふと妹《いも》知るらめや人し告げずは」（『古今集』恋一、読人しらず）によるか。◇草枕　「旅」の枕詞。◇かりこも　刈り取った菰《こも》。

514　旅の衣の袂を敷き、私は今日も草の枕に、独り寝の一夜を過すのか。
◇かたしき　亖参照。

515　露がしとどに降りているので、見知らぬ野辺に狩をして衣《ころも》を濡らしてしまった。折しも物悲しい秋の夕暮れ、泣き濡れた袖と見分けがつかぬ。
一　旅の途上で見る夕方の露、の意。
◇狩ごろも　狩の時の衣服。◇頃しも　その折も折。「狩ごろも」「頃も」と、同音を意識的に繰り返す。

516　野辺をかき分けぬ袖でさえ、涙の露で濡れるものなのに、まして今日このごろの秋の夕暮れ、

旅

512
たまぼこの　道は遠くも　あらなくに　旅とし思へば　侘《わび》しかりけり

513
草枕《くさまくら》　旅にしあれば　かりこもの　思ひみだれて　寝《い》こそ寝《ね》られね

514
旅ごろも　袂《たもと》かたしき　今宵《こよひ》もや　草の枕に　わがひとり寝む

一羇中《きちゆう》の夕露

旅ゆくこの私は、涙と露とで袖をぐっしょり濡らしてしまった。

秋の夕暮れの物悲しさを詠む。濡れ方の程度の軽い一般人の袖をあげて、旅人の袖を強調する手法は効果的である。

517　旅の衣を身にまとい、裾野を行けばそぞろ悲しい日暮れ時、衣の裏を翻し、野辺の露を吹き払いながら、秋の風が渡ってゆく…。

「旅ごろも」の縁語として、「うら」(裏)、「裾」を意識的に使った。「旅衣うら悲しさに明かしかね草の枕は夢も結ばず」(『源氏物語』明石)の影響があろう。

◇うらがなし　何となく悲しい。「うら」は心の意。

518　旅の衣に身をつつんで、裾野をゆけば、日も暮れ方の風にのり、冷たい露をつらがって鳴く鹿の声が聞えてくる。

「裾」「うら」(裏)「ひもゆふ」は「旅ごろも」の縁語。

◇ひもゆふ風　「日も夕風」に「紐結ふ」を掛ける。

519　秋ももう末だ。末の原や野で鳴く鹿の声を耳にすると、旅空にあるせいか無性に悲しくなる。

「梓弓《あづさゆみ》末の原野に鳥狩《とがり》する君が弓弦《ゆづる》の絶えむと思へや」(『万葉集』巻十一、作者未詳)、「奥山に紅葉《もみぢ》踏み分け鳴く鹿の声聞く時ぞ秋は悲しき」(『古今集』秋上、読人しらず)を本歌とする。

◇末の原野　「末」は地名(各地にある)で、そこの原や野の意であろう。「秋の末」を掛ける。

515　露しげみ　ならはぬ野辺《のべ》の　狩《かり》ごろも　頃《ころ》しも悲し　秋の夕暮

516　野辺わけぬ　袖《そで》だに露は　置くものを　ただこのごろの　秋の夕暮

517　旅ごろも　うらがなしかる　夕暮の　裾野《すその》の露に　秋風ぞ吹く

羇中の鹿

518　旅ごろも　裾野《すその》の露に　うらぶれて　ひもゆふ風に　鹿《しか》ぞ鳴くなる

519　秋もはや　末の原野《はらの》に　鳴く鹿の　声聞くときぞ　旅は

悲しき

520 ひとり臥《ふ》す　草の枕《まくら》の　夜《よる》の露は　友なき鹿《しか》の　涙なりけり

旅宿の月

521 ひとり臥す　草の枕の　露のうへに　知らぬ野原の　月を見るかな

522 岩がねの　苔《こけ》の枕に　露おきて　幾夜《いくよ》みやまの　月に寝ぬらむ

旅宿の霜

523 袖枕《そでまくら》　霜おく床《とこ》の　苔のうへに　明かすばかりの　小夜《さよ》の

520 草を枕の旅の独り寝、その夜に降りる露こそは、友のない鹿の涙であった。

夜露を孤独な鹿の涙と見立てた歌だが、旅空にある自分の姿をその鹿のイメージと重ね合せてもいよう。「夜もすがら草の枕に置く露は故郷《ふるさと》恋ふる涙なりけり」(『金葉集』恋上、藤原長実《ながざね》)が想起されている。

521 独り寝をする草の枕に露が宿り、この見知らぬ野原に照る月を映し出している。

「あしびきの山路の苔《こけ》の露の上に寝覚《ねざめ》夜深き月を見るかな」(『新古今集』秋上、藤原秀能《ひでよし》)、「今日はまた知らぬ野原に行き暮れぬいづれの山か月は出づらむ」(『新古今集』羇旅、源家長《いえなが》)に学んでいる。

522 苔むした巌《いわお》を枕に、露が置くころまでも起きていて深山《みやま》の月を見る…。そのような旅寝を、幾夜繰り返したことだろう。

「草枕ほどぞ経にける都出でて幾夜か旅の月に寝ぬらむ」(『新古今集』羇旅、大江嘉言《おおえのよしとき》)によるか。◇岩がね　岩が深く土中に根をおろしていると見立てた語。大岩。◇おきて　「置き」と「起き」との掛詞。◇みやま　深山。「見」を掛ける。

523 自分の袖を枕として、冷えびえと霜の降りる岩の寝床の苔の上で、ただ空《むな》しく夜を明かす小夜の中山である。

霜の降りた苔むす岩を臥所《ふしど》としたが、小夜の中山の寒さに耐えかねているというもの。これも机上の作。「岩がねの床に嵐《あらし》を片敷きて独りや寝なむ小夜の中山」

中山《なかやま》

524 しながどり　猪名野《ゐなの》の原の　笹《ささ》まくら　枕の霜や　やどる月かげ

旅の歌

525 旅寝する　伊勢の浜荻《はまをぎ》　露ながら　むすぶ枕に　やどる月かげ

旅宿の時雨《しぐれ》

526 旅の空　なれぬ埴生《はにふ》の　夜《よる》の床《とこ》　わびしきまでに　漏《も》る時雨《しぐれ》かな

一 屏風《びやうぶ》の絵に、山家に松描《か》けるところに旅人

(『新古今集』羇旅、藤原有家《ありいえ》)をふまえる。◇小夜の中山　歌枕。静岡県掛川市の日坂《にっさか》と金谷町菊川との境にある坂路。ここは「夜」の意を掛ける。

524 猪名野の原で笹を枕に旅寝していると、枕に霜が降りたかのように白くなるが、本当は月光が宿っただけなのではなかろうか。

「しなが鳥猪名野を行けば有馬山夕霧立ちぬ宿はなくして」(『新古今集』羇旅、読人しらず)による。◇しながどり　「猪名」の枕詞。◇猪名野　大阪府北西部から兵庫県南東部にかけての猪名川沿いの平地。

525 旅寝の仮の枕として、露の置く伊勢の浜荻を結んだ。露をたたえたその枕には月が宿っていた。

「神風の伊勢の浜荻折り伏せて旅寝やすらむ荒き浜辺に」(『万葉集』巻四、碁檀越《ごのだんおち》の妻)を本歌とする。◇伊勢の浜荻　伊勢の国(三重県中央部)の浜辺に生えている荻。葦の別称ともいう。

526 旅の途上、馴染《なじ》みのない赤土の小屋で一夜を過していると、屋根を打つ時雨に、やがて雨が漏りはじめ、わびしくてたまらなくなってくる。

『平家物語』巻十、平重衡《しげひら》の「海道下《くだり》」の件《くだり》にみえる侍従の歌「旅の空埴生の小屋のいぶせきに故郷いかに恋しかるらむ」の上二句と類似する。◇埴生　質の緻密《ちみつ》な赤茶色の粘土のある土地。

一　山家の回りに松が描いてあり、そこで多数の旅人が休んでいるという絵柄の屏風絵を詠んだ歌、の意。

527　たまにここを訪れて聞くだけだが、やはりうら悲しいものだ。山の住人の苔むした庵の庭を吹く松風の音は。
こんな悲しい松風を毎日聞いている山人はどんなにか侘《わび》しかろうと、松のほとりで休んでいる旅人が同情を寄せるという趣向の歌。「まれに来る夜はも悲しき松風を絶えずや苔の下に聞くらむ」（『新古今集』哀傷、藤原俊成）にもとづいていよう。◇山がつ　木こりなど、山の中に住む人。

528　ごくまれにさえここを訪れ、宿を求める人などありはすまい。哀れんでくれ、庭の松風よ。
前歌とは逆に、山がつ自身が松風の音を聞きながら山住みのわびしさを嘆いている。

一　雪の降った山中に野宿する旅人を描いた屏風《びょうぶ》絵を見て詠んだ、の意。

529　衣の袖が凍《い》てつくようで、つらい思いの独り寝だ。雪の深く積った峰を吹きぬけてくる夜更けの松風のせいで。
◇かたしき　五三参照。◇衣手　袖。

530　明け方の夢の中を彷徨《さまよ》っている私の枕に雪が降り積り、寝覚めを訪れる峰の松風も侘しげな音をたてている。

531　旅の夜更けの独り寝に、衣の袖が凍てついた。見れば野中の庵にも、雪がたいそう降り積っている。

あまたあるをよめる

527　まれに来て　聞くだにかなし　山がつの　苔《こけ》の庵《いほり》の　庭の松風

528　まれに来て　まれに宿かる　人もあらじ　あはれと思へ　庭の松風

一雪降れる山の中に、旅人臥《ふ》したるところ

529　かたしきの　衣手《ころもで》いたく　冴《さ》えわびぬ　雪深き夜《よ》の　峰の松風

530　あかつきの　夢のまくらに　雪つもり　わが寝覚《ねざめ》訪《と》ふ　峰の松風

「さむしろの夜はの衣手冴え冴えて初雪白し岡の辺の松」(『新古今集』冬、式子内親王)による。

◇逢坂の関　三〇三参照。

532　逢坂の関の山道を、踏み越えかねて行きなやんだ。昨日も今日も雪が降り積っているので。

533　雪が降って君の足跡ははかなく消えてしまおうとも、越《こし》の山道は絶えず通って行こう。

越の国へ行ってしまった友人を尋ねようという歌。「君が行く越の白山《しらやま》知らねども雪のまにまに跡は尋ねむ」(『古今集』離別、藤原兼輔《かねすけ》)をふまえていよう。

◇越　北陸地方の古称。福井・石川・富山・新潟の各県。

ニ　箱根と伊豆山の、二カ所の権現に参詣すること。鎌倉幕府歴代将軍の二所権現に対する崇敬の念は篤く、実朝自身の参詣も八回を数える。ここは、建暦二年(一二一二)の第二回目か、翌年の第三回参詣の際の詠であろう。「下向」とは神仏に参詣した後、帰路につくこと。

534　春雨よ、ひどく降らないでくれ。旅する我々の道中着が、濡れてしまうではないか。

馬上の実朝は、自分が濡れることよりも、徒歩の士卒の難儀を気遣っている。「春雨はいたくな降りそ桜花まだ見ぬ人に散らまくも惜し」(『新古今集』春下、山辺赤人《やまべのあかひと》)をふまえていよう。

◇いたくな降りそ　ひどく降るな。「な…そ」は動作の禁止を表す。◇道行衣　旅行用の衣服。

羇中《きちゆう》の雪

531　旅ごろも　夜はのかたしき　冴えさえて　野中の庵《いほ》に　雪降りにけり

532　逢坂《あふさか》の　関の山道　越えわびぬ　昨日《きのふ》も今日《けふ》も　雪しつもれば

533　雪降りて　跡《あと》ははかなく　絶えぬとも　越《こし》の山道　止《や》まずかよはむ

二所《にしよ》ニへ詣《まう》でたりし下向《げかう》に、春雨いたく降れりしかばよめる

534　春雨《はるさめ》は　いたくな降りそ　旅人の　道行衣《みちゆきごろも》　濡《ぬ》れもこそすれ

535 春雨《はるさめ》に　うちそぼちつつ　あしびきの　山路《やまぢ》ゆくらむ　山《やま》人《びと》や誰《たれ》

535　遠くに見えるあの山人は、春雨にびっしょり濡れながら、山道を歩いているのだろう。それにしてもいったい誰なのだろう。

春雨の中を濡れそぼちながら歩み行く山人を仙人に見立て、私は仙人を見たのではないかと、侘《わび》しい旅路で気持を明るく引きたてようとして興じた歌。第五句は『万葉集』巻二十の「あしひきの山に行きけむ山人の心も知らず山人や誰」（舎人親王《とねりのみこ》）を想起していよう。◇うちそぼちつつ　中まで浸みこむほど濡れながら。「うち」は接頭語。◇あしびきの　「山」の枕詞。◇山人　山に住み、山で働く人。仙人の意もある。

雑

海辺の立春といふことをよめる

536 塩釜《しほがま》の　浦の松風　かすむなり　八十島《やそしま》かけて　春や立つらむ

子《ね》の日一

537 いかにして　野中《のなか》の松の　古《ふ》りぬらむ　昔の人は　引かずやありけむ

残雪二

538 春来ては　花とか見らむ　おのづから　朽木《くちき》の杣《そま》に　降れ

---

536 塩釜の海岸を吹く松風も、霞《かすみ》を含んでいるかのように、長閑《のどか》にやさしく吹きわたる。数知れぬ島々いっせいに、今日立春を迎えたのだろうか。

塩釜の浦の景観を素材にして立春を詠んだもの。◇塩釜の浦　宮城県中部の塩竈《しおがま》湾の古称。かつての製塩地。松島湾南西部にあたる歌枕。◇八十島　多くの島。松島湾には二百六十余りの島が点在する。

一 正月最初の子《ね》の日。野外に出て小松を引き、若菜を摘むなど遊宴して、千代を祝い息災を祈る。

537 どうしたわけで、こんなに見事に老いた松が野中に立っているのだろう。昔の人は子の日に小松を引いたりしなかったのだろうか。

正面から「子の日」の行事を詠むのではなく、野中の立派な老松を仰ぎながら、かつて子の日に引かれなかった結果、このような松を見ることができたのだと感じ入る、と同時に、なぜこの松が小松引きを免れたのか訝《いぶか》しむといった趣向に作りなした。

二 春になっても消えずに残っている雪。

538 春がやって来れば花と見紛うことだろうか。たまたま朽木の杣に消え残っているあの白雪を。

『新勅撰集』に入集。「雑」の部からは他にも六首が同集に選ばれており、撰者藤原定家の評価も高かったか。「春立てば花とや見らむ白雪のかかれる枝に鶯《うぐひす》の鳴く」（『古今集』春上、素性《そせい》）等の影響があるか。◇朽木の杣　近江《おうみ》の国（滋賀県）高島郡にあった、材木を採るための山。

る白雪《しらゆき》

鶯《うぐひす》

539 深草《ふかくさ》の　谷の鶯　春ごとに　あはれむかしと　音《ね》をのみぞ
鳴く

540 草ふかき　霞《かすみ》の谷に　羽《は》ぐくもる　鶯のみや　むかし恋ふ
らし

海辺の春月

541 住吉《すみよし》の　松の木隠《こがく》れ　ゆく月の　おぼろにかすむ　春の夜《よ》
の空

屛風《びやうぶ》に、一賀茂《かも》へ詣《まう》でたるところ

539 深草の谷の鶯は、春が巡り来るたびに、ああ昔が恋しいと、声をたてて鳴き悲しんでいる。

深草の御陵に葬られたために「深草の帝《みかど》」と呼ばれた仁明天皇の一周忌に、文屋康秀《ふんやのやすひで》が詠んだ「草深き霞《かすみ》の谷に影かくし照る日の暮れし今日にやはあらぬ」(『古今集』哀傷)を本歌とする。鶯に託して、仁明天皇在世時を偲《しの》んだもの。

◇深草　京都市伏見区深草。鶉《うずら》や月の名所。

540 霞のたれこめた草深い谷で、大切に育てあげられた鶯だけが、昔を恋しく思うのであろうか。

「草深き…」(前歌釈注参照)を本歌とするが、下句には、『古今集』で本歌の次に配列されている「みな人は花の衣になりぬなり苔《こけ》の袂よ乾きだにせよ」(遍昭《へんじよう》)の影響があろう。遍昭のこの歌は、仁明天皇の諒闇《りようあん》(服喪の期間)もすぎ、新帝の治世のもとで先帝を忘れ去ってゆく人々の軽薄を嘆いたもの。鶯だけが遍昭同様に昔を忘れずにいるのだと詠んでいるのである。

◇羽ぐくもる　羽に包んで大切に育てること。

541 住吉の松の木々の間を、隠れ隠れゆく月が、ぼんやりと霞む春の夜空だ。

住吉の海辺に立って朧月《おぼろづき》を仰ぎ、春の宵を快く過しているといった趣《おもむき》の歌。

一 賀茂神社(賀茂《かも》別雷《わけいかづち》神社と賀茂御祖《かもみおや》神社)。

542 賀茂神社に詣でて御手洗《みたらし》川に立ち寄ると、春の川波のせいで袖が涼しく快い。清らかな川面には、岸に佇《たたず》む自分の姿がすっきりと映って見える。御手洗川の川岸に立った人物に身をおいて詠んだ。◇みたらし　三六八参照。

二 海辺の春の眺め、の意。

543 難波潟を漕《こ》ぎ出る舟が、はるか遠く霞の中に姿を消した。空では雁の一群が、北へ北へと遠ざかってゆく。

◇難波潟　大阪地方の海面の古称。◇目もはるに　目の届くかぎり、はるか遠くに。この句は、舟の遠ざかる様と、帰雁の飛び去る様との両方に掛っている。

三「関路の花」の題の四首は、いずれも逢坂《おうさか》の関を題材にしている。その配列は、花をこれから尋ねようとする歌（五四四）、花を見る歌（五四五）、落花の歌（五四六・五四七）と、時間の流れに沿ったものとなっている。

544 「逢ふ」という名を持っているのなら、さあ、尋ねてみよう。逢坂の関への道に美しく咲く桜は健在で、巡り逢うことができるかどうかと。

逢坂山を擬人化し、山に桜の開花を問うた歌。「名にし負はばいざ言問《こと》はむ都鳥わが思ふ人はありやなしやと」（『古今集』羇旅、在原業平《ありわらのなりひら》）によるか。

545 なるほど、訪ねてみた甲斐《かい》はあったよ。逢坂の山峡に、桜がうるわしい花々をつけていた。

「尋ねみる辛き心の奥の海よ潮干《しほひ》の潟《かた》の言ふ甲斐もなし」（『新古今集』恋四、藤原定家）による。◇かひ　「甲斐」に「峡《かひ》」（山と山の間）を掛け、「逢坂の山路」の縁語として用いた。

542 立ち寄れば　衣手《ころもで》すずし　みたらしや　影みる岸の　春の川波

二 海辺の春望

543 難波潟《なにはがた》　漕《こ》ぎいづる舟の　目もはるに　霞に消えて　帰る雁《かり》がね

三 関路《せきぢ》の花

544 名にし負《お》はば　いざ尋ねみむ　逢坂《あふさか》の　関路《せきぢ》に匂《にほ》ふ　花はありやと

545 尋ね見る　かひはまことに　逢坂の　山路《やまぢ》に匂ふ　花にぞありける

546 逢坂《あふさか》の　嵐《あらし》のかぜに　散る花を　しばしとどむる　関守《せきもり》ぞなき

547 逢坂の　関の関屋《せきや》の　板びさし　まばらなればや　花のもるらむ

桜

548 いにしへの　朽木《くちき》の桜　春ごとに　あはれむかしと　思ふかひなし

549 うつせみの　世は夢なれや　桜花《さくらばな》　咲きては散りぬ　あはれいつまで

屏風《びやうぶ》に、春の絵描《か》きたるところを、夏見て

546 逢坂山を吹きまく嵐に舞い散る花を、しばらくでもとどめてくれる関守がいないとは残念だ。

547 逢坂の関の番小屋の、板の庇《ひさし》のすき間から、花がちらほら漏れ落ちてくる。葺《ふ》き方が疎《まば》らなせいだろうか。

「播磨路《はりまぢ》や須磨の関屋の板庇月漏れとてや疎らなるらむ」（『千載集』羇旅、源師俊《もろとし》）が念頭にある。

◇板びさし　板葺きの庇。◇まばら　隙間の多いこと。

548 朽ちはてた昔の桜の木は、春ごとに、ああ、美しく花を咲かせたものだと往時を偲《しの》ばせはするが、しょせんその甲斐《かい》はない。

朽木の桜を眺めつつ若木の頃を想起した懐旧の歌。

549 この世はすべて夢だから、桜の花も咲いてはすぐ散ってしまうのか。ああ、私もいつまで世にあるのか。

桜の花も自分も、無常のこの世では夢のようにはかない存在だというもの。「うつせみの世にも似たるか花桜咲くと見しまにかつ散りにけり」（『古今集』春下、読人しらず）を想起するか。

◇うつせみの　「世」の枕詞《まくらことば》。◇夢なれや　夢であるせいで…なのだろうか。「夢なればや」と同意。

550 見るとただ驚くばかりだった。夢でしか会えぬと思っていた春が、まだここに残っていたのだ。

屏風絵を見て大仰に驚いてみせた即興歌。「一年《ひととせ》ははかなき夢の心地して暮れぬる今日ぞ驚かれぬる」（『千載集』冬、俊宗）が想起されていよう。

◇ぬばたまの　「黒」の枕詞だが、ここは「夢」に掛る。
551　心惹《ひ》かれるのなら、行ってご覧になるとよい。雪島の大きな岩に生えている撫子の花を。
「雪の島巌《いは》に植ゑたる撫子は千世に咲かぬか君がかざしに」（『万葉集』巻十九、蒲生娘子《かもうおとめ》）を本歌とする。
◇雪島　雪で作った庭園。
552　わが家の垣根の端に瓜が這っている、その瓜が実を結ぶように、私の恋が実るか実らぬか、それは分らぬがともかくも、まずは一緒に寝てみたい。
将来は分らぬが、ともかく一度共寝してみたいという激しい恋の歌。歌集の書式としては、前歌の詞書《ことばがき》がこの歌にまでかかるのが通例だが、撫子の歌ではない。「瓜」などの詞書が脱落したものか。書陵部本は「恋歌中に」の一首としている。瓜に寄せた率直な恋歌。「麻生《をふ》の浦に片枝《かたえ》さしおほひなる梨《なし》のなりもならずも寝て語らはむ」（『古今集』東歌）が脳裏にあろう。◇ませ　竹や木で作った目の粗《あら》い低い垣。◇はたて　端。上三句は序。第四句の「なり」に、実がなる意と成就する意を掛けて導く。
一　神に祈り、災い・罪・穢《けが》れを除くこと。
553　今日の禊で、わが日本の国の神たちに、供え物をしてしっかり祈った。
「敷島ややまと島根も神代より君がためとや固めおきけむ」（『新古今集』賀、藤原良経《よしつね》）の影響があろう。◇やまとしまね　大和《やまと》の国（奈良県）の意もあるが、ここは日本国のこと。◇禊　一三三参照。

よめる
550 見てのみぞ　おどろかれぬる　ぬばたまの　夢かと思ひし　春の残れる

撫子《なでしこ》
551 ゆかしくば　行《ゆ》きても見ませ　雪島《ゆきしま》の　巌《いはほ》に生《お》ふる　撫子《なでしこ》の花

552 わが宿の　ませのはたてに　這《は》ふ瓜《うり》の　なりもならずも　ふたり寝まほし

祓《はらへ》の歌　一
553 わが国の　やまとしまねの　神たちを　今日《けふ》の禊《みそぎ》に　手向《たむ》けつるかな

554 うかれ暮している浮気者も、気紛れに言い散らした不実な言葉を、水無月祓《ばらえ》の今日ばかりはすっかり払い捨ててしまうのだという。

上句の各句頭に「あだ」を繰り返して水無月祓を詠んだ風変りな歌。浮気者も水無月祓で不実を祓い捨て、一日だけまじめにたち返るというのである。

◇水無月の祓へ　夏越《なごし》の祓の別称。陰暦六月晦日《みそか》の行事。過去半年間の罪穢《けが》れを清める。ここは「皆」を掛ける。

555 煩わしい世間を逃れて入りこんだこの山里に、どうやって探しあてたものか、秋が訪れた。

俗世間を離れて山里にやってきたのに、物思いを募らせる秋が追いかけてきてやりきれないというもの。秋を擬人化し、迷惑がっている趣向。「こと繁き世を逃れにしみ山辺に嵐《あらし》の風も心して吹け」（『新古今集』雑中、寂然《じゃくぜん》）などが脳裏にあろう。

556 奥山の庵の苔むした戸へ向う途中の夕べの露は、独り歩む私の袖からまず置き始めるのだ。

「故郷を恋ふる涙やひとり行く友なき山の道芝の露」（『新古今集』哀傷、慈円）にもとづく歌。

◇置くか　「か」は詠嘆。◇とぼそ　開き戸の枢《とまら》を受ける穴をいうが、転じて扉・戸の意にも用いる。

557 一　かつて住んでいた地。訪れを期待させ続けた人でさえ訪れようともしないこの故郷なのに、松虫はこんな夜更け、誰を待って鳴いているのだろう。

554 あだ人の　あだにある身の　あだごとを　けふ水無月《みなづき》の
祓《はら》へ捨てつといふ

山家に秋を思ふ

555 ことしげき　世を逃《のが》れにし　山里に　いかに訪《たづ》ねて　秋の
来つらむ

556 ひとりゆく　袖《そで》より置くか　奥山の　苔《こけ》のとぼその　道の
夕露

故郷[一]の虫

557 頼めこし　人だに訪《と》はぬ　ふるさとに　誰《たれ》まつ虫の　夜《よ》は
に鳴くらむ

「頼めこし人を待乳《まつち》の山の端《は》にさ夜更けしかば月も入りにき」(『新古今集』雑上、読人しらず)によるか。
◇まつ虫　「待つ」と「松虫」の掛詞。

558　鶉の鳴く、荒れ古びてしまった里の浅茅生に、秋は何度訪れ、どれほどの露をもたらしたことだろう。
古里に人の訪れを見なくなって久しいとの嘆きである。「鶉鳴く古りにし里の秋萩《あきはぎ》を思ふ人どちあひ見つるかも」(『万葉集』巻八、作者未詳)によるか。
◇浅茅生　丈の低い茅《ちがや》の生えている所。
二　恋の約束も甲斐《かひ》がなくなったとの題意を詠んだ、の意。

559　恋人同士が睦《むつ》み合ったという、これがその家なのだろうか。今は浅茅の生える原っぱに、鶉が空しく鳴くばかり。
「住みなれしわが古里はこのごろや浅茅が原に鶉鳴くらむ」(『新古今集』雑中、行尊)に学ぶか。

560　浅茅の生えた原の、主人のいない家の庭に、いったい月は幾歳月、澄みきった光を投げかけてきたことだろう。
「浅茅原主《ぬし》なき宿の桜花心やすくや風に散るらむ」(『拾遺集』春、恵慶《えぎやう》)、「荒れにけりあはれ幾世の宿なれや住みけむ人の訪れもせぬ」(『古今集』雑下、読人しらず)によるか。

故郷の心を

558　鶉《うづら》鳴く　古《ふ》りにし里の　浅茅生《あさぢふ》に　幾世《いくよ》の秋の　露か置きけむ

二契《ちぎり》むなしくなれる心をよめる

559　契りけむ　これやむかしの　宿ならむ　浅茅《あさぢ》が原《はら》に　鶉《うづら》鳴くなり

荒れたる宿の月といふ心を

560　浅茅原《あさぢはら》　主《ぬし》なき宿の　庭の面《おも》に　あはれ幾世《いくよ》の　月か澄みけむ

月をよめる

561 思ひ出《い》でて　むかしを偲《しの》ぶ　袖《そで》のうへに　ありしにもあらぬ　月ぞ宿れる

故郷の月

562 ゆきめぐり　またも来て見む　ふるさとの　宿漏《も》る月は　われを忘るな

563 大原《おほはら》や　おぼろの清水《しみづ》　里遠み　人こそ汲《く》まね　月は澄みけり

水辺の月

564 わくらばに　行《ゆ》きても見しが　醒《さめ》が井《ゐ》の　ふるき清水《しみづ》に　宿る月影

561　昔のことを思い出して懐かしい気持にひたっていると、あの頃とはまるで違った、冷たい月が袖に映っている。
懐旧の涙に濡れる袖の上に、昔とは似ても似つかぬ月が映っているというもの。

562　方々を巡り歩いた旅路のはてに、いつの日かまた訪ねてみよう。故郷の家のすき間から、家を守るかのように漏れ射す月よ、それまで私を忘れるな。
「立ち返りまたも来て見む松島や雄島の苫屋《とまや》波に荒すな」（『新古今集』羇旅、藤原俊成）によるか。

563　大原の朧《おぼろ》の清水は、村里から遠く離れているので人々が汲むことはないが、ひとり月だけが住みついて、澄んだ光を宿している。
「ほど経てや月も浮かばむ大原や朧の清水澄む名ばかりに」（『後拾遺集』雑三、良暹《りょうぜん》）が想起されていよう。◇大原　三九参照。◇おぼろの清水　京都市左京区寂光院東南にある泉。歌枕。◇澄みけり　「住み」を掛ける。

564　時たまになりと訪ねて行って、眺めたいものだ。醒が井の、古い清水に映っている月の姿を。
◇わくらばに　たまさかに。この語は、「わくらばに天の川波よるながら明くる空には任せずもがな」（『新古今集』秋上、徽子《きし》女王）など、『新古今集』に五例も用いられており、その影響が考えられる。◇見しが　見たいなあ。「しが」は願望の意の終助詞。◇醒が井　滋賀県米原町の地名。実朝以前にこれを扱った用例はほとんどないが、彼の死の二十年後の紀行文『東関紀行』に「音に聞きし醒が井を見れば」という件《くだり》がある。京から鎌倉への通路上にある清水として実朝も伝え聞いていたのであろう。

一 もとの姿をとどめていない有様。

565 何とも哀れなことよ。大空はるか自由に飛びまわっていた雁が、こんな姿で横たわっているのだと思うと。

調理のために切り裂かれた雁への同情を真率に詠む。

二『古今集』賀、凡河内躬恒《おおしこうちのみつね》の「住の江の松を秋風吹くからに声うち添ふる沖つ白波」の下句。これを題材として人々に詠進させた際の歌。

566 住の江の松に秋風が吹くと、波が声を添えるということだから、岸の松を吹く秋風は、やがて波が寄せてくれるだろうと期待しているのだ。

「寄る」には「夜」を掛けたか。夜になると男が女を訪れるように、波は松風に期待を抱かせ、岸に寄せる時を待っているのだと、恋歌めかして詠んだ。

◇住の江　三五七参照。

567 玉津島の和歌の松原に、夢にさえ現れなかったほど美しい月に、千鳥の鳴く声が聞えてくる。

「和歌の松原」は『万葉集』によれば伊勢の国（三重県中央部）の地名であるが、実朝は「和歌の浦」への連想から、玉津島の松原と誤解して詠んだのだろう。

◇玉津島　和歌山市和歌浦、玉津島神社の裏にある奠《てん》供《ぐ》山の古称。

俎板《まないた》といふものの上に、雁《かり》をあらぬさまに一して置きたるを見てよめる

565 あはれなり　雲居《くもゐ》のよそに　ゆく雁《かり》も　かかる姿に　なりぬと思へば

「声うちそふる沖つ白波」二といふことを、人々あまたつかうまつりしついでに

566 住《すみ》の江《え》の　岸の松ふく　秋風を　頼めて波の　寄るを待ちける

月前の千鳥《ちどり》

567 玉津島《たまつしま》　和歌の松原　夢にだに　まだ見ぬ月に　千鳥《ちどり》鳴くなり

568　春になった夏が来たなどと言っているうちに、秋風の吹く吹上の浜にとうとう冬が訪れた。

四季を詠みこんだ即興的な歌。「昨日《きのふ》といひ今日《けふ》と暮してあすか川流れて早き月日なりけり」（『古今集』冬、春道列樹《はるみちのつらき》）が念頭にある。

◇吹上の浜　一五六参照。「吹き」を掛ける。

一　漁夫。二　製塩の際、海水を注いだ海藻を焼く火。

569　ふだんからこのように寂しいものなのだろうか。葦葺《あしぶ》きの粗末な家で漁夫の焚く藻塩火が、勢いを失ってくすぶりかけているありさまは。

藻塩火に寂しさを感じ取っている実朝の孤影が想像される。「いつもかく寂しきものか津の国の芦屋の里の秋の夕暮」（建仁元年『老若五十首歌合』、藤原家隆《いえたか》）。

◇焚きすさびたる　焚いた火の勢いが衰える意。逆にこれを、燃え盛るとする解もある。

570　鴨の浮寝さながらに、気も安まらぬ憂き夜を、玉藻の寝床の上に送って、もう何日が過ぎただろう。

柳営亜槐本はこの歌に「水鳥」との詞書を付している。底本は詞書が脱落しているのだろう。とすればこの歌は、鴨に寄せて漁夫の生活を詠んだものということになる。「水鳥の鴨の浮き寝のうきながら波の枕に幾夜経ぬらむ」（『新古今集』冬、河内）にもとづく。

◇みづとりの　「鴨」の枕詞。◇浮寝　水鳥が水に浮いたまま寝ること。ここは心落ちつかぬ眠りをさす。

◇うきながら　「浮き」「憂き」の掛詞。

冬のはじめによめる

568 春といひ　夏と過ぐして　秋風の　吹上《ふきあげ》の浜に　冬は来にけり

浜へ出《い》でたりしに、海人《あま》[一]の藻《も》塩火《しほび》[二]を見て

569 いつもかく　寂《さび》しきものか　葦《あし》の屋《や》に　焚《た》きすさびたる　海人《あま》の藻《も》塩火《しほび》

570 みづとりの　鴨《かも》の浮寝《うきね》の　うきながら　玉藻《たまも》の床《とこ》に　幾夜《いくよ》経《へ》ぬらむ

松間の雪

571 高砂《たかさご》の　尾上《をのへ》の松に　降る雪の　ふりて幾世の　年かつもれる

571　高砂の尾上の松に降った雪も、古くなった。いったいどれほどの歳月を経てきたのだろう。

「高砂の松」の古いイメージを雪にも重ね合せた。「吹く風の色こそ見えね高砂の尾上の松に秋は来にけり」（『新古今集』秋上、藤原秀能《ひでよし》）を参考にするか。◇高砂の尾上　歌枕。兵庫県加古川市尾上町。◇ふりて　「降りて」と「古りて」を掛ける。

572　雪の積った和歌の松原は老いてしまった。玉津島の番人も幾星霜を経てきたことか。

「われ見ても久しくなりぬ住《すみ》の江《え》の岸の姫松幾世経ぬらむ」（『古今集』雑上、読人しらず）によるか。◇和歌の松原　五六七参照。◇玉津島守　玉津島神社の神官をいう。

573　澄みきった月が照らす中、磯を吹く松風も冷えに冷え、雪の白浜は文字どおり、雪が積ったようにしらじらと光っている。

「さむしろの夜半《よは》の衣手冴え冴えて初雪白し岡の辺の松」（『新古今集』冬、式子内親王）が脳裏にあろう。◇雪の白浜　但馬《たじま》の国（兵庫県北部）の歌枕。

三　和歌山県東牟婁《むろ》郡那智勝浦町北部の山地。熊野那智神社、那智の滝などがある。

574　冬、参籠《さんろう》していると、那智を吹く嵐が冷たく感じられる。僧衣が薄いからではなかろうか。

◇苔の衣　僧侶《そうりょ》・隠者などの着る衣。

575　炭を焼いて暮す人々の胸中も身に沁《し》みて分る。それにしてもこの世を渡りゆく道の悲しさよ。

572　雪つもる　和歌の松原　古《ふ》りにけり　幾世経《へ》ぬらむ　玉津島守《しまもり》

海辺の冬月

573　月の澄《す》む　磯《いそ》の松風　冴《さ》えさえて　しろくぞ見ゆる　雪の白浜《しらはま》

屏風《びやうぶ》に、[三]那智《なち》の深山描《みやまか》きたるところ

574　冬ごもり　那智の嵐《あらし》の　寒ければ　苔《こけ》の衣《ころも》の　薄くやあるらむ

深山《みやま》に炭焼くを見てよめる

575　炭《すみ》を焼く　人の心も　あはれなり　さてもこの世を　過ぐ

一　出仕せずに家に引きこもっている人。家臣か。

576　雪の降るさまをどんなにつらい思いで眺めていることだろう。心では出仕したいのに足がいうことをきかないために。

相手の心中を深く思いやって、自分がその気持を代弁してやっているのである。実朝の心優しい性格が溢れている。「かぞいろはあはれと見ずや蛭《ひる》の子は三年《みとせ》になりぬ足立たずして」（『日本紀竟宴和歌』、大江朝綱《おおえのあさつな》）が想起されていよう。

二　老人は寒さを嫌う、ということを詠んだ歌。

577　年をとると、霜夜の寒さがいっそうこたえるらしい。頭にあるのは山の雪ではないのだが。

山の雪は遠くに見えているだけで寒くも何ともないが、頭の白髪は身近な霜ともいうべきものだから、霜夜はなおさら冷えてたまらないらしいというもの。

578　私ばかりが悲しんでいる。波の寄せる山の縁《ふち》に雪が降ったように、皺《しわ》の寄った額に白髪がまじるようになったので。

『古今集』仮名序に「年《とし》ごとに鏡の影に見ゆる雪と波とを嘆き」とあるように、「波」「雪」はそれぞれ皺、白髪の比喩《ひゆ》。実朝自身の白髪を詠んだものではなく、老人の立場に身をおいての詠であろう。三四七参照。

◇ひたひ　縁《ふち》の意であるとともに、額髪をさしてもいる。

579　何年にもわたって雪が解けずに積っている越《こし》の白山、それは知らなくてもかまわないが、私の

るならひは

足に患《わづら》ふことありて入《い》り籠《こも》れりし人のもとに、雪降りし日よみてつかはす歌

576
降る雪を　いかにあはれと　ながむらむ　心は思ふとも　足立たずして

二老人、寒を厭《いと》ふといふことを

577
年経《ふ》れば　さむき霜夜ぞ　冴《さ》えけらし　頭《かうべ》は山の　雪ならなくに

雪

578
我《われ》のみぞ　悲しとは思ふ　波の寄る　山のひたひに　雪の降れれば

579 年つもる　越《こし》の白山《しらやま》　知らずとも　頭《かしら》の雪を　あはれとは見よ

老人、歳《とし》の暮を憐《あは》れむ[三]

580 老いぬれば　年の暮れゆく　たびごとに　わが身ひとつと　思ほゆるかな

581 白髪《しらが》といひ　老いぬる故《け》にや　事《こと》しあれば　年の早くも　思ほゆるかな

582 うち忘れ　はかなくてのみ　過ぐしきぬ　あはれと思へ　身につもる年

頭の雪のような白髪ばかりは、どうか哀れんで下さい。

「白山」「知らず」と同音を繰り返している。「年経《ふ》とも越の白山忘れずは頭の雪をあはれとも見よ」(『新古今集』神祇、藤原顕輔《あきすけ》)にもとづいていよう。◇越の白山　四六参照。

三 しみじみと悲しむ、の意。

580 年老いたせいで、年の暮が迫るたびに、まるで自分ひとり年を取るような気になってしまう。

「ながむれば千々《ちぢ》に物思ふ月にまたわが身ひとつの峰の松風」(『新古今集』秋上、鴨《かもの》長明)によるか。

581 白髪といい何といい、年老いたためか、ひとつ事がおこると、年が早くたつように思えてならない。

◇故　原因・理由を示す語。…のため。◇事しあれば　「し」は強意。

582 つい忘れたまま、ただうかうかと過してしまった。気の毒だと思ってくれ、わが身に積る年よ。

「年」を擬人化し、年が積れば老いるのに、それさえ忘れているこの私を憐れんでくれと訴えている。『新古今集』春下に連続して収められている二首「幾とせの春に心を尽くし来ぬあはれと思へみ吉野の花」(藤原俊成)、「はかなくて過ぎにし方をかぞふれば花に物思ふ春ぞ経にける」(式子内親王)の影響があろう。

583 山よりもなお奥に自分の住みかを持ちたいものだ。年がやって来られぬように、隠れ家にしようと思うから。
「年」を擬人化し、「年」に逢うことを避けることによって老いるのを免れようと詠んだもの。「み吉野の山のあなたに宿もがな世の憂《う》き時の隠れ家にせむ」（『古今集』雑下、読人しらず）を本歌とする。
◇あしびきの　「山」の枕詞。◇がな　願望の意の終助詞。

584 去りゆく年の行く先を尋ねると、自分の身にとどまって、世の中の人は一歳ずつ年を授かるのであるらしい。
「年」には、年月・年齢の両義があり、年月は去っても齢のほうは身に残るので、人は歳をとってゆくのだというもの。「立ち返る年の行方を尋ぬればあはれわが身にとまるなりけり」（『久安六年百首』、藤原教長《のりなが》）によるか。
◇設く　ここは、手に入れる意。

585 春や秋は入れ替りつつ去来するが、海中の島の松は、色も変らず幾星霜を経てきている。
「松」に「待つ」が掛けてあると解すれば、男の訪れを待ち続ける女の恋歌となり、上四句は序と考えうる。しかし詞書に「雑」とあるので、ここでは老松を詠んだ叙景的な歌とみておきたい。
◇わたつうみ　海。◇中なる　中にある。
一 三浦半島の南端。

583 あしびきの　山より奥に　宿もがな　年の来《く》まじき　隠《かく》れ
家《が》にせむ

年の果ての歌

584 ゆく年の　行方《ゆくへ》を問《と》へば　世の中の　人こそひとつ　設《まう》く
べらなれ

雑

585 春秋《はるあき》は　代《かは》りゆけども　わたつうみの　中なる島の　松ぞ
久しき

一三崎《みさき》といふところへ罷《まか》れりし道に、磯辺《いそべ》の
松、年ふりにけるを見てよめる

586 磯《いそ》の松　幾久《いくひさ》さにか　なりぬらむ　いたく木《こ》だかき　風の

586
磯辺に立つ松は、どれだけの時間を生き抜いてきたことだろう。その高い梢《こずえ》で鳴る松風の音も、高く響いて爽《さわ》やかだ。
現地を実際に訪れての詠。建暦二年（一二一二）三月の三崎行の際のものであろうか。
◇幾久さ　長い間。
二　神社や寺に参詣すること。

587
磯辺に立っている一本松は、ああ何と寂しげなことか。連れ添う友もないではないか。
松と同じく孤独な生を歩む実朝の共感がにじむ。
◇あづさゆみ　「弓」を「射る」の心で「磯辺」の「い」に掛る枕詞。

588
年が経《た》てば、老いに倒れ、朽ち果ててしまいそうだ。私の身は住の江の松ではないのだが。
屏風には住の江の松や老人が描かれていたのだろう。その老人の心境になって詠んだものか。「われ見ても久しくなりぬ住の江の岸の姫松幾世経ぬらむ」（『古今集』雑上、読人しらず）にもとづく歌。
◇住の江　三五七参照。

589
住の江の岸の姫松が老い古びてしまった。いったいいつの世に種を蒔《ま》いたものであろう。
屏風絵中の老松を見ながら、その木の種が蒔かれた遙かな昔に思いを馳せた歌。「梓弓《あづさゆみ》磯辺の小松誰《た》が世にか万代《よろづよ》かねて種を蒔きけむ」（『古今集』雑上、読人しらず）や「われ見ても…」（五八八釈注参照）をふまえる。
◇姫松　丈の低い松。

音かな

二 物詣《ものまうで》し侍《はべ》りし時、磯のほとりに松一本《ひともと》ありしを見てよめる

587 あづさゆみ　磯辺《いそべ》に立てる　ひとつ松　あなつれづれげ　友なしにして

屏風《びやうぶ》歌

588 年経《ふ》れば　老いぞ倒《たふ》れて　朽《く》ちぬべき　身は住《すみ》の江《え》の　松ならなくに

589 住の江の　岸の姫松　古《ふ》りにけり　いづれの世にか　種《たね》はまきけむ

590 豊国《とよくに》の　企救《きく》の杣松《そままつ》　老いにけり　知らず幾世《いくよ》の　年か経《へ》にけむ

屏風絵《びやうぶゑ》に、野の中に松三本生《お》ひたるところを、衣被《きぬかぶ》れる女一人通りたる

591 おのづから　我を尋ぬる　人もあらば　野中の松よ　見きと語るな

一徒歩人《かちびと》の、橋わたりたるところ

592 徒歩人《かちびと》の　渡れば揺《ゆる》ぐ　葛飾《かつしか》の　真間《まま》の継橋《つぎはし》　朽《く》ちやしぬらむ

故郷の心を

593 いにしへを　偲《しの》ぶとなしに　いそのかみ　古《ふ》りにし里に

590 豊国の企救の杣山の松は年老いてしまった。どれほどの歳月を生き抜いてきたのか、私には見当もつかない。

前歌の住の江の松から企救の杣松の歌に転じた。屏風《びやうぶ》の絵柄が前歌の場合と異なっているのだろうが、企救は有名な歌枕ではないので、実朝はある絵柄を企救の杣山に見立てて詠んだものと思われる。「豊国の企救の浜松ねもころに何しか妹《いも》に相言ひ始《そ》めけむ」(『万葉集』巻十二、柿本人麻呂《かきのもとのひとまろ》歌集)の影響があろう。◇豊国　九州北東部の古称。豊前・豊後の国。◇企救　北九州市小倉区の地名。◇杣松　植林して材木を採る山の松。

591 たまたま私の行方を尋ねる人があれば、野中の松よ、いくら三木でも私を見かけたなどと告げないでくれ。

屏風絵中の女の身になって詠んだ。衣を被って行き過ぎる女を、人目を避けての旅の途上にあるものと物語的に見立てたのだろう。「それをだに思ふこととてわが宿を見きとな言ひそ人の聞かくに」(『古今集』恋五、読人しらず)に学んでいよう。

一 乗物に乗らず、徒歩でゆく人。屏風の絵柄。

592 徒歩で行く人が渡ると、揺れるという葛飾の真間の継橋は、今は腐ってしまったのだろうか。

「足《あ》の音《おと》せず行かむ駒《こま》もが葛飾の真間の継ぎ橋止《や》まず通はむ」(『万葉集』巻十四、作者未詳)を本歌とし、その歌の詠まれた頃、人々が絶えず通った真間の継橋

も、今は老朽化しているだろうと、眼前の屛風絵から連想を働かせたもの。
◇葛飾の真間　千葉県市川市真間にあたる。◇継橋　川の所々に柱を立て、それらを橋板で継いだ橋。

593　ことさら昔を懐かしむわけではないが、何かしら心惹《ひ》かれ、荒れはてた里に来てしまった。

◇いそのかみ　「古り」の枕詞。

594　かつての都は神々しいばかりに荒れ古びた。祟りがあるからであろうか、人も通らない。

前歌を受けて、今度は旧都の荒廃した理由を推測するという趣向。「石上《いそのかみ》古き都の時鳥《ほととぎす》声ばかりこそ昔なりけれ」（『古今集』夏、素性）をふまえていよう。
◇祟る　神仏などが人の行為を咎《とが》めて災いをもたらすこと。

二 相模《さがみ》の国（神奈川県）。三 神奈川県平塚市土屋。四 老い衰えた法師。五 たまたま。六 昔話。七 立ったり坐ったりすること。八 人々に命じて歌を詠ませた機会に自分も詠んだ歌、の意。

595　これまで身を処してきたこの世の様々な体験を、私は幾たび思い起したことか。明け方もほど近い夜の寝覚めに。

年老いて起居もままならぬ老法師の心中を思いやり、彼の立場に身をおいて詠んだ連作五首中の一首。男盛りの壮年時が寝覚めに思い出されるというのである。
◇幾そ　どのくらい多く。

我は来にけり

594
いそのかみ　ふるき都は　神《かみ》さびて　祟《たた》るにしあれや　人も通はぬ

[二]相州《さうしう》の土屋《つちや》[三]といふ所に、年九十にあまれる朽法師《くちほふし》[四]あり。おのづから[五]来たる。昔語《むかしがたり》[六]などせしついでに、身の立居《たちゐ》[七]に堪《た》へずなむなりぬることを泣く泣く申して出《い》でぬ。時に、老《おい》といふことを人々に[八]おほせて、つかうまつらせしついでによみ侍《はべ》る歌

595
われ幾《いく》そ　見し世のことを　思ひ出《い》でつ　明くるほどなき　夜《よる》の寝覚《ねざめ》に

596 思ひ出《い》でて　夜《よる》はすがらに　音《ね》をぞ泣く　ありしむかしの　世々《よよ》のふるごと

597 なかなかに　老いは呆《ほ》れても　忘れなで　などかむかしを　いと偲《しの》ぶらむ

598 道遠し　腰はふたへに　屈《かが》まれり　杖《つゑ》にすがりてぞ　ここまでも来る

599 さりともと　思ふものから　日を経《へ》ては　しだいしだいに　弱る悲しさ

雑歌

600 いづくにて　世をばつくさむ　菅原《すがはら》や　伏見《ふしみ》の里も　荒れ

596　その昔の、あの時この時の古い記憶がつぎつぎと脳裏に甦《よみがえ》り、夜通し声をあげて泣いている。◇すがらに　三九四参照。◇世々　多年の。

597　老い呆《ほう》けた私なのに、なまじ昔の記憶だけが心を去らず、懐かしんでばかりいるとはどうしたことだろう。懐旧に沈みがちな自分を慨嘆している。◇忘れなで　忘れないで。

598　二重《ふたえ》に折れ曲ったこの腰では、とても長い道のりに思えました。杖にすがってやっとここまで来たのです。法師の語った言葉をそのまま歌にしたような率直さが感じられる。

599　年はとってもまだまだ大丈夫だとは思うが、月日の経過とともに体の衰えを思い知らされるこの悲しさ…。「さりともと思ふ心も虫の音も弱りはてぬる秋の暮かな」（『千載集』秋下、藤原俊成）が念頭にあろう。

600　私はどこで生涯を終えればよいのだ。菅原の伏見の里も荒れすさんでいるというではないか。「いざここにわが世は経なむ菅原や伏見の里の荒れまくも惜し」（『古今集』雑下、読人しらず）が本歌。その伏見の里も荒廃した今は、余生を送るにふさわしい場所などもはやないと詠みなした。◇菅原や伏見の里　奈良市菅原町（旧生駒《いこま》郡伏見町菅原）付近。「や」は間投助詞。

601 嘆き悲しんでいるだけで、どこで世を捨てて過ごせばいいのか見当がつかぬ。吉野の奥地も住みにくいということだ。
「み吉野の山のあなたに宿もがな世の憂き時の隠《かく》れ家《が》にせむ」（『古今集』雑下、読人しらず）によるか。

602 この世に身を処していると、そのつらさを嘆く言葉があとからあとから口をつく。そしてその言葉ごとに、涙の露が絶えることなく置いてゆく。
葉に露が置くように、「言の葉」にも涙の露が置くというもの。「世に経《ふ》れば憂《う》さこそまされみ吉野の岩の懸道《かけみち》踏みならしてむ」（『古今集』雑下、読人しらず）。

603 難波潟の節の多い葦の葉に置く露のように、何とまあつらいことばかりの世の中なのだろう。
◇うき節しげき　葦に節の多い意と、この世が憂き節、つまり憂わしい時に満ちていることとを掛ける。

604 世の中はいつまでも変らないでいてほしいものだ。波打ち際を漕《こ》ぎゆく漁夫の小舟の引綱を見ていると、たまらなく切なくなってくる。
舟の綱を引くのに懸命な漁夫を見て、この世が彼等にとって、苛酷・無常なものではないようにと祈っているのだろう。藤原定家撰の『新勅撰集』『百人一首』に選入された実朝の代表作の一つ。「陸奥《みちのく》はいづくはあれど塩竈《しほがま》の浦漕ぐ舟の綱手かなしも」（『古今集』東歌）による。
◇もがもな　…であってほしい。◇綱手　舟につけて引く綱。◇かなしも　悲しくも切ないことだ。

ぬといふものを

601
嘆きわび　世をそむくべき　方《かた》しらず　吉野の奥も　住み
憂《う》しといへり

602
世に経《ふ》れば　うき言《こと》の葉《は》の　数《かず》ごとに　たえず涙の　露ぞ
置きける

葦《あし》

603
難波潟《なにはがた》　うき節《ふし》しげき　葦の葉に　置きたる露の　あはれ
世の中

舟

604
世の中は　常にもがもな　渚《なぎさ》こぐ　海人《あま》の小舟《をぶね》の　綱手《つなで》か

なしも

千鳥

605 朝ぼらけ　あとなき波に　鳴く千鳥《ちどり》　あなことごとし　あ
はれいつまで

鶴《つる》

606 沢辺《さはべ》より　雲居《くもゐ》に通ふ　葦鶴《あしたづ》も　憂《う》きことあれや　音《ね》のみ
鳴くらむ

慈《じ》悲《ひ》[一]の心を

607 ものいはぬ　四方《よも》の獣《けだもの》　すらだにも　あはれなるかなや
親の子を思ふ

605　夜がほのぼのと明けるころには、舟の残した航跡はすでにあとかたもない。それをはかなんで大げさに鳴きたてている千鳥よ。お前たちこそああ、いつまでの命だと思っているのか。

「世の中を何に喩《たと》へむ朝開き漕ぎ去《い》にし舟の跡なきごとし」(『万葉集』巻三、満誓《まんせい》)に詠まれたように、舟の通った跡の白波はすぐ消えてしまう。千鳥はそれをはかなく感じて波の上で鳴き騒いでいるのだろうと推量し、実は千鳥自身もはかない命なのにと、無常観を柱にして詠んだ歌。「白波の跡なき方に行く舟も風ぞ便りのしるべなりける」(『古今集』恋一、藤原勝臣《かちおむ》)などが念頭にあろう。

◇朝ぼらけ　ほのぼのと夜が明けるころ。◇あなことごとし　ああ仰々しいぞ。

606　沢辺から大空へと翔《か》けゆく葦鶴も、何かつらいことがあるのだろうか、あれ、あんなにも声をあげて鳴いている。

「葦鶴の雲居にかかる心あれば世を経て沢に住まずぞあらまし」(『後撰集』恋三、勤子内親王)によるか。

◇葦鶴　二八六参照。

一　いつくしみあわれむ心。衆生《しゅじょう》に対する仏の心がその典型である。

607　もの言うすべを持たぬ四方の獣でさえも、親がその子をいとおしんでいる様子には、まことに胸に迫るものがある。

言葉によって意思や感情を伝達できない獣にさえ、親

道のほとりに、幼き童《わらは》の、母を尋ねていたく泣くを、そのあたりの人に尋ねしかば、「父母《ちちはは》なむ身《み》罷《まか》りにし」と答へ侍《はべ》りしを聞きてよめる

608 いとほしや　見るに涙も　とどまらず　親もなき子の　母を尋ぬる

無常を

609 かくてのみ　ありてはかなき　世の中を　憂《う》しとやいはむ　あはれとやいはむ

610 現《うつつ》とも　夢とも知らぬ　世にしあれば　ありとてありと頼むべき身か

の子に対する慈悲心が本能的に備わっていることへの感動が吐露されている。第四・五句の字余りや倒置表現も、感動の深さ、厳粛さを盛り上げている。

◇四方の　諸方の。◇すらだにも　「すら」「だに」ともに、一事を挙げて他を類推させる副助詞だが、二語を重ねることによってさらに強調しようとしている。

◇かなや　「かな」「や」ともに感動を表す終助詞。

二 死んでしまった。

608 気の毒でならぬ。見ていると涙が止めどなく溢れる。両親を失った子が、母を捜し求めて泣いているとは。

死の意味が理解できず、亡き母を尋ねて泣いている頑《がん》是《ぜ》ない幼児への深い同情が詠まれている。前歌が親から子への愛情を題材としたのに対し、ここでは子の親に対する思慕に転じた。

609 生きていても、ただもうはかないばかりのこんな世の中を、つらいと言っていいのか悲しいと言うべきなのか。まったく嘆くすべさえない。

「世の中にいづらわが身のありてなしあはれとや言はむあな憂《う》とや言はむ」（『古今集』雑下、読人しらず）が想起されていよう。

610 夢とも現実ともつかぬこの世だから、生きているからといって本当に、それを頼みにできる身であろうか。

「世の中は夢か現《うつつ》か現とも夢とも知らず有りてなければ」（『古今集』雑下、読人しらず）にもとづく。

一わび人の、世に二たちめぐるを見てよめる

611 とにかくに　あればありける　世にしあれば　なしとても
なき　世をも経《ふ》るかも

日ごろ三病《やま》うすとも聞かざりし人、暁《あかつき》はかな
くなりにけると聞きてよめる

612 聞きてしも　驚くべきに　あらねども　はかなき夢の　世
にこそありけれ

世の中常《つね》四ならずといふことを、人のもとに
よみてつかはし侍《はべ》りし

613 世の中に　かしこきことも　はかなきも　思ひし解《と》けば
夢にぞありける

一 落ちぶれはてた人。 二 あちこち歩きまわる。

611 生きてさえいれば、どのようにしてでも渡って
ゆける世の中だ、何もなくて困っているとはい
え、それなりに日々を送っているのだな。

貧者の生きざまに同情しつつも、何とか生きてはゆけ
る世の中なのだとあらためて感じているのである。そ
の裏には、はかない現世はどう生きようが同じことな
のだ、という考え方が潜んでいよう。

三 病気だとも聞かなかった人なのに、夜明け方死ん
だと聞いて詠んだ歌、の意。

612 人が死んだと聞いたからといって、格別驚くに
はあたらないが、それにしても、何ともはかな
い夢のようなこの世ではないか。

四「無常」を扱った歌をある人へ贈ったというもの。

613 この世の中では、優れているものも取るに足り
ぬものも、よくよく考えてみれば、いずれも夢
のようにはかなくもろいものだ。

◇思ひし解けば　悟ってみれば。「し」は強意。

五「大乗」的な哲理から「中道観」が生れることを
詠んだ歌、の意。「大乗」は、広く衆生を救済するた
めの利他行の実践によって仏の境地に至ろうとする教
え。「中道観」は、一切の事象・存在は有でも空でも
なく、有空と不即不離の中正絶対であると説く真理。

614 世の中は鏡に映る影なのだろうか。存在するで
もなく、しないでもない。

「世の中は…」（六一〇釈注参照）に学ぶ。

615 炎がただもう大空いっぱいに充ち満ちている阿鼻地獄。それ以外に死後の私が行きつく所はないというのも、まことに情けないことだ。

「地獄は一定住処《いちぢやうすみか》ぞかし」(『歎異抄』)という親鸞《しんらん》の言葉にも似た思いを抱きつつも、大げさに悲嘆してみせたりせず、「ゆくへもなしと…」と、ぼそっとつぶやいているにすぎない。寡黙で男性的な表現である。◇阿鼻地獄　八熱地獄の最下層。猛烈な責苦を受ける。

616 塔を組んだりお堂を造ったりするのも善行にはちがいない、が、自《みずか》らの罪深さを嘆いて懺悔すること以上の善行があるだろうか。

堂塔建立《こんりゅう》の外面的功徳を施して得意がるより、自己の内面に目を向ける方が大切だと、舌鋒《ぜっぽう》鋭く詠んでいる。◇塔　仏の遺骨などを収蔵する建造物。◇堂　神仏を安置する建物。◇功徳　現世や来世に幸福をもたらすもとになる善い行い。

六 善行の報いとして仏の恵みを得る歌。

617 大日如来の根元から出て三摩耶形となって現れ、三摩耶形が尊い大日如来の姿となるのだ。

功徳を得ると、三摩耶形を見ても大日如来の尊形がその人の目に髣髴《ほうふつ》するというのであろう。◇大日　宇宙の実相を仏格化した、密教の最高根本仏である大日如来の略称。◇種子　ここは事物の発生するもと、の意。◇三摩耶形　一切衆生を済度するために諸仏が発した誓願を具象化したもので、諸仏の持つ箭、器、杖、印契などの形をいう。◇尊形　尊い姿。

五 大乗《だいじよう》、中道観《ちゆうだうくわん》を作る歌

614 世の中は　鏡に映《うつ》る　影にあれや　あるにもあらず　なき
にもあらず

罪業《ざいごふ》を思ふ歌

615 炎《ほのほ》のみ　虚空《こくう》に満てる　阿鼻地獄《あびぢごく》　ゆくへもなしと　いふ
もはかなし

懺悔《さんげ》の歌

616 塔《たふ》を組み　堂《だう》をつくるも　人の嘆き　懺悔《さんげ》にまさる　功徳《くどく》
やはある

六 功徳《くどく》を得る歌

617 大日《だいにち》の　種子《しゆじ》より出《い》でて　三摩耶形《さまやぎやう》　さまやぎやうまた

尊形《そんぎやう》となる

心[一]のこころをよめる

618 神といひ　仏といふも　世の中の　人の心の　ほかのもの
かは

建暦《けんりやく》[二]元年七月、洪水天に漫《はびこ》り[三]、土民愁嘆《しうたん》
せむことを思ひて、ひとり本尊[四]に向ひたて
まつり、いささか祈念を致して[五]曰《いは》く

619 時により　過ぐれば民の　嘆きなり　八大龍王《はちだいりゆうわう》　雨やめた
まへ

人心[六]、常ならずといふことをよめる

620 とにかくに　あなさだめなの　世の中や　喜ぶ者あれば

一「心」という題意を詠んだ歌、の意。

618 神だの仏だのと言うが、それもこれも現世に生きる人の心以外の何者でもないのだ。

神仏を生み出した、人間の心を尊ぶ実朝の心眼は鋭い。

二 西暦一二一一年。三 大水が天にまでみなぎり、住民が愁い嘆くであろうことを心配して。四 信仰の対象として安置した仏像。五 少しばかり祈ったあとで、次の歌を口にした。

619 時によっては、また、度を過しては、かえって民衆に苦痛をもたらすことになってしまいます。八大龍王よ、早く雨をやめて下さい。

「洪水天に漫《はびこ》り」とは大げさな表現だが、実朝には「洪水天に滔《はびこ》り、山を懐《つつ》み陵《をか》に襄《のぼ》り、下民昏墊《こんてん》す」（虞書《ぐしよ》、益稷《えきしよく》）などの禹《う》の治水に関する『書経』の一文が連想されていたのだろう。民《たみ》を思う為政者の立場から、八大龍王に対して事理を説き、降雨を中止させようという堂々たる風格の歌。ただし『吾妻鏡』にはこの洪水に関する記述がなく、詳細不明。

◇八大龍王　仏の教えを護る八体の蛇形の善神。密教などでは、水神として雨乞いの祈りの本尊となる。

六 人の心は一定でないということを詠んだ歌。

620 いずれにせよ、ああ、何ともひとしなみにゆかない世の中だ。喜ぶ者がいるかと思えば、一方では苦しみ悩む者がある。

同じ事柄に対しても人の受けとり方は様々で、利害が

異なるなど悲喜交々《こもごも》である。為政者としてそうした現実を何度も体験した実朝ならではの歌であろう。「心」を扱っている点、六二八の次に配列されたほうが適当とも思えるが、為政者の立場からの詠作ということを考えれば、この位置にあることも頷《うなず》けよう。

621　月もない上、空に幾重にもたれこめた雲…。その雲の陰から雁の鳴く声が聞えてくる。

黒をできるだけ強調しようとした歌。黒一色の中で雁の鳴声が響くというイメージは無気味である。◇うばたまや「闇」の枕詞。◇天雲　空の雲。◇八重雲がくれ　幾重もの雲に隠れること。

622　鷗《かもめ》の下《お》りている沖の白洲に降る雪。その雪もやみ、晴れ渡ってゆく空には、月が冴え冴えと白い光をたたえている。

白いものを集めて白さを強調した歌。「鷗ゐる藤江《ふぢえ》の浦の沖つ洲に夜舟いさよふ月のさやけさ」(『新古今集』雑上、源顕仲《あきなか》)が念頭にあろう。

七ある人が都へ上ったが、その後幸便に託して持ってゆかせた歌、の意。実朝と深い関係にあった女性に対するもの。六二八までの六首連作である。

623　夜の冷え込みに、独り寝から覚めてみると、寝床はすっかり凍《い》てついて、私の袖には霜がいっぱい置いています。

女が去った後の独り寝の侘《わび》しさを訴えかけた。「夜を寒み寝覚めて聞けばをしぞ鳴く払ひもあへず霜や置くらむ」(『拾遺集』冬、読人しらず)によるか。

侘《わ》ぶる者あり

黒

621 うばたまや　闇《やみ》のくらきに　天雲《あまぐも》の　八重雲《やへぐも》がくれ　雁《かり》ぞ鳴くなる

白

622 かもめゐる　沖の白洲《しらす》に　降る雪の　晴れゆく空の　月のさやけさ

七ある人、都の方《かた》へのぼり侍《はべ》りしに、便《たより》につけてよみてつかはす歌

623 夜《よ》をさむみ　ひとり寝覚《ねざめ》の　床冴《とこさ》えて　わが衣手《ころもで》に　霜ぞ置きける

624　独り寝の夜を寒々と過すことになった今日このごろからすれば、あなたの腕を枕がわりに共寝したあの時分、すき間風が厭《いと》わしく思えたなどとはぜいたくな話でしたよ。「手枕の隙間《すきま》の風も寒かりき身は習はしのものにぞありける」（『拾遺集』恋四、読人しらず）による。◇かかる折　こんな時。前歌に詠まれた状態をさす。

625　大岩を踏み越え、幾重もの山の彼方へ去ってしまったとしても、私のことを思い出したなら、わだかまりなくすぐお便りを下さい。「別れても心隔つな旅衣《たびごろも》幾重《いくへ》重なる山路なりとも」（『千載集』離別、藤原定家）にもとづく。◇岩根　大岩。三八参照。◇思ひも出でば　柳営亜槐本には「思ひも出でむ」とある。この場合は、私はあなたのことを思い出そう、の意となる。

626　都の方から吹いてくる風が、あなたの化身であるならば、せめて、私を忘れてくれるなとだけでも言ってやりたいのに。「水の上に浮かべる舟の君ならばここぞ泊りと言はましものを」（『古今集』雑上、伊勢）が念頭にあろう。

627　思う心のありったけを、全部はとてもうち明けきれません。便りにつけてあなたの安否を尋ねるのが精一杯なのです。◇うちたえて　少しも。下に否定語を伴う。

628　どんな便りでもいい、京へ行くついでがあるならば、宇津の山風よ、この気持をあの人に吹き

624
かかる折《をり》も　ありけるものを　手枕《たまくら》の　隙《ひま》もる風を　なに
いとひけむ

625
岩根《いはね》ふみ　幾重《いくへ》の峰を　越えぬとも　思ひも出《い》でば　心
隔《へだ》つな

626
都より　吹き来《こ》む風の　君ならば　忘るなとだに　言はま
しものを

627
うちたえて　思ふばかりは　言はねども　便《たより》につけて
尋ぬばかりぞ

628
都辺《みやこべ》に　夢にもゆかむ　便《たより》あらば　宇津《うつ》の山風《やまかぜ》　吹きも

つたへよ

五月のころ、陸奥《みちのく》[一]へ罷《まか》れりし人のもとに、扇《あふぎ》などあまたつかはし侍《はべ》りしなかに、時鳥《ほととぎす》[二]描《か》きたる扇に書きつけ侍りし歌

629 たちわかれ　因幡《いなば》の山の　時鳥《ほととぎす》　待つと告げこせ　帰り来るがに

近《ちか》う召し使ふ女房、遠き国に罷《まか》らむと、い[三]とま申し侍りしかば

630 山遠み　雲居《くもゐ》に雁《かり》の　越えて去《い》なば　われのみひとり　音《ね》にや泣きなむ

遠き国へ罷れりし人のもとより、「見せば[四]

伝えておくれ。

「駿河《するが》なる宇津の山辺《やまべ》の現《うつつ》にも夢にも人に逢はぬなりけり」(『新古今集』羇旅、在原業平)をふまえる。◇宇津の山　静岡市と志太郡との境の宇津谷《うつのや》峠。

一 四五七参照。 二 時鳥を描いた扇に和歌を書きつけて一緒に贈ったのである。相手は恐らく女性だろう。

629 あの人が私たちに別れを告げ、陸奥へと去ってしまったら、因幡の山の時鳥よ、かの地へ飛んでいき、私が待っているから早く帰ってくるようにと伝えてくれ。

「立ち別れ因幡の山の峰に生《お》ふるまつとし聞かば今帰り来む」(『古今集』離別、在原行平《ありわらのゆきひら》)を本歌とする。◇因幡の山　鳥取県岩美《いわみ》郡国府《こくふ》町の山。「去《い》なば」を掛ける。本歌に引かれて用いた歌枕だが、実朝の贈歌の相手は陸奥へ行ったのであり、用法に無理がある。

三 暇乞いの意。

630 大空はるかに雁が越えてゆく山々、あのように遠く連なる山々を越えて、あなたが遠い国へと去ってしまったその時には、私はひとり声をあげて泣くことであろうか。

「朝霞《あさがすみ》たなびく山を越えて去《い》なばわれは恋ひなむ逢はむ日までに」(『万葉集』巻十二、作者未詳)によるか。

四 和歌の第四句であろうが、古歌の引用ではなく、遠国へ行った人が実朝に贈った歌の一部と思われる。あなたを思い出して、どれほど袖が濡れているか見せたい、とでも詠まれていたものか。

や袖《そで》の」など申しおこせたりし返《かへ》り事《ごと》に

631 われゆゑに　濡《ぬ》るるにはあらじ　唐衣《からころも》　山路《やまぢ》の苔《こけ》の　露にぞありけむ

一忍びて言ひわたる人ありき。「二遥《はる》かなる方《かた》へ行かむ」と言ひ侍《はべ》りしかば

632 結《ゆ》ひ初《そ》めて　なれし髻《たぶさ》の　濃《こ》むらさき　思はずいまも　浅かりきとは

三山の端《は》に日の入るを見てよめる

633 くれなゐの　千入《ちしほ》のまふり　山の端《は》に　日の入るときの　空にぞありける

四二所詣下向《にしよまうでげかう》に、五浜辺の宿《しゅく》のまへに六前川とい

---

631 私を思う涙に衣が濡れたのではありますまい。山道の苔の露のせいなのでしょう。

素気ない歌のようだが、女が男からの贈歌を一度はつっぱねて見せるという、贈答歌の伝統的手段を転用したもの。

◇唐衣　一七九参照。

一 秘かに契りを交わしていた人。　二 お別れして遠い所へ行こうと思います。

632 もとどりを初めて結んでよりこのかた、濃紫《こむらさき》の緒に馴染《なじ》んできたけれど、今でもその緒の色がそれほど浅かったとは思えないのです。

深く馴染んできた人に対する愛情が浅いものだったとは到底思えない、との意が裏にある。相手の女が遠方に去ってゆくのを残念がって詠んだもの。

◇髻　髪の毛を頭の頂に集めて束《たば》ねたもの。もとどり。

◇濃むらさき　濃い紫色。元結（髻を結ぶ細い緒）の色をさす。

三 稜線。山の空に接する部分。

633 紅で幾度も幾度も染めぬき、十分に振り出した見事な赤。今まさに夕陽が山の尾根に沈みゆき、空は燃えるような紅…。

全天が炎に包まれたような夕焼けの光景を眼前に眺め、振り出し染めの真紅の色を連想して詠んだ。「日の入るは紅《くれなゐ》にこそ似たりけれ」（『金葉集』連歌、観暹《かんぜん》）が想起されていよう。

◇くれなゐ　紅花《べにばな》の汁で染めた鮮明な赤色。◇千入

ふ川あり。雨降りて水まさりにしかば、日暮れて渡り侍《はべ》りし時よめる

634 浜辺なる　前の川瀬《かはせ》を　ゆく水の　はやくも今日《けふ》の　暮れにけるかな

[七]相模《さがみ》川といふ川あり。月さし出《い》でてのち、舟に乗りて渡るとてよめる

635 夕月夜《ゆふづくよ》　さすや川瀬の　水馴《みな》れ棹《ざを》　なれてもうとき　波の音《おと》かな

[八]二所詣下向の後朝《こうてう》に、侍《さぶらひ》ども見えざりしかば

636 旅を行《ゆ》きし　あとの宿守《やどもり》　おのおのに　私《わたくし》あれや　今朝《けさ》はいまだ来《こ》ぬ

幾度も染めること。◇まふり　布を染料に浸し、振り出して染めること。

四　一〇九頁注二参照。五　神奈川県小田原市酒匂《さかわ》。

六　小田原市前川付近を流れていた川。

634 浜辺の宿の前の川瀬をゆく流れのように、早くも今日一日が暮れてしまった。

◇浜辺なる　浜辺の宿にある。上三句は序。「はやく」を導く。◇川瀬　川の浅瀬。

七　山梨県の山中湖に発し、相模湾に注ぐ川。

635 夕日の射す川瀬を行く舟、その舟の棹が水によく馴染《なじ》んでいるように、波の音は聞きなれているはずなのだが、やはり疎ましくてしかたがない。

「夕月夜射すや岡辺《をかべ》の松の葉のいつとも分かぬ恋もするかな」（『古今集』恋一、読人しらず）が脳裏にあろう。

◇夕月夜　夕暮れに出ている月。◇水馴れ棹　水に馴れて使いよくなった舟の棹。

八　二所参詣から帰った翌朝、近侍の武士たちがなかなか現れなかったので。

636 私が旅をした後の留守番の者たちは、それぞれによんどころない私用があるためか、今朝はまだ姿を見せないよ。

近習たちの遅参を咎《とが》めるのではない。彼らも各々やむを得ぬ事情があるのだろうと、無人の室内を、むしろほほえましく眺めながらつぶやいたような趣の歌。

◇私あれや　私的な事情があるためか。

一「高き屋《や》に登りて見れば煙立つ民のかまどはにぎはひにけり」(『新古今集』賀、仁徳天皇)をふまえた詞書。「かまど」は、土・石などで築き、上に鍋《なべ》・釜《かま》などをかけて煮炊きできるようにしたもの。

637 ここは陸奥の国なのか。でなければいったいどこなのだろう。藻塩《もしお》を焼く塩釜の浦というわけではなかろうに、煙の立ち上っているのが見える。

「陸奥《みちのく》はいづくはあれど塩釜の浦漕《こ》ぐ舟の綱手《つなで》悲しも」(『古今集』東歌)などが連想されて、煮炊きする煙を塩釜の製塩の煙かと疑ってみせるという趣向の歌に仕立てている。しかし詞書・歌ともに非現実的で、屏風《びょうぶ》歌のような感がある。

二 翌年。三 建暦二年正月の第二回二所参詣にあたるか。一〇九頁注二参照。四 芦の湖。箱根山上の火口原湖。箱根権現の作り給うた湖という畏敬の念から「御」をつけた。

638 箱根の御海は、思いやりの心があるからか、相模《さがみ》と駿河《するが》の二カ国にまたがって、その中間で豊かな水をたたえて揺らぎただよっている。

二カ国の境にあって、どちらの側から箱根権現に参詣する人に対しても、清澄な麗姿を見せてくれる芦の湖は、思いやりの心に満ちていて尊いと、湖を擬人化して詠んだ。「甲斐《かひ》が嶺《ね》をさやにも見しがけけれなく横ほり臥《ふ》せる小夜《さや》の中山」(『古今集』東歌)をふまえつつ、心ない小夜の中山と対照させたのである。

◇たまくしげ　美しい櫛《くし》箱の意から、「箱根」に掛る

[一]民のかまどより煙《けぶり》の立つをみてよめる

637 陸奥《みち》の国《くに》　ここにやいづく　塩釜《しほがま》の　浦とはなしに　煙立
つ見ゆ

[二]またの年、[三]二所へ参りたりし時、[四]箱根の御《み》
海《うみ》を見てよみ侍《はべ》る歌

638 たまくしげ　箱根のみうみ　けけれあれや　二国《ふたくに》かけて
なかにたゆたふ

箱根の山をうち出《い》でてみれば、波の寄る小
島あり。「供の者、この[五]海の名は知るや」
と尋ねしかば、「伊豆の海となむ申す」と
こたへ侍《はべ》りしを聞きて

639
箱根路《はこねぢ》を　われ越えくれば　伊豆《いづ》の海や　沖の小島《こじま》に　波の寄る見ゆ

六あさぼらけ、七八重《やへ》の潮路《しほぢ》かすみわたりて、空もひとつに見え侍《はべ》りしかばよめる

640
空や海　うみやそらとも　えぞ分かぬ　霞《かすみ》も波も　立ち満ちにつつ

荒磯《あらいそ》に波の寄るを見てよめる

641
大海《おほうみ》の　磯もとどろに　寄する波　破《わ》れて砕《くだ》けて　裂けて散るかも

八走湯山《はしりゆさん》に参詣の時の歌

642
わたつうみの　中に向ひて　いづる湯の　伊豆《いづ》のお山《やま》と

枕詞。◇けけれ　「心」の上代東国方言。
五 相模湾の伊豆半島東方の海。
639 箱根の山道を越えてくると、急に視界が開け、広々とした伊豆の海の沖の小島に、波の打ち寄せているのが手に取るように見える。
大らかな万葉調の歌。「大坂をわが越え来れば二上《ふたがみ》にもみち葉流る時雨《しぐれ》降りつつ」（『万葉集』巻十、作者未詳）などが念頭にあろう。
◇伊豆の海や　「や」は間投助詞。◇沖の小島　熱海市東方にある初島をさすか。
六 六〇五参照。七 はるかな潮路。
640 空なのか海なのか、まるで区別がつかない。霞が一面に満ち、波しぶきも高いこの夜明け時……。
◇えぞ分かぬ　「え…ぬ」は不可能を示す。
641 磯もとどろくほどに寄せる大海の荒波は、割れ、砕け、裂け、そして四方に飛び散ってゆく。
岩頭に砕け散る大波の勇壮さを見事に捉えた歌。ただしその背後には、波とともに砕け散ることに快感を覚えるような虚無・孤独の影が漂っていよう。
八 伊豆山権現のこと。熱海市伊豆山にある伊豆山神社。湯が奔出する山、の意。
642 湯が海の中へと湧き出ていることから、伊豆のお山と名づけたのだろうが、なるほどうまいことを言ったものだ。
伊豆山とは「湯出《い》づ山」の意なのだなと、地名に興趣をおぼえての作である。

643 伊豆のお山の南に湧き出る湯が迸《ほとばし》るその早さは、神の効験《こうげん》が即座に顕《あらわ》れる証拠なのだ。
湯の奔出を神の霊験の象徴と捉えている。「速き」を湯と霊験の双方に対して用いた。「山」は箱根山か。

644 「走り湯の神」とは、うまいことを言ったものだ。なるほど、たちまち効験があったよ。
権現の名の由来を推測した歌。敬虔《けいけん》な実朝らしい作。

一「天神地祇」の略。天地の神々のこと。

645 久しい昔から信仰に明け暮れてきた私の真心を、神もきっとご存知であろう。
◇みづがきの「久しき」の枕詞。「瑞垣《みずがき》」は神社の垣の美称。◇ゆふだすき「かけ」の枕詞。

646 里巫女が湯立ての神事に使う笹がそよめいて、靡き伏したり起きたりを繰り返しているように、ただ何となく起きたり寝たりしているうちに日々が過ぎてゆく。ままよ、世の中とはこうしたものだ。
「湯立」の神事を扱った印象鮮明な歌。新しい素材を詠みこもうとする実朝の、積極的姿勢がうかがわれる。◇里巫女　村里の社で神に仕え、その託宣を伝える女性。◇み湯立笹　神前の釜で湯を沸かし、巫女がその熱湯に笹の葉をひたして自分の体や参列者にふりかける神事を「湯立」という。「み湯立笹」はその際に用いられる笹。「み」は接頭語。◇靡き　初句からここまでは序。「起き伏し」を導く。◇よしや　ままよ。

647 上野の国の勢多の赤城に立っている異国風の神社は、インドの仏がどのようにして日本の国に

むべも言ひけり

643 伊豆《いづ》の国　山の南に　出《い》づる湯の　速きは神の　験《しるし》なりけり

644 走る湯の　神とはむべぞ　言ひけらし　速き験《しるし》の　あればなりけり

一 神祇《じんぎ》の歌

645 みづがきの　久しき世より　ゆふだすき　かけし心は　神ぞ知るらむ

646 里巫女《さとみこ》が　み湯《ゆ》立笹《たてざさ》の　そよそよに　靡《なび》き起き伏し　よしや世の中

647 上野《かみつけ》の　勢多《せた》の赤城《あかぎ》の　唐社《からやしろ》　大和《やまと》にいかで　跡《あと》を垂れけむ

二法眼《ほふげん》三定忍《ぢやうにん》に会ひて侍《はべ》りし時、四大峰《おほみね》の物語などせしを聞きてのちによめる

648 幾《いく》かへり　往来《ゆきき》の峰の　そみかくだ　篠懸衣《すずかけごろも》　着つつ馴《な》れけむ

649 篠懸《すずかけ》の　苔織衣《こけおりぎぬ》の　古《ふる》ごろも　彼面《をても》此面《このも》に　着つつ馴れけむ

650 奥山の　苔の衣に　置く露は　なみだの雨の　しづくなりけり

垂跡《すいじゃく》したものなのだろうか。赤城神社の唐社のことを伝聞し、かねてから興味をそそられていたのであろう。◇上野　群馬県。◇勢多の赤城　勢多郡にある赤城神社。『加沢記』によれば、赤城神社の各社には、赤城明神・千手観音・虚空蔵菩薩《こくぞうぼさつ》・地蔵菩薩を本地とするとの旧伝があったらしい。◇唐社　外国風建築の社。◇大和に…跡を垂れけむ　仏が衆生《しゅじょう》救済のために神となって日本に現れる、という本地垂跡説による表現。

二　僧位の一。法印に次ぐ。三　未詳。熊野《くまの》の修験者《しゅげんじゃ》か。四　奈良県吉野郡の大峰山。修験道の根本道場。

648　大峰山の険しい峰を幾度往き来して厳しい修行を積んだ結果なのだろう。この山伏の篠懸衣はいかにも身に馴染《なじ》んでいるようだ。

◇そみかくだ　山伏・修験者の異称。◇篠懸衣　修験者が篠の露を防ぐために衣の上に着る柿色の麻衣。

649　苔で織りなしたようなあの古い篠懸衣は、山のあちこちで野宿する際に着込んでいるうちに、すっかり身に馴染んだものになったのだろう。

◇彼面此面　山のあちら側とこちら側。

650　山伏が奥山で着ている衣に降りた露は、実は涙の雨が雫《しずく》となって落ちたものであった。

修行の苦しさに涙をこぼしたこともあると定忍が語ったのであろう。

◇苔の衣　五七四参照。

一 和歌山県東牟婁《むろ》郡那智勝浦町の那智山にある滝。修験者の修行地として名高い。飛龍神社の神体。

651 熊野の那智山に引かれた注連縄《しめなわ》のように、水の落下がただただ長く続く見事な滝だ。

「小山田《をやまだ》に引く注連縄のうちはへて朽ちやしぬらむ五月雨《さみだれ》のころ」(『新古今集』夏、藤原良経)。◇那智のお山　那智勝浦町北部の山地。熊野那智神社、那智の滝などがある。◇注連　注連縄。上三句は序。「うちはへて」を導く。

二 奈良県桜井市にある大神《おおみわ》神社。老木の松や杉におおわれた三輪山を神体とする。

652 これから新たに造る三輪の神官の杉社ではないが、過ぎてしまったことは穿鑿《せんさく》しないがいい。

◇祝　神に仕える者のうち、神主・禰宜《ねぎ》に次ぐ位。広く一般の神職にもいう。◇杉社　多くの杉の木に囲まれた神社。上三句は序。同音で「過ぎ」を導く。

三 京都市の上賀茂・下賀茂神社の例祭。四月の中の酉《とり》の日に行われ、「葵祭」の名で呼ばれる。

653 髪飾りに葵をつけて、賀茂の祭礼にゆるゆるとねり歩いてゆく、あれはいったい誰なのか。

「ちはやぶる賀茂の社の木綿襷《ゆふだすき》一日も君をかけぬ日はなし」(『古今集』恋一、読人しらず)、「銀《しろがね》の目抜きの太刀《たち》を提げ佩《は》きて奈良の都を練るは誰が子ぞ」(『拾遺集』神楽《かぐら》歌)による。

◇葵草　双葉葵の別称。「葵祭」で髪飾り等に用いる。◇鬘　髪飾り。◇ちはやぶる　「賀茂」の枕詞。

一 那智《なち》の滝のありさま語りしを

651 み熊野《くまの》の　那智のお山に　ひく注連《しめ》の　うちはへてのみ
落つる滝かな

二 三輪《みわ》の社《やしろ》を

652 今つくる　三輪の祝《はふり》が　杉社《すぎやしろ》　過ぎにしことは　問はずと
もよし

三 賀茂《かも》祭の歌

653 葵草《あふひぐさ》　鬘《かづら》にかけて　ちはやぶる　賀茂の祭を　練《ね》るや誰《た》が
子ぞ

四 社頭の松風

四 神社の境内の松を吹く風、の意。

654 幾星霜をも耐えてきた朱塗りの神社の垣根は、神々しいばかりに古めかしくなった。破れちぎれた簾《すだれ》が、松風に寂しくゆれている。
◇玉垣　垣根の美称。

655 月が清らかな光を投げかけている、北野の宮の小松原…。どれほどの歳月がここを通りすぎて、このような神々しさが生れたのだろう。
「わが命を長門の島の小松原幾代を経てか神さび渡る」（『万葉集』巻十五、作者未詳）を本歌とする。
◇北野の宮　京都市上京区にある北野天満宮。菅原道真などを祭神とする。

656 月の冷たく照らす御裳濯川の底は実に清らかだ。いったいいつの時代から澄みはじめたものだろう。
「月冴ゆる御手洗《みたらし》川に影見えて氷に摺《す》れる山藍《やまあゐ》の袖」（『新古今集』神祇、藤原俊成）による。
◇御裳濯川　伊勢神宮内宮《ないくう》の神域を流れる五十鈴《いすず》川の別称。

657 太古の、神代のころの光がいまだに残っている。天の岩戸を開けて出る夜明けの月は。
「天の戸を押し明け方の雲間より神代の月の影ぞ残れる」（『新古今集』雑上、藤原良経）にもとづく歌。
◇天の岩戸　高天原《たかまがはら》にあったとされる岩屋の戸。

654
古《ふ》りにける　朱《あけ》の玉垣《たまがき》　神《かみ》さびて　破《や》れたる御簾《みす》に　松風
ぞ吹く

社頭の月

655
月の澄む　北野の宮の　小松原《こまつばら》　幾世《いくよ》を経《へ》てか　神さびに
けむ

神祇《じんぎ》

656
月冴《さ》ゆる　御裳濯川《みもすそがは》の　底きよみ　いづれの世にか　澄み
はじめけむ

657
いにしへの　神代《かみよ》の影ぞ　残りける　天《あま》の岩戸《いはと》の　明け方
の月

658 八百万《やほよろづ》　四方《よも》の神たち　集まれり　高天《たかま》の原に　千木《ちぎ》高く　して

伊《い》勢《せ》御《ご》一遷宮《せんぐう》の年の歌

659 神風《かみかぜ》や　朝日の宮の　宮うつし　影のどかなる　世にこそ　ありけれ

述懐の歌

660 君が代に　なほ長らへて　月清《きよ》み　秋のみ空の　かげを待　たなむ

二太上天皇の御書下《くだ》し預《あづか》りし時の歌

661 大君《おほきみ》の　勅《ちよく》をかしこみ　ちちわくに　心はわくとも　人に　言はめやも

658　四方八方から幾多の神々が一堂に会した。ここ高天《たかま》の原に千木高く宮殿が造られたので。

前歌からの連想で、神々が集まって天孫降臨のことが議された神代の昔に考えが及んだもの。「天地《あめつち》の　初めの時の　久方の　天の河原に　八百万《やほよろづ》　千万神《ちよろづ》の　神集《かむつど》ひ　集ひいまして　神はかり　はかりし時に…」(『万葉集』巻二、柿本人麻呂)が脳裏にあろう。◇八百万　数のきわめて多いこと。◇高天の原　神々が住んでいた天上の国。◇千木　四七七参照。

一「遷宮」とは、神殿を造営・改修する際に神座を移すこと。多くは二十年目ごとに行われる。ここは承元三年(一二〇九)九月の伊勢神宮の遷宮をさす。

659　伊勢神宮内宮の御遷宮があるというが、日の光ものどかな世の中でまことにめでたいことだ。

「神風や五十鈴《いすず》の川の宮柱幾千代澄めと建て始めけむ」(『新古今集』神祇、藤原俊成)をふまえていよう。◇神風や　本来は「伊勢」の枕詞だが、ここでは伊勢そのものの意として用いる。◇朝日の宮　内宮。◇宮うつし　遷宮。

660　月が清澄なので秋の空のさやかな光を待つように、わが君の御代になお生き長らえてその恵みを待とう。

◇君が代　後鳥羽天皇の御代のこと。◇月清み　第三・四句は序。「かげ」を導く。◇かげ　「陰」(おかげ)と「影」(光)とを掛ける。

二　後鳥羽上皇の御手紙を頂戴した時の歌。

662 東《ひんがし》の　国にわがをれば　朝日さす　藐姑射《はこや》の山の　陰《かげ》と
なりにき

663 山は裂け　海は浅《あ》せなむ　世なりとも　君にふた心　わが
あらめやも

建暦三年[三]十二月十八日

かまくらの右大臣家集

661 上皇様のお言葉はまことに畏《おそ》れ多く、さまざまな思いに心は熱くたぎるようだ。けれど、人に言おうとは思わない。

後鳥羽院の御書に感動して詠んだ歌。詠作年次は未詳だが、建暦三年（一二一三）五月の和田義盛の叛乱後、院から実朝に親書が送られていたものか。「大君の命《みこと》かしこみ磯に触り海原《うのはら》渡る父母を置きて」（『万葉集』巻二十、丈部《はせべの》人麻呂）が想起されていよう。◇大君　天皇の敬称。◇勅　天皇の仰せ。◇かしこみ　畏れ多いので。◇ちちわくに　あれこれと。◇心はわく　思い乱れる。◇やも　反語の終助詞。

662 私は東国におりますので、朝日にまぶしく輝く藐姑射の山の陰に入らせて戴いております。

上皇の恵みが広大無辺なため、東国にいる私までがその庇護のもとに入っている、との意を裏に含む。◇藐姑射の山　中国で仙人が住むという想像上の山のことだが、ここは上皇の御所の意に用いた。

663 山が裂け崩れ、海は干あがってしまうような劇変の世がやってこようとも、この私が上皇様を裏切るようなことは絶対にありません。絶対に。

上皇に対する畏敬と忠誠の念が、実朝にこの絶叫的な調べをとらせたのであろう。「鯨魚《いさな》取り海や死にする山や死にする死ぬれこそ海は潮干て山は枯れすれ」（『万葉集』巻十六、作者未詳）にもとづく。

三 西暦一二一三年。正しくは「建保元年」とあるべきところ。十二月六日に改元された。

実朝歌拾遺

柳営亜槐本《りうえいあくわい》

梅の花をよめる

664 咲きしより　かねてぞ惜しき　梅の花　散りの別れは　わが身と思へば

雨中の柳

665 青柳《あをやぎ》の　糸よりつたふ　白露《しらつゆ》を　玉と見るまで　春雨《はるさめ》ぞ降る

一水底の款冬《くわんとう》といふことを、人々あまたにつかうまつらせしついでに

＊柳営亜槐本とは、「柳営亜槐」（将軍であり、かつ大納言である人）との奥書（奥付）をもつ実朝の家集。『金槐集』の藤原定家所伝建暦三年本（凡例参照）を、後世の「柳営亜槐」に当る人が再編・増補したものである。解説二五八頁参照。ここには、その増補分五十三首（七一六まで）を順次収録する。

664 梅が咲いたばかりなのに、花を落すありさまが頭にちらつき、今からもう惜しまれてならない。散るのを見ずに命を散らすのは、むしろ私の方なのだと思うと。

自分の死を予感したような歌。七一七と関連させて考えると詠作時期は晩年の建保六、七年（一二一八、九）の春であろうか。「散らねどもかねてぞ惜しきもみぢ葉は今は限りの色と見つれば」（『古今集』秋下、読人しらず）によるか。

◇かねて　前もって。

665 青柳の枝を伝って落ちる白露が、玉と見紛《みまが》うばかりに美しく、いま春雨が降っている。

「さを鹿《しか》の朝立つ野辺の秋萩《あきはぎ》に玉と見るまで置ける白露」（『新古今集』秋上、大伴家持《おおとものやかもち》）の影響があろう。

◇青柳の糸　三参照。

一「款冬」は山吹の別称。「水底の山吹」を題として、人々に詠進させたついでに、の意。

666 声たかみ　蛙《かはづ》鳴くなり　井手《ゐで》の川　岸の山吹《やまぶき》　今か散るらむ

[一]三月尽《じん》の心を

667 朝浄《あさきよ》め　格子《かうし》な上げそ　ゆく春を　わが閨《ねや》のうちに　しばしとどめむ

卯《う》の花《はな》

668 わが宿の　垣根に咲ける　卯の花の　憂《う》きこと繁《しげ》き　世にこそありけれ

669 神まつる　卯月《うづき》になれば　卯の花の　憂き言《こと》の葉《は》の　数《かず》やまさらむ

666 声高《こわだか》なので蛙の鳴くのがよく聞えてくる。井手の川岸では山吹が今散っているのだろうか。

題意からすれば、山吹の花が川に散り込むので蛙が落花を知って鳴くのだ、という心であろう。「蛙鳴く井手の山吹散りにけり花の盛りにあはましものを」(『古今集』春下、読人しらず)を本歌とする。◇井手　九七参照。◇今か　「か」は疑問の係助詞。

667 朝浄めをする者よ、格子を上げるな。去りゆく春を私の寝室に暫くでも留《とど》めておきたいのだ。

一　春の終り、三月末日の気持を詠んだ歌、の意。春に未練があり、四月一日の朝など迎えたくないというもの。本歌「殿守《とのもり》のとものみやつこ心あらばこの春ばかり朝浄めすな」(『拾遺集』雑春、源公忠《きんただ》)。◇朝浄め　朝の掃除。◇格子　細い角材を縦横に組み合せ、裏に板をはった建具。◇閨　寝室。

668 わが家の垣根に咲いている卯の花ではないが、実際憂いことつらいことの多い世の中だよ。

「鶯《うぐひす》の通ふ垣根の卯の花の憂きことあれや君が来まさぬ」(『万葉集』巻十、作者未詳)を本歌とする。◇卯の花の　上三句は序。同音で「憂き」を導く。

669 神を祀《まつ》る卯月になると卯の花が咲き乱れ、憂く悲しい言葉を何度も聞くことになろうか。

「神祭る卯月に咲ける卯の花は白くもきねがしらげたるかな」(『拾遺集』夏、凡河内躬恒《おおしこうちのみつね》)を本歌とする。◇神まつる卯月　陰暦四月は、賀茂祭をはじめ諸社の祭礼の行われる月であったことからきた表現。

670　五月雨《さみだれ》の降るころは闇が深い。夜も更けてきたらしく、神南備山で時鳥が、妻を捜しあぐねて鳴いている。
◇五月闇　一四三参照。◇神南備山　一四五参照。

671　箱根の山の時鳥は、自然のままの理想郷で、毎朝毎朝鳴いているのだ。
◇たまくしげ　「箱」の枕詞《まくらことば》。◇無何有の里　無作為・自然の世界。『荘子』逍遥遊篇《しようようゆう》を典拠とする。「心をし無何有《むかう》の郷《さと》におきてあらば藐姑射《はこや》の山を見まく近けむ」（『万葉集』巻十六、作者未詳）をふまえつつ、「藐姑射の山」（中国で神仙の住むという山）に音が類似し、箱根権現も鎮座している箱根山は、無為自然の楽土だというのであろう。

二　狩人が夏の夜、山中の木陰に篝火《かがりび》を焚《た》き、火串《ほぐし》に松明《たいまつ》をともして鹿をおびき寄せ、射殺する行事。

672　生い茂った樹木のせいで夕月がよく見えぬように、五月の山は闇が深くて辺りがぼんやりとしかわからない。そんな山の中で、夕月の出るころ、木々に隠れて鹿をじっと待ちぶせる私なのだろうか。

◇夕月夜　「木隠れて」を導く序。

673　泉川の岸にある柞《ははそ》の森で蟬が鳴いている。声が澄んで聞えるのも、夏が深まったせいなのか。
◇泉川　京都府相楽郡南部を流れる木津川の古称。◇ははその森　楢《なら》・櫟《くぬぎ》の生えた森。ここは相楽郡精華町祝園《ほうその》にある森の名。

深夜の時鳥《ほととぎす》

670　五月闇《さつきやみ》　小夜《さよ》ふけぬらし　ほととぎす　神南備山《かみなびやま》に　己《おの》が妻呼ぶ

時鳥の歌の中に

671　たまくしげ　箱根の山の　ほととぎす　無何有《むかう》の里に　朝なあさな鳴く

照射《ともし》二

672　五月山《さつきやま》　おぼつかなきを　夕月夜《ゆふづくよ》　木隠《こがく》れてのみ　鹿《しか》や待つらむ

蟬《せみ》

673　泉川《いづみがは》　ははその森に　鳴く蟬の　声の澄めるは　夏の深

きか

夏の暮によめる

674 禊《みそぎ》する　茅《かや》の茅《ち》の輪《わ》に　引く垂《しで》の　まつはれつきて　夏をとどめむ

初秋の歌とて

675 今よりは　涼しくなりぬ　ひぐらしの　鳴く山陰の　秋の夕風

菊を

676 籬《ませ》のうちに　夜置く露や　いかならむ　濡《ぬ》れつつ菊の　うつろひにける

674 禊をする茅の輪に引き渡した垂が絡まっている。そのように、まつわりついてでも去ってゆく夏を留《とど》めたいものだ。
六月祓《みなづきばらえ》の行事を題材に、夏を擬人化して詠みなした惜夏の歌。
◇禊　一五三参照。◇茅　薄《すすき》・菅《すげ》・茅《ちがや》などイネ科草本の総称。◇茅の輪　茅《ちがや》を束ねて作った大きな輪。六月祓の際、病気・厄除《やくよ》けのまじないとして鳥居などに掛け、人にくぐらせた。◇垂　注連縄《しめなわ》・玉串《たまぐし》などにつけて垂らす紙。上三句は序。「まつはれつきて」を導く。
◇まつはれつき　絡まりつくこと。

675 今日からはすっかり涼しくなった。蜩《ひぐらし》の鳴く山陰を吹いているのは、もう秋の夕風だ。

676 夜、籬垣《ませがき》の中に降りるのは、いったいどんな露なのだろう。菊を夜ごとに濡らすうちに、色変りさせてしまった。
露に濡れて菊が変色することを驚き、不審がった歌。
◇籬　竹や木で作った低くて目の粗《あら》い垣根。

677 那須の篠原で、武士が矢の並びを直している。折からの悪天候の中、その籠手には霰が降りかかり、飛び散っている。
実朝は那須を訪れたことがなく、机上の作。かねてから伝聞していた建久四年（一一九三）の父頼朝の那須での狩を想起し、また「わが袖に霰たばしる巻き隠し消《け》たずてあらむ妹《いも》が見むため」（『万葉集』巻十、柿本《かきのもと》人麻呂《ひとまろ》歌集）を念頭に置きつつ詠んだものか。那須の

霰《あられ》

677 もののふの　矢並《やなみ》つくろふ　籠手《こて》のうへに　霰《あられ》たばしる
那須《なす》の篠原《しのはら》

678 笹《ささ》の葉に　霰《あられ》さやぎて　深山辺《みやまべ》は　峰の木枯《こがら》し　しきりて
吹きぬ

雪

679 ひさかたの　天雲《あまぐも》あへり　葛城《かづらき》や　高間《たかま》の山は　み雪降る
らし

一建暦《けんりやく》二年十二月、雪の降り侍《はべ》りける日、
山家の二景気《けいき》を見侍《はべ》らむとて、三民部大夫《みんぶたいふ》行
光が家に罷《まか》り侍りけるに、四山城判官《やましろはんぐわん》行村

篠原で狩をする武人が、次の獲物を狙《ねら》うまでのわずかな間、降る霰の中でひと息入れて、馬上で矢並を直しているという勇壮な情景である。
◇矢並つくろふ　背中に負う箙《えびら》に差した矢の並び具合を整えること。◇籠手　弓を射る時に弦《つる》が当るのを避けるため、左手の肩から手先までを包んだ革・絹製の防具。◇たばしる　勢いよく飛び散る。◇那須　栃木県北部、那珂《なか》川と箒《ほうき》川に挟まれた台地。◇篠原　篠(細く小さい竹)の多く生えた野原。

678　笹の葉に霰が降りかかってざわざわと鳴り、山奥では山頂を木枯しがひっきりなしに吹き過ぎてゆく。
深山の冬の厳しさを、緊縮した調べで詠んだ。

679　空の雲が群がり寄っている。あの葛城の高間の山あたりは、雪が降るらしい。
◇葛城や高間の山　四六参照。

一　一二一二年。『吾妻鏡』には建保元年(一二一三)十二月十九日の項に関係記事が見出され、底本と一年食い違っている。二　景色。三　民部大夫である行光の家に出向いたところ、の意。「民部大夫」は民部省の丞《じよう》で五位の者。行光は藤原(二階堂)行政の子。信濃《しなの》守《かみ》などを経て承久元年(一二一九)に五十六歳で没。
四「山城判官」は山城の国(京都府南部)の判官《じよう》。行村は行光の弟。隠岐《おき》守を経て建保七年、実朝の死去とともに出家。暦仁《りやくにん》元年(一二三八)八十四歳で没。

などあまた侍《はべ》りて、和歌管絃《わかくわんげん》のあそびありて、夜更けて帰り侍りしに、行光、黒馬を賜《た》びけるを、またの日見けるに、たつかみに紙を結び侍るを見れば

この雪を　わけて心の　君にあれば　主《ぬし》知る駒《こま》の　ためしをぞ引く

返し

680 主《ぬし》知れと　引きける駒の　雪を分けば　かしこき跡《あと》に　帰れとぞ思ふ

みづから書きて、好士を選び侍《はべ》りしに、内藤馬允《うまのじよう》知親《ともちか》を使《つかひ》としてつかはし侍りし

建保五年十二月、方違《かたたがへ》のために永福寺の僧

一 音楽。二 「賜ぶ」は、お与えになる、の意。ここは行光が実朝に馬を贈ったのだから、用法として不適切。『吾妻鏡』では「行光龍蹄黒を進ずと云々」とある。三 翌日。四 馬のたてがみ。五 たてがみに結びつけられていた行光の実朝への贈歌。私の心服する主君が、この雪をかき分けておいで下さったのですから、その心を悟って主人を本国へと導いた馬の故事になぞらえ、この黒馬を引出物として献上致します、の意。「主知る駒のためし」とは、斉の桓公が討伐からの帰途に雪中で道に迷った時、管仲が馬に先導させることを進言し、その結果無事に帰国できたという『韓非子』の故事をさす。「わけて心」は「分けて来《こ》」を掛け、「引く」は故事を引く意に引出物を掛けた。

680 主人を導くようにと貰ったこの馬が、雪をかき分けて私を家に無事に送り届けてくれたら、管仲の故事どおり、賢明な行光のもとに帰ってほしい。
◇かしこき跡に帰れ　賢人管仲の前例に戻る意と、行光の許に帰る意とを掛ける。

六 風流の道に心を寄せる人。七 行光への使者に選ばれた実朝の近臣。藤原定家の門人で『新古今集』の作者の一人。『新古今集』の写本を都から持参したり、実朝が批評を依頼した詠草を定家に届け、定家の合点《がつてん》とその歌論書『近代秀歌』を持ち帰ったりした。八 『吾妻鏡』によれば同月二十五、六日のこと。九 外出する方向に天一神《なかがみ》がいる時、前夜に他所に宿って方角を変えてから出発すること。一〇 鎌倉市二階堂にあ

坊に罷《まか》りて、一二朝《あした》帰り侍るとて一三小袖《こそで》を残しおきて

681 春待ちて　霞《かすみ》の袖《そで》に　かさねよと　霜の衣《ころも》の　置きてこそゆけ

恋歌の中に

682 食《は》みのぼる　鮎《あゆ》すむ川の　瀬をはやみ　早くや君に　恋ひわたりなむ

683 夕月夜《ゆふづくよ》　おぼつかなきを　雲間《くもま》より　ほのかに見えし　それかあらぬか

684 かれはてむ　のち偲《しの》べとや　夏草の　ふかくは人の　頼《たの》めおきけむ

った寺。頼朝が陸奥《むつ》の大長寿院を模して建立《こんりゅう》。一一 僧《そう》侶《りょ》の住居。一二 翌朝。一三 袖口を狭くした衣服。

681 春が来たら薄い着物の袖に重ねて着てほしいのです。霜にしおれた粗末な小袖ですが、一夜の宿のお礼に置いてゆきます。

この日実朝は永福寺で終夜続歌歌会を行い、未明に帰る際に衣二着分を僧房に残し、方違えの礼とした。優しい心根を偲《しの》ばせる歌。

◇霞の袖　春着の袖の洒落《しゃれ》た表現。霞を春の女神の衣《い》裳《しょう》に見立てた。◇霜の衣　霜が降りかかってみすぼらしくなった粗末な衣。贈った小袖を謙遜したもの。

682 鮎が水垢《みずあか》を食べながら遡《さかのぼ》る川の浅瀬の水流のように、早くからあなたを恋い続けることだろう。

◇瀬をはやみ　上三句は序。同音で「早く」を導く。

683 ぼんやりとだが、雲間から夕月が見えた。しかし本当にそれが夕月だったのかどうなのか。

恋の歌であるから、月は恋人の比喩《ひゆ》。垣間見た女性が自分の思慕する人だったかどうか思い煩っている。

684 枯れたあとも、きっぱりと別れてしまったあとも懐かしんでほしいがために、あの人は生い繁る夏草のように深い期待を私に抱かせたのだろうか。

恋人を信じていたので別れた後も慕わしくてならぬと歌う。「かれはてむ後《のち》をば知らで夏草の深くも人の思ほゆるかな」(『古今集』恋四、凡河内躬恒)が本歌。◇かれ　夏草の縁語で、「枯れ」「離《か》れ」の掛詞《かけことば》。◇夏草の　「ふかく」を導く序。

685 もういまさら私の噂《うわさ》は立つまい。瓦屋の下を這《は》ってゆく煙さながら、この恋心がいまだに胸の中でくすぶっているとしても。
◇瓦屋　瓦を焼く竈《かまど》。◇下しく　「下焚《したた》く」（火が燃え上がらずにくすぶること）の誤写か。第三・四句は序。「くゆり」を導く。

686 海辺で漁師が藻塩草を焼くほのかな火。そんなほのかな機会でもいいから、私の恋い慕う人を一目見る術《すべ》があったらなあ。
◇藻塩焼く　製塩のため塩分を含む海藻を焼くこと。上二句は序。「ほのかにも」を導く。

687 山に住んでいるという木こりの心など見当もつかぬが、あの人の気持も同じように計りかね、もどかしい恋に身を苛《さいな》まれているのだ。
◇あしびきの　「山」の枕詞。上三句は序。「心も知らぬ」を導く。

688 あの人の心は、風が吹くと波の寄せる岸の岩なのだろうか。なかなか打ち解けようとしないよ。
恋人のつれなさは海岸の岩同然で、私は打ち寄せる波のように、心も千々に砕けるばかりだと嘆いている。

689 離れて暮すこともできたのに、あの人とどうしてなまじっか馴染《なじ》み交わすようになったのか。
「よそにてもありにしものを花薄《はなすすき》ほのかに見てぞ人は恋しき」（『拾遺集』恋二、読人しらず）、「東路《あづまち》の小夜《さや》の中山なかなかに何しか人を思ひそめけむ」（『古今集』恋二、紀友則《きのとものり》）を本歌とする。

685
いまさらに　わが名は立たじ　瓦屋《かはらや》の　下《した》しく煙《けぶり》　くゆり
わぶとも

686
藻《も》塩《しほ》焼く　海人《あま》の焚《た》く火の　ほのかにも　わが思ふ人を
見るよしもがな

687
あしびきの　山に住むてふ　山がつの　心も知らぬ　恋も
するかな

688
風吹けば　波うつ岸の　岩なれや　かたくもあるか　人の
心の

689
よそにても　あり経《へ》しものを　なかなかに　何しか人に

睦《むつ》れそめけむ

名所の恋の心をよめる

690 唐衣《からころも》　きなれの里に　君をおきて　しままつの木の　待てば苦しも

691 わが兄子《せこ》を　真土《まつち》の山の　葛《くず》かづら　たまさかにだに　くるよしもがな

692 水茎《みづくき》の　岡辺の真葛《まくず》　かれしより　身をあき風の　吹かぬ日はなし

[一]いかにせむ　命も知らず　松山の　うへ越す波に　朽《く》ちぬ思ひを

690 きなれの里にあなたを住まわせておいて、庭の松のその名の通り、逢う日を待つのは苦しい。

「唐衣着奈良の里の島松に玉をし付けむ好《よ》き人もがも」（『万葉集』巻六、笠金村《かさのかなむら》）を本歌とする。◇唐衣　「きなれ」の「き」に掛る枕詞。◇きなれ　本歌の原文は「服楢」。現在ではキナラと訓まれ、着《き》馴《な》らす意から「奈良」の地名を引き出した表現と解されている。実朝当時は大和《やまと》の国（奈良県）の一地名と考えられていたのだろう。◇しままつ　庭園の築山の松。第四句は序。同音で「待てば」を導く。

691 真土の山の葛を手繰《たぐ》り寄せるように、たまにでもと待ち焦がれている私に、夫を来させる手だてがあればよいのに。

◇真土の山　奈良・和歌山の県境にある山。ここは「待つ」を掛ける。◇葛かづら　「葛」に同じ。第二・三句は序。第五句の「くる」に「（手）繰る」と「来る」を掛けて導く。

692 水茎の岡辺の葛が枯れてから毎日のように秋風が吹いてくる。あの人の足が離《か》れて以来、飽きられたのだという思いが身を吹き抜けぬ日はない。

◇水茎の　「岡」の枕詞と見られるが、当時は地名と考えられていた。ただし所在不詳。上二句は序。第三句の「かれ」に「枯れ」「離れ」の両意を掛けて導く。◇あき風　「秋風」に「飽き」を掛けた。

一　柳営亜槐本に誤って混入した歌。実朝の作ではない。次頁注一参照。

一　右の歌は歌を分類したときの追加であるが、遠島歌合の際の衣笠内大臣の詠とのことなので、ぜひ除かねばならない、の意。「遠島歌合」とは嘉禎《かてい》二年（一二三六）七月、後鳥羽院が遠流《おんる》の隠岐《おき》で自らが判者となって行った歌合。五十八番左に「いかにせむ」（前頁）の歌が見えるが、これは源通光《みちてる》の歌で、衣笠内府（藤原家良）のものでもない。ところがのちに『続後拾遺集』に実朝作として入集したため、柳営亜槐本編《へん》纂《さん》の際に追補されたのである。その後実朝の詠ではないことが知られ、改めてこの左注を付したものか。

693　時雨の降る秋の山辺に置く霜が、木の葉をさらに色濃く染める。だが私はあんなにはっきりと顔色に出したりはすまい。たとえ溢《あふ》れ出しそうな思いをこらえかねて洩《も》らすようなことがあっても。
下句に畳語的表現を用い、恋の苦悩を効果的に表した。第四句の「色」は顔色、第五句の「いろ」は心の色をさす。二つの「色」を意識的に対応させている。

694　あの人の訪れを、こうしてじっと待っている時ほど苦しいことはない。あの山の端に月が顔を出すように、早くその姿を見せてほしいのです。
◇山の端　第三・四句は序。「影に見え」を導く。

695　訪れてくれない人を恨み苦しんで、もう待つのはよそうと思い定めた夕方でさえ、山の端に出た月を見ると、やはりあの人のことが…。

696　裾の合っていない衣の褄《つま》を吹く風が、目には見えぬものの身にしみて感じられる。あの人も私

一右、部類の時の追加なり。遠島御歌合《ゑんたうおほんうたあはせ》、衣笠内府《きぬがさのないふ》の歌と云々《うんぬん》。尤《もつと》も除くべきものなり。

忍ぶ恋

693 時雨《しぐれ》ふる　秋の山辺《やまべ》に　置く霜の　色には出《い》でじ　いろにいづとも

月に寄せて人を待つ

694 忍ぶれば　苦しきものを　山の端《は》に　さし出《い》づる月の　影に見えなむ

695 恨《うら》みわび　待たじと思ふ　夕《ゆふべ》だに　なほ山の端《は》に　月は出《い》でにけり

の側《そば》にはいないのに、恋しさは身にしむばかり。「朝影にわが身はなりぬ唐衣裾の合はずて久しくなれば」(『万葉集』巻十一、作者未詳)をふまえる。
◇吹く風の　上三句は序。下二句を導く。

697　物の下陰にひっそりと荻が隠れていた秋の野辺、その野辺の夕露は、恋に悩む私の袖を伝う血の涙の色をさえうけて、こんなに赤いのだ。
下荻を含む野辺の草葉が紅葉して、その上に結ぶ露が赤く見えるのを、恋の紅涙のせいだと見立てた歌。「きのふまでよそに忍びし下荻の末葉の露に秋風ぞ吹く」(『新古今集』秋上、藤原雅経《まさつね》)によっていよう。

二「あな恋し今も見てしが山賤《やまがつ》の垣ほに咲ける大和《やまと》撫子《なでしこ》」(『古今集』恋四、読人しらず)の第二・三句。「大和撫子」は山人の娘の比喩《ひゆ》で、その娘が恋しい、今も逢いたい、と詠んでいるもの。

698　山人の家の垣根に咲いた撫子の花のような娘。そんな可憐なあの娘の気持を知る人もない。
少女の心を理解しているのは私だけだ、ああ早く逢いたい、というのであろう。

三　女性であろう。

699　秋の田の稲穂の上に巣をかける蜘蛛《くも》の心配も、ほんとに私の物思いほどではないでしょう。
あなたを思う私の気持は、不安定な所に巣をかけた蜘蛛の心配を凌駕していよう、というもの。
◇巣がく　蜘蛛が巣をかけること。◇いと　「いと」(全く、の意)と「糸」を掛ける。

風に寄する恋

696　唐衣《からころも》　裾《すそ》あはぬつまに　吹く風の　目にこそ見えね　身にはしみけり

露に寄する恋

697　色をだに　袖《そで》よりつたふ　下荻《したおぎ》の　忍びし秋の　野辺《のべ》の夕露

[二]「今も見てしが山がつの」といふことを

698　山がつの　垣《かき》ほに咲ける　撫子《なでしこ》の　花の心を　知る人のなさ

[三]ある人のもとにつかはし侍《はべ》りし

699　秋の田の　穂の上に巣がく　ささがにも　いと我ばかり

ものは思はじ

旅の心を

700 草枕《くさまくら》 旅にしあれば 妹《いも》に恋ひ 覚《さ》むる間《ま》をなみ 夢さへ見えず

701 東路《あづまぢ》の 小夜《さや》の中山《なかやま》 越えて去《い》なば いとど都や 遠ざかりなむ

旅泊

702 湊風《みなとかぜ》 いたくな吹きそ しなが鳥 猪名《ゐな》の湖《みづうみ》に 舟泊《と》むるまで

703 やらの崎 月影さむし 沖つ鳥 鴨《かも》といふ舟 浮寝《うきね》すら

700 旅に出ていると、妻恋しさに少しも眠れない。だから妻を夢に見ることさえ叶《かな》わないのだ。

「家にあれば笥《け》に盛る飯《いひ》を草枕旅にしあれば椎《しひ》の葉に盛る」（『万葉集』巻二、有間皇子《ありまのみこ》）を想起するか。◇草枕 「旅」の枕詞。◇覚むる間をなみ 一睡もできないので、目覚める瞬間もまたない、というもの。

701 東国への道の途中にある小夜の中山、ここを越えてしまえばますます都は遠ざかるばかりなのだろう。

都から東国へ下る旅人の立場から詠んだ。「東路の手児《てご》の呼坂《よびさか》越えて去《い》なばわれは恋ひむな後は逢ひぬとも」（『万葉集』巻十四、作者未詳）にもとづく歌。◇小夜の中山 五三三参照。

702 湊風よ、あまり強く吹いてくれるな。猪名の湖に舟を停泊させるまでは。

「大海に嵐《あらし》な吹きそしなが鳥猪名の湊に舟泊《は》つるまで」（『万葉集』巻七、作者未詳）をふまえる。◇湊風 河口を吹く風。◇しなが鳥 「猪名」の枕詞。◇猪名の湖 兵庫県南部、猪名川の河口にあった港。『万葉集』の古写本には「湖」とあるが、現在はこれを「みなと」と訓み習わしている。

703 やらの崎は月が冷たく照っている。この光のもとで、鴨という名の舟が、沖で浮寝をしているらしい。

「沖つ鳥鴨といふ舟は也良《やら》の崎廻《た》みて漕《こ》ぎ来《く》と聞こえ来《こ》ぬかも」（『万葉集』巻十六、山上憶良《やまのうえのおくら》）による。

しも

素暹《そせん》[一]法師ものへ罷《まか》[二]り侍《はべ》りけるに、つかはしける

704 沖つ波　八十島《やそしま》かけて　住む千鳥《ちどり》　心ひとつと　いかが頼《たの》まむ

返し　　素暹法師

[三]浜千鳥　八十島かけて　通ふとも　住みこし浦を　いかが忘れむ

秋のころ、[四]言ひ馴《な》れにし人の、ものへ罷りしに、[五]便《たより》につけて文《ふみ》などつかはすとて

705 思ひ出《い》でよ　見し夜はよそに　なりぬとも　ありし名残《なごり》

◇やらの崎　福岡市能古《のこ》島北端の荒崎という岬のこと。◇沖つ島「鴨」の枕詞。◇浮寝　水に浮いたまま寝ること。ここでは舟の停泊の形容として用いた。

一 実朝の側近で歌人。俗名、東胤行《とうのたねゆき》。ただしこの時にはまだ出家していない。『続後撰集』以後の勅撰集に二十二首選入。二 外出する意。

704 沖の波が寄せかけている大小さまざまな島々。この島々を渡り歩いて暮す千鳥があてにならぬように、目移りの多いあなたと心が通い合っているとは思えない。浮気者をどうして頼みにできよう。

「千鳥」は胤行（素暹《そせん》法師）の比喩《ひゆ》。臣下への贈歌だが、恋愛歌の定型をふまえている点は注目に価する。六三一参照。

三 浜辺の千鳥は多くの島々を渡り歩きはしても、長く馴染《なじ》んできた海辺を忘れはしません。たとえどこへ行こうと、私が長く親しんだ実朝様を忘れ去ることなどどうしてありましょうか、の意。実朝を「浦」に、自分自身を「浜千鳥」に喩《たと》えて詠んだ。

四 睦《むつ》み合い、言い交わした人。女性。五 ある幸便に託して手紙などを送ろうとして。

705 私を思い出して下さい。あなたに逢った夜々も、今は他人事となってしまったけれど、あのころの名残をとどめている有明の月を眺めて。

「風吹かば峰に別れむ雲をだにありし名残の形見とも見よ」（『新古今集』恋四、藤原家隆《いえたか》）が脳裏にあろう。

◇名残　別れて後、心に残って忘れられないもの。

の　有明《ありあけ》の月

建保六年十一[一]月、素暹《そせん》法師時に胤行[二] 下総《しもふさ》[三]の国《くに》に侍《はべ》りしころ、上《のぼ》[四]るべきよし申しつかはすとて

706
恋しとも　思はで言はば　ひさかたの　天照《あまて》る神も　空に知るらむ

社頭[五]の夏の月

707
ながむれば　吹く風すずし　三輪《みわ》の山　杉の梢《こずゑ》を　出《い》づる月影

松に寄する祝《いはひ》といふことを

708
鶴《たづ》のゐる　長柄《ながら》の浜の　浜松の　待つとはなしに　千世《ちよ》を

一『吾妻鏡』によれば同月二十七日のこと。二 二〇五頁注一参照。当時の名は胤行《たねゆき》。出家以前の名を注記した。三 現在の千葉県北部と茨城県の一部。胤行は下総の国海上《うなかみ》庄（千葉県海上郡）に下向し、久しく鎌倉に帰参しなかった。四 実朝は胤行に早く帰るようにとの手紙を送り、その際に歌を添えたのである。

706 あなたが恋しいと、心にもないのに口に上《のぼ》せているのならば、天照大神《あまてらすおおみかみ》も空でお気づきになり、天罰をお下《くだ》しになるだろう。

胤行が恋しく、早く帰ってほしいと願う気持が真実のものであることを、天照大神の照覧を引き合いに出して誓った歌。「瑞垣《みづがき》の久しかるべき君が代を天照る神や空に知るらむ」（『金葉集』賀、藤原為忠《ためただ》）によるか。◇ひさかたの　「天」の枕詞。◇天照る神　天照大神の別称。伊邪那岐命《いざなきのみこと》の娘。皇室の祖神。「日の神」とも。

五 神社の境内で見る夏の月。

707 眺めていると風が吹いてきてとても涼しい。三輪山の杉の梢から出て空に昇る月の姿を。

「ながむれば衣手《ころもで》涼し久方の天の川原の秋の夕暮」（『新古今集』秋上、式子内親王）が念頭にあろう。◇三輪の山　九五頁注一参照。

708 いつも鶴の棲んでいる長柄の浜の浜松は、鶴の訪れを待つなどという心労もないままに、もう千年もの樹齢を誇っている。

鶴・松・長柄の浜など、長寿に関わりの深いものを並べて慶祝の意を表そうとしている。

こそ経《ふ》れ

709 行く末の　千歳《ちとせ》をこめて　春がすみ　たつたの山に　松風
ぞ吹く

六障子《しやうじ》の絵に、岩に松生《お》ひたるところ

710 岩の上に　生《お》ふる小松の　年も経《へ》ぬ　幾千世《いくちよ》までと　契《ちぎ》り
おきけむ

竹に寄する祝

711 竹の葉に　降りおほふ雪の　末《うれ》を重《おも》み　下《した》にも千世の　色
は隠れず

712 なよ竹の　七《なな》のももそぢ　老いぬれど　八十《やそ》の千節《ちふし》は　色

◇長柄の浜　三六〇参照。

709　これから先千年もの栄えを前もって祝うかのように、龍田山を松風が吹き渡ってゆく。

龍田山の松を吹く風音は、将来の松の長寿を祝福しているようだ、というもの。「行かむ人来《こ》む人しのべ春霞龍田の山の初桜花」（『新古今集』春上、大伴家持）を参考にするか。

◇こめて　含ませて。◇春がすみ　「たつ」の枕詞。

◇たつたの山　二八参照。

六　部屋を仕切るための襖《ふすま》・唐紙《からかみ》・衝立《ついたて》の類。

710　岩の上に生えている老松は多くの世々を生き抜いてきた。小松であったころに、あと幾千年まで齢《よわい》を保つと岩に約束しておいたのだろう。

711　竹の葉を覆い隠すように降り積った雪。そのせいで梢《こずえ》が重そうに傾いている。だが雪の下ではあっても、千年もの長寿を保つその緑は、隠れない鮮やかさだ。

「笹《ささ》の葉に降り積む雪の末《うれ》を重みもとくだちゆくわが盛りはも」（『古今集』雑上、読人しらず）による。

◇末　草の茎や木の幹などの末端。

712　なよ竹は七百歳の老年を迎えたけれども、無数にある節は色も変らず、今も若々しい。

竹の長寿を慶祝した歌。「七のももそぢ」「八十の千節」は実朝の新鮮な造語であろう。

◇なよ竹　細くしなやかな竹。若竹。上二句、「な」の頭韻をふむ。

も変らず

713 なよ竹の　千々《ちぢ》のさ枝《えだ》の　はは枝の　その節々《ふしぶし》に　世々《よよ》は
こもれり

714 相生《あひおひ》の　袖《そで》の触れにし　宿の竹　世々は経《へ》にけり　わが友
として

慶賀の歌の中に

715 宮柱《みやばしら》　ふとしき立てて　よろづ世《よ》に　いまぞ栄えむ　鎌倉
の里

一大嘗会《だいじやうゑ》の年の歌

716 今つくる　黒木の両屋《もろや》　古《ふ》りずして　君は通はむ　万世《よろづよ》ま

713 若竹の何千もの枝の、そのまた先の枝の一節一節に、幾多の世々を生き抜く生命力がこめられているのだ。

竹が長寿を保つ理由を、その逞《たくま》しい生命力に求めた。◇はは枝　枝からさらに分岐した小枝。

714 袖触れ合って共に生長したわが家の竹は、私の友として多くの歳月を過してきた。

竹を「わが友」として詠んでいるのは、藤原篤茂の詩句「唐の太子賓客白楽天、愛して吾が友となす」（『和漢朗詠集』『本朝文粋』）や「わが友と君が御垣《みかき》の呉竹《くれたけ》は千代に幾代の影を添ふらむ」（『千載集』賀、藤原俊成）の影響からか。◇相生　二つ以上のものが並んで生育すること。

715 神のお住まいになる御殿の柱を、しっかりと揺ぎなく大地に立てて、いまや万年にもわたって栄え続けるであろう、この鎌倉の里は。

鶴岡《つるがおか》八幡宮を題材にとった慶賀の歌。同社は建久二年（一一九一）に焼失した後、頼朝が再建した。それで八幡宮の神の加護の下、鎌倉は万年にわたって栄えるだろうというのである。◇宮柱　社殿の柱。◇ふとしき立てて　御殿を立派に造営して。

一　三六二参照。これも順徳天皇即位の年の歌か。

716 今度新たに造る黒木の悠紀《ゆき》・主基《すき》の両殿は、いつまでも古びることはなく、わが君は万年先までもお通いになることだろう。

でに

吾《あ》妻《づま》鏡《かがみ》

[二]そもそも今日の勝事《しようし》[三]、かねて変異[四]を示すこと一にあらず。いはゆる御出立《しゆつたつ》の期《ご》に及びて、[五]前大膳大夫入道《さきのだいぜんのだいぶにふだう》参進して申して云《い》はく、[六]覚阿《かくあ》成人の後、いまだ涙の顔面に浮かぶことを知らず。しかるに今昵近《ぢつきん》[七]したてまつるのところ、落涙禁じがたし。これ直《ただ》[八]なる事にあらず。定めて子細《しさい》[九]あるべきか。東大寺[一〇]供養の日、右大将軍[一一]御出《ぎよしゆつ》の例にまかせて、御束帯《そくたい》[一二]の下に腹巻[一三]を著《ちやく》せしめたまふべしと

都での順徳天皇の大嘗会を、はるかに思いやった歌。三六二と同時の作と思われるが、こちらは実朝の自選家集である建暦三年本に選入されていない。三六二の歌ほどには意に染まなかったものとみえる。
◇黒木　三六二参照。◇両屋　大嘗祭の儀式を行うために特設される悠紀《ゆき》・主基《すき》の殿舎。

＊『吾妻鏡』は鎌倉幕府が編纂《へんさん》した幕府の編年体史。『金槐集』不載の、次の実朝歌一首を収める。

二　以下は建保七年（一二一九）正月二十七日の記事であるが、ここに掲げた部分以前に、前年十二月、右大臣に任ぜられた実朝が、当日その拝賀のため鶴岡八幡宮に参拝し、同夜、神拝が終って退出する際に八幡宮別当阿闍梨《あじやり》公暁《くぎよう》に襲われた、との記載がある。

三　耳目を驚かす大事件。四　異変の前兆はいくつもあった。五　大江広元《おおえのひろもと》。鎌倉幕府初代の政所《まんどころ》別当。頼朝を補佐し、幕府運営に大きな功績があった。六　広元の出家後の名。七　馴《な》れ親しむこと。八　ただごとではない。九　きっと理由があるのだろう。一〇　奈良市雑《ぞう》司《し》町にある華厳《けごん》宗の大本山。一一　建久六年（一一九五）、平重衡《しげひら》軍によって焼失していた東大寺大仏殿落慶供養が行われたが、上洛《じようらく》中の前右大将・征夷大将軍の頼朝もそれに参列した。その際頼朝は束帯《そくたい》の下に「腹巻」を着用していた。だから大江広元は、不吉な予感から、実朝もその前例に倣《なら》うべきだと主張したのである。一二　宮中における公事《くじ》の際の礼装。一三　軽装の鎧《よろい》。腹に巻き、背中で合わせる。

[一]云々《うんぬん》。[二]仲章朝臣《なかあきのあそん》申して云はく、[三]大臣・大将に昇るの人、いまだその式あらずと云々。よつてこれを止《とど》めらる。また、[四]公氏《きみうぢ》、[五]御鬢《ごびん》に候《こう》ずるのところ、[六]みづから御鬢一筋を抜き、記念と称してこれを賜ふ。次に庭の梅を見て、[七]禁忌《きんき》の和歌を詠じたまふ。

717 出でて去《い》なば　ぬしなき宿と　なりぬとも　軒端《のきば》の梅よ
春を忘るな

次に南門を御出の時、[八]霊鳩《れいきう》しきりに鳴きさへづり、車より下りたまふの刻、[九]雄剣《ゆうけん》を突き折らると云々。

鶴岡八幡宮蔵詠草

一「云々」は伝聞の意。二 源仲章。実朝の侍読《じどく》（学問の師）を勤めた。八幡宮参詣の当日、気分の悪くなった北条義時と御剣の役を交替し、そのため実朝とともに公暁に斬首された。三 大臣や大将級の人物が拝賀の際に腹巻などつけた前例はないと、広元の主張をしりぞけたのである。四 宮内公氏。実朝の側近として、使者・理髪・御剣の役などを勤めた。五 鬢髪を梳《す》き整えるために参上したところ。六 実朝自身が公氏に賜った鬢髪は、暗殺の翌日、勝長寿院の傍に葬られた時、首がないためにその代用として棺に収めたという。七 忌み禁ずべき不吉な和歌。

717 私が出ていったら主人のいない家となってしまおうが、たとえそうなっても、軒端の梅よ、春を忘れることなく咲いてくれ。

確実に実朝の詠だとすれば、自らの死を予感しつつ拝賀の式に臨んだことになる。従容として死に赴いた様子が目に浮ぶような歌である。「東風《こち》吹かば匂ひおこせよ梅の花主《あるじ》なしとて春を忘るな」（『拾遺集』雑春、菅原道真《すがわらのみちざね》）などの影響があろう。

八 霊妙不思議な鳩《はと》。鶴岡八幡宮の鳩で、神意を体《てい》して実朝に凶事を告げようとしたのだろう。九 名剣。これが折れるという凶兆があったのである。

＊以下は、鶴岡八幡宮に蔵されている実朝の詠草三首。詞書は付されていない。

718 押し放った矢が狙《ねら》いあやまたず飛んでゆく――世の中すべてがそうあってほしいものだ。神

718 世の中は　押して放ちの　相違なく　思ふ矢筋《やすぢ》よ　神もたがふな

719 鶴《つる》が岡《をか》の　神の教へし　鎧《よろひ》こそ　家の弓矢の　まもりなりけれ

720 東路《あづまぢ》の　関守《も》る神の　手向《たむ》けとて　杉に矢たつる　足柄《あしがら》の山

六孫王神社蔵詠草

冬

よ、あなたも違えて下さるな。

放った矢が狙った所へ当るように、世の中も神の加護を得て、願い通りになってほしいと神に訴えている。
◇矢筋　射た矢の飛んでゆく道すじ。

719　鶴岡八幡宮の神が教え与えて下さった鎧《よろい》は、源家の弓矢の道の守護神だったのだ。
この鎧が具体的に何をさすのかは不明。後三年の戦いの時に源義家が、また保元・平治の戦いで源義朝や義平が着用した「八龍」（八幡大菩薩の使者の神である八大龍王を胸板などにつけた鎧）や、「源太《げんた》が産衣《うぶぎぬ》」（「正八幡大菩薩」の文字が鋳つけてある鎧）などの、源家伝来の鎧と関係があろうか。
◇弓矢　武芸の道。◇まもり　守護神。

720　東国への道の関所を守る神へのお供えとして、杉に矢を立てるのだ、この足柄山では。
鳥総《とぶさ》（木や枝葉の先）を切株に立てて山の神に奉るという風習をふまえた『万葉集』の「鳥総立て足柄山に舟木《ふなぎ》伐り木に伐り行きつあたら舟木を」（巻三、満誓《まんせい》）を念頭に置きつつ、自分は武人であるから鳥総の代りに矢を献上した、というのである。
◇手向け　神仏へ物を供えること。◇足柄の山　神奈川・静岡の県境にある金時山北部の山々。平安時代には、その峰の一つ足柄峠に関が置かれていた。

＊以下は六孫王神社の所蔵する実朝の詠草二首。この神社は、清和源氏の祖といわれる源経基《つねもと》が祭神である。

721 水の面《おも》の　なべて氷れる　冬の池は　鴨《かも》の浮寝《うきね》も　夜離《よが》れをぞする

東撰和歌六帖

恋

722 頼めても　来《こ》ぬはうらみの　真葛原《まくずはら》　音《おと》こそたてね　露はこぼれて

立春

723 冬ごもり　春立ち来《く》らし　み雪降る　吉野の岳《たけ》に　霞《かすみ》たなびく

721 水面が全部凍ってしまった冬の池では、浮寝する鴨も夜離れしているよ。

凍った池の上で、群れから離れた鴨が、寂しく独り寝の夜を過す情景を詠んだ題詠。「かもめこそ夜離れにけらし猪名野《ゐなの》なる昆陽《こや》の池水うは氷せり」（『後拾遺集』冬、長算）をふまえていよう。◇浮寝　水上に浮いたまま寝ること。◇夜離れ　男が女のもとへ通わなくなること。ここは鴨の雄雌が氷のために引き離されることをいった。

722 訪れを期待させながらあの人の来なかった恨めしさ。野原で風に葉裏を見せている葛のように、音こそ立てぬが、涙の露はこぼれてとどめようがない。

◇うらみ　「恨み」に「裏見」を掛けた。◇真葛原　第四・五句を導く序。◇音こそたてね　葛の葉が音をたてないことと、忍び泣きとの両意をもつ。

＊『東撰和歌六帖』は、将軍をはじめ鎌倉幕府に関係の深い歌人の作を集め、二百題、春・夏・秋・冬・恋・雑の六部に仕立てた類題和歌集。後藤基政の撰。以下は同書所収の十七首。

723 いよいよ春になったらしい。いつもは雪の降っている吉野の岳に、霞がたなびいている。

「み雪降る吉野の岳にゐる雲のよそに見し児に恋ひわたるかも」（『万葉集』巻十三、作者未詳）によるか。◇冬ごもり　「春」の枕詞。◇吉野の岳　奈良県南部の金峰山《きんぷせん》や大峰山のこと。

724 深い谷間なので、訪ねていって教えてやる人もいないのに、鶯はどのようにして春を知るのだろうか。

深山幽谷で鳴く鶯に対して、どうやって春の訪れを知ったのかと幼く疑った趣向。

725 さあ、私も若菜を摘む人々にならって、春日野の雪に覆われた道を踏みならしてゆこう。

『古今集』春上、紀貫之《きのつらゆき》の「春日野の若菜摘みにや白《しろ》妙《たへ》の袖ふりはへて人の行くらむ」を念頭に置き、自分もその真似をして若菜を摘んでみようというもの。◇春日野　奈良市春日山西麓一帯の原野。◇踏みならしてむ　平らになるまで踏んで歩こう。

726 さあ、今日行ってさっそく折り取ってこよう。明日香《あすか》の里の梅の初花を。

「飛ぶ鳥の明日香の里をおきて去《い》なば君があたりは見えずかもあらむ」(『新古今集』羇旅、元明天皇)の影響があろうか。
◇飛ぶ鳥や　「あすか」の枕詞。◇あすかの里　奈良県高市郡明日香村飛鳥《あすか》を中心とする一帯の地。

727 梅の花のせいなのかどうか区別がつかぬが、昔、馴染《なじ》み交わした人の袖の香りがする。

梅の香を昔馴染みの袖の香と意識的に混同して懐かしんでいる趣向。「五月《さつき》待つ花橘《はなたちばな》の香をかげば昔の人の袖の香ぞする」(『古今集』夏、読人しらず)による。◇春雨の　春雨が「降る」意から「ふり」(古り)に掛る枕詞。◇ふりにし人　昔馴染み。

鶯《うぐひす》

724 谷深み　人しも行《ゆ》きて　告げなくに　鶯《うぐひす》いかで　春を知るらむ

若菜《わかな》

725 若菜摘《つ》む　いさ人まねに　春日野《かすがの》の　雪の下道　踏みならしてむ

梅

726 けふ行《ゆ》きて　いざ折り取らむ　飛ぶ鳥や　あすかの里の　梅の初花《はつはな》

727 梅の花　それかあらぬか　春雨《はるさめ》の　ふりにし人の　袖《そで》の香《か》ぞする

728 春の夜の、暁の光が兆《きざ》しはじめたころ、かすかに雁の鳴いて飛びゆく声が聞える。

「横雲の風に分かるるしののめに山飛び越ゆる初雁の声」（『新古今集』秋下、西行）が念頭にあろう。

729 山桜の花にこぼれかかっているのは、春雨の名残とばかり思っていたが、よく見れば、まだ消え残っていた雪からしたたる雫だった。

730 桜の花は、浮気者の出まかせの言葉みたいなものなのか。風の吹くのも待たず、今にも散りそうだ。

風が吹き出す前にもう散り始めている桜を見て、言ったすぐあとから化《ばけ》の皮がはがれてゆく不誠実な人間の言葉を連想したもの。「身を分けて霜や置くらむあだ人の言の葉さへにかれもゆくかな」（『後撰集』冬、読人しらず）を本歌とする。

一 山吹の別称。

731 蛙の鳴いている井手の里の山吹は、花が咲いては散り、しんそこ哀れを誘われる。

「鶯《うぐひす》の来鳴く山吹うたがたも君が手触れず花散らめやも」（『万葉集』巻十七、大伴池主）、「蛙鳴く井手の山吹散りにけり花の盛りに会はましものを」（『古今集』春下、読人しらず）を本歌とする。

◇井手　京都府綴喜《つづき》郡井手町。山吹の名所。◇うたがたも　真実に。ひたすら。

732 蔦の絡まる小山の松に、いま咲き乱れている藤の花房。あのように多くの人が私のもとを訪れ

帰雁

728 春の夜の　暁《あかつき》かげの　しののめに　ほのかに雁《かり》の　鳴きて
行《ゆ》くなる

春雨

729 山ざくら　花にこぼるる　春雨《はるさめ》は　消えあへぬ雪の　雫《しづく》な
りけり

桜

730 あだ人《びと》の　言《こと》の葉《は》なれや　桜花《さくらばな》　風をも待たで　散らむと
すらむ

一款冬《くわんとう》

てほしいものだ。

花穂に無数の花をつけた藤のように、無聊《ぶりよう》をかこつ私のもとにも多くの人が訪ねてきてほしいというもの。◇狭山なる　山にある。「狭《さ》」は接頭語。◇花の　初句からここまで序。「藤波」を想起させて同音の「なみなみ」を導く。◇なみなみ　…と同等に。

二　三月晦日《みそか》。春の終り。

733　去ってゆく春のゆきつくところはどこなのか。ここ湊川には、あとからあとから流れついた花びらのように、白い波が立っている。

河口に近いあたりの白波は、まるで落花が流れついたかのようだが、ここが春の終着点かと疑ってみた歌。「年ごとに紅葉《もみぢ》流す龍田川水門《みなと》や秋のとまりなるらむ」(『古今集』秋下、紀貫之)が念頭にあるか。◇泊り　舟着場。◇湊川　川が海に注ぐ所。◇らむ　係助詞「こそ」を受けるので、本来は「らめ」とあるべきところ。底本の誤写か。因《ちな》みに、自選の建暦三年本『金槐和歌集』にみられる「こそ」の結びは、すべて已然形となっており、破格は用いられていない。

734　子恋いの森の時鳥は、わが子を慕って毎夜通ってきて鳴いているが、数えてみるといったい幾夜続いていることになるだろう。

◇たたゐの森　「ここひの森」の誤写か。「子恋の森」は静岡県熱海市伊豆山付近。◇夜離れせずして　ここは、親鳥が子を慕って毎夜のように通うこと。

731　蛙《かはづ》鳴く　井手《ゐで》の山吹《やまぶき》　うたがたも　咲き散る花を　あはれとぞ見る

藤《ふぢ》

732　狭《さ》山《やま》なる　蔦這《つたは》ふ松に　咲く藤の　花のなみなみ　来《こ》む人もがな

二　三月尽《じん》

733　春のゆく　泊《とま》りやいづこ　湊川《みなとがは》　花とのみこそ　波は立つらむ

時鳥《ほととぎす》

734　数《かぞ》へみば　たたゐの森の　ほととぎす　幾夜《いくよ》になりぬ　夜《よ》離《が》れせずして

735　里は荒れはててしまった。大和《やまと》撫子だけが、野原の朝露を浴びて美しく咲いている。
荒廃した村里と、朝露に濡れて生き生きと咲いた大和撫子とを対照的に捉えている。「古里《ふるさと》となりにし奈良の都にも色は変らず花は咲きけり」(『古今集』春下、奈良の帝)が想起されていよう。◇小野　野原。「小」は接頭語。◇大和なでしこ　撫子の別称。

736　昨日までの夏は、はかないこの世の夢のひとこまにすぎなかったのか。目が覚めてみると、枕のあたりにはもう秋風が吹いている。
目覚めるとすでに辺りは秋となっており、過ぎ去った夏は夢の中の出来事としか思えない、というのである。「寝ても見ゆ寝でも見えけり大方はうつせみの世ぞ夢にはありける」(『古今集』哀傷、紀友則)による。◇うつせみの　「世」の枕詞。

737　ああまた月を眺めてどんなに思い悩むことだろう。月の中の桂ではないが、桂の里もついに秋を迎えた。
「あはれまたいかにしのばむ袖の露野原の風に秋は来にけり」(『新古今集』秋上、源通具《みちとも》)をふまえた歌。◇桂の里　京都市西京区の桂川に沿う地。月に生えているという想像上の樹木「桂」を掛ける。

738　舟が幾艘も泊っている虫明の磯。夜更けに耳を澄ますと、岸を吹く風の冷たさに、浜千鳥の鳴いている声が聞えてくる。

撫子《なでしこ》

735
ふるさとと　なりにし小野《をの》の　朝露に　濡《ぬ》れつつ匂《にほ》ふ
大和《やまと》なでしこ

立秋

736
夏はただ　うつせみの世の　夢なれや　覚《さ》むる枕《まくら》に　秋風
ぞ吹く

初秋

737
あはれまた　いかにながめむ　月のうちの　桂《かつら》の里に　秋
は来にけり

千鳥

「波高き虫明の瀬戸に行く舟の寄る辺知らせよ沖つ潮風」（『後鳥羽院句題五十首』、藤原良経《よしつね》）によるか。
◇虫明の磯　二四参照。

739 冬も深まってきたようだぞ。鈴鹿山の峰では、白雪が絶え間なく降り積ってゆく。
「冬深くなりにけらしな難波江《なにはえ》の青葉まじらぬ葦の群《むら》立ち」（『新古今集』冬、藤原成通《なりみち》）にもとづく。
◇鈴鹿山　三重・滋賀の県境を走る鈴鹿山脈南端の、鈴鹿峠付近の山。

＊『新和歌集』は鎌倉時代の私撰集。藤原為氏の撰。藤原道隆《みちたか》の裔《すえ》で下野《しもつけ》（栃木県）に土着し、御子左《みこひだり》家とも姻戚関係にあった宇都宮《うつのみや》氏を中心とする、宇都宮歌壇の代表的歌集。実朝の歌一首を収める。

一「鎌倉右大臣」は実朝のこと。実朝が信生《しんしょう》法師（次頁注一参照）に梅を贈った際に、その枝に結びつけられていた歌であろう。

740 あなた以外の誰にも見せたくない。わが家の軒端に美しく咲き匂っている梅の初花は。
馥郁《ふくいく》たる梅の初花を信生に真先に見せてやりたいというのである。実朝の信生に対する深い親愛の情が窺《うかが》われる。「君ならで誰にか見せむ梅の花色をも香をも知る人ぞ知る」（『古今集』春上、紀友則）を本歌とする。

738 舟とむる　虫明《むしあけ》の磯《いそ》の　浜千鳥《ちどり》　浦風さむく　夜《よ》はに鳴くなり

雪

739 冬深く　なりぞしにける　鈴鹿山《すずかやま》　峰の白雪《しらゆき》　降りつもりつつ

新和歌集

一鎌倉右大臣家より梅を折りて賜ふとて

740 君ならで　誰《たれ》にか見せむ　わが宿の　軒端《のきば》ににほふ　梅の初花《はつはな》

御返事　　　　　　　信[一]生法師

[二]うれしさも　匂《にほ》ひも袖《そで》に　あまりけり　わがため折れる
梅の初花

夫木《ふぼく》和歌抄

梅

741 見てもなほ　飽《あ》かずぞありける　水の江の　能野《よしの》の宮の
梅の初花

時鳥《ほととぎす》

742 しながどり　猪名山《ゐなやま》わかれ　ほととぎす　鳴きゆく声は
旅人ぞ聞く

一 俗名塩谷朝業。宇都宮成綱の子。実朝に近侍し信愛され、実朝の死を機に出家した。歌にも長じ、勅撰集に十三首、『新和歌集』に三十三首が採られている。

二 私のために将軍様が折って下さった梅の初花だと思うと、そのうれしさも香りも、私の袖では包みきれぬほどです、の意。『和漢朗詠集』慶賀、読人しらずの「うれしさを昔は袖に包みけり今宵は身にも余りぬるかな」をふまえ、その感激を表現した。

＊『夫木和歌抄』は鎌倉時代の私撰集。藤原長清の撰による大規模な類題和歌集である。以下、同書所収の十五首。

741 何度見たか知れないが、やはり飽きないものだ。水の江の能野の宮の梅の初花は。

「水の江のよしの宮は神さびてよはひたけたる浦の松風」(『新古今集』雑中、藤原季能《すえよし》)をふまえる。

◇水の江　京都府竹野郡網野《あみの》町にあった入江。◇能野の宮　水の江にあった古い宮。

742 時鳥が猪名山を飛び立って鳴きながら飛んでゆく。その声を真先に聞きつけるのは、猪名野をわけゆく旅人たちなのだ。

「しなが鳥猪名野《ゐなの》を行けば有馬《ありま》山夕霧立ちぬ宿はなくして」(『新古今集』羇旅、読人しらず)などから猪名野をゆく旅人を想像し、猪名山を出た時鳥の声は先ずそうした旅人たちが聞くのだろうと詠んだもの。

◇しながどり　「猪名」の枕詞。◇猪名山　兵庫県を流れる猪名川上流の山。

743　「憂し山」だとも人のいう、その宇治山で時鳥が、侘しさに耐えかねて鳴いている。いったい誰にその気持を告げてほしいと思って鳴いているのか。
◇もののふの八十　「うぢ山」を導く序。三四三参照。◇うぢ山　京都府宇治市にある山。「う」には「憂」を響かせている。

744　あの人の私への思いは浅いのです。浅沢小野に這う葛の葉を翻《ひるがえ》し、葉裏を見せる秋風のような飽きたそぶりなので、私は恨みに思っています。
◇浅沢小野　大阪市の住吉神社付近にあった野。ここは心の浅さを掛ける。また第二・三句は序。下句全体「葛の葉にあらぬわが身も秋風の吹くにつけつつ恨みつるかな」(『新古今集』恋四、村上天皇)による。◇秋風　「飽き」との掛詞。◇うらみつるかな　葉の裏を見る意に「恨み」を掛ける。

745　常磐山の峰々に咲く椿は、山の名前にあやかってその美しい色を保ちつつ、どれほどの歳月を過してきたのだろう。
◇常磐山　京都市右京区常盤付近の丘。色が変らぬ意の「常磐」を掛けた。◇八尾　「八」は、数の多いことを表す。

746　月が澄んだ光を投げている。これまで馴染《なじ》んできた秋は夢だったのか。夜更けの虫明の磯にはただ松風が吹くばかりだ。
月の照る冬の海岸で、過ぎ去った秋に対する喪失感を詠んだ。

743
もののふの　八十《やそ》うぢ山の　ほととぎす　侘《わ》びても誰《たれ》に　告げよとか思ふ

葛《くず》

744
人ごころ　浅沢小野《あさざはをの》に　這《は》ふ葛《くず》の　秋風吹けば　うらみつるかな

山

745
常磐山《ときはやま》　八尾《やつを》の峰の　玉つばき　色もかはらで　幾世経《いくよへ》ぬらむ

磯《いそ》

746
月ぞ澄む　馴《な》れこし秋は　夢なれや　虫明《むしあけ》の磯の　夜《よ》はの

松風

崎

747 天地《あめつち》の　開けし世より　神《かみ》さびて　はるかになりぬ　たかひこの崎

鳩《はと》

748 飛びかける　八幡《やはた》の山の　やま鳩の　鳴くなる声は　宮もとどろに

松

749 君が代に　くらぶの山の　峰に生《お》ふる　松は千歳《ちとせ》を　限るばかりぞ

747 天地開闢《かいびやく》以来、神々しい美しさを保ち続けて、垂姫の崎には悠久の歳月が流れた。

「たかひこの崎」は、「垂姫《たるひめ》の崎」（富山県氷見《ひみ》市南部にあった布勢の湖の岬のこと）の誤りであろう。「神さぶる垂姫の崎漕《こ》ぎ巡り見れども飽かずいかに我せむ」（『万葉集』巻十八、田辺福麻呂《さきまろ》）などを想起して詠んだものか。

748 空高く飛ぶ八幡山の山鳩の鳴声は、鶴岡八幡宮の社殿も鳴り響くばかりである。

八幡山の鳩の鳴声のにぎやかさを詠んだ。「潮干《ふ》れば葦辺に騒ぐ白鶴《あしたづ》の妻呼ぶ声は宮もとどろに」（『万葉集』巻六、作者未詳）が念頭にあって、「白鶴」の白が鳩の姿を連想させたのであろう。◇八幡の山　三四参照。◇やま鳩　山に棲む野生の鳩。

749 わが君の御代の長さに比べると、暗部《くらぶ》の山の頂に生える松の寿命はやっと千年が限度で、まったく及びもつかない。

「君が代にくらべて言はば松山の松の葉数は少なかりけり」（『千載集』賀、藤原孝善《たかよし》）による。◇君が代　後鳥羽院の治世をさすか。◇くらぶの山　京都市左京区にある鞍馬《くらま》山の古称。「比ぶ」を掛ける。

750 松風の音が変った。紀伊の国の吹上の浜に、秋が訪れたのだろうか。

海岸の松風の音の変化に、秋の到来を感じている。「うち寄する波の声にてしるきかな吹上の浜の秋の初風」（『新古今集』雑中、祝部成仲《はふりべのなりなか》）が念頭にあるか。

◇紀の国や吹上の浜　和歌山県の紀ノ川河口と雑賀《さいが》の間の浜。歌枕。

751　越の国のような辺境の地に住んで久しい。奈良の都のことなど少しも分らなくなってしまった。

「しなざかる越《こし》に五年《いつとせ》住み住みて立ち別れまく惜しき夕《よひ》かも」（『万葉集』巻十九、大伴家持）を想起しつつ、越中守として五年を北陸に過した大伴家持の心境に身を置いて詠んでいるのだろう。

◇しなざかる　「越」の枕詞。◇越　越前・越中・越後の北陸地方全体をいう。◇国辺　辺境の国々のこと。

752　綾織りの筵《むしろ》が糸になってしまうほどに、あの人への思慕に苦しみ続けた。綾筵の下の十編《とふ》の菅筵などは、内側が腐ってしまったらしい。

男が去り、独り寝のつらさをかこつようになって久しい女の立場の歌である。「独り寝と薦《こも》朽ちめやも綾席《あやむしろ》緒になるまでに君をし待たむ」（『万葉集』巻十一、作者未詳）が念頭にあろうか。

◇綾むしろ　綾の織り方に倣《なら》って仕立てた筵。◇十編の菅薦　網目が十筋もある幅の広い菅の筵。

753　尾花を刈って屋根に葺き、伊勢神宮の内宮・外宮は万年先までも栄えることだろう。

「はだすすき尾花逆葺《さかふ》き黒木もち造れる室は万代《よろづよ》までに」（『万葉集』巻八、元正天皇）にもとづく。

◇はだすすき　「尾花」の枕詞。◇神風や　「内外の宮」の枕詞。

750　松風の　音《おと》こそかはれ　紀《き》の国や　吹上《ふきあげ》の浜に　秋や来《き》ぬ
らむ

都

751　しなざかる　越《こし》の国辺《くにべ》に　ありしかば　奈良《なら》の都も　知ら
ずなりにき

筵《むしろ》

752　綾《あや》むしろ　緒《を》になるまでに　恋ひわびぬ　した朽《く》ちぬら
し　十編《とふ》の菅薦《すがこも》

社《やしろ》

753　はだすすき　尾花《をばな》刈り葺《ふ》き　神風《かみかぜ》や　内外《うちと》の宮は　よろづ
世までに

754 この国土の隈々《くまぐま》を一人で治めていらっしゃる日の本の大君は、万年にわたって栄えていただきたいものです。

天皇の無窮の長寿を祈念した歌であろう。◇八隅　四方八方のすみずみ。◇しまの大君　「しま」は「大八島」などと用いられ、日本を表す。「大君」は天皇のこと。

755 辺鄙《へんぴ》な荒野に独りで旅寝をすれば、家の中で物思いに耽《ふけ》っているよりも、さらに侘《わび》しいことだろう。

「天ざかる鄙の荒野に君を置きて思ひつつあれば生けるともなし」（『万葉集』巻二、作者未詳）をふまえ、荒野に旅寝する男の立場から女に答えた趣向の歌。◇天ざかる　「鄙」の枕詞。◇鄙　田舎。◇荒野　自然のままで荒れはてている野原。

＊『雑歌集』は、江戸時代に編まれた和歌雑載の書。実朝歌一首を収める。

一 古い記録の中にみえる歌。

756 都から東南に当るところに温泉があり、その名を東国の「熱海《あつうみ》」といっている。

「わが庵《いほ》は都の巽しかぞ住む世を宇治山と人はいふなり」（『古今集』雑下、喜撰《きせん》）をふまえつつ、世を憂いものと思いなして隠棲《いんせい》する宇治山とちがって、同じ巽の方角でもこちらはめでたい出《い》で湯の地だと、熱海を

賀

754 天《あめ》の下《した》　八隅《やすみ》の中に　ひとり坐《ま》す　しまの大君《おほきみ》　よろづ世までに

旅

755 天《あま》ざかる　鄙《ひな》の荒野《あらの》に　独《ひと》り寝《ね》ば　もの思ふより　わびしかるべし

雑歌集

一 古記の中の歌

756 都より　巽《たつみ》にあたり　出《い》で湯あり　名はあづま路《ぢ》の　熱海《あつうみ》

といふ

紀伊続風土記

[二]興国寺　[三]鷲峰山《しうほうざん》

[四]村の乾《いぬゐ》にあり、[五]願性《ぐわんしやう》上人の建立《こんりふ》、法燈《ほふとう》国師覚心《かくしん》の開山なり。始《はじ》めは西方寺《さいはうじ》といふ。後に興国寺と改む。永正年間の縁起《えんぎ》に曰《いは》く、[六]夫《そ》れ紀州海郡由良荘の鷲峰山西方寺草《さう》創由来《さうゆらい》の事、そもそも当寺の[七]本願檀那《ほんぐわんだんな》・願性上人は、もとこれ関東武士[八]藤原景倫、葛《かつら》山《やま》五郎なり。[九]右丞相《うじようしやう》将軍・実朝公の[一〇]寓直《ぐうちよく》の近習《きんじふ》にして、[一一]あたかも影の形に随《したが》ふがごと

讃えて詠んだ歌。熱海の語源は「熱い海」にあろうから、温泉の湧く海岸の地としてこの名はまことにふさわしいというのであろう。なお「あづま路の熱海」との表現は、「あ」の音を意識的に繰り返してリズムを持たせている。◇巽　辰と巳の中間の方角。東南。◇熱海　静岡県熱海市。

＊『紀伊続風土記』は紀伊の国（和歌山県全域と三重県南部）の地誌。和歌山藩の儒臣仁井田好古らの手により、天保十年（一八三九）に成立。実朝に関する興味深い記事と、歌一首を収める。

二 和歌山県日高郡由良町門前にある寺。以下は、この寺についての記述に引用されている永正年間（一五〇四～二一）の縁起である。三 山号を示す。四 当時の門前村の西北にあたるというもの。五 願性上人が寺を建て、法燈国師覚心が宗派の開祖である。六 寺を創建した時の事情は次のようである。七 本来の願望にもとづいて寺を建て寄進した人。八『大森葛山系図』によれば、藤原景忠（葛山三郎）の子。実朝の死去に伴って出家、高野願性房といわれた。『高野春秋編年輯録』や『雑談集』にも、実朝の命で渡宋しようとしたが、その死により中止し、出家して菩提《ぼだい》を弔ったという記事がみえる。九 右大臣で将軍である人。一〇 宿直して主君の側近く仕える者。一一 影のように実朝のそばを離れることがなかった。

一 ある夜、夢に見たことには。二 三世の一つ。現世に生れる以前の世。三 当時の中国。四 温州府にある雁蕩山。ここには北宋の初期に僧全了の建てた霊巌寺があり、実朝は、前世ではその寺の僧だったというのだろう。ただし『吾妻鏡』には、宋人陳和卿《ちんなけい》の述べた言葉として、実朝は宋朝医王山（育王山とも）の長老であったと記されており、伝聞に食い違いがみられる。五 昔からの因縁があって。六 その仏道修行の力で、日本の将軍として現世に生れ変った。七 夢から覚めて後、実朝は次の歌を詠んだ。

757 世の中の人も知るまい。私自身もよく憶えていない。中国の岩倉山で薪を伐って仏道修行に励んでいた前世のことを。

中国の霊巌寺で送った前世での日々を、遠い記憶として感じている歌である。「法華経をわが得しことは薪樵《こ》り菜摘み水汲み仕へてぞ得し」（『拾遺集』哀傷、行基）が想起されていよう。

◇いはくら山　京都市左京区岩倉付近の山だろうが、未詳。仏道修行のための清浄な地として詠まれているので、大雲寺など、岩倉付近にある寺をさしていよう。また「唐国のいはくら山」とあるのは、日本における岩倉山にあたるような中国の山、の意。中国に岩倉山という名の山があるわけではない。参考「唐土《もろこし》の吉野の山にこもるとも遅れむと思ふわれならなくに」（『古今集』雑体、藤原時平）。◇薪樵りしを　釈迦はその前世に、『法華経』の教えを授かるため阿私仙《あしせん》に

し。しかるに実朝、[一]一夕《いつせき》夢むらく、わが前[二]世は宋[三]の[四]温州雁蕩山《うんしうがんたうざん》、[五]夙因《しゆくいん》ありて、その[六]功《く》力《りき》を以《もつ》て日本の将軍となる。[七]覚《さ》めて後、詠歌あり。

757 世も知らじ　われもえ知らず　唐国《からくに》の　いはくら山に　薪《たきぎ》樵《こ》りしを

[八]しかのみならず、[九]建仁《けんにん》の開山[一〇]葉上《えふじやう》の僧正《そうじやう》の夢に、実朝公は[一一]玄奘三蔵《げんじやうさんざう》の[一二]再誕なりと云々《うんぬん》。ゆゑに身[一三]青油幕《せいいうばく》にありといへども、心《こころ》常に[一四]墨汁《ぼくじふ》の衣に染む。実朝《さねとも》宋朝においての[一五]前因は、唯一ならず。しかれば、景倫を以《もつ》て宋国にさしつかはさる。かの[一六]雁蕩山の絵図を写し、日本に来たりて、図の如く寺を建つべし。よつて景倫、その命を奉じて[一七]鎮西《ちんぜい》の

仕え、水を汲み薪を拾うなどの苦行をしたという。それを承《う》け、実朝も同様の仏道修行を行ったことを象徴的に表現したもの。八 そればかりでなく。九 京都市東山区小松町の建仁寺。栄西が建仁二年（一二〇二）に創建。一〇 栄西のこと。平安時代後期から鎌倉時代前期にかけて活躍した臨済宗の僧。鎌倉五山の一つ寿福寺の開山でもあり、建保三年（一二一五）寿福寺で没した。一一 中国の唐代初期の高僧。仏典を求めて西域からインドに及ぶ大旅行をなしとげ、多数の経論を訳し伝えた。三蔵法師として馴染《なじ》み深い人。一二 生れ変り。一三 青い油を塗った幕の中にいる意。将軍としての生活をいったもの。一四 墨染めの衣を着る身となりたい、すなわち出家したいと願っていた。一五 前世の因縁は他にもいろいろある。一六 雁蕩山霊巌寺を絵図面に写し取らせ、それに従って日本に同じような寺を建てようとしたのである。一七 九州の別称。一八 福岡市。古くは大宰府の外港として繁栄した。一九 宋の大船。二〇 出航体制が整い、順風になるのを待っていたのである。二一 急用を遠隔地に知らせる使者。二二 将軍実朝が若死にされたとの知らせ。二三 出家したことをさす。二四 高野山金剛《こんごう》峯寺《ぶじ》。和歌山県伊都郡高野町にある真言宗の総本山。空海の創建。二五 小道を登って。二六 死後の冥福《めいふく》をお祈り申し上げた。

[一八]博多《はかた》の津に下り、[一九]宋船《そうはく》の[二〇]順風を待つところに、関東より[二一]飛脚《ひきやく》下つて、去《さ》んぬる正月二十七日（承久元年）将軍御[二二]夭薨《えうこう》の訃《ふ》を告ぐ。景倫哀嘆して、即時に[二三]髪を剃り衣を染む。法名を願性と称して、再び鎌倉に帰らず。[二四]高野《かうや》に[二五]径登《けいとう》して、主君・実朝将軍の御[二六]菩提《ぼだい》を弔《とむら》ひ奉《たてまつ》る。まことに以《もつ》て忠心の致すところなり。

解説

金槐和歌集——無垢な詩魂の遺書

樋口芳麻呂

晩年の実朝

建保四年（一二一六）九月、鎌倉幕府の第三代将軍源実朝は、胸中ふかく近衛の大将に任官することを切望していた。とって二十五歳、鶴岡八幡宮の境内で非業の死を遂げるより約三年早い年の秋である。幕府の正史『吾妻鏡』は同月十八、二十両日の条に、この思惑をめぐって露呈した実朝と、執権北条義時（当時五十四歳。相模守）・陸奥守大江広元（当時六十九歳）との越えがたい見解の齟齬《そご》を伝え、すこぶる生彩に富んでいる。いま、貴志正造の全訳文によって引用してみよう。まず十八日の条は次のとおりである。

十八日　戊戌《つちのえいぬ》　晴る。相州（義時）、広元朝臣《あそん》を招請して仰せられて云《い》はく、「将軍家（実朝）、任大将の事内々思しめし立つと云々《うんぬん》。右大将家（頼朝）は、官位の事宣下《せんげ》の毎度、これを固辞したまふ。これ佳運を後胤《こういん》に及ばしめたまはんがためなり。しかるに今、御年齢いまだ成立に満たず、壮年の御昇進はなはだもつて早速なり。御家人《ごけにん》等また京都に候ぜずして、面々に顕要《けんえう》の官班《くわんばん》に補任《ぶにん》す。すこぶる過分といひつべきか。もつとも歎息するところなり。下官《げくわん》愚昧《ぐまい》短慮をもつて、たとひ傾《かたぶ》け申すといへども、かへつてその誡《いましめ》を蒙《かうむ》るべし。貴殿なんぞこれを申されざるや」と云々。広元朝臣答へ申して云はく、「日来《ひごろ》この事を思ひて丹府を悩ますといへども、右大将家の御時は、事において下問あり。当時その儀なきの間、ひとり腸《はらわた》を断ち、微言を出すに及ばず。今密談に預る。もつとももつて大幸たり。およそ本文の訓《をし》ふるところ、臣己《おのれ》を量《はか》りて職を受くと云々。今先君（頼朝）の貴跡を継ぎたまふばかりなり。当代（実朝）においてはさせる勲功なし。しかるにただに諸国を管領《くわんりやう》したまふのみにあらず、中納言中将に昇りたまふ。摂関の御子息にあらずんば、凡人においてはこの儀あるべからず。いかでか嬰害積殃《えいがいせきあう》の両篇を遁《のが》れたまはんや。早く御使として、愚存の趣《おもむき》を申し試むべし」と云々。

そして二十日の条には、

二十日　庚子《かのえね》　晴る。広元朝臣御所に参じ、相州の中使《なかづかひ》と称して、御昇進の間の事諷諫《ふうかん》し申す。「すべからく御子孫の繁栄を庶幾《しよき》せしめたまふべくんば、御当官等を辞し、ただ征夷《せいい》将軍として、やうやくに御高年に及びて、大将を兼ねしめたまふべきか」と云々。仰せて云はく、「諫諍《かんじやう》の趣、もつとも甘心《かんしん》すといへども、源氏の正統《しやうとう》この時に縮《しじ》まりをはんぬ。子孫敢へてこれを相継ぐべからず。しかれば飽くまで官職を帯し、家名を挙げんと欲す」と云々。広元朝臣重ねて是非を申すに能《あた》はず。すなはち退出して、この由《よし》を相州に申さると云々。

とある。

実朝は、この年の六月二十日に権中納言《ごんちゆうなごん》となり、七月二十日に右近衛中将から左近衛中将に転じたばかりである。それなのに、早くも大将を希望していると聞いて、義時は苦りきった。権中納言・左近衛中将といっても、京都の朝廷で宮仕えしているわけではない実朝には、実質が伴わず、単なる虚名にしかすぎない。そうした虚名を望む風潮が、御家人（将軍直属の臣）にまで蔓延《まんえん》することは憂慮されるのである。義時は実朝の再考を促そうと考える。が、実朝と意志の疏通《そつう》を欠くようになっていた義時は、その諫言《かんげん》が素直に伝わらず、いたずらに実朝を怒らせる結果に終ることを恐れ、大江広元を呼んで諷諫させることにする。幕府草創期からの重臣である広元も義時と同意見であった。何事も下問し、重んじてくれた初代頼朝と違って、何ひとつ相談をもちかけてくれない現将軍に寂しさを抱いていたのである。広元の言葉に見える「嬰害積殃」とは、劉向《りゅうきょう》の『列女伝』を典拠とする表現で、「嬰害」は「その能なくして官《つかさ》有る」（『十訓抄』第五）ことを、「積殃」は「功なくして富ある」（同）ことを意味する。すなわち広元は、実朝が能も功もなくて富み栄えるのでは、「後害」（『列女伝』『十訓抄』）を免れないだろうと憂えたのである。義時から依頼を受けた翌々日、広元は実朝のもとに出向いて、子孫繁栄のためにも官位の昇進に狂奔すべきでないことを切々と訴える。この老臣の熱誠をこめた忠告に深く感謝しながらも、実朝の答えは、悲痛な思いつめたものであった。源家の正統は自分で断絶するのであるから、自分はあくまでも官職を帯び、家名を挙げることだけを望みたい、というのである。凜《りん》とした実朝の声に、広元は返す言葉もなくすごすごと退出し、義時にこの次第を報告するほかなかった。

　官職への執心が自殺的行為であることは、義時・広元は言うに及ばず、実朝自身もすでに十分承知していた。いわば三者共通の認識だったのである。にもかかわらず実朝には、もはやその路線をまっしぐらに駈け抜けるしか生きようがなかったわけだ。実朝は不思議に子宝に恵まれていない。元久元年（一二〇四）、十三歳で結婚した坊門信清《ぼうもんのぶきよ》の娘に子はなかったし、家集『金槐和歌集』の歌・詞書《ことばがき》から推測される恋人たちとの間にも、子をもうけた形跡はない。実朝は、自分に子の生れないことを、神仏の下し給うた罰と受け止めていたのであろう。平家を滅ぼし、安徳帝を海に沈め、また義経・範頼等、実の兄弟までも除いてきた父頼朝の罪、自ら手を下したわけではなくとも、兄の頼家・甥《おい》の一《いち》幡《まん》、さらには家臣畠山重忠・和田義盛等を死に追いやった自身の罪——それら諸々の、源家の悪業の深さへの自覚からすれば、源氏正統の繁栄の根を目に見えぬ超越者の手で断ち切られたとしても、それは至当としてうべなうほかなかったであろう。このような実朝であってみれば、名誉ある源家最後の正嫡《しょうちゃく》として、滅び去った平家に劣らぬ官職を帯び、家名を輝かしたいというのが、その絶望的な晩年における唯一の生き甲斐となったものと思われる。平家においては、清盛が太政大臣の位を極めている。清盛ほどではなくとも、父頼朝が任ぜられた右大将には進みたい。平家の重盛・宗盛も左右の大将に昇ったのであるから、源家の嫡流で、しかも将軍の自分が大将を拝命してもおかしくはないはずだ、できれば宗盛が任ぜられた三十一歳以前に、自分も希望を実現したい、そういう思いが、右の悲壮な言葉の裏に潜んでいたであろう。

が、無用の長物と化しつつある将軍職にあって、寸分の身動きすらできない実朝には、何もかも投げ出し、とてつもなく遠い所へ行ってしまいたい思いが一方にはあったようである。建保四年六月十五日、実朝に対面を許された宋人陳和卿《ちんなけい》は、号泣したあと、「将軍の前生は宋朝医王山（育王山）の長老であり、私はその当時の門弟であった」と語る。途方もない和卿の話を聞いていると、実朝にも、五年前に自分自身そんな夢を見たような記憶がよみがえってくる。深く感銘を受けた彼は、和卿を信じて鎌倉に逗留させ、十一月二十四日には、医王山参拝のための唐船建造を命じ、六十余人の随従者まで決めてしまう。この場合も、北条義時・大江広元の諫止を押し切っての強行であった。が、翌建保五年四月十七日、完成した唐船は鎌倉の海に浮ばず、日本脱出の壮大な夢はむなしくしぼみ、船は由比が浜の砂頭でいたずらに朽ち果てるのである。

建保六年（一二一八）に入ると、実朝の官位昇進は加速度的にめざましくなる。正月十三日任権大納言、三月六日兼左大将、十月九日内大臣、十二月二日右大臣という異常さである。左大将に関しては、二月十日、広元が使者を京に送り、実朝の大将所望を訴えさせたのだが、実朝はそれだけでは満足できず、翌々日の十二日、自ら波多野朝定を使節として上京させ、必ず左大将に任ぜられたい旨を伝えさせている。その結果、実朝の左大将は、現職の九条道家を辞任させて実現した。それほどまでに強引な人事であり、実朝が左大将昇進にいかに執着・焦慮していたかを推察させる。また、右大臣の地位は、内大臣では不満であったところへ、たまたま左大臣九条良輔が十一月十一日に三十四歳で没し、右大臣の道家が左大臣に移ってその椅子が空くという幸運に恵まれたためであったが、ともかくもこのようにあくなき希求を積み重ねて、実朝は、平家の重盛（内大臣左大将）、宗盛（内大臣右大将）よりも高位へ昇ることに成功したのである。

この年二月四日、母の政子は熊野参詣のため上京し、後鳥羽院の乳母で院の信任厚い卿二位藤原兼子としばしば面談している。その席では、実朝に子のないこと、次期将軍には後鳥羽院の皇子を迎えたいことなども話題に上ったようである（実朝の妻の姉妹で、院の女房であった坊門信清の娘に、冷泉宮頼仁親王が生れており、卿二位が養育していたから、政子と卿二位は、頼仁親王を最適の候補者と、暗黙のうちに了解し合っていたろう）。政子にしてみれば、実朝に子がなく、しかも最近の行動が常軌を逸してきているなどの不安から、次期将軍のことにまで言及したのであろうが、今にして思えば、実朝の死へ向けてすべての歯車がかみ合い始めていたことを想像させる。三月六日の任左大将以後の順調すぎる官途には、政子と兼子の密談が大きく影を落しているのであろう。

実朝に欲するままの虚名を与え、「嬰害積殃」に位負けして自滅することを願うかのようにその態度を変えてきている（すなわち「官打ち」である）後鳥羽院、もはや制止のきかない将軍の暴走を狂気の沙汰と冷たく眺めて、「後害」の実現を思い描く執権たち、父頼家の仇を討とうとひそかに隙をうかがう遺子公暁《くぎよう》……。息も詰るような現実の中で年は明け、建保七年正月二十七日、実朝は鶴岡八幡宮での右大臣拝賀の式に臨む。『吾妻鏡』によれば、出発前に理髪の者（宮内公氏《きみうじ》）に記念と称して鬢《びん》髪《ばつ》一筋を抜いて与え、また庭の梅を見て、

　出でて去《い》なばぬしなき宿となりぬとも軒端《のきば》の梅よ春を忘るな　（七一七）

の一首を詠んだというから、実朝自身も、己の死を予感していたであろう。雪の降り積る寒夜、神拝の儀を終え、望み得る最高の官職を帯し、家名を挙げた実朝は、この世にもはや思い残すこともなく、心静かに石階を下る。傍らに立つ公孫樹《いちよう》の陰には、公暁が白刃を抱えて待っていた。

前半生の実朝

非業の死を遂げた実朝も、生誕当時から暗い影につきまとわれていたわけではない。

実朝は、源頼朝の次男として、建久三年（一一九二）八月九日、母北条政子の腹に生れた。頼朝は当時四十六歳、一カ月前の七月十二日に征夷《せいい》大将軍に任ぜられたばかりであったから、嫡男《ちやくなん》頼家とともに鎌倉幕府の基礎を固めてくれるべき千幡《せんまん》（実朝の幼名）の誕生は、もはや若くはない頼朝にとって無上の喜びであったに相違ない。十二月五日には重臣達を呼び集め、愛児の将来の守護を懇《ねんご》ろに頼んでいる。

実朝は、父母の慈愛の下に何不足なく成長したようである。『吾妻鏡』は、幼少年期の実朝につい

てほとんど何も語っていないけれども、その和歌にみられる純真さ、心優しさは、この幸福な日々に培われたものであったろう。

が、建久十年（一一九九）正月十三日、父頼朝は五十三歳を一期として急逝《きゅうせい》した。八歳であった実朝の運命は、これを契機として激変し始める。十歳年長の兄頼家は、何の用意もなく家督を継がねばならなかった。けれども、粗暴・短慮の頼家は、有力御家人の信望が得られなかったようだ。頼朝没後三カ月目の四月十二日には、諸訴訟の裁決を頼家の直断には委ねず、北条時政以下の諸重臣の合議によることが定められる。そして建仁二年（一二〇二）七月二十三日、第二代征夷大将軍に補せられはしたものの、頼家の舅《しゅうと》比企《ひき》能員《よしかず》の勢力増大を恐れる北条氏によって、翌三年八月二十七日、頼家の重病を機に、関西三十八カ国の地頭職を弟千幡に、関東二十八カ国の地頭職・総守護職を子の一幡（六歳）にと分与させられてしまう。実朝への譲補を怒った能員は、北条氏討伐のことを頼家と相談するが、逆に時政に先手を打たれて殺され、一幡らもまた族滅の憂き目を見るのである。病気が快方に向った頼家はこれを知って激怒し、和田義盛・仁田忠常に時政誅殺《ちゅうさつ》を命ずる。が、義盛の時政への通報から忠常は殺され、計画は挫折する。九月七日、ついに頼家は出家し、二十九日には伊豆の修禅寺に退去させられ、翌元久元年（一二〇四）七月十八日、二十三歳で悲惨な死を遂げた。

建仁三年（一二〇三）十二歳の年、九月七日付で、実朝は第三代征夷大将軍に任ぜられる。『猪熊関白記《いのくまかんぱくき》』『愚管抄《ぐかんしょう》』によれば、「実朝」の名もその時に後鳥羽院から賜っている。宣旨《せんじ》状は十五日に鎌倉に到着するが、七日といえば頼家が出家させられた日であり、頼家の正式な将軍任命は頼朝没後四年目であったことを思えば、あまりにも対照的な将軍交替劇であった。執権時政を筆頭とする北条氏の強力な後ろ楯を受けた将軍の座は、もちろん安泰である。しかし、兄頼家を追い落しての就任であり、しかも兄は、失意のままその後一年間修禅寺で生き続けるのであるから、後ろめたさは実朝の心中に澱《おり》のように残ったに違いない。

十月八日元服、九日政所《まんどころ》始め、夕方弓始め。十三日、法華堂での父頼朝の追善仏事、十九日、京・畿内の御家人の忠節を誓わせる将軍代始めの使者発遣と、新将軍の滑り出しは上乗であった。敬神・崇仏の念が篤かった実朝は、引き続いて十一月三日、京の石清水八幡宮に神馬を奉納、十二月十四日には永福寺以下の諸堂に参詣、礼仏し、翌建仁四年（元久元年）正月五日には、将軍として初めて鶴岡八幡宮に参拝している。

元久元年、結婚話が持ち上がる。『吾妻鏡』によれば、足利義兼（北条時政の女婿）の娘との縁談は実朝が許諾せず、京都の坊門前大納言信清の息女との婚儀が調った。信清の娘は、将軍の御台所（妻）として、十二月十日に京を出発している。坊門家は、後鳥羽院の生母七条院殖子の実家であり、信清は七条院の弟であるから、実朝の妻は後鳥羽院とはいとこの間柄である。京都の宮廷の最高権力者であり実朝の名付親でもある後鳥羽院、実朝が限りなく畏敬してきたあの後鳥羽院は、今また信清の娘との結婚を通じて、姻戚という身近な存在となったのである。実朝の喜びははかり知れぬほど大きかったろう。武門の棟梁《とうりよう》であるとともに後鳥羽院の忠誠な臣であるとの意識は、生涯にわたって持続されるのである。

関東の有力御家人、足利義兼の娘との結婚を避けたことは、兄頼家の破滅が比企氏との姻戚に基因したものであってみれば、一応は賢明であった。北条氏にしても、この結婚を通じて京都の公家政権と将軍家とが親和することは、好ましく思われたはずである。

実朝は頼家と違って聡明かつ温雅で、幕府政治の実権は執権らに委ね、京都との関係を重んずること以外にはあまり我を通すこともなかった。将軍という象徴的地位をよく弁《わきま》え、敬神・崇仏に熱心で、和歌に打ち込み超然としていた。だからこそ、初代将軍に比べて文弱で、武芸に熱心でないという不満が御家人達に残りはするものの、権力闘争のうち続く鎌倉で、建仁三年（一二〇三）から建保七年（一二一九）まで、十七年間にわたってとにかく将軍職を維持できたのである。

将軍となって三年目の元久二年（一二〇五）六月二十二日、北条時政の後妻、牧の方の讒言《ざんげん》に基づき、時政は畠山重忠・重保父子を誅殺した。閏七月十九日には、平賀朝政（時政の女婿）を将軍の座に据えようとする牧の方の陰謀が露顕し、時政は出家して伊豆の北条に下り、子の義時が交替に執権となった。朝政は二十六日に京で殺される。また、実朝が二十二歳になった建暦三年（一二一三）には、頼家の忘れ形見を将軍に就け、義時を打倒しようとする泉親平の陰謀が発覚し、二月十六日には加担者が多数逮捕される。そしてその謀反の一味の中には和田胤長ら和田氏の者が交じっていた。これを知った義時は、好機到来とばかりに侍所《さぶらいどころ》別当《べつとう》の和田義盛を挑発・侮辱し、北条氏打倒に義盛が決起せざるを得ないように仕向けた。策はまんまとあたり、五月二日、三日の合戦でついに和田氏は滅びるのである。この和田合戦は、幕府部内の権力闘争で、執権が勝利を手中に収めるためには、必要不可欠な階梯であったが、将軍御所さえ戦火に焼失するほどの激闘であり、将軍への叛意を持たない一徹の老将義盛や、寵愛《ちようあい》の側近新兵衛朝盛の死を座視する外なかっただけに、多感な青年実朝には、軍事が残した傷は深く、悲しみはひとしおであったと思われる。

和田合戦の直後、五月五日に義時は侍所別当を兼ねる。確固不抜の権力を握った執権の上に祭り上げられた将軍実朝の、無力感や源家の命運への暗い予感は、年とともに深まってゆく。実朝の唯一の自撰家集『金槐和歌集』が編まれたのは、和田合戦から七カ月後、建保元年十二月十八日のことであった。

和歌との出会い

『吾妻鏡』元久二年（一二〇五）四月十二日の条に、

将軍家、十二首の和歌を詠ぜしめたまふと云々。

とある。実朝の和歌に関わる初めての記事である。この十四歳の四月が、最初の詠歌体験なのかどうかは不明であるが、「十二首」という歌数からは、月次《つきなみ》の屛風《びょうぶ》（一年十二ヵ月のそれぞれの景色や行事を順に描いた屛風）の歌が連想される。折しも二年前の建仁三年（一二〇三）、宮中では後鳥羽院の主催で、藤原俊成九十の賀が行われている。実朝は、前年に迎えた新妻や側近たちから、その際の屛風歌の歌題を伝え聞き、十二首の和歌を試作したのではなかろうか。ただし、『吾妻鏡』承元三年（一二〇九、実朝十八歳）七月五日の条に、

将軍家、御夢想によつて、二十首の御詠歌を住吉社に奉らる。内藤右馬允知親《ともちか》（好士なり。定家朝臣の門弟。）御使たり。この次《ついで》をもつて、去《い》ぬる建永元年御初学の後の御歌三十首を撰び、合点のために定家朝臣に遣《つか》はさるるなり。

とあるように、ここでは建永元年（元久二年の翌年）に作った歌が「初学」（学び初めの意）とされているのである。とすれば元久二年四月の十二首は、初学以前の詠となり、少なくとも『吾妻鏡』は、右の十二首を実朝の初めての詠歌と見て記載しているのであろう。

実朝が和歌をどのようにして詠み始めたのか、また手ほどきをした者はだれなのかについても明確でない。が、実朝はその前年の十二月に、公家社会の極北である後鳥羽院のいとこに当る女性を妻に迎えており、また関東武門の総帥といった立場からも、和歌は具備すべき教養として、学習を要請されていたと思われる。折しも半月前の三月二十六日、京では『新古今和歌集』が撰進され、その竟宴《きょうえん》が行われている。活気に満ちた京都歌壇の動静は、新妻の周辺からも生々しく伝えられて、実朝の作歌意欲をそそるに十分であったろう。

実朝は、兄頼家とは異なり、父頼朝の文的素質を受け継いでいたようである。頼朝は鎌倉幕府を創始した卓抜な武人ではあるが、和歌・連歌にも十分通じていた。その歌は、『新古今集』以下の勅撰和歌集に十首が選入され、その他慈円の『拾玉集』に三十五首、『万代和歌集』『吾妻鏡』『古今著聞集』に各一首など、重複を省き三十八首ほどが知られている。また『吾妻鏡』『古今著聞集』『沙石《しゃせき》集』(広本)『菟玖波《つくば》集』などには、梶原景時・北条時政などとの連歌が六句見出される。ただ、現在知られている頼朝の歌は、建久元年・同六年の上京の旅の途次、及び在京中の慈円との贈答がすべてである。鎌倉に帰れば幕府経営に腐心し、歌会を催すことはなかった。つまり頼朝は、公私のけじめのはっきりした、場所柄をわきまえた人物だったのである。

慈円との在京中の七十七首の贈答歌は、内容としては即興の誹諧《はいかい》がかった作が大半なのであるが、気のおけない歌友が近くにいるなら、頼朝はいくらでも和歌に興じてゆける人物であったことを窺《うかが》わせ、まことに興味深い。慈円はそうした頼朝の歌を、武人としては希有であると驚き、率直にほめているのである。頼朝が慈円に送った、

夏の夜はただ一声《ひとこゑ》にほととぎす明石の浦にほのめきぬらむ

の歌は、『古今集』巻三夏、紀貫之《きのつらゆき》の、

　夏の夜の臥《ふ》すかとすればほととぎす鳴く一声に明くるしののめ

をふまえているのだが、慈円はこれを受けて、

　あづまこそ君がすみかと思ひしに和歌の浦にも立ち馴れにける

と返し、和歌（「和歌の浦」に和歌の意を含ませている）によく習熟していると讃辞を送った。速詠をもって鳴る慈円は、打てば響くような頼朝の歌才を珍重したのである。実朝は、この頼朝を父に持ち、その素質を十二分に受け継いでいたものと思われる。

　元久二年九月二日、実朝は京都から内藤知親が持参した『新古今和歌集』を受領する。表向き藤原定家ら五名を撰者とするとはいうものの、実は後鳥羽院の親撰と呼ぶのがふさわしいこの真新しい勅撰集には、父頼朝の歌も選入されると聞いて、実朝は閲覧を熱望していた。そこで、定家の歌の弟子であり、『新古今集』の作者（「読人しらず」として入集）でもある知親に命じ、全巻筆写の後、届けさせたのであった。

　実朝は躍る心で『新古今集』を見る。父頼朝の歌は、羇旅と雑下の両部に各一首が載せられている。知親の歌がどれであるかも本人に聞く。敬愛する後鳥羽院の歌や、大江広元の女婿で『新古今集』の撰者の一人でもある飛鳥井《あすかい》雅経《まさつね》の歌も数多い。父頼朝が偶然鶴岡八幡宮で出会って一夜歓談し、和歌について尋ねたところ、「花月に向って心が動く時三十一字をひねるだけだ」と語ったという西行や、父が上京中歌を詠み交わしたと聞く慈円の歌がずば抜けて多いことにも驚く。知親の歌の師と聞いて関心の動く定家の歌を読んでみると、わかりやすくはないが高度に芸術的であることに感銘を覚える……。実朝はこの新しい勅撰集にすっかり魅了されたことであろう。

歌を始めたばかりの実朝が、スケールの大きく、芸術性豊かな勅撰集にめぐり会えたのは、幸運というべきであったろう。この二千首近い和歌の集は、「新古今和歌集」の書名通り、当代・近代の歌人の作ばかりではなく、紀貫之ら三代集（古今集・後撰集・拾遺集）の歌人の歌、柿本人麻呂ら万葉歌人の詠も併せ収め、また、定家などの妖艶《ようえん》な新風歌人の歌を中核に据える一方、それらとは対照的な西行の歌を、最も多く九十四首も選入するという豊かな包容力を示している。したがって実朝は、古代から現代に至る多様な歌風、多彩な歌人の歌に接し得、これらを自由に学ぶことができたわけである。しかも当代新風の旗手たちは、本歌取りの技法を意識して多用している。本歌取りとは、古歌の語句を自身の歌に取り込むことによって、イメージを様々に重層させ、優艶な美的効果を狙う手法であるが、この手法に習熟するためには、当然、古典への深い教養が要請される。つまり、『新古今和歌集』に息吹《いぶ》く新風を我がものにするためには、三代集、さらには『万葉集』にまで視野を広げて学習する必要があったのである。

前掲の『吾妻鏡』承元三年七月五日の記事に見られたように、実朝は建永元年以後の歌三十首を選抜し、内藤知親を使者として定家のもとに届けさせ、合点《がってん》（よい歌に鉤型の線で印をつけること）を依頼するのであるが、初めてまとまった形で和歌を詠んだと伝えられる十四歳の元久二年以後、十八歳で定家の教えを乞うに至るまでの五年間は、とくにすぐれた師もなく、知親から伝え聞く定家の詠作手法などを頼りに、歌好きの側近たちと、『新古今集』を中心として作歌の勉強に励んだのであろう。『吾妻鏡』はこの期間の実朝の和歌関係記事として、元久三年二月四日に雪見に名越山の辺りに出かけ、義時の山荘で、その子の泰時・東重胤《とうのしげたね》・内藤知親らと和歌会を開いたことと、同年十一月に、下《しも》総《うさ》の国に下っていた寵愛《ちょうあい》の近侍、重胤に歌を送って（歌は掲載されていない）帰参を促したとの出来事とを伝えるばかりである。

本書の頭注及び「参考歌一覧」（巻末付録）に掲出したように、実朝の歌は、実に多くの古今の詠に依拠している。そしてとくに『新古今集』の影響が著しい。この事実は、『新古今集』に魅せられた実朝が、いかに熱心にこの歌集を反覆熟読し、自家薬籠《やくろう》中のものにしたかを物語っている。藤原定家に接するまでの初学期の五年間はこの『新古今集』の耽読《たんどく》に費やされたようだ。が、また、当時の作風に従って歌を詠むためには、本歌取りの勉強も不可欠であるから、『古今集』を始めとする三代集、さらには『万葉集』へと視野を広げ、親しんでいったのであろう。だが残念なことに『金槐和歌集』の歌は、ほとんどが詠作時期不明であるので、この時期に詠まれた歌を判別することは困難である。ただ一般的にいうなら、『新古今集』以下の古今の歌に依存する度合が甚だ大きく、独自性の乏しい歌は、初学期の習作とみてよいのであろう。たとえば、『金槐和歌集』の、

みづとりの鴨《かも》の浮寝《うきね》のうきながら玉藻《たまも》の床《とこ》に幾夜《いくよ》経《へ》ぬらむ　（五七〇）

は、『新古今集』冬の、

水鳥の鴨の浮き寝のうきながら波の枕に幾夜経ぬらむ

の歌と比べると、第四句が相違するにすぎないし、

年つもる越《こし》の白山《しらやま》知らずとも頭《かしら》の雪をあはれとは見よ　（五七九）

は、『新古今集』神祇《じんぎ》の、

年経《ふ》とも越の白山忘れずは頭の雪をあはれとも見よ

と酷似し、また、

奥山の岩根《いはね》に生《お》ふる菅《すが》の根《ね》のねもころごろに降れる白雪《しらゆき》　（三三八）

も、『万葉集』巻二十の、

高山の巌《いはほ》に生《お》ふる菅の根のねもころごろに降り置く白雪

の歌句をごく僅か改めたものにすぎない。従ってこれらの歌は、あるいはこの習作期の所産と考えてよいのかもしれない。

定家との交流

『吾妻鏡』承元三年（一二〇九）八月十三日の条に、

知親（もと朝の字なり。美作蔵人朝親と、名字著到の時、混乱するの間、これを改む。）京都より帰参す。京極中将定家朝臣《あそん》に遣はさるるところの御歌、合点を加へ返し進ず。また『詠歌口伝《えいかくでん》』一巻を献ず。これ六義《りくぎ》風体《ふうてい》の事、内々尋ね仰せらるるによつてなり。

とあるように、実朝は、七月五日に知親に届けさせた三十首の歌の合点とともに『詠歌口伝』一巻を藤原定家から献上されている。この書は普通には『近代秀歌』と呼ばれる著名な歌論書で、歌はどのように詠んだらよいのかと実朝に尋ねられて、定家が平素抱いている見解を書きしるしたものである。内容は歌論部分と、その理解を助けるための補説部分とに分れている。歌論部分は、前半に和歌の史的概観が、後半に歌論的主張と本歌取りの方法が述べられている。補説部分は、歌論部分前半に名を掲げた近代六歌仙（源経信・俊頼・藤原顕輔・清輔・基俊・俊成）の秀歌二十七首（一本には二十五首）を列挙し、うち四首は、この人々が「古き歌をこひねが」って行った本歌取りの具体例にも宛てている。

また、歌論部分後半の記述中で戒めた不自然な表現の具体例も挙げている（この実朝のための補説部分は、定家が自説を理解してもらおうとする心細かい配慮を示すものだが、後年に書かれた『近代秀歌』の定家自筆本では削られ、八十三首の秀歌例が代りに掲出されている）。

『近代秀歌』の構成は以上のようであるが、定家の主張の眼目は、

ただ愚かなる心に、今こひねがひ侍る歌のさまばかりを、いささか申し侍《はべ》るなり。ことばは古きを慕ひ、心は新しきを求め、及ばぬ高き姿を願ひて、寛平以往の歌に倣《なら》はば、おのづからよろしきこともなどか侍らざらむ。古きをこひねがふにとりて、昔の歌のことばを改めずよみ据ゑたるをすなはち本歌とすと申すなり。

の件《くだ》りにある。すなわち定家は、寛平《かんぴょう》（宇多天皇の御代）以前の歌に学び、方法的には本歌取りを正しく行うことをすすめているのである。定家が理想としている寛平以前の歌とは、和歌の史的概観の個所で、

昔、貫之、歌の心たくみに、たけ及びがたく、ことば強く姿おもしろきさまを好みて、余情妖艶《よじやうえうえん》の躰をよまず。

とか、

今の世となりて、この卑しき姿をいささか替へて、古きことばを慕へる歌、あまた出できたりて、花山僧正（遍昭）・在原《ありはらの》中将（業平）・素性《そせい》・小町が後、絶えたる歌のさま、わづかに見え聞こゆる時侍るを、物の心悟り知らぬ人は、「新しきこと出できて、歌の道変りにたり」と申すも侍るべし。

と述べているところと併せ考えると、僧正遍昭・在原業平・素性法師・小野小町の歌風、すなわち紀

貫之とは違って、余情妖艶の躰をも兼ね備えた彼らの歌風を指していることが察せられる。

ところがここで、「今こひねがひ侍る歌のさまばかりを、いささか申し侍るなり」と、あらたまってことわりつつ、「寛平以往の歌に倣」えとすすめている点にだけ注目すると、定家は、遍昭・業平ら以前の歌に倣えと説いているようにも読めそうである。つまり、寛平以前の歌ならなんでもよく、『古今集』の六歌仙時代の歌だけでなく、読人しらず時代、さらには『万葉集』の歌にも学べと教えているようにも解せそうなのである。実朝は、定家の説をまさにそのように受け取ったのではなかろうか。そして自分の好尚にも合致する『万葉集』により深く親しんでいったのかもしれない。

同じく定家の手になると伝えられる歌論書『毎月抄』では、『万葉集』について、

万葉はげに世も上がり、人の心もさえて、今の世に学ぶともさらに及ぶべからず、殊《こと》に初心の時、おのづから古躰《こたい》をよむ事あるべからず。但し、稽古年重なり、風骨よみ定まる後は、又万葉のやうを存ぜざらん好士は、無下の事とぞ覚え侍る。

と述べ、初心者の学習を禁じている。だが、『毎月抄』は、定家の歌論書かどうか真偽両説があってなお問題が残るし、少なくとも『近代秀歌』では、『万葉集』への親炙《しんしゃ》を明確には戒めていないのである。恐らく実朝は、定家の理想とする「寛平以往」の歌を『万葉集』と重ね合せ、好尚の赴くままに大らかな調べを自らも奏でるようになったのではなかろうか。

本歌取りの手法を説く件りで、定家は、

つぎに今の世に肩を並ぶるともがら、たとへば世になくとも、昨日今日といふばかりに出で来たる歌は、一句もその人のよみたりしと見えむことを必ず避《さ》らまほしく思うたまへ侍るなり。

と述べ、同時代の人の歌句を取ることを明らかに禁じている。実朝が送ってよこした三十首の歌に、

『新古今集』の現存歌人の詠が憚《はばか》るところなく取り込まれているのを見て、定家は眉をひそめ、正しい本歌取りのありようを教えようとしたのであろう。だが、この点については、『金槐集』に収められた歌を見る限り、実朝は定家の訓戒を忠実に守ろうとしたとは思えない。

たとえば、『金槐和歌集』の、

涙こそゆくへも知らね三輪《みわ》の崎《さき》佐野の渡りの雨の夕暮　（四九九）

は、『新古今集』恋四、慈円の、

心こそゆくへも知らね三輪の山杉の梢《こずゑ》の夕暮の空

と「こそゆくへも知らね三輪の」「夕暮」の語を共有し、また、

うちつけにものぞかなしき初瀬《はつせ》山尾上《やまをのへ》の鐘の雪の夕暮　（三三〇）

は、『新古今集』恋二、定家の、

年も経ぬ祈る契りは初瀬山尾上の鐘のよその夕暮

と、第三・四句、および「夕暮」を共有している。従って実朝は、同時代の人の歌句も、古人の歌の本歌取りと同様な態度で摂取していることが知られるのである。

すでに五年間、『新古今集』に浸りきり、実朝独自の流儀で歌を詠んできているので、惰性は容易に改まらなかったためともいえようし、また、東国に住んでいるせいで、京都の歌人のように歌会で始終顔を突き合わせ、人の歌句を盗んだといわれはしないか、創意を疑われないかなどと神経質になる必要は皆無であったせいでもあろう。だいいち都の現代歌人といっても、ほとんどは面識がなく、実朝にとっては古人とたいして違わないのだから、定家の注意も深刻には響かなかったものと思われる。実朝の和歌活動は、閉ざされた都の手法などとは無関係なところで、独自な流儀によって花開い

たのである。

定家との交渉は、この後も続く。『吾妻鏡』によれば、

筑後《ちくごの》前司頼時、去夜京都より下向《げかう》す。当時前駈《ぜんく》已下の事を勤むべきの輩《ともがら》幾《いくばく》ならざるの間、召し下さるるところなり。この便宜に、定家朝臣、消息ならびに和歌の文書等を進ず。今日御所に持参す（建暦二年九月二日）

京極侍従三位定家、二条中将雅経朝臣に付して、和歌の文書等を将軍家に献ず。けだしこれ先日尋ね仰せらるるが故なり。件の双紙《さうし》等、今日広元朝臣の宿所に到著《たうちゃく》す。すなはち御所に持参するのところ、御入興《ごじゅきょう》のほか他なしと云々（建暦三年八月十七日）

京極侍従三位（定家卿）相伝の私本万葉集一部を将軍家に献ず。これ二条中将（雅経）をもって尋ねらるるによってなり。これに就きて去ぬる七日、羽林（雅経）これを請《う》け取りて送り進ず。今日到著するの間、広元朝臣御所に持参す。御賞翫《ごしやうぐわん》他なし。重宝何物かこれに過ぎんやの由、仰せありと云々（建暦三年十一月二十三日）

と、建暦二、三年に定家から和歌の文書が実朝に献上されたことが知られる。『万葉集』に関しては、定家の日記『明月記』にも、

将軍、和歌の文書を求めらるるの由を聞く。仍《より》て相伝する所の秘蔵の万葉集送り奉《たてまつ》る由《よし》書状を書き、昨日此の羽林（雅経）に付け了《をは》んぬ（建暦三年十一月八日）

と記され、このことを裏づけている。好学の実朝が和歌の文書を求め、定家がこれに応えているのであるが、『万葉集』以外にはどのような歌書が贈られたのか書名が知られない点は遺憾《いかん》である。『万葉集』は、実朝の作風に最も適合する撰集であり、和歌の研鑽《けんさん》を積むにつれ、その思いはますます深ま

ったであろうから、定家から秘蔵の伝本を贈られたことは、無上の喜びであったろう。
実朝が、最初で最後の自撰家集である『金槐和歌集』を編み上げたのは、定家とのこのような心濃やかな交流が続いている建保元年（建暦三年）十二月十八日のことであった。
定家から『近代秀歌』を贈られた承元三年八月以後、家集成立までの間の実朝の和歌関係の記事を『吾妻鏡』から拾ってみよう。

幕府において和歌の御会あり。遠江守《とほたふみのかみ》（源親広）・大和前司《やまとのぜんじ》（源光行）・内藤馬允《うまのじよう》（知親）等座に候ずと云々（承元四年九月十三日）

幕府の南面において和歌の御会あり。重胤・朝盛等祗候《しこう》すと云々（同年十一月二十一日）

承元四年の二度の歌会のあとは、二年余りを隔てて建暦三年（一二一三）に記述が飛ぶ。

幕府において和歌の御会あり。題、梅花万春を契る。武州（義時）・修理亮《すりのすけ》（泰時）・伊賀次郎兵衛尉（光宗）・和田新兵衛尉（朝盛）等参入す。女房相接《まじ》はり、披《ひ》講《かう》の後、御連歌ありと云々（二月一日）

今夜御所に庚申《かうしん》を守り御会あり。しかるに半夜に及びて、甲冑《かつちう》の隠兵《いんぺい》五十余輩、和田左衛門尉義盛が宿館の辺に徘徊《はいくわい》す。これ横山右馬允《うまのじよう》時兼、かの金吾（義盛）が許《もと》に来るによつてなり。御用心の間、勝会を停めらる。伊賀守朝光殊《こと》にこれを申し止むと云々（三月十九日）

今日御所において和歌の御会あり。相州（義時）・修理亮（泰時）・東平太重胤等、その座に候ずるところなり（七月七日）

以上の歌会の記述の外にも、この年には、和田合戦の最中に鶴岡八幡宮に奉納した願書に自筆で二首の歌を加えたとの記事（五月三日）や、深夜数首の歌を独吟したことを伝える記事などがある。実朝の作歌生活の上で、建暦三年は最も充実した年であったことをうかがわせる。

和田合戦の悽惨な激闘の後、平和な日々がよみがえり、実朝は再び作歌に励む。合戦で蒙った心の痛手はいやしがたかったろうが、まだ明るさは失っていないようである。十二月十八日にはそれまでの歌を集めて家集の形にまとめている。実朝のために和歌の文書や秘蔵の『万葉集』までを贈ってくれた定家の芳志に感動して、三十首の選歌（承元三年七月五日に合点を乞うたもの）などではなく、これまでの自分の歌業の全貌を定家に見てもらおうとしたのであろう。

建保二年（一二一四）以降の二人の交流は、『吾妻鏡』や『明月記』に記載がなく明らかでない。建保二年以降も、歌会は、建保三年十一月五日、建保五年三月十日、同八月十五日、同十二月二十五日、建保六年九月十三日と、計五回催されており、見たところ特別な変化は認められないようだが、前述のように建保四年九月には、大将所望について悲痛な心情を洩らしており、同年十一月には唐船建造の奇矯《ききよう》な行動に出ているのである。とすれば、和歌に対する熱意は建暦三年の家集撰定時に絶頂を極めたのではなかろうか。実朝が自らの意志で家集をまとめようとしたのは、結局、建暦三年の一回限りとなってしまったのである。

『金槐和歌集』

源実朝の家集『金槐和歌集』は、その奥書・所収歌・部類配列から大別して、建暦《けんりやく》三年本と柳営亜《りゆうえいあ》槐《かい》本の二種類に分けられる。

建暦三年本系統の伝本には、藤原定家所伝本とその転写本である市立函館図書館本などがあり、群《ぐん》書類従《しよるいじゆう》本も奥書は付せられないものの同系統である（但し、類従本は、末尾に「一本及び印本所載歌」として、柳営亜槐本系統の本にのみ存する歌を付載している）。次に、柳営亜槐本系統の伝本には、貞享四年（一六八七）の板本と、宮内庁書陵部蔵本、高松宮蔵本などの近世期写本が挙げられる。いまは両系統本の奥書によって、系統を分かつ目安としたい。

建暦三年本は、通常、定家所伝本と呼ばれている。藤原定家が巻頭などを書き、他の大部分をその家人に書写させた貴重な古写本が伝存するからである。もと前田家に蔵され、昭和四年五月に金沢の松岡家で佐佐木信綱が発見、昭和五年一月に解説を付して複製刊行された。表紙には打付書で「金槐和歌集」とある。集名は定家に似た書体で書かれてはいるが、佐佐木は定家筆でないとしている。内題はなく、春・夏・秋・冬・賀・恋・旅・雑に分類した六百六十三首を収載している。巻末に、定家筆で「建暦三年十二月十八日」とあり、次の頁に、後人の筆（佐佐木は、阿仏尼《あぶつに》筆と伝えられるものの、定家の子為家《ためいえ》の書体に近いとしている）で「かまくらの右大臣家集」と記されている。建暦三年は十二月六日に改元があり、建保元年と変る。改元の詔書は十二月十五日に鎌倉に到着して将軍御所に届けられているから、家集の成立時期を示す「建暦三年十二月十八日」も、当然「建保元年十二月十八日」と書かれてよいはずだが、なんらかの理由で改元に気づかずに鎌倉で記されたものであろう。

『金槐和歌集』の書名は、一般には「金」が「鎌倉」の「鎌」の偏、「槐」は「槐門」と同じく大臣の意と考えられ、全体として鎌倉右大臣の歌集を表すものと解されている。実朝が右大臣に任ぜられるのは、建保六年（一二一八）十二月であり、翌年正月には非業の死を遂げるのだから、『金槐和歌集』とは、実朝の死後に付せられた呼称であろう。建暦三年に実朝が家集を撰した時には、書名は付せられていなかったと思われる。
また「金」の語は、和歌の撰集名としては『金葉和歌集』『金玉集』などの先例があり、すぐれた歌の意であるから、右大臣実朝の家集にふさわしい好字であるとの判断もはたらいていたかもしれない。文永元年、真観（藤原光俊）が、その歌の弟子に当る第六代将軍宗尊《むねたか》親王の歌集を編んだ際、『瓊《けい》玉《ぎょく》和歌集』（「瓊」も玉の意。玉のようにすぐれた歌集を表す）と命名している。真観は実朝の家集の「金槐」を念頭におきつつ藤原公任《きんとう》撰『金玉集』の「玉」の字の方を採って、後輩将軍宗尊親王の集名にあてたとも考えられる。ともあれ、誰のつけた呼称かは不明であるけれども、硬く澄んでさわやかな語調をもつ「金槐」は、すぐれて美しい詩魂を抱きながら、若く非命に倒れた右大臣実朝にふさわしい家集名ではなかろうか。

建暦三年本『金槐和歌集』の発見は、実朝の和歌の研究に画期的な進展をもたらすものであった。従来、実朝は、定家から建暦三年十一月二十三日、すなわち、二十二歳の冬に『万葉集』を贈られて初めてこの書と本格的に接し、これ以降この上なく愛玩するようになったとされてきた。

吹く風の涼しくもあるかおのづから山の蟬《せみ》鳴きて秋は来にけり　（一五八）
世の中は常にもがもな渚《なぎさ》こぐ海人《あま》の小舟《をぶね》の綱手《つなで》かなしも　（六〇四）
ものいはぬ四方《よも》の獣《けだもの》すらだにもあはれなるかなや親の子を思ふ　（六〇七）
いとほしや見るに涙もとどまらず親もなき子の母を尋ぬる　（六〇八）
炎《ほのほ》のみ虚空《こくう》に満てる阿鼻地獄《あびぢごく》ゆくへもなしといふもはかなし　（六一五）
大日《だいにち》の種子《しゆじ》より出《い》でて三摩耶形《さまやぎやう》さまやぎやうまた尊形《そんぎやう》となる　（六一七）
時により過ぐれば民の嘆きなり八大龍王《はちだいりゆうわう》雨やめたまへ　（六一九）

くれなゐの千入《ちしほ》のまふり山の端《は》に日の入るときの空にぞありける　（六三三）

たまくしげ箱根のみうみけけれあれや二国《ふたくに》かけてなかにたゆたふ　（六三八）

箱根路《はこねぢ》をわれ越えくれば伊豆《いづ》の海や沖の小島《こじま》に波の寄る見ゆ　（六三九）

大海《おほうみ》の磯もとどろに寄する波破《わ》れて砕《くだ》けて裂けて散るかも　（六四一）

大君《おほきみ》の勅《ちよく》をかしこみちちわくに心はわくとも人に言はめやも　（六六一）

東《ひんがし》の国にわがをれば朝日さす藐姑射《はこや》の山の陰《かげ》となりにき　（六六二）

山は裂け海は浅《あ》せなむ世なりとも君にふた心わがあらめやも　（六六三）

これらの、万葉調とか独創調とかいわれる絶唱は、すべて晩年に詠まれたものと考えられてきたのである。ところが建暦三年本の発見によって、実際は二十二歳の終りまでにほとんどの歌が詠まれていることが明らかになったのであった。実朝が、その独自の芸術性を極めた時期は晩年の二十七、八歳ではなくて、むしろ二十一、二歳頃であったわけである。

　建暦三年本は、実朝の自撰であるため、部類・配列・詞書等すべてにわたって実朝の意向を反映していると思われる。たとえば、五七の歌の詞書などは好例である。

如月《きさらぎ》の二十日あまりのほどにやありけむ、北向きの縁《えん》に立ち出《い》でて、夕暮の空をながめて一人をるに、雁《かり》の鳴くを聞きてよめる

仮に別人が実朝の歌を集めて詞書を付しているなら、もっと簡潔な、味も素気もないものになったであろう。夕空に消えてゆく雁を独りでいつまでも眺めている後ろ姿の描写には、本人の筆致ならではの言い知れぬ寂しさ、孤独感が漂っているように思われる。

『金槐集』巻頭の三首を挙げると、

正月一日よめる

けさ見れば山もかすみてひさかたの天《あま》の原《はら》より春は来にけり　(一)

立春の心をよめる

九重《ここのへ》の雲居《くもゐ》に春ぞ立ちぬらし大内山《おほうちやま》にかすみたなびく　(二)

故郷の立春

朝霞《あさがすみ》立てるを見ればみづのえの吉野の宮に春は来にけり　(三)

となっている。「けさ見れば…」(一)を鎌倉の将軍御所から見た遠山の立春の詠であるとすると、「九重の…」(二)は都の、「朝霞…」(三)は旧都吉野の立春を扱ったもので、鎌倉の立春から、まだ訪れたことのない都へ、さらには吉野へと、想像が徐々に広がってゆく配列となっている。しかも三は旧都の立春の歌だから、現在の都から過去の都へと時間的にも溯《さかのぼ》って思いを馳せていることになる。また、これら三首の歌は「かすみ」「春」などの語を共有しており、しかも二の歌の第五句の「かすみたなびく」を承《う》けて、三の「朝霞立てるを見れば」が歌い出されるといったような、緊密な構成になっているのである。

巻頭で鎌倉の立春の歌をよむと、実朝はすぐに後鳥羽院のおられる都の立春へ思いを馳せているわけだが、これは建暦三年本の巻末が、

山は裂け海は浅《あ》せなむ世なりとも君にふた心わがあらめやも　(六六三)

の歌で結ばれていることと見事に照応している。巻頭・巻末の歌に見られる後鳥羽院に寄せる熱い思慕の情は、建暦三年本が紛れもなく実朝自身の手で編まれていることを感じさせるのである。

以上のように、建暦三年本『金槐和歌集』は、実朝自身の手によって、その詩魂の最盛期に編まれ

た家集である。従って彼の秀歌のほとんどがここに収められているといってよい。家集の隅々までつぶさに検討することが、そのまま実朝の独創性を解明することにつながってゆくのである。

巻頭歌の詠作手順を例にとってみよう。これは、

春立つといふばかりにやみ吉野の山も霞みて今朝は見ゆらむ　（『拾遺集』春、壬生忠岑）

み吉野は山も霞みて白雪のふりにし里に春は来にけり　（『新古今集』春上、藤原良経）

ほのぼのと春こそ空に来にけらし天《あま》の香具山《かぐやま》霞たなびく　（同、後鳥羽院）

などの先行歌が念頭にあって詠まれているのであろう。しかしながら、それらの歌の語句を素材としつつも、「ひさかたの天の原より春は来にけり」と力強く大らかに結ぶ実朝の歌は、明らかに独特である。第三句に、「ひさかたの」の枕詞《まくらことば》を挾《さしはさ》んでいるのも効果的である。実朝の歌は、本文頭注や「参考歌一覧」に掲げたように、『新古今集』、三代集、『万葉集』、その他新古今時代の歌合（歌人を左右に分け、その詠んだ歌を一首ずつ組み合わせ、判者が優劣を定める遊戯）や定数歌（百首、五十首など、数を定めて詠んだ歌）等、古今の歌から歌句を得ている場合がきわめて多い（実朝の詠に影響を与えた歌の探究は、斎藤茂吉・川田順・鎌田五郎・片野達郎・黒柳孝夫らの手で精力的に行われているが、なお十分とはいえない）。しかも実朝は、多種多様な典拠から学んで蓄積した歌句を、すっかり自家薬籠中のものとしているようだ。後代のわれわれが本歌を探す場合でも、どの歌を典拠にしているか一概には決めがたいほど消化されている場合が少なくない。多くの先行歌を自歌の構成要素として自在に取り込み、ちりばめ、結合し、しかも大らかで重厚味のある歌を創出する実朝の才能は、まさに天稟《てんぴん》というべきものがある。本歌取りの作法に神経質な定家ではあるが、そうした持ち味の実朝の歌を高く評価し、彼の手によって成った第九番目の勅撰集『新勅撰和歌集』には二十五首も選入しているのである。

この寝ぬる朝明《あさけ》の風にかをるなり軒端《のきば》の梅の春の初花《はつはな》　(一六)

この歌は、『万葉集』巻八、安貴王の、

秋立ちて幾日《いくか》もあらねばこの寝ぬる朝明の風はたもと寒しも

をふまえてはいるが、さわやかな朝風に薫る梅の花を捉えて清新に詠みなした点に、定家はことのほか心惹かれたのであろうし、

わたのはら八重《やへ》の潮路《しほぢ》に飛ぶ雁《かり》の翼《つばさ》の波に秋風ぞ吹く　(三三)

雲のゐる梢《こずゑ》はるかに霧こめて高師《たかし》の山に鹿ぞ鳴くなる　(三七)

の二首は、スケールの大きな情景を的確な調べにのせて詠んだ、その歌格の大きさ、たけ高さが、定家の眼鏡にかなったのであろう。

父頼朝の歌は、既述のように、すべてが上洛の旅の際に詠まれている。それに対し、実朝は上京の経験はもちろん、箱根以西に足を伸ばすことさえなかった。しかしながら、三浦三崎への旅や、度重なる箱根・伊豆山の二所権現《にしよごんげん》参詣の旅で接する風物が、実朝にみずみずしい感懐を呼び起し、珠玉の歌を生ませる機縁となったことは疑いない。

三浦半島南端の三崎には、将軍家の別荘があった。『吾妻鏡』によれば、

将軍家、三浦三崎に渡御《とぎよ》す。船中において管絃《くわんげん》等あり。毎事興を催す。また小笠懸《こかさがけ》を覧《み》る。常盛・胤長・幸氏以下、その射手《いて》たりと云々　(承元四年五月二十一日)

将軍家、三浦三崎の御所に渡御す。尼御台所《あまみだいどころ》(政子)ならびに御台所同じく伴《ともな》はしめたまふ。相州(義時)・武州(時房)・前大膳大夫(広元)・源右近大夫将監《しやうげん》(親広)以下扈従《こしよう》す。鶴岡別当(定暁)、児童等を相具して参じ、船中に儲《まう》けて舞楽の興等ありと云々　(建暦二年三月九日)

　夜に入りて三浦より還らしめたまふと云々（同年三月十日）

とあるように、実朝は三崎へ時々出かけているが、

　　三崎《みさき》といふところへ罷《まか》れりし道に、磯辺《いそべ》の松、
　　　年ふりにけるを見てよめる
　磯《いそ》の松幾久《いくひさ》さにかなりぬらむいたく木《こ》だかき風の音かな　（五八六）

これは、属目した海岸の老松の風音に耳を傾けての詠であろう。

二所権現にもまた、何度も足を運んだ。

　晴る。辰の刻、将軍家ならびに尼御台所、二所に御進発。相州（義時）・武州（時房）・修理亮（泰時）以下扈従すと云々（建暦二年二月三日）

　将軍家以下、二所より御帰着（同、二月八日）

　天晴る。二所に御進発。相州（義時）・武州（時房）等供奉《ぐぶ》したまふ。夕に及びてにはかに風雨甚し。戌《いぬ》の剋《こく》、酒匂《さかわ》駅に著御《ちゃくぎょ》すと云々（建暦三年正月二十二日）

　霽《は》る。将軍家、二所より御帰著と云々（同、二十六日）

以上のように、建永二年（一二〇七）正月から建保六年（一二一八）二月までの間に計八回も出かけているのである。

　　箱根の山をうち出《い》でてみれば、波の寄る小島あり。「供の者、この海の名は知るや」と尋ねしかば、「伊豆の海となむ申す」とこたへ侍《はべ》りしを聞きて

箱根路《はこねぢ》をわれ越えくれば伊豆《いづ》の海や沖の小島《こじま》に波の寄る見ゆ　（六三九）

の秀作も二所詣《にしよもうで》の副産物なのだろう。箱根路を越えて伊豆山権現に向って下る途次、実朝は眼下の広漠たる海に、白く波の寄せる沖の小島を認めた。興を催して供の者にこの辺りの海の名を尋ね、その返事を聞いて、思い浮ぶままに「箱根路を……」と馬上で口ずさむ——。そんな情景が髣髴《ほうふつ》するような詞書《ことばがき》であり、歌である。ここには、閉ざされた宮廷歌壇にあって、実体の伴わぬまま小才の効いた歌句ばかりを弄《もてあそ》ぶ京都の歌人達とは無縁な、一つの巨大な抒情がある。

実朝の和歌には、以上のように実体験に根ざしたものが少なくないけれども、それを一首の歌にまとめあげる手つきは実に独特で、さしたる彫琢《ちようたく》の跡もないのに、いつのまにか既存の歌の範疇《はんちゆう》を遥かに抜いた作品が次々と生み出されてゆくのである。定家の教え、先行歌の姿態、それらを天稟の中に吸収しつくし消化しきった後の実朝は、もはやその存在自体が、とりもなおさず一首の歌であった、とさえ言えようか。ある思念が胸をよぎり、ある感覚が肌をさすとき、おのずと青年実朝の五官は鳴る。

荒磯《あらいそ》に波の寄るを見てよめる

大海《おほうみ》の磯もとどろに寄する波破《わ》れて砕《くだ》けて裂けて散るかも　（六四一）

荒磯に波の砕け散る勇壮さを形象化した歌としては、これ以上の作は考えられぬほどの絶品である。ただ、波を凝視し、「破れて砕けて裂けて散る」と細かく一瞬一刻を積みあげる実朝には、自身は気づいていなくとも、自ら波と同化し、ともに玉と砕けることに快感をおぼえているような、虚無の影が漂っているとみて差支えあるまい。

山の端《は》に日の入るを見てよめる

くれなゐの千入《ちしほ》のまふり山の端《は》に日の入るときの空にぞありける　(六三)

鎌倉の稜線に今しも沈もうとする入日、その全天燃えるような空を、ただひとり眺め入る実朝。無心に夕日に向い、夕焼け空と同化しているような凄みさえ感じられる。

次の歌はどうだろうか。

如月《きさらぎ》の二十日あまりのほどにやありけむ、北向きの縁《えん》に立ち出《い》でて、夕暮の空をながめて一人をるに、雁《かり》の鳴くを聞きてよめる

ながめつつ思ふも悲し帰る雁行くらむ方《かた》の夕暮の空　(五七)

雁の姿が視界から消え去ったあとも、なおその方角の夕空を見つめて立ちつくしている実朝は、実は空の彼方の、とてつもなく遠い所を見ていたのではなかろうか。

既述の通り、社会的には存在の意味を剝奪《はくだつ》され、にもかかわらず隠遁《いんとん》も死も許されぬ生を強いられた実朝であった。見るもの聞くものに感応し、震動する裸の心だけが、唯一、生きていることの手応えであったろう。外に向けた眼は一途に官位の昇進を望んで燃えていた。内に向けた眼は、一途に裸の心を包む言葉と調べを鋭く求めていたに違いない。

実朝歌の裾野

実朝の家集『金槐和歌集』には、建暦三年本とは別に、「柳営亜槐」との奥書をもつ本の系統が伝

存すると先に紹介した。貞享四年（一六八七）五月上旬に刊行された伝本が世間に流布したので、貞享四年板本系とも通称される本である。

柳営亜槐本は末尾に、

右の一帖は、鎌倉右大臣の家集なり。京極中納言定家卿門弟、此の道の達者と云々。然《しか》れども、最初部類在りと雖《いへど》も、不審多きの間、重ねて之《これ》を改め畢《をは》りぬ。尤《もつと》も証本となすべき者乎《か》。
柳営亜槐

とあって、柳営亜槐（将軍で大納言を兼ねた人の意）の奥書が付されている。「柳営亜槐本」の名もこの奥書によるのだが、この柳営亜槐が誰なのかについては明確でなく、第四代将軍藤原頼経《よりつね》などがその人物として想定されてきた。近年、益田宗は、曾我尚裕の『和簡礼経』中に引かれる右の奥書末尾の「柳営亜槐御判」の左脇に、「東山殿也」と注されている点から、「東山殿」と呼ばれた、室町幕府第八代将軍足利義政を有力とする見解を示したが、柳営亜槐本の所載歌と勅撰集・『吾妻鏡』の歌との関係や、奥書の内容から考えても、撰者は義政とみるのが最も妥当であろう。足利義政は、宝徳二年（一四五〇）三月から長禄二年（一四五八）七月まで、すなわち十五歳から二十三歳まで「柳営亜槐」の地位にあるから、その間にこれを編んだのであろう。建暦三年本の部類に不審が多いとして、雑部を中心に分類配列を改め、建暦三年本に含まれぬ歌五十六首（うち三首は、贈答などでの別人の歌）をも増補し、さらに春、夏、秋、冬、恋、雑の六部仕立てに組み換えて、歌数七百十九首の再編本としたのである。

柳営亜槐本は、実朝自撰の建暦三年本の部類、配列を、自己の見解に従ってどしどし改変する蛮勇を振っており、遺憾な点が少なくない。ただ、勅撰集や『吾妻鏡』その他の資料から採歌増補した実朝の歌五十三首中には、義政当時には伝存しても現在では依拠資料を知ることができない四十一首の詠を含むし、建暦三年本の疎漏（詞書や本文の欠脱）を補い得るから、資料的には、やはり看過できない意義を帯びている。

もののふの矢並《やなみ》つくろふ籠手《こて》のうへに霰《あられ》たばしる那須《なす》の篠原《しのはら》（六七七）

などの万葉調の有名な歌も、この本に収載されていたからこそ、今日に伝えられるに至ったのである。

建暦三年本に見出せない実朝の歌は、右の柳営亜槐本の五十三首以外にも、『吾妻鏡』の一首、「鶴岡八幡宮蔵詠草」の三首、「六孫王神社蔵詠草」の二首、『東撰和歌六帖』の十七首、『新和歌集』の一首、『夫木和歌抄』の十五首、『雑歌集』『紀伊続風土記』の各一首が数えられ、建暦三年本の六百六十三首以外に九十四首が知られている。本書では、これらのすべてを収録して、実朝歌の面目をつぶさに窺い知ろうと試みた。

ところで、これらの歌が、すべて建暦三年以後の作なのかどうか、断定できるのであろうか。たとえば、柳営亜槐本所載の、

大嘗会《だいじやうゑ》の年の歌

今つくる黒木の両屋《もろや》古《ふ》りずして君は通はむ万世《よろづよ》までに（七一六）

の歌は、建暦三年本の、

大嘗会の年の歌

黒木《くろき》もて君が造れる宿なれば万代経《よろづよふ》とも古《ふ》りずもありなむ（三六二）

と同時の作で、建暦二年（一二一二）十一月の順徳天皇の大嘗会の際の詠と考えられる。実朝は七一六の歌を、建暦三年本に選入し得るにもかかわらず、出来栄えが悪いと判断したためか収載を断念したの

であろう。同様に、建暦三年以前の作であっても、建暦三年本に選入していない歌が、右の九十四首中にいくらかは混入していることが推測されるのである。

が、一方では『吾妻鏡』によって、建暦三年以後の歌であることが明白な、

　建保五年十二月、方違《かたたがへ》のために永福寺の僧坊に罷《まか》りて、朝《あした》帰り侍るとて小袖《こそで》を残しおきて
春待ちて霞《かすみ》の袖《そで》にかさねよと霜の衣《ころも》の置きてこそゆけ　(六八一)

の歌などが見出され、建暦三年以後の歌もどれほどか含まれていることが察せられる。その他、資料的には実証不能ながら、柳営亜槐本の、

　梅の花をよめる
咲きしよりかねてぞ惜しき梅の花散りの別れはわが身と思へば　(六六四)

の歌などは、暗殺の当日に詠んだという、

出でて去《い》なばぬしなき宿となりぬとも軒端《のきば》の梅よ春を忘るな　(七一七)

に類似しており、晩年の詠とみてさしつかえなさそうである。思えば、心静かに自分の死後を想像する春の一日もあったのであろう。

しかし、総じて建暦三年本を撰し終った後に詠まれた歌の作風がどのようなものであったかは、資料が不明確なため、はなはだ論定しがたい。辞世の歌めいたものが存在する一方で、右の九十四首中には、

東路《あづまぢ》の関守《も》る神の手向《たむ》けとて杉に矢たつる足柄《あしがら》の山　(七三〇)
天地《あめつち》の開けし世より神《かみ》さびてはるかになりぬたかひこの崎　(七四七)

飛びかける八幡《やはた》の山のやま鳩《ばと》の鳴くなる声は宮もとどろに　（七四八）

などの力強い歌も交じっているのである。これらの秀歌は、建暦三年本への選入を見合せた作とはまず考えられない。建暦三年以後の詠と考えてよいなら、晩年も万葉調の力強い歌をいくらかは詠んだとみてよさそうである。

が、最初に引用した『吾妻鏡』建保四年九月の実朝の言葉にうかがえるように、源家の正統廃絶の暗い思いは次第に強まるようであり、それと軌を一にして定家に歌書を求める積極さも見られなくなる。歌会は催し楽しむものの、第二の家集を撰しようというほどの緊張感はなかったのだろう。実朝の詩魂は、晩年に向って歩一歩高く昇りつめる充実感溢れたものではなく、建暦三年を峠として、ごくゆるやかながら下降線をたどったものと思われる。家集成立の建暦三年十二月以降回数を増し、建保二年正月・九月、同四年二月、同五年正月、同六年二月と、五回を数える二所参詣も、現世利益の祈願という意味合いは消え、来世への祈りとしての色が濃くなっていったのであろう。

罪業《ざいごふ》を思ふ歌

炎《ほのほ》のみ虚空《こくう》に満てる阿鼻《あび》地獄《ぢごく》ゆくへもなしといふもはかなし　（六一五）

自分の行為の罪深さを顧みて慄然《りつぜん》としている実朝——。彼には死後の自分を待っている地獄の業火がまざまざと見えている。兄頼家の虐殺をはじめ、将軍就任以来経験してきた幾多の血なまぐさい事件は、自分が直接手を下したのではないにしても、無縁なことと言い逃れられはしない。殺されていった人々の怨念を思い、自らの罪深さを振り返るたびに、実朝は暗然とせざるを得なかっただろう。西行の『聞書集《ききがきしゅう》』にも、地獄絵を詠んだ同趣の歌はある。

心をおこす縁たらば、阿鼻のほのほの中にても

と申すことを思ひ出でて

ひまもなきほむらのなかの苦しみも心おこせば悟りにぞなる

一読して明らかであろう。実朝の歌では、炎はすさまじく燃え盛ってはいるものの、西行歌に詠まれた罪人達の叫喚は聞かれない。阿鼻の火はただ実朝一人を待ち取るためのもののようである。「ゆくへもなしといふもはかなし」という下句も、所詮堕地獄の身と観じつつ、しかも大げさに泣き叫んだりせずに、来たるべき運命を男らしく待ち構えているひとつの魂を浮びあがらせる。この歌はもとより建暦三年本所収のものである。にもかかわらず、ここには晩年の実朝に通ずるつぶやきが、意外な生々しさで歌われてはいまいか。悟りなどといったとりすましたものではない、ただひたすらなる祈りなのである。この祈りが、もはや今は捉えようもないほど巨大な一人の詩人の晩年期を、辛うじて支えていたのであったろう。

付録

校異一覧

一、ここには本文の底本改訂個所を列挙し、改訂後の本文と底本本文とを逐一対照させた。
一、「金槐和歌集」「実朝歌拾遺」とも、底本ならびに校訂本については、凡例を参照されたい。
一、アラビア数字は本書の歌番号である。以下、それぞれ校訂部分、改訂本文、底本本文の順で記した。
一、適正な異文が見当らず、歌意を汲んで私的に改めた場合がある。それらは改訂本文の末尾に（改）と記してその旨を断った。
一、底本自体に異文が併記してある場合は、底本本文の末尾に括弧を付して掲出した。

129	五句	響むる	とよむか
134	詞書	五月雨	ナシ
149	詞書	蟬	ナシ
215	三句	潮風に	秋かぜに
265	詞書	深山の紅葉	ナシ
274	三句	ながめつつ	ながめつる
281	五句	風に	かてに
295	四句	波に	なみだ
330	五句	雪の夕暮	ナシ
331	五句	雪の夕暮	ナシ
355	詞書	松に寄する祝と	まつによすると
365	四句	幾千代までと	いくちよまでにと
373	二句	尾上に	をかべに
405	五句	名のみ	なみの
413	詞書	撫子に寄する恋	くさによせてしのぶるこひ
414	詞書	草に寄せて忍ぶる恋	なでしこによするこひ
490	二句	岩垣沼に	いはがきぬに
501	二句	磯越路（改）	いそらがち
	五句	水脈し絶えずは（改）	身をしたへずは
502	四句	絶えずや	たへずや

526 三句 夜の床 よるのとに
529 詞書 臥したる したる
595 詞書 老 ナシ
617 初句 大日の 大日
629 五句 帰り来るがに かへるくるがに
657 四句 天の岩戸 あまのいはせ
658 五句 千木（改） きゞ

685 二句 わが名は ながなか
690 二句 きなれ きなを
691 五句 くるよしもがな くるよしもなし（異文「がな」）
703 五句 浮寝すらしも うきねすゞしも
723 初句 冬ごもり 冬ぐもり
730 五句 散らむとすらむ（改） ちらとすらん

参考歌一覧

一、本文頭注欄に、源実朝が詠作にあたって依拠したと思われる先行歌を掲げたが、影響関係が想定しうる参考歌（類似歌・類想歌）をここにまとめて、頭注意図の敷衍を期した。
一、アラビア数字は、本文の歌番号と一致する。その番号下に列記した各歌が、すなわち参考歌である。
一、掲出歌の末尾に、その収録歌集・作者名等を小活字で示した。
一、長歌等は、適当に歌句を省略した場合もある。

1ほのぼのと春こそ空に来にけらし天の香具山霞たなびく　『新古今集』春上、後鳥羽院
春立つといふばかりにやみ吉野の山も霞みて今朝は見ゆらむ　『拾遺集』春、壬生忠岑
春霞立てるを見ればあらたまの年は山より越ゆるなりけり　『拾遺集』春、紀文幹
いつしかと明けゆく空の霞めるは天の戸よりや春は立つらむ　『金葉集』春、藤原顕仲
天の戸の明くる気色《けしき》ものどかにて雲ゐよりこそ春は立ちけれ　『長秋詠藻』
2ほのぼのと春こそ空に来にけらし天の香具山霞たなびく　『新古今集』春上、後鳥羽院
久方の天の香具山この夕べ霞たなびく春立つらしも　『万葉集』巻十、作者未詳
久方の雲居に春の立ちぬれば空にぞ霞む天の香具山　『秋篠月清集』
3春霞立てるを見ればあらたまの年は山より越ゆるなりけり　『拾遺集』春、紀文幹
春霞立てるやいづこみ吉野の吉野の山に雪は降りつつ　『古今集』春上、読人しらず
4かき暗しなほ故郷《ふるさと》の雪のうちに跡こそ見えね春は来にけり　『新古今集』春上、宮内卿
山深み春とも知らぬ松の戸に絶え絶えかかる雪の玉水　『新古今集』春上、式子内親王
5あすよりは若菜摘まむとしめし野に昨日も今日も雪は降りつつ　『万葉集』巻八、山辺赤人
我がせこに見せむと思ひし梅の花それとも見えず雪のふれれば　『万葉集』巻八、山辺赤人
6ぬばたまの夜の更け行けば久木生ふる清き川原に千鳥しば鳴く　『万葉集』巻六、山辺赤人
7梓弓《あづさゆみ》春山近く家居してつぎて聞くらむ鶯の声　『万葉集』巻十、作者未詳
8春立つと聞きつるからに春日山消えあへぬ雪の花と見ゆらむ　『後撰集』春上、凡河内躬恒
二葉より頼もしきかな春日山木高き松の種ぞと思へば　『拾遺集』賀、大中臣能宣
10あすからは若菜摘まむと片岡のあしたの原は今日ぞ焼くめる　『拾遺集』春、柿本人

麻呂
春来ては花とも見よと片岡の松のうは葉に
あは雪ぞ降る　『新古今集』春上、藤原仲実
巻向《まきもく》の檜原もいまだ曇らねば小松が原にあ
は雪ぞ降る　『新古今集』春上、大伴家持
11鶯の鳴きて木づたふ梅が枝にこぼるる露や
涙なるらむ　『林葉和歌集』
12梅の花枝にか散ると見るまでに風に乱れて
雪ぞ降りくる　『万葉集』巻八、忌部黒麻呂
心あてに分くとも分かじ梅の花散り交《か》ふ里
の春の淡雪　建仁元年老若五十首歌合、藤原
定家
13我が宿の池の藤波咲きにけり山ほととぎす
いつか来鳴かむ　『古今集』夏、読人しらず
16秋立ちて幾かもあらねどこのねぬる朝けの
風は袂涼しも　『拾遺集』秋、安貴王
谷風に解くる氷のひまごとに打ち出づる波
や春の初花　『古今集』春上、源当純
17梅が香は袂にとめて鶯の声もて過る春の山
風　文治三年百首、藤原家隆
19石走る垂水の上の早蕨《さわらび》の萌え出づる春に成
りにけるかも　『万葉集』巻八、志貴皇子
20冬過ぎて春来《きた》るらし朝日さす春日の山に霞
たなびく　『万葉集』巻十、作者未詳
23おしなべて思ひしことの数々になほ色まさ
る秋の夕暮　『新古今集』秋上、藤原良経
24我がせこが衣春雨《はるさめ》降るごとに野辺の緑ぞ色
まさりける　『古今集』春上、紀貫之
青柳の糸縒《よ》り懸《か》くる春しもぞ乱れて花のほ
ころびにける　『古今集』春上、紀貫之
青柳の糸に玉貫《ぬ》く白露の知らず幾代の春か
経ぬらむ　『新古今集』春上、藤原有家
25仏造る真朱《まそほ》足らずは水たまる池田の朝臣《あそ》が
鼻の上を掘れ　『万葉集』巻十六、大神奥守
あしひきの山の間《ま》照らす桜花この春雨に散
りゆかむかも　『万葉集』巻十、作者未詳
26青柳の糸縒り懸くる春しもぞ乱れて花のほ
ころびにける　『古今集』春上、紀貫之
浅緑糸縒り懸けて白露を玉にも貫《ぬ》ける春の
柳か　『古今集』春上、遍昭
27道の辺《べ》の朽木《くちき》の柳春来ればあはれ昔とし
のばれぞする　『新古今集』雑上、菅原道真
29春雨はいたくな降りそ桜花いまだ見なくに
散らまく惜しも　『万葉集』巻十、作者未詳
30ながめつる今日は昔になりぬとも軒端の梅
はわれを忘るな　『新古今集』春上、式子内
親王
たれをかも知る人にせむ高砂の松も昔の友
ならなくに　『古今集』雑上、藤原興風
31年経《ふ》れば荒れのみ増さる宿の内に心長くも
すめる月かな　『後拾遺集』雑一、善滋為政
34こよひたれ篠《すず》吹く風を身にしめて吉野の岳《たけ》
の月を見るらむ　『新古今集』秋上、源頼政
37山高み人もすさめぬ桜花いたくなわびそ我
見はやさむ　『古今集』春上、読人しらず
39思ひ出づるをりたく柴《しば》の夕けぶりむせぶも
うれし忘れ形見に　『新古今集』哀傷、後鳥
羽院
40来《こ》む世にもはやなりななむ目の前につれな
き人を昔と思はむ　『古今集』恋一、読人し
らず
41わが宿の花にな鳴きそ呼子鳥呼ぶ甲斐あり
て君も来なくに　『後撰集』春中、春道列樹
あをによし奈良の山なる黒木もち造れる室《いへ》
は座《ま》せど飽かぬかも　『万葉集』巻八、聖武
天皇
42古里は浅茅が原になりはてて月に残れる人
の面影　『新古今集』雑中、藤原良経
43野辺近く家居しせれば鶯の鳴くなる声は朝
な朝な聞く　『古今集』春上、読人しらず
春の野にあさる雉子《きぎす》の妻恋いにおのがあり
かを人に知れつつ　『拾遺集』春、大伴家持
あしひきの八峰《やつを》の雉《きぎす》鳴き響《とよ》む朝明《あさけ》の霞見れ
ば悲しも　『万葉集』巻十九、大伴家持
45みよしのの吉野の山の桜花白雲とのみ見え

まがひつつ　『後撰集』春下、読人しらず

46ほととぎすなほ初声をしのぶ山夕ゐる雲の底に鳴くなり　『千載集』夏、守覚法親王

48影とめし露の宿りを思ひ出でて霜にあと問ふ浅茅《あさぢ》生《ふ》の月　『新古今集』冬、藤原雅経

彦星のゆきあひを待つ鵲《かささぎ》の門《と》渡る橋を我に貸さなむ　『新古今集』雑下、菅原道真

53君がため春の野に出でて若菜摘む我が衣手に雪は降りつつ　『古今集』春上、光孝天皇

57夕暮は待たれしものを今はただ行くらむ方を思ひこそやれ　『詞花集』恋下、相模

君いなば月待つとても眺めやらむ東《あづま》の方の夕暮の空　『新古今集』離別、西行

ながめ侘びそれとはなしに物ぞ思ふ雲のはたての夕暮の空　『新古今集』恋二、源通光

59足引の山に行きけむ山人の心も知らず山人や誰　『万葉集』巻二十、舎人親王

あしひきの山行きしかば山人の我に得《え》しめし山苞《やまづと》そこれ　『万葉集』巻二十、元正天皇

春霞たなびく野辺の若菜にもなりみてしがな人もつむやと　『古今集』雑体、藤原興風

63梅の花散らまく惜しみ我が園の竹の林に鶯鳴くも　『万葉集』巻五、阿倍奥島《あべのおきしま》

うちひさす宮路を行くに我が裳は破《や》れぬ玉の緒の思ひ乱れて家にあらましを　『万葉集』巻七、作者未詳

64たまぼこの道行きぶりに山桜折るとや我を花の思はむ　『躬恒集』

山守はいはばいはなむ高砂の尾上の桜折りてかざさむ　『後撰集』春中、素性

65道すがら富士の煙も分かざりき晴るる間もなき空の景色に　『新古今集』羇旅、源頼朝

自《おのづか》らいはぬを慕ふ人やあるとやすらふ程に年の暮れぬる　『新古今集』冬、西行

妹がため菅《すが》の実採りに行く我は山路に惑ひこの日暮らしつ　『万葉集』巻七、作者未詳

66大海の水底《みなそこ》照らししづく玉斎《いは》ひて採《と》らむ風な吹きそね　『万葉集』巻七、作者未詳

71筑波《つくば》嶺《ね》の岩もとどろに落つる水世にもたゆらにわが思はなくに　『万葉集』巻十四、作者未詳

み吉野の滝の白波知らねども語りし継げば古《いにしへ》思ほゆ　『万葉集』巻三、土理宣令

74さざなみや志賀の都は荒れにしを昔ながらの山桜かな　『千載集』春上、読人しらず

77今日もまた訪《と》はで暮れぬる故郷の花は雪とや今は散るらむ　正治二年後鳥羽院初度百首、藤原良経

91あすよりは志賀の花園稀にだに誰かは訪はむ春の故郷　『新古今集』春下、藤原良経

花もみな散りぬる宿はゆく春の故郷《ふるさと》とこそなりぬべらなれ　『拾遺集』春、紀貫之

98山路にてそぼちにけりな白露の暁起きの木々の滴に　『新古今集』羇旅、源国信

99言の葉も皆霜枯に成り行けば露の宿りもあらじとぞ思ふ　『後撰集』恋五、読人しらず

浅緑野辺の霞はつつめどもこぼれて匂ふ花桜かな　『拾遺集』春、読人しらず

100濡れつつぞしひて折りつる年の中に春はいく日《か》もあらじと思へば　『古今集』春下、在原業平

101鶯の鳴く野辺ごとに来てみれば移ろふ花に風ぞ吹きける　『古今集』春下、読人しらず

物も言はでながめてぞ経《ふ》る山吹の花に心ぞうつろひぬらむ　『拾遺集』春、清原元輔

沢水に蛙《かはづ》鳴くなり山吹のうつろふ影や底に見ゆらむ　『拾遺集』春、読人しらず

暮るるまも待つべき世かはあだし野の末葉の露にあらし立つなり　『新古今集』雑下、式子内親王

102霞むより緑は深し真菰《まこも》生ふる美豆《みづ》の御牧の春の川波　元久詩歌合、藤原雅経

103吉野川岸の山吹咲きにけり嶺の桜は散りはてぬらむ　『新古今集』春下、藤原家隆

104宮人のかざす雲居の桜花この一枝は君がた

めとて『秋篠月清集』

106漏らさばや思ふ心をさてのみはえぞ山城の井手の柵《しがらみ》『新古今集』恋二、殷富門院大輔

108わが宿に咲ける藤波立返り過ぎがてにのみ人の見るらむ『古今集』春下、凡河内躬恒

田子の浦の底さへ匂ふ藤波をかざして行かむ見ぬ人のため『拾遺集』夏、柿本人麻呂

110ほととぎす待つとせしまにわが宿の池の藤波移ろひにけり　建仁元年老若五十首歌合、藤原家隆

112深山《みやま》には嵐やいたく吹きぬらむ網代もたわに紅葉積れり『詞花集』冬、平兼盛

117唐衣《からころも》花の袂に脱ぎ替へよ我こそ春の色はたちつれ『新古今集』雑上、藤原道長

世の中の人の心は花染の移ろひやすき色にぞありける『古今集』恋五、読人しらず

色見えで移ろふものは世の中の人の心の花にぞありける『古今集』恋五、小野小町

118夏衣龍田川原の柳陰涼みに来つつならすころかな『後拾遺集』夏、曾禰好忠

我が宿の池の藤波咲きにけり山時鳥《ほととぎす》いつか来鳴かむ『古今集』夏、読人しらず

119春過ぎて夏来にけらし白妙の衣ほすてふ天の香具山『新古今集』夏、持統天皇

秋立ちて幾日《いくか》もあらねばこの寝ぬる朝明《あさけ》の風は手本《たもと》寒しも『万葉集』巻八、作者未詳

我が宿の池の藤波咲きにけり山時鳥いつか来鳴かむ『古今集』夏、読人しらず

120花散ると厭《いと》ひしものを夏衣たつや遅きと風を待つかな『拾遺集』夏、盛明親王

朝霞たなびく野辺に足引の山時鳥《ほととぎす》いつか来鳴かむ『万葉集』巻十、作者未詳

夏衣たちかへてける今日よりは山時鳥ひとへにぞ待つ『二条太皇太后宮大弐集』

121帰りこむほど思ふにもたけくまのまつわが身こそいたく老いぬれ『新古今集』離別、藤原基俊

桜花咲かばまづ見むと思ふまに日数経にけり春の山里『新古今集』春上、藤原隆時

122今日もまた尋ね暮らしつ時鳥いかで聞くべき初音なるらむ『金葉集』夏、藤原節信

123ふた声と聞くとはなしにほととぎす夜深く目をも覚ましつるかな『後撰集』・『拾遺集』夏、伊勢

124山近く家や居るべきさ男鹿の声を聞きつつ寝《い》ねかてぬかも『万葉集』巻十、作者未詳

時鳥まだうちとけぬ忍び音《ね》は来《こ》ぬ人を待つ我のみぞ聞く『新古今集』夏、白河院

125あしびきの山下水の木《こ》隠れてたぎつ心を堰《せ》きぞかねつる『古今集』恋一、読人しらず

126よそにのみ見てややみなむ葛城や高間の山の嶺の白雲『新古今集』恋一、読人しらず

127卯の花の垣根ならねど時鳥月の桂のかげに鳴くなり『新古今集』夏、大江匡房

128都人寝て待つらめや時鳥今ぞ山辺を鳴きて出づなる『拾遺集』夏、藤原道綱母

129来《く》べきほどとき過ぎぬれや待ちわびて鳴くなる声の人をとよむる『古今集』物名、藤原敏行

131葦の屋の灘の塩焼き暇《いとま》なみ黄楊《つげ》の小櫛もささず来にけり『新古今集』雑中、在原業平

小《を》山田の水の流をしるべにて堰入るるなべに鳴く蛙かな　文治二年二見浦百首、藤原定家

うば玉の夜の深けゆけば久木生ふる清き川原に千鳥鳴くなり『新古今集』冬・『万葉集』巻六、山辺赤人

134雁がねは今は来鳴きぬわが待ちし黄葉《もみち》はや継げ待てば苦しも『万葉集』巻十、作者未詳

136奥山の真木の葉凌《しの》ぎ降る雪の降りは増すとも地《つち》に落ちめやも『万葉集』巻六、橘奈良麻呂

137五月雨《さみだれ》の雲間の月の晴れ行くをしばし待ちける時鳥かな『新古今集』夏、二条院讃岐

巻向の檜原もいまだ雲居ねば小松が末《うれ》ゆあわ雪流る　『万葉集』巻十、作者未詳

138 五月山梢を高み時鳥鳴く音《ね》空なる恋もするかな　『古今集』恋二、紀貫之

一声《ひとこゑ》は思ひぞあへぬ時鳥たそがれ時の雲のまよひに　『新古今集』夏、八条院高倉

139 帰り来ぬ昔を今と思ひ寝の夢の枕に匂ふ橘　『新古今集』夏、式子内親王

140 五月闇《さつきやみ》短き夜半のうたた寝に花橘の袖に涼しき　『新古今集』夏、慈円

うたたねの朝明《あさけ》の袖に変はるなりならす扇の秋の初風　『新古今集』秋上、式子内親王

あはれとてとふ人のなどなかるらむ物思ふ宿の荻の上風　『新古今集』恋四、西行

141 五月山卯の花月夜時鳥聞けども飽かずまた鳴かぬかも　『万葉集』巻十、作者未詳

橘の花散る里の時鳥片恋しつつ鳴く日しそ多き　『万葉集』巻八、大伴旅人

145 旅にして妻恋ひすらし時鳥神奈備山にさ夜更けて鳴く　『万葉集』巻十、作者未詳

146 蓮葉《はちすば》の濁りに染《し》まぬ心もて何かは露を玉と欺く　『古今集』夏、遍昭

風吹けば蓮の浮葉に玉越えて涼しくなりぬひぐらしの声　『金葉集』夏、源俊頼

147 いもが寝《ぬ》る床《とこ》のあたりに岩ぐくる水にもがもよ入りて寝まくも　『万葉集』巻十四、作者未詳

148 かきつはた佐紀沢に生ふる菅《すが》の根の絶ゆとや君が見えぬこのごろ　『万葉集』巻十二、作者未詳

螢飛ぶ野沢に茂る葦の根の夜な夜な下に通ふ秋風　建仁元年老若五十首歌合、藤原良経

149 空蟬の羽に置く露の木《こ》隠れて忍び忍びに濡るる袖かな　『伊勢集』『源氏物語』空蟬

嵐吹く梢遙かに鳴く蟬の秋を近しと空に告ぐなる　建久四年六百番歌合、藤原定家

150 秋近う野はなりにけり白露の置ける草葉も色変りゆく　『古今集』物名、紀友則

玉だれの小簾《をす》の隙《すけき》に入り通ひ来ねたらちねの母が問はさば風と申さむ　『万葉集』巻十一、作者未詳

152 昨日まで惜しみし花は忘られて今日は待たるる時鳥かな　『後拾遺集』夏、藤原明衡

155 昨日こそ年は暮れしか春霞春日《かすが》の山にはや立ちにけり　『拾遺集』春、山辺赤人　『万葉集』巻十、作者未詳

朝戸《あさと》出《で》の君が姿をよく見ずて長き春日《はるひ》を恋ひや暮らさむ　『万葉集』巻十、作者未詳

朝戸出の君が足結《あゆひ》を濡らす露原早く起き出でつつ我も裳裾《もすそ》濡らさな　『万葉集』巻十、作者未詳

156 ほのぼのと春こそ空に来にけらし天《あま》の香具《かぐ》山《やま》霞たなびく　『新古今集』春上、後鳥羽院

157 うちはへて苦しきものはひとめのみしのぶの浦の海人《あま》の栲縄《たくなは》　『新古今集』恋二、二条院讃岐

妹《いも》がため玉を拾《ひり》ふと紀《き》の国の由良《ゆら》のみ崎にこの日暮しつ　『万葉集』巻七、作者未詳

紀の国や由良の湊《みなと》にひろふてふたまさかにだに逢ひ見てしがな　『新古今集』恋一、藤原長方

158 川風の涼しくもあるか打ち寄する波とともにや秋は立つらむ　『古今集』秋上、紀貫之

おのづから涼しくもあるか夏衣日も夕暮の雨のなごりに　『新古今集』夏、藤原清輔

おのづから秋は来にけり山里の葛《くず》はひかかる槇《まき》の伏屋《ふせや》に　『金葉集』秋、源経信

山の蟬鳴きて秋こそふけにけれ木々の梢の色まさりゆく　建仁三年俊成九十賀屛風歌、後鳥羽院

今よりは秋づきぬらし足引の山松陰にひぐらし鳴きぬ　『万葉集』巻十五、作者未詳

159 訪《と》ふ人もなき宿なれど来る春は八重《やへ》むぐらにも障《さは》らざりけり　『貫之集』

住む人もなき山里の秋の夜は月の光も寂し

かりけり　『後拾遺集』秋上、藤原範永

住む人もあるかなきかの宿ならし葦間《あしま》の月のもるに任せて　『新古今集』雑上、源経信

野原より露のゆかりを尋ね来てわが衣手《ころもで》に秋風ぞ吹く　『新古今集』秋下、後鳥羽院

160わくらばに訪《と》はれし人もむかしにてそれより庭のあとは絶えにき　『新古今集』雑中、藤原定家

秋風の露の宿りに君をおきて塵《ちり》を出でぬることぞ悲しき　『新古今集』哀傷、一条院

深草の露のよすがを契りにて里をばかれず秋は来にけり　『新古今集』秋上、藤原良経

161身に近く来にけるものを色かはる秋をばよそに思ひしかども　『新古今集』恋五、源顕房室

大方《おほかた》の秋来るからに我身こそ悲しきものと思ひ知りぬれ　『古今集』秋上、読人しらず

162詠《なが》むれば衣手涼しひさかたの天の川原の秋の夕暮　『新古今集』秋上、式子内親王

夕されば衣手寒し高松の山の木ごとに雪ぞ降りたる　『万葉集』巻十、作者未詳

宮人の袖付け衣秋萩ににほひよろしき高円《たかまと》の宮　『万葉集』巻二十、大伴家持

163夕月夜《ゆふづくよ》さすや岡辺《をかべ》の松の葉のいつとも分かぬ恋もする哉　『古今集』恋一、読人しらず

夕されば佐保の川原の川霧に友まどはせる千鳥鳴くなり　『拾遺集』冬、紀友則

164宇治川の水泡《みなわ》逆巻《さかま》き行く水の事反《かへ》らずそ思ひ始《そ》めてし　『万葉集』巻十一、作者未詳

吉野川岩波高く行く水の早くぞ人を思ひ始めてし　『古今集』恋一、紀貫之

石走《いしばし》る初瀬《はつせ》の川の浪枕早くも年の暮れにけるかな　『新古今集』冬、藤原実定

165ながむれば衣手涼しひさかたの天《あま》の川原《かはら》の秋の夕暮　『新古今集』秋上、式子内親王

時鳥《ほととぎす》いつかと待ちしあやめ草今日はいかなる音《ね》にか鳴くべき　『新古今集』恋一、藤原公任

あき風の吹きにし日よりいつしかとわが待ち恋ひし君そ来ませる　『万葉集』巻八、山上憶良

166彦星の行き逢ひを待つ鵲《かささぎ》の門《と》渡る橋をわれに貸さなむ　『新古今集』雑下、菅原道真

秋風の吹きにし日より久方の天の川原に立たぬ日はなし　『古今集』秋上、読人しらず

167夕されば秋風寒し吾妹子《わぎもこ》が解《と》き洗ひ衣《ごろも》行きてはや着む　『万葉集』巻十五、作者未詳

168このゆふべ降り来る雨は彦星の早漕ぐ舟の櫂《かひ》の散りかも　『万葉集』巻十、作者未詳

169恋ひ恋ひて逢ふ夜は今宵《こよひ》天の川霧立ち渡り明けずもあらなむ　『古今集』秋上、読人しらず

170天の川安《やす》の渡りに舟浮《う》けて秋立つ待つと妹《いも》に告げこそ　『万葉集』巻十、作者未詳

171近江より朝立ち来《く》ればうねの野に鶴《たづ》ぞ鳴くなる明けぬこの夜は　『古今集』大歌所御歌

172天の河扇の風に霧晴れて空澄み渡る鵲《かささぎ》の橋　『拾遺集』雑秋、清原元輔

173秋風に今か今かと紐解きてうら待ちをるに月かたぶきぬ　『万葉集』巻二十、大伴家持

174詠《なが》めつる今日は昔になりぬとも軒端の梅は我を忘るな　『新古今集』春上、式子内親王

古里《ふるさと》は散る紅葉《もみぢば》にうづもれて軒の忍ぶに秋風ぞ吹く　『新古今集』秋下、源俊頼

濡れて干す山路の菊の露の間《ま》にいつか千年《ちとせ》を我は経にけむ　『古今集』秋下、素性

君待つとねやへも入らぬ真木《まき》の戸にいたくな更けそ山の端の月　『新古今集』恋三、式子内親王

175朝ぼらけ荻の上葉の露見ればややはだ寒し秋の初風　『新古今集』秋上、曾禰好忠

秋はただ物をこそ思へ露かかる荻の上吹く風につけても　『新古今集』秋上、源重之女

よもすがら妻問ふ鹿の鳴くなべに小萩が原

の露ぞ零《こぼ》るる『新古今集』秋下、藤原俊忠

176 片糸もち貫《ぬ》きたる玉の緒を弱み乱れやしなむ人の知るべく『万葉集』巻十一、作者未詳

177 いざ児《こ》ども大和へ早く白菅《しらすげ》の真野《まの》の榛原《はりはら》手折りて行かむ『万葉集』巻三、高市黒人

白菅の真野の榛原往《ゆ》くさ来《く》さ君こそ見らめ真野の榛原『万葉集』巻三、高市黒人妻

178 道の辺《べ》の尾花が下の思ひ草今さらになど物か思はむ『万葉集』巻十、作者未詳

179 いとかくや袖はしをれし野べに出でて昔も秋の花は見しかど『新古今集』秋上、藤原俊成

唐衣《からころも》きつつなれにし妻しあればはるばる来ぬる旅をしぞ思ふ『古今集』羇旅、在原業平『伊勢物語』九段

180 藤袴《ふぢばかま》主は誰ともしら露のこぼれてにほふ野べの秋風『新古今集』秋上、公猷

181 ここにしも何匂ふらむ女郎花《をみなへし》人の物言ひ性《さが》憎き世に『拾遺集』雑秋、遍昭

宿りせし人の形見か藤袴忘られがたき香に匂ひつつ『古今集』秋上、紀貫之

主《ぬし》知らぬ香こそ匂へれ秋の野に誰が脱ぎ掛けし藤袴ぞも『古今集』秋上、素性

石上《いそのかみ》ふりにし人を尋ぬれば荒れたる宿にすみれ摘みけり『新古今集』雑中、能因

182 宮城野のもとあらの小萩露を重み風を待つごと君をこそ待て『古今集』恋四、読人しらず

183 さ夜更けて時雨《しぐれ》な降りそ秋萩の本葉《もとは》の黄葉《もみち》散らまく惜しも『万葉集』巻十、作者未詳

184 物思はでただおほかたの露にだに濡るれば濡るる秋のたもとを『新古今集』恋四、藤原有家

ながめてもあはれと思へおほかたの空だに悲し秋の夕暮『新古今集』恋四、鴨長明

雲かかる遠山畑の秋されば思ひやるだに悲しきものを『新古今集』雑上、西行

185 わがために来る秋にしもあらなくに虫の音聞けばまづぞ悲しき『古今集』秋上、読人しらず

秋風のいたりいたらぬ袖はあらじただわれからの露の夕暮『新古今集』秋上、鴨長明

誰《た》が秋の寝覚訪《と》はむと分かずともただわがためのさを鹿の声　建仁元年老若五十首歌合、藤原良経

186 たそがれの軒端の荻にともすればほに出でぬ秋ぞ下に言問《ことと》ふ『新古今集』夏、式子内親王

あはれとて問ふ人のなどなかるらむ物思ふ宿の荻の上風『新古今集』恋四、西行

189 秋風の日にけに吹けば露を重み萩の下葉は色付きにけり『万葉集』巻十、作者未詳

190 露をなどあだなるものと思ひけむわが身も草に置かぬばかりを『古今集』哀傷、藤原惟幹

192 朝な朝な露重げなる萩が枝に心をさへもかけて見るかな『詞花集』秋、周防内侍

ひとりぬる宿のとこなつ朝な朝な涙の露に濡れぬ日ぞなき『新古今集』雑上、花山院

わがやどの花踏みしだく鳥打たむ野はなければやここにしも来る『古今集』物名、紀友則

寝ざめして久しくなりぬ秋の夜は明けやしぬらむ鹿ぞ鳴くなる『新古今集』秋下、源道済

193 秋萩の花咲きにけり高砂の尾上の鹿は今や鳴くらむ『古今集』秋上、藤原敏行

秋風のうち吹くごとに高砂の尾上の鹿の鳴かぬ日ぞなき『拾遺集』秋、読人しらず

194 花に飽かでなに帰るらむ女郎花《をみなへし》多かる野辺に寝なましものを『古今集』秋上、平貞文

196 真葛《まくず》はふあだの大野の白露を吹きな払ひそ秋の初風『金葉集』秋、藤原長実

野辺ごとにおとづれわたる秋風をあだにもなびく花すすきかな『新古今集』秋上、八

条院六条
198神無月風に紅葉の散る時はそこはかとなく
ものぞ悲しき『新古今集』冬、藤原高光
199暮れかかるむなしき空の秋を見ておぼえず
たまる袖の露かな『新古今集』秋上、藤原
良経
200秋を経てあはれも露も深草の里訪《と》ふものは
鶉《うづら》なりけり『新古今集』秋下、慈円
我が恋を忍びかねてはあしびきの山橘の色
に出でぬべし『古今集』恋三、紀友則
なき人を忍びかねては忘れ草多かる宿に宿
りをぞする『新古今集』哀傷、藤原兼輔
夕暮は雲のはたてに物ぞ思ふ天つ空なる人
を恋ふとて『古今集』恋一、読人しらず
ながめ侘びそれとはなしに物ぞ思ふ雲のは
たての夕暮の空『新古今集』恋二、源通光
201侘《わび》しらに猿《ましら》な鳴きそあしびきの山のかひあ
る今日にやはあらぬ『古今集』雑体、凡河
内躬恒
行方《ゆくへ》なみ隠れる小沼《をぬ》の下思《したもひ》にわれぞ物思ふ
このころの間『万葉集』巻十二、作者未詳
202玉垂《たまだれ》の小簾《をす》の間《ま》通し独り居て見る験《しるし》なき夕《ゆふ》
月夜《づくよ》かも『万葉集』巻七、作者未詳
秋風は身にしむばかり吹きにけり今や打つ
らむ妹《いも》がさ衣『新古今集』秋下、藤原輔尹

あたら夜を伊勢の浜荻折り敷きて妹《いも》恋しら
に見つる月かな『千載集』羇旅、藤原基俊
203今よりは秋風寒く吹きなむをいかにか独り
長き夜を寝む『万葉集』巻三、大伴家持
君来《こ》ずは独りや寝なむ笹の葉のみ山もそよ
にさやぐ霜夜を『新古今集』冬、藤原清輔
205秋の夜は露こそことに寒からし草叢《くさむら》ごとに
虫の侘ぶれば『古今集』秋上、読人しらず
207庭草に村雨降りてひぐらしの鳴く声聞けば
秋は来にけり『拾遺集』雑秋、柿本人麻呂
訪《と》ふ人も今はあらしの山風に人まつ虫の声
ぞ悲しき『拾遺集』秋、読人しらず
和歌の浦に月のいで潮のさすままに夜鳴く
鶴《たづ》の声ぞ悲しき『新古今集』雑上、慈円
210天の原ふりさけ見れば春日なる三笠の山に
出でし月かも『古今集』羇旅、安倍仲麻呂
有明の月の光を待つほどに我が世のいたく
更けにけるかな『拾遺集』雑上、藤原仲文
211われながら思ふか物をとばかりに袖にしぐ
るる庭の松風『新古今集』雑中、藤原有家
暮れかかる虚しき空の秋を見て覚えずたま
る袖の露かな『新古今集』秋上、藤原良経
露は袖に物思ふ頃はさぞな置く必ず秋の習
ひならねど『新古今集』秋下、後鳥羽院
くれ竹の葉末にすがる白雪も夜頃経《へ》ぬれば

氷とぞなる　建仁元年老若五十首歌合、藤原
良経
212曇りなき鏡の山の月を見て明らけき世を空
に知るかな『新古今集』賀、藤原永範
数《かぞ》へねど今宵《こよひ》の月の気色にて秋の半ばを空
に知るかな『山家集』
213あたら夜を伊勢の浜荻《はまをぎ》折り敷きて妹《いも》恋しら
に見つる月かな『千載集』羇旅、藤原基俊
紀の国や由良の湊《みなと》に拾ふてふたまさかにだ
に逢ひ見てしがな『新古今集』恋一、藤原
長方
さしつぎに見るものにもが万代《よろづよ》を黄楊《つげ》の小《を》
櫛《くし》の神さぶるまで『源氏物語』若菜上
215須磨の海人《あま》の袖に吹きこす潮風のなるとは
すれど手にもたまらず『新古今集』恋二、
藤原定家
旅人の袖吹き返す秋風に夕日寂しき山の
桟《かけはし》『新古今集』羇旅、藤原定家
216君に恋ひしなえうらぶれあが居れば秋風吹
きて月傾《かたぶ》きぬ『万葉集』巻十、作者未詳
ぬばたまの夜は更けぬらし玉くしげ二上山
に月傾きぬ『万葉集』巻十七、土師道良
219鳴き渡る雁の涙や落ちつらむ物思ふ宿の萩
の上の露『古今集』秋上、読人しらず
220詠《なが》めつつ思ふも寂し久方の月の都の明け方

の空　『新古今集』秋上、藤原家隆
221天の戸をおし明け方の雲間より神代の月の
影ぞ残れる　『新古今集』雑上、藤原良経
吹きまよふ雲居を渡る初雁の翼に鳴らす四《よ》
方《も》の秋風　『新古今集』秋下、藤原俊成女
223泊りとふ日さへ短くなりにけり八重の潮路
の秋の夕暮　建暦二年内裏歌会、藤原家隆
224秋風に山飛び越ゆる雁がねのいや遠ざかり
雲隠れつつ　『新古今集』秋下、柿本人麻呂
秋風に山飛び越ゆる雁がねの声遠ざかる雲
隠るらし　『万葉集』巻十、作者未詳
横雲の風に分るるしののめに山飛び越ゆる
初雁の声　『新古今集』秋下、西行
225足引の山飛び越ゆる雁がねは都に行かば妹
に逢ひて来《こ》ね　『万葉集』巻十五、作者未詳
秋風の袖に吹きまく峰の雲を翼にかけて雁
も鳴くなり　『新古今集』秋下、藤原家隆
227和歌の浦に月の出で潮のさすままに夜《よる》鳴く
鶴《たづ》の声ぞ悲しき　『新古今集』雑上、慈円
229出でて去《い》なば天飛ぶ雁《かり》の泣きぬべみ今日今
日と言ふに年そ経にける　『万葉集』巻十、
作者未詳
230志深く染めてしをりければ消えあへぬ雪の
花と見ゆらむ　『古今集』春上、読人しらず
232織女《たなばた》に脱ぎて貸しつる唐衣いとど涙に袖や
濡るらむ　『拾遺集』秋、紀貫之
ほにも出でぬ山田を守《も》ると藤衣いなばの露
に濡れぬ日はなし　『古今集』秋下、読人し
らず
ゆふされば人なき床を打ち払ひ嘆かむため
となれるわが身か　『古今集』恋五、読人し
らず
233梓弓《あづさゆみ》春山近く家をらば継《つ》ぎて聞くらむ鶯
の声　『万葉集』巻十、作者未詳
235鳴く雁のねをのみぞ聞く小倉山霧立ちはる
る時しなければ　『新古今集』秋下、清原深
養父
しながどり猪名野を行けば有馬山夕霧立ち
ぬやどはなくして　『新古今集』羇旅、読人
しらず
夕されば小倉の山に鳴く鹿は今夜《こよひ》は鳴かず
寝《い》ねにけらしも　『万葉集』巻八、舒明天皇
237雲のゐる遠山鳥のよそにてもありとしきけ
ば侘びつつぞ寝《ぬ》る　『新古今集』恋五、読人
しらず
音羽山今朝越え来《く》ればほととぎす梢はるか
に今ぞ鳴くなる　『古今集』夏、紀友則
雲かかる高師の山の明けぐれに妻まどはせ
るを鹿鳴くなり　大治三年西宮歌合、源仲正
238誰となく人まつ虫を標《しるべ》に誘ふか野辺に独
り行く月　建仁元年句題五十首、藤原良経
239月澄めば四方《よも》の浮雲空に消えてみ山隠れに
行く嵐かな　『新古今集』雑上、藤原秀能
思ふこと有明がたの月影にあはれをそふる
さ牡鹿《をしか》の声　『金葉集』秋、皇后宮右衛門佐
240苔の庵《いほり》さして来つれど君まさで帰るみ山の
道の露けさ　『新古今集』雑中、恵慶
あれはてて風もさはらぬ苔の庵に我はなく
とも露はもりけむ　『新古今集』雑中、読人
しらず
古郷を恋ふる涙や独り行く友なき山の道芝
の露　『新古今集』哀傷、慈円
245草枕夕風寒くなりにけり衣打つなる宿や借
らまし　『新古今集』羇旅、紀貫之
247夜を長み眠《い》の寝らえぬに足引の山彦《やまびこ》響《とよ》めさ
雄鹿鳴くも　『万葉集』巻十五、作者未詳
夜をさむみ寝覚めて聞けば鴛鴦《をし》ぞ鳴く払ひ
もあへず霜や置くらむ　『後撰集』冬、読
人しらず
今来《こ》むと言ひしばかりに長月の有明の月を
待ち出でつるかな　『古今集』恋四、素性
248更けにけり山の端近く月冴えて十市《とをち》の里に
衣打つ声　『新古今集』秋下、式子内親王
寝覚めして聞けば物こそ悲しけれ十市の里
に衣打つ声　『長方集』

明けぬるか衣手寒し菅原や伏見の里の秋の初風　『新古今集』秋上、藤原家隆

秋の夜を寝覚めて聞けば菅原や伏見の里に衣打つなり　堀河院題百首、慈円

249白雪の降りしく時はみ吉野の山下風に花ぞ散りける　『古今集』賀、紀貫之

251深緑争ひかねていかならむまなく時雨のふるの神杉　『新古今集』冬、後鳥羽院

252秋萩の古枝《ふるえ》に咲ける花見ればもとの心は忘れざりけり　『古今集』秋上、凡河内躬恒

254秋萩の下葉黄葉《もみち》ぬあらたまの月の経《へ》行けば風疾《はや》みかも　『万葉集』巻十、作者未詳

秋は来《き》ぬ今や籬《まがき》のきりぎりす夜な夜な鳴かむ風の寒さに　『古今集』物名、読人しらず

255秋風の日にけに吹けば露を重み萩の下葉は色付きにけり　『万葉集』巻十、作者未詳

宮城野の本荒《もとあら》の小萩露を重み風を待つごと君をこそ待て　『古今集』恋四、読人しらず

256野辺の露浦わの浪をかこちても行方《ゆくへ》も知らぬ袖の月影　『新古今集』羇旅、藤原家隆

257秋更けぬなけや霜夜のきりぎりすやや影寒し蓬生《よもぎふ》の月　『新古今集』秋下、後鳥羽院

260今朝の朝明雁《あさけかり》が音《ね》寒く聞きしなへ野辺の浅茅ぞ色づきにける　『万葉集』巻八、聖武天皇

261雁が音の鳴きし朝明《あさけ》ゆ春日なる三笠の山は色づきにけり　『万葉集』巻十、作者未詳

262誰《た》がための錦なればか秋霧の佐保の山辺を立ち隠すらむ　『古今集』秋下、紀友則

263雁がねの鳴きつるなべに唐衣龍田の山は紅葉しにけり　『後撰集』秋下、読人しらず

266白露は置きて変れど百敷《ももしき》の移ろふ秋は物ぞ悲しき　『新古今集』秋下、伊勢

267夕されば身にしむ野辺の秋風に堪へでや鹿の声を立つらむ　『鴨長明集』

268我が宿は道もなきまで荒れにけりつれなき人を待つとせしまに　『古今集』恋五、遍昭

270年ごとにもみぢ葉流す龍田川水門《みなと》や秋のとまりなるらむ　『古今集』秋下、紀貫之

271冬の来て紅葉吹きおろすみむろ山嵐の末に秋ぞ残れる　建仁元年外宮百首、後鳥羽院

275秋は来ぬもみぢは宿に降りしきぬ道踏み分けて訪ふ人はなし　『古今集』秋下、読人しらず

神無月風に紅葉の散る時はそこはかとなくものぞ悲しき　『新古今集』冬、藤原高光

277木の葉散る時雨や紛ふわが袖にもろき涙の色と見るまで　『新古今集』冬、源通具

神無月木々の木の葉は散りはてて庭にぞ風の音は聞ゆる　『新古今集』冬、覚忠

279神南備の三室の梢いかならむなべての山も時雨する頃　『新古今集』秋下、八条院高倉

神無月時雨降るらし佐保山の正木のかづら色まさりゆく　『新古今集』冬、読人しらず

281奈良山の峰のもみぢ葉取れば散るしぐれの雨し間なく降るらし　『万葉集』巻八、県犬養吉男

282下紅葉かつ散る山の夕時雨《しぐれ》濡れてや独り鹿の鳴くらむ　『新古今集』秋下、藤原家隆

入日さす佐保の山辺の柞原《ははそはら》曇らぬ雨と木の葉降りつつ　『新古今集』秋下、曾禰好忠

神無月時雨降りおけるならの葉の名におふ宮のふるごとぞこれ　『古今集』雑下、文屋有真

今更に訪ふべき人も思ほえず八重葎《むぐら》して門させりてへ　『古今集』雑下、読人しらず

283嵐吹く三室の山のもみぢ葉は龍田の川の錦なりけり　『後拾遺集』秋下、能因

284滝の上の三船の山に居る雲の常にあらむとわが思はなくに　『万葉集』巻三、弓削皇子

み吉野の三船の山に立つ雲の常にあらむとわが思はなくに　『万葉集』巻三、作者未詳

285散り積る木の葉も風に誘はれて庭にも秋の暮れにけるかな　『千載集』秋下、慈弁

知るらめや木の葉降りしく谷水の岩間にもらす下の心を　『新古今集』恋二、藤原頼実

まれに来《こ》し山の懸橋音もなし氷に閉づる瀬瀬の白波　『俊成卿女集』

286 葦鶴《あしたづ》の立てる川辺を吹く風に寄せて帰らぬ浪かとぞ見る　『古今集』雑上、紀貫之

287 通ひ来し宿の道芝かれがれに跡無き霜の結ぼほれつつ　『新古今集』恋四、藤原俊成女

288 今来むといふ言の葉もかれゆくに夜な夜な露の何に置くらむ　『新古今集』恋五、和泉式部

289 なみだのみ浮き出づる海人《あま》の釣竿《つりざを》の長き夜すがら恋ひつつぞ寝《ぬ》る　『新古今集』恋五、光孝天皇

影さへに今はと菊のうつろふは波の底にも霜や置くらむ　『新古今集』冬、坂上是則

290 秋の霜白きを見れば鵲《かささぎ》の渡せる橋に月の冴えける　建仁三年俊成九十賀屏風歌、後鳥羽院

君待つと庭のみ居ればうちなびくわが黒髪に霜ぞ置きにける　『万葉集』巻十二、作者未詳

291 ゆくさきはさ夜更けぬれど千鳥鳴く佐保の川原は過ぎ憂かりけり　『新古今集』冬、伊勢大輔

夕されば潮風越してみちのくの野田の玉川千鳥鳴くなり　『新古今集』冬、能因

野辺の露は色もなくてや零《こぼ》れつる袖より過ぐる荻の上風　『新古今集』恋五、慈円

292 秋田守《も》る仮庵《かりいほ》作り我が居れば衣手寒し露ぞ置きける　『新古今集』秋下、読人しらず

あやしくぞ帰さは月の曇りにし昔語りに夜や更けにけむ　『新古今集』雑上、行遍

293 ぬばたまの夜渡る月にあらませば家なる妹に逢ひて来ましを　『万葉集』巻十五、作者未詳

虫の音も長き夜飽かぬ故郷になほ思ひ添ふ松風ぞ吹く　『新古今集』秋下、藤原家隆

294 流れても逢瀬ありやと身を投げて虫明の瀬戸に待ち試みむ　『狭衣物語』巻一

波たかき虫明の瀬戸に行く舟の寄る辺知らせよ沖つ潮風　建仁元年句題五十首、藤原良経

待てとしも頼めぬ磯の仮枕虫明の波の寝ぬ夜問ひぬる　建仁二年水無瀬殿恋十五首歌合、藤原良経

295 夕月夜潮満ち来《く》らし難波江の葦の若葉に越ゆる白波　『新古今集』春上、藤原秀能

和歌の浦に潮満ち来れば潟を無み葦辺をさして鶴鳴き渡る　『万葉集』巻六、山辺赤人

296 山おろしに鹿の音《ね》たかく聞ゆなり尾上の月にさ夜やふけぬる　『新古今集』秋下、藤原実房

297 水の江のよしのの宮は神さびてよはひたけたる浦の松風　『新古今集』雑中、藤原季能

冴えわびて覚むる枕にかげ見れば霜深き夜の有明の月　『新古今集』冬、藤原俊成女

月ぞ澄む誰かはここに紀の国や吹上の千鳥独り鳴くなり　『新古今集』冬、藤原良経

298 うば玉の夜の更け行けば楸《ひさぎ》生ふる清き川原に千鳥鳴くなり　『新古今集』冬、山辺赤人

299 うば玉の妹が黒髪今宵もや我がなき床に靡き出でぬらむ　『拾遺集』恋三、読人しらず

300 片敷きの袖をや霜に重ぬらむ月に夜がるる宇治の橋姫　『新古今集』冬、幸清

さむしろに衣片敷き今宵もや我を待つらむ宇治の橋姫　『古今集』恋四、読人しらず

305 夜もすがら浦こぐ舟は跡もなし月ぞ残れる志賀の唐崎　『新古今集』雑上、宜秋門院丹後

花誘ふ比良の山風吹きにけり漕ぎ行く舟の跡見ゆるまで　『新古今集』春下、宮内卿

さざ波や志賀の唐崎風冴えて比良の高嶺に霰降るなり　『新古今集』冬、藤原忠通

306 まこも刈る淀の沢水深けれど底まで月の影は澄みけり　『新古今集』夏、大江匡房

309 卯の花のむらむら咲ける垣根をば雲間の月の影かとぞ見る　『新古今集』夏、白河院

311わが背子に見せむと思ひし梅の花それとも見えず雪の降れれば 『万葉集』巻八、山辺赤人

梅の花それとも見えず久方のあまぎる雪のなべて降れれば 『古今集』冬、読人しらず

心こそゆくへも知らね三輪の山杉の梢の夕暮の空 『新古今集』恋四、慈円

312住の江の松に夜深く置く霜は神の掛けたる木綿《ゆふ》かづらかも 『源氏物語』若菜下

313音羽山今朝《けさ》越え来《く》れば時鳥こずゑはるかに今ぞ鳴くなる 『古今集』夏、紀友則

314天つ風吹飯《ふけひ》の浦にゐる鶴《たづ》のなどか雲居に帰らざるべき 『新古今集』雑下、藤原清正

梅が枝に鳴きてうつろふ鶯の羽しろたへにあは雪ぞ降る 『新古今集』春上、読人しらず 『万葉集』巻十、作者未詳

夕されば衣手寒しみ吉野の吉野の山にみ雪降るらし 『古今集』冬、読人しらず

315難波潟潮干にあさる葦鶴も月傾《かたぶ》けば声の恨むる 『新古今集』雑上、俊恵

316霜の上に跡踏みつくる浜ちどり行方《ゆくへ》もなしと音《ね》をのみぞ泣く 『新古今集』恋一、藤原興風

幾夜われ波にしをれて貴船川袖に玉散る物思ふらむ 『新古今集』恋二、藤原良経

317あしひきの山路も知らず白橿《しらかし》の枝もとををに雪の降れれば 『万葉集』巻十、作者未詳

318波間より見ゆる小島の浜楸《ひさぎ》久しくなりぬ君に逢はずて 『拾遺集』恋四、読人しらず 『万葉集』巻十一、作者未詳

319富士の嶺《ね》のけぶりもなほぞ立ち昇る上なきものは思ひなりけり 『新古今集』恋二、藤原家隆

320朝霞深く見ゆるや煙立つ室の八島のわたりなるらむ 『新古今集』春上、藤原清輔

下燃えに思ひ消えなむ煙だに跡なき雲の果てぞ悲しき 『新古今集』恋二、藤原俊成女

321夕されば衣手寒しみ吉野の吉野の山にみ雪降るらし 『古今集』冬、読人しらず

海人《あま》小舟とま吹き返す浦風にひとり明石の月をこそ見れ 『新古今集』雑中、源俊頼

322痛足《あなし》川川波立ちぬ巻向の弓月が岳に雲居立つらし 『万葉集』巻七、作者未詳

衣手に余呉《よご》の浦風冴え冴えて己高山《こだかみ》に雪降りにけり 『金葉集』冬、源頼綱

324春の着る霞の衣緯《ぬき》を薄み山風にこそ乱るべらなれ 『古今集』春上、在原行平

いつも聞く麓の里と思へども昨日に変る山おろしの風 『新古今集』秋上、藤原実定

326秋は来ぬ紅葉《もみぢ》は宿に降りしきぬ道踏み分けて訪ふ人はなし 『古今集』秋下、読人しらず

山里は冬ぞ寂しさまさりける人目も草もかれぬと思へば 『古今集』冬、源宗于

忘れては夢かとぞ思ふ思ひきや雪踏み分けて君を見むとは 『古今集』雑下、在原業平

327厭ひてもなほ厭はしき世なりけり吉野の奥の秋の夕暮 『新古今集』雑中、藤原家衡

山里は雪降り積みて道もなし今日来む人をあはれとは見む 『拾遺集』冬、平兼盛

わが庵は三輪の山もと恋しくは訪らひ来ませ杉立てる門 『古今集』雑下、読人しらず

328奥山の岩陰に生ふる菅の根のねもころ我も相思はざれや 『万葉集』巻四、藤原久須麻呂

329山深み春とも知らぬ松の戸に絶え絶えかかる雪の玉水 『新古今集』春上、式子内親王

苔の庵《いほり》さして来つれど君まさで帰るみ山の道の露けさ 『新古今集』雑中、恵慶

331故郷《ふるさと》は吉野の山し近ければ一日《ひとひ》もみ雪降らぬ日はなし 『古今集』冬、読人しらず

降りそむる今朝だに人の待たれつるみ山の里の雪の夕暮 『新古今集』冬、寂蓮

334八重霞煙も見えずなりぬなり富士の高嶺の夕暮の空 元久元年住吉三十首、後鳥羽院

335笹の葉はみ山もさやにうちそよぎ氷れる霜

を吹く嵐かな　『新古今集』冬、藤原良経
336秋篠や外山の里やしぐるらむ生駒の岳に雲
のかかれる　『新古今集』冬、西行
み山には霰降るらし外山なるまさきのかづ
ら色づきにけり　『古今集』神遊びの歌
337あしびきの山路も知らず白橿《しらかし》の枝にも葉に
も雪の降れれば　『拾遺集』冬、柿本人麻
呂　『万葉集』巻十、作者未詳
338千歳《ちとせ》経る松だにくゆる世の中に今日とも知
らで立てる我かな　『新古今集』雑下、性空
寝ぬる夜の夢をはかなみまどろめばいやは
かなにもなりまさるかな　『古今集』恋三、
在原業平
339降りそむる今朝だに人の待たれつるみ山の
里の雪の夕暮　『新古今集』冬、寂蓮
340み吉野の大川野辺の古柳影こそ見えね春め
きにけり　『新古今集』春上、輔仁親王
341冬来ればゆくてに人は汲まねども氷ぞ結ぶ
山の井の水　『千載集』冬、藤原成家
343もののふの八十宇治川の網代木にいさよふ
波の行方知らずも　『新古今集』雑中・『万
葉集』巻三、柿本人麻呂
吉野川岩波高く行く水の早くぞ人を思ひそ
めてし　『古今集』恋一、紀貫之
昨日といひ今日と暮らして飛鳥《あすか》川流れて早
き月日なりけり　『古今集』冬、春道列樹
石走る初瀬の川の波枕早くも年の暮れにけ
るかな　『新古今集』冬、藤原実定
344み吉野は山も霞みて白雪のふりにし里に春
は来にけり　『新古今集』春上、藤原良経
345あしひきの山を木高《こだか》み夕月をいつかと君を
待つが苦しさ　『万葉集』巻十二、作者未詳
かざし折る三輪の繁山かき分けてあはれと
ぞ思ふ杉立てる門　『新古今集』雑中、殷富
門院大輔
自《おのづか》ら言はぬを慕ふ人やあるとやすらふほど
に年の暮れぬる　『新古今集』冬、西行
347老いらくの月日はいとど早瀬川返らぬ浪に
濡るる袖かな　『新古今集』雑下、覚弁
年経とも越の白山《しらやま》忘れずは頭の雪をあはれ
とも見よ　『新古今集』神祇、藤原顕輔
348さかさまに年も行かなむ取りもあへず過ぐ
る齢《よはひ》やともに返ると　『古今集』雑上、読人
しらず
349嬰児《みどりご》の這ひたもとほり朝夕《よひ》に音のみぞあが
泣く君なしにして　『万葉集』巻三、余明軍
百《もも》くさに八十《やそ》くさ添へて給ひてし乳房の報
い今日ぞわがする　『拾遺集』哀傷、行基
351春立ちて朝《あした》の原の雪見ればまだ旧年《ふるとし》の心地
こそすれ　『拾遺集』春、平祐挙
352逢はずして今宵明けなば春の日の長くや
人をつらしと思はむ　『古今集』恋三、源
宗于
353千々の秋一つの春にむかはめや紅葉も花も
ともにこそ散れ　『伊勢物語』九十四段
春秋のながめは雪に積りけり花と月とをみ
吉野の里　千五百番歌合、源具親
あたら夜の月と花とを同じくはあはれしれ
らむ人に見せばや　『後撰集』春下、源信明
354海神《わたつみ》の神に手向くる山姫の幣をぞ人は紅葉
といひける　『後撰集』秋下、読人しらず
みそぎして思ふことをぞ祈りつる八百万代
の神のまにまに　『拾遺集』賀、藤原伊衡
355二葉より頼もしきかな春日山木高き松の種
ぞと思へば　『拾遺集』賀、大中臣能宣
356位山あとを尋ねて登れども子を思ふ道にな
ほ迷ひぬる　『新古今集』雑下、源通親
位山峰までつける杖なれど今万代の坂のた
めなり　『拾遺集』賀、大中臣能宣
357さりともと頼む心の行末も思へば知らぬ世
にまかすらむ　『新古今集』雑下、賀茂季保
天《あめ》の下芽ぐむ草木の目もはるに限りも知ら
ぬ御代の末々　『新古今集』賀、式子内親王
住吉の岸の姫松人ならば幾世か経しと問は
ましものを　『古今集』雑上、読人しらず

359住吉の荒人神《あらひと》の久しさに松も幾度生ひ代る
らむ　『詞花集』賀、源経信
久しくも思ほえねども住吉の松や再び生ひ
代るらむ　『拾遺集』恋二、藤原忠房女
いかばかり年は経ねども住の江の松ぞ再び
生ひ代りぬる　『新古今集』神祇、住吉明神
362あをによし奈良の山なる黒木もち造れる室
は座《ま》せど飽かぬかも　『万葉集』巻八、聖武
天皇
363春来れば宿にまづ咲く梅の花君が千年《ちとせ》の
挿頭《かざし》とぞ見る　『古今集』賀、紀貫之
364宿にある桜の花は今もかも松風速み地《つち》に散
るらむ　『万葉集』巻八、厚見王
妹が家に伊久里の森の藤の花今来む春も常
かくし見む　『万葉集』巻十七、作者未詳
365岩にむす苔踏みならすみ熊野の山のかひあ
る行末もがな　『新古今集』神祇、後鳥羽院
木《こ》の下《した》の苔の緑も見えぬまで八重散りしけ
る山桜かな　『新古今集』春下、源師頼
366ちはやぶるいつきの宮の有栖川松とともに
ぞ影はすむべき　『千載集』賀、藤原師実
ちはやぶる賀茂の社の姫小松万代経とも色
は変らじ　『古今集』東歌、藤原敏行
とやかへる鷹の尾山の玉椿霜をば経とも色
は変らじ　『新古今集』賀、大江匡房

367なほ頼めしめぢが原のさせも草われ世の中
にあらむかぎりは　『新古今集』釈教、清水
観音
368千早振るみかみの山の榊葉《さかきば》は栄えぞまさる
末の世までに　『拾遺集』神楽、大中臣能宣
聞きわたる御手洗川の水清み底の心を今日
ぞ見るべき　『金葉集』雑上、津守国基
369いかるがや富の緒川の絶えばこそわが大君
の御名を忘れめ　『拾遺集』哀傷、飢人《うえびと》
370君が代は尽きじとぞ思ふ神風や御裳濯《みもすそ》川の
澄まむ限りは　『後拾遺集』賀、源経信
君が代は千代ともささじ天の戸や出づる月
日のかぎりなければ　『新古今集』賀、藤原
俊成
君が代は天のかご山出づる日の照らむ限り
は尽きじとぞ思ふ　『千載集』賀、藤原伊通
373大名児《おほなこ》を彼方《をちかた》野辺に刈る草《かや》の束の間《あひだ》もわれ
忘れめや　『万葉集』巻二、草壁皇子
374我が恋は知る人もなしせく床の涙もらすな
つげのを枕　『新古今集』恋一、式子内親王
春日野の若紫のすり衣しのぶの乱れ限り知
られず　『新古今集』恋一、在原業平
376鵲《かささぎ》の渡せる橋に置く霜の白きを見れば夜
ぞ更けにける　『新古今集』冬、大伴家持
恐ろしや木曾の懸路の丸木橋ふみ見るたび

に落ちぬべきかな　『千載集』雑下、空人
377夢よりもはかなきものはかげろふのほのか
に見てし影にぞありける　『拾遺集』恋二、
読人しらず
かげろふのほのかに見えて別れなばもとな
や恋ひむあふ時までは　『万葉集』巻八、
山上憶良
378聞く人ぞ涙は落つる帰る雁鳴きてゆくなる
あけぼのの空　『新古今集』春上、藤原俊成
奥山の峰飛び越ゆるはつかりのはつかにだ
にも見でややみなむ　『新古今集』恋一、凡
河内躬恒
春の波の入江にまよふ初草のはつかに見て
し人ぞ恋しき　千五百番歌合、藤原家隆
379秋風に靡く浅茅の末ごとに置く白露のあは
れ世の中　『新古今集』雑下、蟬丸
うら枯るる浅茅が原の刈萱の乱れて物を思
ふころかな　『新古今集』秋上、坂上是則
380暮るるまも待つべき世かはあだし野の末葉
の露にあらし立つなり　『新古今集』雑下、
式子内親王
いかにせむ葛の裏吹く秋風に下葉の露の隠
れなき身を　『新古今集』恋二、相模
381秋萩の花野の薄穂には出でず我が恋ひ渡る
隠り妻はも　『万葉集』巻十、作者未詳

382 石上《いそのかみ》布留《ふる》のわさ田の穂には出でず心の内に恋ひや渡らむ　『新古今集』恋一、柿本人麻呂

333 初雁の羽風涼しくなるなべに誰か旅寝の衣返さぬ　『新古今集』秋下、凡河内躬恒

385 あめ降らば着むと思へる笠の山人にな着せそ濡れはひつとも　『万葉集』巻三、石上乙麻呂

我が恋は槇の下葉にもる時雨濡るとも袖の色に出でめや　『新古今集』恋一、後鳥羽院

386 深緑争ひかねていかならむまなく時雨のふるの神杉　『新古今集』冬、後鳥羽院

石上布留の神杉古りぬれど色には出でず露も時雨も　『新古今集』恋一、藤原良経

唐錦惜しきわが名は立ち果てていかにせよとか今はつれなき　『後撰集』恋二、読人しらず

387 ささの葉に置く初霜の夜を寒みしみはつくとも色に出でめや　『古今集』恋三、凡河内躬恒

秋萩の枝もとををに置くつゆのけさ消えぬとも色に出でめや　『新古今集』恋一、大伴家持

388 葦鴨《あしがも》の騒ぐ入江の水の江の世に住み難き我身なりけり　『新古今集』雑下、柿本人麻呂

葦鴨のさわぐ入江の白浪の知らずや人をかく恋ひむとは　『古今集』恋一、読人しらず

たきつ瀬に根ざしとどめぬ浮草の浮きたる恋もわれはするかな　『古今集』恋二、壬生忠岑

389 行く年を雄島の海人《あま》の濡れ衣重ねて袖に波やかくらむ　『新古今集』冬、藤原有家

390 伊勢島や一志の浦の海人だにもかづかぬ袖は濡るるものかは　『千載集』恋四、道因

今日とてや磯菜摘むらむ伊勢島や一志の浦の海人のをとめご　『新古今集』雑中、藤原俊成

鈴鹿山伊勢をの海人の捨て衣潮馴れたりと人や見るらむ　『後撰集』恋三、藤原伊尹

難波人いかなるえにか朽ち果てむ逢ふことなみに身をつくしつつ　『新古今集』恋一、藤原良経

392 豊国の企救の長浜行き暮らし日の暮れ行けばいもをしぞ思ふ　『万葉集』巻十二、作者未詳

夢にだにまだ見えなくに恋しきはいつに習へる心なるらむ　『後撰集』恋三、在原元方

陸奥《みちのく》の安積《あさか》の沼の花かつみかつ見る人に恋ひやわたらむ　『古今集』恋四、読人しらず

394 芦の屋の灘の塩焼き暇無みつげの櫛《ぐし》もさ さず来にけり　『新古今集』雑中、在原業平

恋ひ死ねとするわざならしぬばたまの夜はすがらに夢に見えつつ　『古今集』恋一、読人しらず

靡かじな海人の藻塩火たきそめて煙はそらにくゆりわぶとも　『新古今集』恋二、藤原定家

395 人づてに知らせてしがな隠れ沼《ぬ》のみごもりにのみ恋ひやわたらむ　『新古今集』恋一、藤原朝忠

紅の色には出でじ隠れ沼の下に通ひて恋ひはしぬとも　『古今集』恋三、紀友則

いはぬまは下はふ葦の根を繁み隙なき恋を君知るらめや　『金葉集』恋上、藤原忠通

396 我が門の板井の清水里遠み人し汲まねば水草生ひにけり　『古今集』神遊びの歌

397 三島江の玉江の菰を標《し》めしより己《おの》がとぞ思ふ未だ刈らねど　『万葉集』巻七、作者未詳

398 時鳥鳴くや五月のあやめ草あやめも知らぬ恋もするかな　『古今集』恋一、読人しらず

雁の来る峰の朝霧晴れずのみ思ひ尽きせぬ世の中の憂さ　『古今集』雑下、読人しらず

399 有明のつれなく見えし月は出でぬ山時鳥待つ夜ながらに　『新古今集』夏、藤原良経

400 時鳥来鳴く五月《さつき》の短か夜も独りし寝れば明かしかねつも 『万葉集』巻十、作者未詳
時鳥鳴く峰《を》の上の卯の花の憂きことあれや君が来まさぬ 『万葉集』巻八、小治田広耳
時鳥通ふ垣根の卯の花の憂きことあれや君が来まさぬ 『拾遺集』雑春、柿本人麻呂
木枯しの風にもみぢて人知れず憂き言の葉の積る頃かな 『新古今集』雑下、小野小町
401 五月山卯の花月夜時鳥聞けども飽かずまた鳴かむかも 『新古今集』夏、読人しらず
五月山木の下闇にともす火は鹿の立ち処《ど》のしるべなりけり 『拾遺集』夏、紀貫之
402 遠近《をちこち》のたづきも知らぬ山中におぼつかなくも呼子鳥かな 『古今集』春上、読人しらず
いづくにか世をば厭はむ心こそ野にも山にもまどふべらなれ 『古今集』雑下、素性
403 奥山の苔の衣に比べ見よいづれか露の置きまさるとも 『新古今集』雑中、藤原師氏
404 秋風にあへず散りぬるもみぢ葉の行方定めぬ我ぞ悲しき 『古今集』秋下、読人しらず
407 君に恋ひしなえうらぶれあが居れば秋風吹きて月傾きぬ 『万葉集』巻十、作者未詳
411 しののめに鳴きこそ渡れ時鳥物思ふ宿は著《しる》くやあるらむ 『拾遺集』恋三、読人しらず
413 白雲の八重《やへ》に重なる遠《をち》にても思はむ人に心隔つな 『古今集』離別、紀貫之
414 わが恋は深山隠れの草なれや繁さまされど知る人のなき 『古今集』恋二、小野美材
416 花薄穂に出でて恋ひば名を惜しみ下結《ゆ》ふ紐の結ぼほれつつ 『古今集』恋三、小野春風
417 小笹原風待つ露の消えやらでこのひと節を思ひ置くかな 『新古今集』雑下、藤原俊成
住の江の松ほど久になりぬれば葦鶴《あしたづ》の音に鳴かぬ日はなし 『古今集』恋五、兼覧王
419 月見ばと言ひしばかりの人は来で真木の戸叩《たた》く庭の松風 『新古今集』雑上、藤原良経
恨みわび待たじ今はの身なれども思ひ馴れにし夕暮の空 『新古今集』恋四、寂蓮
420 数ならぬ身はうきくさとなりななむつれなき人によるべ知られじ 『後撰集』恋五、読人しらず
数ならぬ身は無きものになしはてつたがためにかは世をもうらみむ 『新古今集』雑下、寂蓮
422 暮れかかるむなしき空の秋を見ておぼえずたまる袖の露かな 『新古今集』秋上、藤原良経
恋しさに死ぬるいのちを思ひ出でて問ふ人あらばなしと答へよ 『新古今集』恋四、読人しらず
423 月のみや上の空なる形見にて思ひも出でば心通はむ 『新古今集』恋四、西行
いつまでか涙曇らで月は見し秋待ち得ても秋ぞ恋しき 『新古今集』秋上、慈円
424 時鳥雲居のよそに過ぎぬなり晴れぬ思ひの五月雨のころ 『新古今集』夏、後鳥羽院
葦辺より雲居をさして行く雁のいや遠ざかる我身悲しも 『古今集』恋五、読人しらず
425 わが門に稲負《いなおほ》せ鳥の鳴く辺《なべ》にけさ吹く風に雁は来にけり 『古今集』秋上、読人しらず
427 忍びあまり天の川瀬にことよせむせめては秋を忘れだにすな 『新古今集』恋二、藤原経家
出でて去《い》なば天《あま》飛ぶ雁の泣きぬべみ今日今日といふに年そ経にける 『万葉集』巻十、作者未詳
429 かくてのみありその浦の浜千鳥よそに鳴きつつ恋ひやわたらむ 『拾遺集』恋一、読人しらず
430 帰り来《こ》むほど思ふにもたけくまのまつ我が身こそいたく老いぬれ 『新古今集』離別、藤原基俊
431 わが恋は松をしぐれの染めかねて真葛が原に風さわぐなり 『新古今集』恋一、慈円
432 えぞ知らぬいま心見よ命あらば我や忘るる

人や訪《と》はぬと 『古今集』離別、読人しらず

433 風寒み声弱りゆく虫よりも言はで物思ふわれぞまされる 『拾遺集』恋二、読人しらず

435 東路《あづまぢ》の人に問はばや白川の関にもかくや花は匂ふと 『後拾遺集』春上、藤原長家

436 消えねただ信夫の山の峰の雲かかる心の跡もなきまで 『新古今集』恋二、藤原雅経

かくとだに思ふ心を岩瀬山下行く水の草がくれつつ 『新古今集』恋二、藤原実定

あしびきの山の陰草結び置きて恋ひやわたらむ逢ふよしをなみ 『新古今集』恋三、大伴家持

438 君が代に阿武隈川の埋れ木も氷の下に春を待ちけり 『新古今集』雑上、藤原家隆

439 ありとのみ音に聞きつつ音羽川渡らば袖に影も見えなむ 『新古今集』恋一、読人しらず

442 山科《やましな》の音羽の滝の音にだに人の知るべくわが恋ひめやも 『古今集』墨滅歌、近江釆女

443 石走る滝なくもがな桜花手折りても来《こ》む見ぬ人のため 『古今集』春上、読人しらず

444 杣《そま》山や梢に重る雪折れに耐へぬ嘆きの身を砕くらむ 『新古今集』雑上、藤原俊成

446 難波女《なにはめ》のすくも焚く火の下焦れ上はつれなき我身なりけり 『千載集』恋一、藤原清輔

447 降る雪に物思ふわが身劣らめや積り積りて消えぬばかりぞ 『後撰集』冬、読人しらず

ちはやぶる神無月とや（中略）ふる里の吉野の山の山嵐も寒く日毎に（中略）冬草の上に降りしく白雪の積り積りてあらたまの年をあまたもすぐしつるかな 『古今集』雑体、凡河内躬恒

448 山高み峰の嵐に散る花の月にあまぎる明け方の空 『新古今集』春下、二条院讃岐

思ひ出でてもしもたづぬる人もあらばありとないひそさだめなき世に 『新古今集』雑下、行尊

君来むと言ひし夜毎に過ぎぬれば頼まぬものの恋ひつつぞ経る 『新古今集』恋三、読人しらず

450 思ひきやわかれし秋にめぐりあひてまたもこの世の月を見むとは 『新古今集』雑上、藤原俊成

451 きりぎりす鳴くや霜夜のさ筵に衣片敷き独りかも寝む 『新古今集』秋下、藤原良経

452 嘆かずよ今は同じ名取川瀬々の埋れ木朽ち果てぬとも 『新古今集』恋二、藤原良経

454 思ひきや儚《はかな》く置きし袖の上の露を形見にかけむものとは 『新古今集』哀傷、上東門院

身をつめば露を哀れと思ふかな暁ごとにいかで置くらむ 『拾遺集』恋二、読人しらず

456 馴れゆくはうき世なればや須磨の海人《あま》の塩焼き衣間遠なるらむ 『新古今集』恋三、徽子女王

458 秋風はすごく吹くとも葛の葉の恨みがほには見えじとぞ思ふ 『新古今集』雑下、和泉式部

459 暁の露は涙もとどまらで恨むる風の声ぞ残れる 『新古今集』秋上、相模

花散れば訪ふ人稀になりはてて厭ひし風の音のみぞする 『新古今集』春下、藤原範兼

462 何か思ふ何とか嘆く世の中はただ朝顔の花の上の露 『新古今集』釈教、清水寺観音

463 菊の花手折りては見じ初霜の置きながらこそ色まさりけれ 『新古今集』冬、藤原兼輔

464 白波の浜松が枝《え》の手向《たむ》け草幾代までにか年の経ぬらむ 『新古今集』雑中、河島皇子

467 しめおきて今やと思ふ秋山のよもぎがもとに松虫の鳴く 『新古今集』雑上、藤原俊成

468 うれしさは忘れやはする忍草しのぶるものを秋の夕暮 『新古今集』雑下、伊勢大輔

469 誰かはと思ひ絶えても松にのみ訪れてゆく風は恨めし 『新古今集』雑中、藤原有家

474 庭の面に茂る蓬《よもぎ》にこと寄せて心のままに置ける露かな 『新古今集』秋下、藤原基俊

475 山賤《やまがつ》の麻の狭衣をさを粗みあはで月日や杉

ふける庵 『新古今集』恋二、藤原良経

476馴れ行くはうき世なればや須磨の海人《あま》の塩焼き衣間遠なるらむ 『新古今集』恋三、徽子女王

ながらへてなほきみが代を松山の待つとせしまに年ぞ経にける 『新古今集』雑中、二条院讃岐

わが恋は千木のかたそぎかたくのみゆきあはで年の積りぬるかな 『新古今集』恋二、藤原公能

478まだ知らぬふるさと人は今日までに来むと頼めしわれを待つらむ 『新古今集』羇旅、菅原輔昭

479思ひ絶え侘びにしものをなかなかに何か苦しくあひ見そめけむ 『万葉集』巻四、大伴家持

今さらにえぞ恋ひざらむ汲みもみぬ野中の水の行方知らねば 『狭衣物語』巻四

481聞かでただ寝なましものを時鳥なかなかなりや夜はの一声 『新古今集』夏、相模

荻の葉に人頼めなる風の音を我が身にしめて明かしつるかな 『後拾遺集』秋上、実誓

485須磨の海人《あま》の塩焼くけぶり風をいたみ思はぬ方に棚引きにけり 『古今集』恋四、読人しらず

486琴の音にひきとめらるる綱手縄たゆたふ心君知るらめや 『源氏物語』須磨

487宮材《みやぎ》引く泉の杣《そま》に立つ民の休む時なく恋ひ渡るかも 『万葉集』巻十一、作者未詳

いつまでの命も知らぬ世の中につらき嘆きのやまずもあるかな 『新古今集』恋二、藤原義孝

488逢ふ事のなきより予《かね》て辛ければさてあらましに濡るる袖かな 『後拾遺集』恋一、相模

489山里にひとりながめて思ふかな世に住む人の心づよさを 『新古今集』雑中、慈円

490鴨鳥のあそぶこの池に木の葉落ちて浮きたる心わが思はなくに 『万葉集』巻四、丹波《たにわの》大女娘子《おおめのおとめ》

491思ひやるたどきもわれは今はなし妹に逢はずて年の経ぬれば 『万葉集』巻十二、作者未詳

493宵々に君を哀れと思ひつつ人には言はで音をのみぞ泣く 『新古今集』恋四、藤原実頼

495うちはへて音をなき暮す空蟬の空しき恋もわれはするかな 『後撰集』夏、読人しらず

つれもなき人の心は空蟬の空しき恋に身をや変へてむ 『新古今集』恋二、八条院高倉

496かくしてやなほや守らむ大荒木の浮田の森の注連《しめ》にあらなくに 『万葉集』巻十一、作者未詳

七夕に貸しつる糸のうちはへて年の緒《を》長く恋ひや渡らむ 『古今集』秋上、凡河内躬恒

497ちはやぶる神の社に我が掛けし幣《ぬさ》は賜《たば》らむ妹に逢はなくに 『万葉集』巻四、土師水道

498ちはやぶる賀茂の川辺の藤波はかけて忘るる時の無きかな 『拾遺集』雑恋、兵衛

みそぎせし賀茂の川波立ち返り早く見し世に袖は濡れきや 『千載集』雑上、斎院中将

思ふことなるともなしに幾返り恨みわたりぬる賀茂の川波 『狭衣物語』巻四

499苦しくも降り来る雨か三輪の崎佐野のわたりに家もあらなくに 『万葉集』巻三、長奥麻呂

心こそゆくへも知らね三輪の山杉の梢の夕暮の空 『新古今集』恋四、慈円

駒とめて袖打ち払ふかげもなし佐野のわたりの雪の夕暮 『新古今集』冬、藤原定家

ゆくへなき宿はと問へば涙のみ佐野の渡りの村雨の空 建仁二年水無瀬殿恋十五首歌合、藤原定家

500なよ竹のよ長き上に初霜のおきゐて物を思ふころかな 『古今集』雑下、藤原忠房

501さざれ波磯越路なる能登瀬川音のさやけさたぎつ瀬ごとに 『万葉集』巻三、波多小足

別れての後も逢ひ見むと思へどもこれをいづれの時とかは知る　『新古今集』離別、大江千里

三輪山の山下とよみ行く水の水脈し絶えずは後も我が妻　『万葉集』巻十二、作者未詳

505 かくてのみ荒磯の浦の浜ちどりよそに鳴きつつ恋ひや渡らむ　『拾遺集』恋一、読人しらず

506 かげろふに見しばかりにや浜千鳥行方も知らぬ恋に惑はむ　『後撰集』恋二、源等

507 忘られむ時しのべとぞ浜千鳥行方も知らぬ跡をとどむる　『古今集』雑下、読人しらず

508 阿倍の島鵜のすむ磯に寄する波間なくこの頃大和し思ほゆ　『万葉集』巻三、山辺赤人

ある甲斐も渚に寄する白波の間なく物思ふわが身なりけり　『新古今集』恋一、源景明

509 沖つ島荒磯の玉藻潮干満ちい隠り行かば思ほえむかも　『万葉集』巻六、山辺赤人

510 みさごゐる荒磯に生ふるなのりそのよし名は告《の》らじ親は知るとも　『万葉集』巻十二、作者未詳

真菰《まこも》刈る淀の沢水雨降れば常よりことに増さる我が恋　『古今集』恋二、紀貫之

511 あひ見ては面隠さるるものからに継ぎて見まくの欲しき君かも　『万葉集』巻十一、作者未詳

512 玉鉾《たまぼこ》の道は遠けどはしきやしいもをあひ見に出でてそ我《あ》が来し　『万葉集』巻八、大伴家持

513 妹がため命残せり刈り薦《こも》の思ひ乱れて死ぬべきものを　『万葉集』巻十一、作者未詳

手も触れで月日経にける白真弓起き伏し夜は寝《い》こそ寝られね　『古今集』恋二、紀貫之

514 さむしろに衣片敷き今宵もや我を待つらむ宇治の橋姫　『古今集』恋四、読人しらず

泊瀬《はつせ》風かく吹く夕《よひ》は何時までか衣片敷き我が独り寝む　『万葉集』巻十、作者未詳

515 露しげみ野辺を分けつつ唐衣濡れてぞ帰る花の雫に　『新古今集』秋下、藤原頼宗

草枕結び定めむ方知らずならはぬ野辺の夢の通ひ路　『新古今集』恋四、藤原雅経

狩衣我とは摺《す》らじ露しげき野原の萩の花にまかせて　『新古今集』秋上、源頼政

518 秋萩にうらびれをれば足引の山下とよみ鹿の鳴くらむ　『古今集』秋上、読人しらず

唐衣ひもゆふぐれになる時は返す返すぞ人は恋しき　『古今集』恋一、読人しらず

520 独り臥す荒れたる宿の床の上にあはれ幾夜の寝覚しつらむ　『新古今集』恋三、安法女

ふるさとを恋ふる涙やひとり行く友なき山の道芝の露　『新古今集』哀傷、慈円

524 重ねても涼しかりけり夏衣薄き袂に宿る月影　『新古今集』夏、藤原良経

525 幾夜かは月をあはれとながめ来て波に折り敷く伊勢の浜荻　『新古今集』羇旅、越前

秋の夜は宿かる月も露ながら袖に吹きこす荻の上風　『新古今集』秋上、源通具

528 尋ね来て道分け侘ぶる人もあらじ幾重も積れ庭の白雪　『新古今集』冬、寂然

いくとせの春に心を尽くし来ぬあはれと思へみ吉野の花　『新古今集』春下、藤原俊成

529 片敷きの袖の氷も結ぼほれとけて寝ぬ夜の夢ぞ短き　『新古今集』冬、藤原良経

冴え侘びて覚むる枕に影見れば霜深き夜の有明の月　『新古今集』冬、藤原俊成女

530 帰り来ぬ昔を今と思ひ寝の夢の枕ににほふ橘　『新古今集』夏、式子内親王

532 鶯の鳴けどもいまだ降る雪に杉の葉白き逢坂の山　『新古今集』春上、後鳥羽院

明日《あす》からは若菜摘まむとしめし野に昨日も今日も雪は降りつつ　『新古今集』春上、山辺赤人

533 我独り越の山路に来しかども雪降りにける跡を見るかな　『拾遺集』冬、藤原佐忠

534 泉川渡り瀬深み我が背子が旅行き衣濡れひ

たむかも　『万葉集』巻十三、作者未詳
535山路にてそぼちにけりな白露の暁起きの木
木の雫に　『新古今集』羇旅、源国信
536見渡せば霞のうちも霞みけり煙たなびく塩
釜の浦　『新古今集』雑中、藤原家隆
塩釜の浦吹く風に霧晴れて八十島《やそしま》かけて澄
める月影　『千載集』秋上、藤原清輔
年くれし涙のつららとけにけり苔の袖にも
春や立つらむ　『新古今集』雑上、藤原俊成
537岩代《いはしろ》の野中に立てる結び松心もとけず昔思
へば　『拾遺集』恋四、柿本人麻呂
夕されば野中の松の下陰に秋風さそふひぐ
らしの声　建仁元年老若五十首歌合、慈円
ささなみや志賀の浜松ふりにけり誰《た》が世に
引ける子《ね》の日なるらむ　『新古今集』春上、
藤原俊成
538春来ては花とも見よと片岡の松の上葉に淡
雪ぞ降る　『新古今集』春上、藤原仲実
花咲かぬ朽木の杣の杣人のいかなるくれに
思ひ出づらむ　『新古今集』恋五、藤原仲文
539山里もうき世の中を離れねば谷の鶯音《ね》をの
みぞ鳴く　『金葉集』雑上、藤原忠通
道の辺の朽木の柳春来ればあはれ昔と偲ば
れぞする　『新古今集』雑上、菅原道真
空蟬《うつせみ》はからを見つつも慰めつ深草の山煙だ
に立て　『古今集』哀傷、勝延
540武庫の浦の入江のすどり羽ぐくもる君を離
れて恋に死ぬべし　『万葉集』巻十五、作者
未詳
谷深み春の光の遅ければ雪につつめる鶯の
声　『新古今集』雑上、菅原道真
降る雪に色まどはせる梅の花鶯のみや分き
てしのばむ　『新古今集』雑上、菅原道真
541浅緑花もひとつに霞みつつおぼろに見ゆる
春の夜の月　『新古今集』春上、菅原孝標女
おぼつかな霞立つらむ武隈の松のくま洩《も》る
春の夜の月　『新古今集』雑上、加賀左衛門
542立ち寄れば涼しかりけり水鳥の青羽の山の
松の夕風　『新古今集』賀、藤原光範
年を経て憂き影をのみみたらしの変る世も
なき身をいかにせむ　『新古今集』神祇、周
防内侍
ながむれば衣手涼しひさかたの天の川原の
秋の夕暮　『新古今集』秋上、式子内親王
御手洗《みたらし》や影絶えはつるここちして志賀の波
路に袖ぞ濡れこし　『千載集』雑上、式子内
親王
543津の国の難波の葦の目もはるに繁き我が恋
人知るらめや　『古今集』恋二、紀貫之
大淀の浦に刈り干すみるめだに霞に絶えて
帰る雁がね　『新古今集』雑下、藤原定家
須磨の浦のなぎたる朝は目もはるに霞に紛
ふ海人の釣舟　『新古今集』雑中、藤原孝善
何となくおぼつかなきは天の原霞に消えて
帰る雁がね　『山家集』
544名にし負はば逢坂山の真葛《さねかづら》人に知られでく
るよしもがな　『後撰集』恋三、藤原定方
549津の国の難波の春は夢なれや葦の枯葉に風
渡るなり　『新古今集』冬、西行
551狩に来《こ》ば行きても見まし片岡の朝《あした》の原に
雉子《きぎす》鳴くなり　『後拾遺集』春上、藤原長能
552音に聞くこまのわたりの瓜作りとなりかく
なりなる心かな　『拾遺集』雑下、藤原朝光
片枝さす麻生《をふ》の浦梨初秋になりもならずも
風ぞ身にしむ　『新古今集』夏、宮内卿
553君がため今日のみそぎに泉川万代《よろづよ》澄めと祈
りつるかな　文治六年女御入内屏風和歌、藤
原俊成
老いぬともまたも逢はむとゆく年に涙の玉
を手向けつるかな　『新古今集』雑上、藤原
俊成
555人にだに知らせで入りし奥山に恋しさい
かで尋ね来つらむ　『拾遺集』恋四、読人し
らず
八《や》重《へ》葎《むぐら》さし籠りにし蓬生《よもぎふ》にいかでか秋の分

けて来つらむ　久安百首、藤原俊成

556物思ふ袖より露やならひけむ秋風吹けば絶えぬものとは　『新古今集』秋下、寂蓮

557忘れじの人だに訪はぬ山路かな桜は雪に降り変れども　『新古今集』雑中、藤原良経

来むといひし程や過ぎぬる秋の野に誰松虫の声の悲しき　『後撰集』秋上、読人しらず

月見ばと頼めか置きし人は来で浅茅が露に松虫ぞ鳴く　千五百番歌合、藤原家隆

558君なくて荒れたる宿の浅茅生に鶉《うづら》鳴くなり秋の夕暮　『後拾遺集』秋上、源時綱

559これや見し昔住みけむ跡ならむ蓬が露に月のかかれる　『新古今集』雑中、西行

560独り臥す荒れたる宿の床《とこ》の上にあはれ幾夜の寝覚しつらむ　『新古今集』恋三、安法女

561斧の柄の朽ちし昔は遠けれどありしにもあらぬ世をも経るかな　『新古今集』雑中、式子内親王

思ひやれ空しき床を打ち払ひ昔を偲ぶ袖の雫を　『千載集』哀傷、藤原基俊

吹き結ぶ風は昔の秋ながら有しにもあらぬ袖の露かな　『小町集』

562古里の宿もる月にこととはむ我をば知るや昔住みきと　『新古今集』雑上、寂超

ながめつる今日は昔になりぬとも軒端の梅は我を忘るな　『新古今集』春上、式子内親王

563我が門の板井の清水里遠み人し汲まねば水草生ひにけり　『古今集』神遊びの歌

水草ゐしおぼろの清水底澄みて心に月の影は浮かぶや　『後拾遺集』雑三、素意

565時鳥雲居のよそに過ぎぬなり晴れぬ思ひの五月雨のころ　『新古今集』夏、後鳥羽院

567玉津島見れども飽かずいかにして包み持ち行かむ見ぬ人のため　『万葉集』巻七、作者未詳

妹に恋ひ和歌の松原見わたせば潮干の潟に鶴《たづ》鳴き渡る　『新古今集』羇旅、聖武天皇

わたのはら寄せ来る波のしばしばも見まくのほしき玉津島かも　『古今集』雑上、読人しらず

568秋風の吹上に立てる白菊は花かあらぬか波の寄するか　『古今集』秋下、菅原道真

569なびかじなあまの藻塩火焚きそめて煙は空にくゆり侘ぶとも　『新古今集』恋二、藤原定家

573但馬なる雪の白浜もろ寄せに思ひしものを人のとや見む　『古今和歌六帖』第二、読人しらず

574世をそむく山の南の松風に苔の衣や夜寒なるらむ　『新古今集』雑中、安法

夜や寒き衣や薄き片削の行き合ひの間《ま》より霜や置くらむ　『新古今集』神祇、住吉明神

576み熊野の浦の浜木綿《ゆふ》百重《ももへ》なる心は思へどただに逢はぬかも　『拾遺集』恋一・『万葉集』巻四、柿本人麻呂

577年経れば我が黒髪も白川のみづはぐむまで老いにけるかな　『後撰集』雑三、檜垣嫗

578我が背子に見せむと思ひし梅の花それとも見えず雪のふれれば　『後撰集』春上、読人しらず　『万葉集』巻八、山辺赤人

580月見れば千々に物こそ悲しけれ我身一つの秋にはあらねど　『古今集』秋上、大江千里

585月も日もかはり行けども久に経る三諸の山の離宮地《とつみやところ》　『万葉集』巻十三、作者未詳

ひさかたの中なる川の鵜飼《うかひ》舟いかに契りて闇を待つらむ　『新古今集』夏、藤原定家

586逢ひ見ては幾久さにもあらねども年月のごと思ほゆるかな　『拾遺集』恋二、柿本人麻呂　『万葉集』巻十一、作者未詳

引きて植ゑし人の行方は知らねども木高き松の風の音かな　建仁元年内宮百首、後鳥羽院

587梓弓磯辺の小松たが世にか万代かねて種を蒔きけむ　『古今集』雑上、読人しらず

草香江の入江にあさる葦鶴のあなたづたづ

し友無しにして　『万葉集』巻四、大伴旅人

588かくしつつ世をや尽くさむ高砂の尾上に立てる松ならなくに　『古今集』雑上、読人しらず

589さざなみや志賀の浜松ふりにけりたが世に引ける子《ね》の日なるらむ　『新古今集』春上、藤原俊成

遅くとく遂に咲きぬる梅の花たが植ゑ置きし種にかあるらむ　『新古今集』雑上、藤原忠平

590青柳の糸に玉ぬく白露の知らず幾代の春か経ぬらむ　『新古今集』春上、藤原有家

592逢坂の関踏みならすかち人の渡れど濡れぬ花の白波　建仁元年句題五十首、藤原良経

593日の光藪し分かねば石上《いそのかみ》古りにし里に花も咲きけり　『古今集』雑上、布留今道

594石上古りにし恋の神さびてたたるに我は寝《い》ぞ寝かねつる　『古今集』雑体、読人しらず

595今こそあれ我も昔は男山さかゆく時もありこしものを　『古今集』雑上、読人しらず

596あかねさす昼は物思《も》ひぬばたまの夜はすがらに音《ね》のみし泣かゆ　『万葉集』巻十五、中臣宅守

呉竹の代々の古事思ほゆる昔語りは我のみやせむ　『和泉式部日記』

598道遠しほども遥かに隔たれり思ひおこせよ我も忘れじ　『新古今集』神祇、熊野明神

600いづくにか世をば厭はむ心こそ野にも山にもまどふべらなれ　『古今集』雑下、素性

いづくにて風をも世をも恨みまし吉野の奥も花は散りけり　『千載集』雑中、藤原定家

白浪の寄する渚に世を尽くす海人の子なれば宿も定めず　『新古今集』雑下、読人しらず

601厭ひてもなほ厭はしき世なりけり吉野の奥の秋の夕暮　『新古今集』雑中、藤原家衡

世を捨てて山に入るひと山にてもなほ憂き時はいづち行くらむ　『古今集』雑下、凡河内躬恒

602世に経れば言の葉しげき呉竹の憂き節ごとに鶯ぞ鳴く　『古今集』雑下、読人しらず

尽きもせず憂き言の葉の多かるを早く嵐の風も吹かなむ　『後撰集』雑三、読人しらず

草分けて立ちゐる袖のうれしさに絶えず涙の露ぞ零《こぼ》るる　『新古今集』雑下、赤染衛門

603いまさらになに生ひ出づらむ竹の子の憂き節しげき世とは知らずや　『古今集』雑下、凡河内躬恒

604河上《かはのへ》のゆつ岩群に草生《む》さず常にもがもな常《とこ》娘子《をとめ》にて　『万葉集』巻一、吹芡刀自《ふふきのとじ》

川舟ののぼりわづらふ綱手縄苦しくてのみ世を渡るかな　『新古今集』雑下、藤原頼輔

605しるべせよ跡なき波に漕ぐ舟の行方も知らぬ八重の潮風　『新古今集』恋一、式子内親王

あるはなくなきは数そふ世の中にあはれいつまであらむとすらむ　『栄花物語』見はてぬ夢、小大君

606葦鶴の雲居にかかる心あらば世を経て沢に住まずぞあらまし　『後撰集』恋三、勤子内親王

時鳥通ふ垣根の卯の花の憂きことあれや君が来まさぬ　『拾遺集』雑春、柿本人麻呂

逢坂の木綿《ゆふ》つけ鳥もわがごとく人や恋しき音のみ鳴くらむ　『古今集』恋一、読人しらず

607言問はぬ木すら妹《いも》と兄《せ》ありとふをただ独子《ひとりご》にあるが苦しさ　『万葉集』巻六、市原王

608たまゆらの露も涙もとどまらず無き人恋ふる宿の秋風　『新古今集』哀傷、藤原定家

610ありとてもたのむべきかは世の中を知らするものは朝顔の花　『後拾遺集』秋上、和泉式部

611世の中はとてもかくても同じこと宮も藁屋も果てしなければ　『新古今集』雑下、蟬丸

おのづからあればある世に長らへて惜しむと人に見えぬべきかな　『千載集』雑中、

藤原定家

612津の国の長らふべくもあらぬかなみじかき葦の世にこそありけれ　『新古今集』雑下、花山院

一年《ひととせ》ははかなき夢の心地して暮れぬる今日ぞ驚かれぬる　『千載集』冬、俊宗

驚かぬ我が心こそ憂かりけれはかなき世をば夢と見ながら　『千載集』釈教、登蓮

613身の憂さを思ひしとけば冬の夜も滞らぬは涙なりけり　『金葉集』雑上、読人しらず

昨日見し人はいかにと驚けどなほ長き夜の夢にぞありける　『新古今集』哀傷、慈円

思ひ解けばこの世はよしや露霜を結び消えける行末の夢　建久五年南海漁夫百首、藤原良経

614世の中は夢か現《うつつ》とも夢とも知らず有りて無ければ　『古今集』雑下、読人しらず

手に掬《むす》ぶ水に宿れる月影のあるかなきかの世にこそありけれ　『拾遺集』哀傷、紀貫之

世の中は憂き身に添へる影なれや思ひ捨つれど離れざりけり　『金葉集』雑上、源俊頼

世の中はただ影宿す増鏡見るをありとも頼むべきかは　文治二年二見浦百首、藤原定家

615我が恋はむなしき空に満ちぬらし思ひやれども行く方もなし　『古今集』恋一、読人しらず

霜の上にあと踏みつくる浜千鳥行方もなしと音をのみぞ泣く　『新古今集』恋一、藤原興風

616補陀落《ふだらく》の南の岸に堂立てて今ぞ栄えむ北の藤波　『新古今集』神祇、春日榎本明神

618あはれとし思はむ人は別れしを心は身より外のものかは　『千載集』離別、読人しらず

621天雲の八重雲隠れなる神の音にのみやは聞き渡るべき　『拾遺集』恋一、柿本人麻呂　『万葉集』巻十一、作者未詳

垣ほなるをぎの葉そよぎあき風の吹くなるなべに雁ぞ鳴くなる　『新古今集』秋下、柿本人麻呂

623昔思ふさ夜の寝覚の床冴えて涙も氷る袖の上かな　『新古今集』冬、守覚法親王

秋の田の仮庵《かりほ》の庵の苫《とま》をあらみわが衣手は露にぬれつつ　『後撰集』秋中、天智天皇

624吹く風を何いとひけむ梅の花散り来る時ぞ香は勝りける　『拾遺集』春、凡河内躬恒

625岩根踏み重なる山はなけれども逢はぬ日数を恋ひや渡らむ　『拾遺集』恋五、大伴坂上郎女　『万葉集』巻十一、作者未詳

岩根踏み重なる山を分け捨てて花も幾重の跡の白雲　『新古今集』春上、藤原雅経

白雲の八重に重なる遠《をち》にても思はむ人に心隔つな　『古今集』離別、紀貫之

626桜花主《ぬし》を忘れぬものならば吹き来む風に言《こと》伝《つ》てはせよ　『後撰集』春中、菅原道真

627打ち絶えて世に経る身にはあらねどもあらぬ筋にも罪ぞかなしき　『新古今集』雑下、慈円

嘆きあまり知らせそめつる言の葉も思ふばかりは言はれざりけり　『千載集』恋一、源明賢

628都べに行かむ舟もが刈薦《かりこも》の乱れて思ふ言告げやらむ　『万葉集』巻十五、作者未詳

便りあらばいかで都へ告げやらむ今日白河の関は越えぬと　『拾遺集』別、平兼盛

629あき風の吹きにし日より天の川瀬に出で立ちて待つと告げこそ　『万葉集』巻十、作者未詳

泣く涙雨と降らなむ渡り川水まさりなば帰り来るがに　『古今集』哀傷、小野篁

630さ夜深き雲居に雁も音すなりわれ独りやは旅の空なる　『千載集』羇旅、源雅光

631かくしても明かせばいく夜すぎぬらむ山路の苔の露の莚に　『新古今集』羇旅、藤原俊成女

632紫の色に心はあらねども深くぞ人を思ひそ

めつる『新古今集』恋一、醍醐天皇

633 紅《くれなゐ》の八入《やしほ》の衣朝な朝なれはすれどもいや珍しも『万葉集』巻十一、作者未詳

紅の八入《やしほ》の衣かくしあらば思ひ染めずぞあるべかりける『拾遺集』恋五、読人しらず

紅のやしほの岡の岩つつじこや山姫のまふりでの袖『長方集』

紅のやしほの岡の色ぞ濃きふり出でて染むる秋の時雨に　元久二年百首、藤原雅経

思ひ出づるときはの山の時鳥から紅のふり出でてぞ鳴く『古今集』夏、読人しらず

634 吉野川岩波高く行く水の早くぞ人を思ひそめてし『古今集』恋一、紀貫之

石ばしる初瀬の川の波枕早くも年の暮れにけるかな『新古今集』冬、藤原実定

635 熊野川下す早瀬の水馴棹《みなれざを》さすが見馴れぬ波の通ひ路『新古今集』神祇、後鳥羽院

さ夜ふけて葦の末越す浦風にあはれ打ち添ふ波の音かな『新古今集』羇旅、肥後

636 すだきけむ昔の人は影絶えて宿もるものは有明の月『新古今集』雑上、平忠盛

なき跡を誰と知らねど鳥辺山おのおのすごき塚の夕暮『山家集』

637 見渡せば霞のうちも霞みけり煙たなびく塩釜の浦『新古今集』雑中、藤原家隆

春日野に煙立つ見ゆ少女らし春野のうはぎ採みて煮らしも『万葉集』巻十、作者未詳

638 甲斐が嶺《ね》をさやにも見しがけけれなく横ほり臥せるさやの中山『古今集』東歌

大舟のたゆたふ海に碇下《いかりおろ》しいかにせばかも我が恋止まむ『万葉集』巻十一、作者未詳

640 水や空空や水とも見え分かず通ひて澄める秋の夜の月『袋草紙』、作者未詳

胸は富士袖は清見が関なれや煙も波も立たぬ日ぞなき『詞花集』恋上、平祐挙

陸奥《みちのく》のいはでしのぶはえぞ知らぬ書きつくしてよ壺の石文《いしぶみ》『新古今集』雑下、源頼朝

君により我が名は花に春霞野にも山にも立ち満ちにけり『古今集』恋三、読人しらず

641 大海の磯もとゆすり立つ波の寄らむと思へる浜の清けく『万葉集』巻七、作者未詳

伊勢の海の磯もとどろに寄する波恐《かしこ》き人に恋ひ渡るかも『万葉集』巻四、笠女郎

聞きしより物を思へば我《あ》が胸はわれて砕けて利心《とごころ》もなし『万葉集』巻十二、作者未詳

642 三栗《みつぐり》の那賀《なか》に向かへる曝井《さらしゐ》の絶えず通はむそこに妻もが『万葉集』巻九、作者未詳

足柄《あしがり》の土肥《とひ》の河内《かふち》に出づる湯の世にもたよらに児《こ》ろが言はなくに『万葉集』巻十四、作者未詳

にはかにも風の涼しくなりぬるか秋立つ日とはむべもいひけり『後撰集』秋上、読人しらず

643 世をそむく山の南の松風に苔の衣や夜寒なるらむ『新古今集』雑中、安法

御禊《みそぎ》するけふ唐崎に下す網は神のうけひく験《しるし》なりけり『拾遺集』神楽歌、平祐挙

645 むつましと君は白波瑞垣《みづかき》の久しき代よりいはひそめてき『新古今集』神祇、住吉明神
『伊勢物語』百十七段

宮人の摺《す》れる衣に木綿襷《ゆふだすき》懸けて心をたれに寄すらむ『新古今集』神祇、紀貫之

をとめごが袖ふる山の瑞垣の久しき代より思ひそめてき『拾遺集』雑恋・『万葉集』巻四、柿本人麻呂

春日野に若菜摘みつつ万代をいはふ心は神ぞ知るらむ『古今集』賀、素性

646 稲蓆《いなむしろ》川沿ひ柳水行けば靡き起き立ちその根は失せず『日本書紀』巻十五、顕宗天皇

流れては妹背の山の中に落つる吉野の川のよしや世の中『古今集』恋五、読人しらず

かぜ吹けば楢の枯葉のそよそよと言ひ合はせつついつか散るらむ『詞花集』冬、惟宗隆頼

648 しらかしの知らぬ山路をそみかくだ高嶺《たかね》の

続き踏みやならせる　『奥儀抄』、藤原長能
649筑波嶺のかのもこのもに守部《もりべ》据ゑ母い守《も》れども魂そ逢ひにける　『万葉集』巻十四、作者未詳
650奥山の苔の衣に比べみよいづれか露の置きまさるとも　『新古今集』雑中、藤原師氏
寂寞《じゃくまく》の苔の岩戸の静けさに涙の雨の降らぬ日ぞなき　『新古今集』釈教、日蔵
秋ならで置く白露は寝覚する我が手枕の雫なりけり　『古今集』恋五、読人しらず
652今造る久邇《くに》の都は山川のさやけき見ればうべ知らすらし　『万葉集』巻六、大伴家持
うまさけを三輪の祝《はふり》が斎《いは》ふ杉手触れし罪か君に逢ひかたき　『万葉集』巻四、丹波大女娘子
いたづらに過ぎにしことや嘆かれむ受けがたき身の夕暮の空　『新古今集』雑下、慈円
654住吉の松の下枝《しづえ》に神さびてみどりに見ゆる朱《あけ》の玉垣　『後拾遺集』雑六、蓮仲
君を祈る心の色を人問はば糺《ただす》の宮の朱《あけ》の玉垣　『新古今集』神祇、慈円
656君が代は尽きじとぞ思ふ神風や御裳濯川の澄まむ限りは　『後拾遺集』賀、源経信
658高天の原に千木高知りて、皇御孫《すめみま》の命の瑞《みづ》の御舎《みあらか》を仕へ奉《まつ》りて　『延喜式祝詞』祈念祭

659津の国の長らふべくもあらぬかなみじかき葦の世にこそありけれ　『新古今集』雑下、花山院
660君が代に会はずは何を玉の緒の長くとまでは惜しまれじ身を　『新古今集』雑下、藤原定家
相生《あひおひ》の小塩の山の小松原いまより千代の陰を待たなむ　『新古今集』賀、大弐三位
661勅なればいともかしこし鶯の宿はと問はばいかが答へむ　『拾遺集』雑下、読人しらず
ちちわくに人は言ふとも織りて着む我が機《はた》物《もの》に白き麻衣《あさぎぬ》　『拾遺集』雑上、柿本人麻呂
水隠《みごも》りに息づき余り速《はや》川の瀬には立つとも人に言はめやも　『万葉集』巻七、作者未詳
662冬過ぎて春来たるらし朝日さす春日《かすが》の山に霞たなびく　『万葉集』巻十、作者未詳
心をし無何有《むかう》の郷《さと》に置きてあらば藐姑射《はこや》の山を見まく近けむ　『万葉集』巻十六、作者未詳
限なき藐姑射の山のかげなれば千年の坂もなほ越えぬべし　『源家長日記』、藤原範光
寄るべ無み身をこそ遠く隔てつれ心は君が影となりにき　『古今集』恋三、読人しらず
663君をおきて仇し心を我が持たば末の松山波も越えなむ　『古今集』東歌

665浅緑糸よりかけて白露を玉にも貫《ぬ》ける春の柳か　『古今集』春上、遍昭
青柳の糸よりかくる春しもぞ乱れて花のほころびにける　『古今集』春上、紀貫之
666吉野川岸の山吹吹く風に底の影さへうつろひにけり　『古今集』春下、紀貫之
かはづ鳴く神南備川に影見えて今か咲くらむ山吹の花　『新古今集』春下、厚見王
足引の山吹の花散りにけり井手の蛙《かはづ》は今や鳴くらむ　『新古今集』春下、藤原興風
668君来ずは誰に見せまし我が宿の垣根に咲ける朝顔の花　『拾遺集』秋、読人しらず
時鳥通ふ垣根の卯の花の憂きことあれや君が来まさぬ　『拾遺集』雑春、柿本人麻呂
ありはてぬ命待つ間《ま》のほどばかり憂きこと繁く思はずもがな　『古今集』雑下、平貞文
身を憂しと思ふに消えぬものなればかくても経ぬる世にこそありけれ　『古今集』恋五、読人しらず
669尽きもせず憂き言の葉の多かるを早く嵐の風も吹かなむ　『後撰集』雑三、読人しらず
起きて見ばそでのみぬれていとどしく草葉のたまの数やまさらむ　『新古今集』恋三、藤原実方
670おのが妻恋ひつつ鳴くや五月闇神南備山の

山時鳥『新古今集』夏、読人しらず
旅寝して妻恋すらし時鳥神南備山にさ夜更けて鳴く『後撰集』夏、読人しらず『万葉集』巻十、作者未詳

671たまくしげ箱の浦波立たぬ日は海を鏡と誰か見ざらむ『土佐日記』
野辺近く家居しせれば鶯の鳴くなる声は朝な朝な聞く『古今集』春上、読人しらず

672春されば木《き》の木暗《このくれ》の夕月夜おぼつかなしも山陰にして『万葉集』巻十、作者未詳
人知れぬ大内山の山守は木隠れてのみ月を見るかな『千載集』雑上、源頼政

673時わかぬ波さへ色にいづみ川柞《ははそ》の森に嵐吹くらし『新古今集』秋下、藤原定家
一つ松幾代か経ぬる吹く風の声の清きは年深みかも『万葉集』巻六、市原王

674禊《みそぎ》するならの小川の川風に祈りぞわたる下に絶えじと『新古今集』恋五、八代女王

675風吹けば蓮の浮葉に玉越えて涼しくなりぬひぐらしの声『金葉集』夏、源俊頼
ひぐらしの鳴きつるなべに日は暮れぬと思ふは山の陰にぞありける『古今集』秋上、読人しらず
ひぐらしの鳴く山里の夕暮は風より外に訪ふ人もなし『古今集』秋上、読人しらず

676白露の玉もて結《ゆ》へるませのうちに光さへ添ふ床夏の花『新古今集』夏、高倉院
いかならむ今宵の雨にとこ夏の今朝だに露の重げなりける『後拾遺集』夏、能因
咲きそめし宿し変れば菊の花色さへにこそうつろひにけれ『古今集』秋下、紀貫之

677霜の上に霰《あられ》たばしりいや増しに我は参《ま》ゐ来む年の緒長く『万葉集』巻二十、大伴千室《ちむろ》

679よそにのみ見てややみなむ葛城や高間の山の峰の白雲『新古今集』恋一、読人しらず
天雲の寄り合ひ遠み逢はずとも異《あた》し手枕《たまくら》我まかめやも『万葉集』巻十一、作者未詳
夕されば衣手寒しみ吉野の吉野の山にみ雪降るらし『古今集』冬、読人しらず

681春もきてたちよるばかりありしより霞の袖の梅の移り香　千五百番歌合、藤原雅経

682吉野川岩波高く行く水のはやくぞ人を思ひそめてし『古今集』恋一、紀貫之
年のはに鮎し走らば辟田《さきた》川鵜《う》八つ潜《かづ》けて川瀬尋ねむ『万葉集』巻十九、大伴家持
奥山の樒《しきみ》が花の名のごとやしくしく君に恋ひ渡りなむ『万葉集』巻二十、大原今城

683夕月夜おぼつかなきを玉くしげ二見の浦は明けてこそ見め『古今集』羇旅、藤原兼輔
夢よりも儚きものは陽炎《かげろふ》の仄《ほの》かに見えし影にぞありける『拾遺集』恋二、読人しらず
陽炎のそれかあらぬか春雨のふるひとなれば袖ぞ濡れける『古今集』恋四、読人しらず

685我が心変らむものか瓦屋の下焚く煙わきかへりつつ『後拾遺集』恋四、藤原長能
むせぶとも知らじな心瓦屋に我のみ消たぬ下の煙は『新古今集』恋四、藤原定家
靡かじな海人《あま》の藻塩火焚き初めて煙は空に燻《くゆ》りわぶとも『新古今集』恋二、藤原定家

686藻塩焼く海人の磯屋の夕煙立つ名も苦し思ひ絶えなで『新古今集』恋二、藤原秀能
志賀の浦の釣にともせる漁火のほのかに人をみるよしもがな『拾遺集』恋五、大伴坂上郎女

687あしひきの山に行きけむ山人の心も知らず山人や誰『万葉集』巻二十、舎人親王
時鳥《ほととぎす》鳴くや五月《さつき》のあやめ草あやめも知らぬ恋もするかな『古今集』恋一、読人しらず

688風吹けば波打つ岸の松なれやねにあらはれて泣きぬべらなり『古今集』恋三、読人しらず
吹き迷ふ野風を寒み秋萩の移りも行くか人の心の『古今集』恋五、常康親王

691いであが駒早く行きこそまつち山待つらむ
いもを行きてはや見む　『万葉集』巻十二、
作者未詳
誰をかも真土の山の女郎花《をみなへし》秋と契れる人ぞ
あるらし　『新古今集』秋上、小野小町
紀の国や由良のみなとに拾ふてふたまさか
にだに逢ひ見てしがな　『新古今集』恋一、
藤原長方
692水茎の岡の葛葉も色付きて今朝うら悲し秋
の初風　『新古今集』秋上、顕昭
693石上《いそのかみ》布留の神杉古りぬれど色には出でず
露も時雨も　『新古今集』恋一、藤原良経
忍ぶれど色に出でにけり我が恋は物や思ふ
と人の問ふまで　『拾遺集』恋一、平兼盛
694忍ぶれば苦しきものを人知れず思ふてふこ
と誰に語らむ　『古今集』恋一、読人しらず
我妹子《わぎもこ》や我を思はばまそ鏡照り出づる月の
影に見え来《こ》ね　『万葉集』巻十一、作者未詳
695恨みわび待たじ今はの身なれども思ひなれ
にし夕暮の空　『新古今集』恋四、寂蓮
696大空をながめぞ暮らす吹く風の音はすれど
も目にし見えねば　『拾遺集』雑上、凡河内
躬恒
吹く風の色こそ見えね高砂の尾上の松に秋
は来にけり　『新古今集』秋上、藤原秀能

697野辺の露は色も無くてやこぼれつる袖より
すぐる荻の上風　『新古今集』恋五、慈円
物思ふ袖より露やならひけむ秋風吹けばた
へぬものとは　『新古今集』秋下、寂蓮
698山がつの垣ほに生ふる撫子《なでしこ》に思ひよそへぬ
時のまぞなき　『拾遺集』恋三、村上天皇
699秋の田の穂の上に置けるしらつゆの消ぬべ
くも我《あ》は思ほゆるかも　『万葉集』巻十、
作者未詳
あらちをのかる矢の先に立つ鹿もいとわれ
ばかりものは思はじ　『拾遺集』恋五、柿本
人麻呂
700時のまも慰めつらむ覚めぬまは夢にだに見
ぬ我ぞ悲しき　『後撰集』哀傷、藤原玄上女
701東路《あづまぢ》の小夜の中山なかなかになにしか人を
思ひそめけむ　『古今集』恋二、紀友則
東路の小夜の中山さやかにも見えぬ雲居に
世をや尽さむ　『新古今集』羇旅、壬生忠岑
行き帰る夢路を頼むよひごとにいや遠ざか
る都悲しも　養和元年初学百首、藤原定家
702湊風寒く吹くらし奈呉の江に妻呼び交し鶴《たづ》
さわに鳴く　『万葉集』巻十七、大伴家持
我が背子が着《け》る衣《きぬ》うすし佐保風はいたくな
吹きそ家にいたるまで　『万葉集』巻六、
大伴坂上郎女

703沖つ鳥鴨《かも》といふ舟の帰り来ば也良の防人《さきもり》早
く告げこそ　『万葉集』巻十六、山上憶良
難波潟入江をめぐる葦鴨の玉藻の床の浮寝
すらしも　『千載集』冬、藤原顕輔
704わたの原八十島かけて漕ぎ出でぬと人には
告げよ海人の釣舟　『古今集』羇旅、小野篁
吹く風に雲のはたてはとどむともいかが頼
まむ人の心は　『拾遺集』恋四、読人しらず
705忘るなよいまは心の変るとも馴れしその夜
の有明の月　『新古今集』恋四、藤原家隆
706五十鈴《いすず》川頼む心し深ければ天照る神ぞ空に
知るらむ　正治二年後鳥羽院第二度百首、後
鳥羽院
咲きにほふ花のけしきを見るからに神の心
ぞ空に知らるる　『新古今集』神祇、白河院
707心こそ行くへも知らね三輪の山杉の梢の夕
暮の空　『新古今集』恋四、慈円
708春の日の長柄の浜に舟とめていづれか橋と
問へど答へぬ　『新古今集』雑中、恵慶
君が代を何にたとへむ常磐なる松の緑も千
代をこそ経れ　『後拾遺集』賀、読人しらず
710岩の上に生ふる小松も引きつれどなほ寝が
たきは君にぞありける　『拾遺集』恋一、
読人しらず
711笹の葉に降り積む雪の末《うれ》を重みもとくだち

ゆく我が盛りはも『古今集』雑上、読人しらず

714相生の小塩の山の小松原今より千代の陰を待たなむ『新古今集』賀、大弐三位

我が友と君が御垣の呉竹は千代に幾代の陰を添ふらむ『千載集』賀、藤原俊成

715やすみしし我大君の（中略）宮柱太敷きませば（以下略）『万葉集』巻一、柿本人麻呂

宮柱下つ岩根に敷き立ててつゆも曇らぬ日の御影かな『新古今集』神祇、西行

補陀落の南の岸に堂立てて今ぞ栄えむ北の藤波『新古今集』神祇、春日榎本明神

716板葺の黒木の屋根は山近し明日の日取りて持ちて参《ま》ゐ来《こ》む『万葉集』巻四、大伴家持

吉野川いはど柏《かしは》と常磐《ときは》なす我は通はむ万代までに『万葉集』巻七、作者未詳

美濃の国関の藤川絶えずして君に仕へむ万代までに『古今集』神遊びの歌

717詠《なが》めつる今日は昔になりぬとも軒端の梅は我を忘るな『新古今集』春上、式子内親王

年を経て住み来し里を出でていなばいとど深草野とやなりなむ『古今集』雑下、在原業平

君がいにし方やいづれぞ白雲の主なき宿と見るぞ悲しき『後撰集』哀傷、藤原清正

720紅葉葉を関守る神に手向けおきて逢坂山をすぐる木枯し『千載集』秋下、藤原実守

足柄の関の山路を行く人は知るも知らぬもうとからぬかな『後撰集』羇旅、真静

721水鳥の鴨の浮寝のうきながら波の枕に幾夜経ぬらむ『新古今集』冬、河内

722嵐吹く真葛が原に鳴く鹿は恨みてのみや妻を恋ふらむ『新古今集』秋下、俊恵

723時は今は春になりぬとみ雪降る遠き山辺に霞たなびく『新古今集』春上、読人しらず

冬ごもり春さり来ればあしひきの山にも野にも鶯鳴くも『万葉集』巻十、作者未詳

724谷深み春の光の遅ければ雪につつめる鶯の声『新古今集』雑上、菅原道真

鶯の涙のつららうち解けて古巣ながらや春を知るらむ『新古今集』春上、惟明親王

725若菜摘む袖とぞ見ゆる春日野の飛火の野辺の雪の群消え『新古今集』春上、藤原教長

世に経れば憂さこそまされみ吉野の岩のかけ道踏みならしてむ『古今集』雑下、読人しらず

727去年《こぞ》の夏鳴き古してし郭公《ほととぎす》それかあらぬか声の変らぬ『古今集』夏、読人しらず

石上古りにし人を尋ぬれば荒れたる宿にすみれ摘みけり『新古今集』雑中、能因

728聞く人ぞ涙は落つる帰る雁鳴きてゆくなるあけぼのの空『新古今集』春上、藤原俊成

729心ざし深くそめてしをりければ消えあへぬ雪の花と見ゆらむ『古今集』春上、読人しらず

秋ならで置く白露は寝覚するわが手枕の雫なりけり『古今集』恋五、読人しらず

732妻恋ふる鹿の立ちどを尋ぬれば狭山が裾に秋風ぞ吹く『新古今集』秋下、大江匡房

何せむと違《たが》ひはをらむ否《いな》も諾《を》も友の並並《なみなみ》われも依りなむ『万葉集』巻十六、作者未詳

733駒なめていざ見に行かむふるさとは雪とのみこそ花は散るらめ『古今集』春下、読人しらず

湊川夜舟こぎ出づる追風に鹿の声さへせと渡るなり『千載集』秋下、道因

734ここにだに徒然《つれづれ》と鳴く時鳥《ほととぎす》まして子恋ひの森はいかにぞ『拾遺集』哀傷、藤原顕光

五月闇《さつきやみ》子恋ひの森の時鳥人知れずのみ泣きゐたるかな『後拾遺集』雑三、藤原兼房

735あな恋し今も見てしが山がつの垣ほに咲ける大和撫子《やまとなでしこ》『古今集』恋四、読人しらず

月草に衣は摺《す》らむ朝露に濡れての後はうつろひぬとも『古今集』秋上、読人しらず

736さえわびて覚むる枕に影見れば霜深き夜の

有明の月 『新古今集』冬、藤原俊成女

737 目には見て手には取られぬ月のうちの桂のごとき妹をいかにせむ 『万葉集』巻四、湯原王 『伊勢物語』七十三段

738 浦風に吹上の浜の浜千鳥波立ち来らし夜はに鳴くなり 『新古今集』冬、祐子内親王家紀伊

鈴鹿山憂き世をよそにふり捨てていかになりゆくわが身なるらむ 『新古今集』雑中、西行

739 吉野山峰の白雪いつ消えて今朝は霞の立ち変るらむ 『拾遺集』春、源重之

740 来て見べき人もあらなくに我家《わぎへ》なる梅のはつ花散りぬともよし 『万葉集』巻十、作者未詳

うれしきを何に包まむ唐衣袂ゆたかに裁《た》てと言はましを 『古今集』雑上、読人しらず

741 見てもまたまたも見まくのほしければ馴るるを人は厭ふべらなり 『古今集』恋五、読人しらず

742 しなが鳥猪名山とよに行く水の名のみ寄《よ》そりし隠妻《こもりづま》はも 『万葉集』巻十一、作者未詳

743 もののふの八十宇治川の網代木にいさよふ波のゆくへ知らずも 『新古今集』雑中、柿本人麻呂

古里へ我は帰りぬ武隈のまつとは誰に告げよとか思ふ 『詞花集』雑上、橘為仲

744 人心浅沢水の根芹こそ刈るばかりにも摘ままほしけれ 『金葉集』恋下、堀河院中宮越後

住吉《すみのえ》の浅沢小野のかきつはた衣《きぬ》に摺りつけ着む日知らずも 『万葉集』巻七、作者未詳

745 あしひきの八つ峰《を》の椿つらつらに見とも飽かめや植ゑてける君 『万葉集』巻二十、大伴家持

もみぢせぬ常磐の山は吹く風の音にや秋を聞きわたるらむ 『古今集』秋下、紀淑望

とやかへる鷹尾山《たかのをやま》の玉椿霜をば経とも色は変らじ 『新古今集』賀、大江匡房

746 月ぞ澄む誰かはここに紀の国や吹上の千鳥独り鳴くなり 『新古今集』冬、藤原良経

748 飛びかける天の岩舟尋ねてぞ秋津島には宮始めける 『新古今集』神祇、三統理平

749 立ち別れいなばの山の峰に生ふる松とし聞かば今帰り来む 『古今集』離別、在原行平

750 月ぞ澄む誰かはここにきの国や吹上の千鳥独り鳴くなり 『新古今集』冬、藤原良経

751 妹を見ず越《こし》の国辺に年経れば我《あ》が心どの和《な》ぐる日もなし 『万葉集』巻十九、大伴家持

752 水鳥のつららの枕ひまもなしむべ冴えけらし十編《とふ》の菅菰 『金葉集』冬、源経信

753 神風や玉串の葉を取りかざし内外《うちと》の宮に君をこそ祈れ 『新古今集』神祇、俊恵

754 現《あき》つ神我が大君の天の下八島《やしま》の中に国はしも多くあれども（以下略） 『万葉集』巻六、作者未詳

756 珍しき御幸を三輪の神ならば験《しるし》有馬の出湯《いでゆ》なるべし 『千載集』神祇、藤原資賢

757 動きなき岩倉山に君が代をはこび置きつつ千世をこそつめ 『拾遺集』神楽歌、読人しらず

勅撰和歌集入集歌一覧

一、源実朝の歌は、『新勅撰和歌集』ほか十三代の勅撰和歌集（天皇の命によって編纂された歌集）に入集している。ここにそれらをとりまとめ、一覧に供した。

一、配列は勅撰集の成立順序に従い、各勅撰集ごとに収録歌を一括した。

一、歌集名の直下に、その成立年代と主要撰者名を付記した。

一、当該歌集に収録されている実朝歌は、本書における歌番号（アラビア数字）で示し、当該歌集内部における収録位置（部立、『国歌大観』歌番号）と詞書とを併記した。歌集の一般的性格上、直接詞書が記されていなくとも、前歌の詞書を受けると解される事例が少なくない。そのため、詞書は前歌に遡って記すことを原則とした。必要に応じて注記を加えた場合もある。

一、歌句が、編者によって改変されている場合もあるが、その入集形態を示すことは省略した。

『新勅撰和歌集』 文暦二年（一二三五） 藤原定家

16 春上 三一 春の歌とてよみ侍りける
20 春上 三〇 春の歌とてよみ侍りける
64 春下 一〇六 題しらず
106 春下 一三八 題しらず
162 秋上 二〇七 題しらず
166 秋上 二〇八 題しらず
178 秋上 二三六 家に秋の歌よませ侍りけるに
182 秋上 二三七 家に秋の歌よませ侍りけるに
222 秋下 三一九 秋の歌よみ侍りけるに
237 秋下 三〇三 題しらず
256 秋下 三一六 月前菊といへる心をよみ侍りける
261 秋下 三三七 題しらず
298 冬 四〇八 題しらず
333 冬 四三三 冬の歌とてよみ侍りける
343 冬 四三七 題しらず
454 恋三 八〇三 暁恋の心をよみ侍りけるに
464 恋四 九〇六 題しらず

500 恋三 八五八 題しらず
538 雑四 一三〇八 題しらず
550 雑一 一〇七八 題しらず
561 雑一 一〇七九 題しらず
596 雑二 一一三五 述懐の心をよみ侍りける
602 雑二 一一三六 述懐の心をよみ侍りける
604 羇旅 五三五 題しらず
663 雑二 一三〇六 ひとり懐を述べ侍りける歌

『続後撰和歌集』 建長三年（一二五一） 藤原為家

3 春上 五 はじめの春の心を
12 春上 二五 題しらず
110 春下 一五一 池辺藤といへる心を
192 秋上 二八八 鹿の歌とて
318 冬 五一三 冬の歌の中に
357 神祇 五五〇 題しらず
366 賀 一三五六 祝の歌に
374 恋一 六三九 恋の歌の中に
389 恋二 七四四 題しらず
395 恋一 六四五 おなじ心を（前歌の「忍恋」を受ける）
406 恋五 九五一 題しらず
429 恋二 七三六 恋の歌の中に
639 羇旅 一三〇九 箱根に詣づとて

『続古今和歌集』 文永二年（一二六五） 藤原基家ほか

259 秋下 四八八 題しらず
275 冬 五四八 題しらず
369 賀 一九一一 祝の歌の中に
372 恋一 九八六 寄レ鹿恋といへる心を
525 羇旅 八九九 旅の歌の中に
675 秋上 二九六 題しらず
691 恋二 一一三五 題しらず
715 賀 一九一三 祝の歌の中に

『続拾遺和歌集』 弘安元年（一二七八） 二条為氏

30 春上 五〇 故郷梅といふ心をよみ侍りける
105 春下 一三八 題しらず
139 雑春 五四八 夏の歌の中に
665 春上 四三 雨中柳といへる心を
704 羇旅 七三 素暹法師ものへまかり侍りけるにつかはしける

『新後撰和歌集』 嘉元元年（一三〇三） 二条為世

10 春上 二五 岡若菜を（実朝歌を藤原道家作と誤って収載）
46 春下 一一〇 春の歌の中に

141 夏 二〇九 題しらず
191 秋上 三〇七 題しらず
223 秋上 二九一 題しらず
645 神祇 七六〇 題しらず
691 恋三 一〇五一 題しらず（この歌、『続古今集』と重出。『新後撰集』の伝本には収載されていないものもある）

『玉葉和歌集』 正和元年（一三一二） 京極為兼

6 春上 四五 春の歌の中に
44 春上 一一三 雉子を
186 秋上 四八六 秋夕を
296 冬 九三三 海辺千鳥といふことを
351 冬 一〇三一 おなじ心を（前歌の「歳暮」を受ける）
353 賀 一〇四九 題しらず
514 旅 一一九三 題しらず
586 雑三 二一八三 三崎といふ所へまかり侍りける道に、磯辺の松、年ふりにけるを見てよみ侍りける
630 旅 一一〇八 遠き国にまかりける人に遣しける
643 神祇 二七八一 走湯山にまうでてよみ侍りける歌の中に
659 神祇 二七三四 伊勢の遷宮の年よみ侍りける歌

『続千載和歌集』 元応二年（一三二〇） 二条為世

59 春下 九三 弓のわざし侍りけるに、吉野山のかたを作りて、山人の花見たるところをよみ侍りける
241 秋下 四六一 題しらず
243 秋下 五三 月の歌の中に

『続後拾遺和歌集』 嘉暦元年（一三二六） 二条為藤ほか

336 冬 四七七 冬の歌の中に
572 神祇 一三四七 題しらず
692 恋四 八九九 恋の歌の中に

『風雅和歌集』 貞和五年（一三四九） 光厳院

82 春下 二三一 落花を
127 夏 三三三 聞㆓郭公㆒を
247 秋下 六六一 月前擣衣といふことを
322 冬 八〇〇 雪の歌の中に
323 冬 八一三 題しらず
407 恋四 一二七六 恋の歌の中に
422 恋一 九七三 月前恋といふことを

『新千載和歌集』 延文四年（一三五九） 二条為定

5　春上　二九　若菜の歌とてよめる
236　秋下　四六六　秋の歌の中に
701　羇旅　八二三　旅の歌とてよめる

『新拾遺和歌集』　貞治三年（一三六四）　二条為明ほか

210　秋下　四二五　秋の歌の中に
684　恋五　一三二八　題しらず

『新後拾遺和歌集』　至徳元年（一三八四）　二条為遠ほか

246　秋下　四二八　月前擣衣を
276　雑秋　七七八　松風似二時雨一といふことを

『新続古今和歌集』　永享十一年（一四三九）　飛鳥井雅世

155　秋上　三四七　七月一日のあしたよみ侍りける
173　秋上　四七三　月の歌の中に
321　冬　七〇五　山雪といふことを
416　恋三　一二六五　題しらず

実朝年譜

一、この年譜は、源実朝の生れた建久三年（一一九二）から、非業の最期を遂げる建保七年（一二一九）まで、二十八年間の諸事象を年次別に記述したものである。
一、建久三年以降の記述に先立ち、それ以前の約十年間を概観した。
一、記述に当っては、当時の一般的歴史事象をも適宜に併記した。
一、年号の真下にある年齢は実朝の数え年であり、また文中の月・日はすべて旧暦によっている。

養和元年（一一八一）閏《うるう》二月、この世の栄華を極めた平清盛が、業火のような高熱に冒され六十四歳で世を去る。これは幼帝安徳を戴いて二年目を迎えた平家にとって、文字どおり滅亡への警鐘であった。東国を基盤に好機を窺《うかが》っていた源氏方は、やがて進攻を開始、迎え討つ平家との間に一進一退が繰り返されたが、折しも都はあらゆる天変地異に侵され、洛中《らくちゆう》至る所に屍臭が満ち、仏像・堂塔の類も薪《たきぎ》にされるといった、末法の世を絵に描いたようなありさまとなっていた。

寿永二年（一一八三）五月、平家の大軍は北陸から現れた木曾義仲に蹂躙《じゆうりん》され、七月にはついに安徳帝・建礼門院を奉じて西海へ落ちる。『平家物語』に詳しい滅びの調べは、ここに一段と悲哀の色を濃くしてゆく。一方、権謀術数に長《た》け、源頼朝に「日本一の大天狗《てんぐ》」と評された後白河院は、この機に急遽《きゆうきよ》幼い後鳥羽帝を擁立、失われた朝廷の覇権《はけん》回復のためにしかるべき手段を講じつつあった。元暦元年（一一八四）初頭には、洛中で狼藉《ろうぜき》の多かった義仲軍団が源義経・範頼《のりより》軍に滅ぼされ、次いで一ノ谷では平家が義経の急襲を受けて敗走する。平家が壇ノ浦に沈み、源氏政権が最後の障害を乗り越えたのは、大地震に明け暮れた翌元暦二年（一一八五）三月のことであった。

荘園収入を確保する道を、武士の力に頼るほかなくなった貴族勢力は、同年十一月、鎌倉が奏請した守護地頭制をのみ、武力の保障のもとに辛くも面目を保った。これによって宮廷はかりそめの文芸復興期を迎える。文治三年（一一八七）、後白河院の命によって成った『千載集』は、藤原俊成を中心とした歌壇の活況をその背景とし、来るべき新古今時代の礎と呼ぶにふさわしいものであった。一方、若くして北面の武士を辞し、自由闊達《かつたつ》な隠者的生活を見出していた西行法師の和歌活動は、朝野に大きな足跡を残してゆく。

源実朝が頼朝の第二子としてこの世に生を享《う》けたのは、鎌倉幕府が血煙の中に産声をあげた、新時代の幕明き時のことである。

建久三年（一一九二）　**一歳**

三月十三日、後白河法皇崩御、享年六十六。四月二日、前《さきの》右近衛大将源頼朝の御台所北条政子（時政の長女）懐妊着帯。頼朝は政子のために帯を結び、鶴岡八幡宮の社僧に出産平安の祈禱《きとう》に精励するように命ずる。六月二十日、幕府、美濃《みの》の国（岐阜県南部）の御家人に京都の群盗を捕えるよう命ずる。七月十八日、政子、産所の名越《なごえ》の館（浜御所と号した）に移る。八月九日、快晴無風。政子、早朝から産気づき、午前十時ごろ男児出産。阿波局（阿野全成の妻。北条時政の娘。政子の妹）が乳母として参上。新生児の名を千幡《せんまん》君と定める（後の実朝）。十五日、千幡の七夜の祝を小山朝政が勤める。将軍家、千幡に馬・剣等を、御台所に綾等を献上。十月十九日、政子・千幡、名越の浜御所から幕府に帰る。十一月五日、千幡の御行《おなり》始め（外出始め）として、安達盛長の甘縄《あまなわ》の家に午前六時ごろ輿《こし》で行き、午後十時ごろ帰還。盛長、千幡に剣を献上。二十日、永福寺竣工。頼朝の臨席のもと、二十五日に落慶供養。同日、熊谷直実出家。二十九日、千幡の五十日・百日の祝を北条時政が勤め、剣・砂金・鷲《わし》の羽等の贈り物を献じる。十二月五日、頼朝は大内義信ら重臣を浜御所に呼び集め、千幡を抱いて現れ、自分はこの子をとくに愛しく思っているのでめいめい心を合わせて将来を守護してくれるよう丁重に頼み、酒を賜る。重臣らは代る代る千幡を抱き、腰刀を贈り物として献じ、謹んで承知した旨を言上して退出。二十三日、万寿（実朝の兄頼家。当時十一歳）疱瘡《ほうそう》を病む。

建久四年（一一九三）　**二歳**

三月二十一日、頼朝、下野《しもつけ》の国（栃木県）那須野、信濃《しなの》の国（長野県）三原での狩猟を見物するために鎌倉を出発。四月二日、那須野で狩が行われる。十三日、千幡、急病にかかるがまもなく全快。五月八日、頼朝、富士野の夏狩を見るため、駿河《するが》の国（静岡県中央部）に赴く。二十八日、曾我兄弟、富士野で父の仇工藤祐経《すけつね》を討つ。八月十七日、文治五年の義経討伐に続いて、鎌倉武士団の信望を集めていた範頼が、兄頼朝から陰謀の嫌疑を受け、伊豆の国に追放される。この年か翌年、藤原俊成判による六百番歌合成る。

建久五年（一一九四）　**三歳**

三月十四日、興福寺の衆徒ら西京を焼く。この夏、藤原良経家名所題十首歌合。七月五日、延暦寺衆徒の訴えにより、栄西らの禅宗布教を禁ずる。八月二十七日、京都に大地震。閏八月一日、頼朝、山荘を建てるために、一条高能《たかよし》を伴って三浦三崎に遊び、夕方、政子・若君・姫君らも合流（実朝も加わったかどうかは不明）。翌二日、政子、鎌倉に帰る。頼朝らは三日に帰還。十二月二十八日、頼朝・政子・若君ら、永福寺の薬師堂に参詣（実朝も伴われたか）。

建久六年（一一九五）　**四歳**

正月二十日、民部卿藤原経房家歌合。二月十四日、東大寺供養に出席のため、頼朝・政子・男女の子息ら、鎌倉を出発（実朝は加わっていないもよう）。三月九日、頼朝・頼家・政子、石清水・左女牛《さめうじ》若宮に参詣。十二日、後鳥羽天皇・関白藤原兼実以下の公卿・頼朝、東大寺供養に出席。二十七日以降六月二十四日まで、八度にわたって頼朝参内（六月三日・二十四日は頼家も同行）。在京中、頼朝、慈円と七十七首の歌の贈答をする。六月二十五日、頼朝ら京都を出発し、翌月八日、鎌倉着。この年、奥羽物奉行を設置。

建久七年（一一九六）　**五歳**

十一月二十五日、鎌倉幕府とつながりの深い関白藤原兼実《かねざね》が罷免され、前摂政藤原基通《もとみち》を関白・氏長者とする（建久の政変）。この年、武蔵の国（東京都・埼玉県と神奈川県の一部）の国検を行う。

（この年正月から建久十年正月まで、『吾妻鏡』の記事欠脱）

建久八年（一一九七）　**六歳**

三月、前参議藤原公時の家人橘兼仲の妻、亡き後白河法皇の託宣と称して妖言を発したかどにより、兼仲を隠岐《おき》に、妻を安房《あわ》（千葉県南部）に流す。式子内親王もこれに連座したか。七月十四日、源頼朝の長女、大姫没。二十日、藤原俊成、式子内親王の依頼で執筆していた『古来風体抄』を献上。十月十三日、入道前中納言藤原能保《よしやす》五十一歳で没。十二月十五日、頼家、従五位上右近衛少将に任ぜられる。

建久九年（一一九八）　**七歳**

正月十一日、後鳥羽天皇（十九歳）譲位。土御門天皇（四歳）践祚。三十日、頼家、讃岐《さぬき》権介を兼ねる。二月五日、幕府、平維盛《これもり》の子六代を鎌倉で斬る。八月十六日、後鳥羽上皇熊野へ御幸。これ以降たびたび御幸あり。十一月二十日、頼家、正五位下となる。この年、栄西、『興禅護国論』を発表。守覚法親王家五十首もこのころか。

建久十年・正治元年（一一九九）　**八歳**

正月十三日、頼朝、五十三年の生涯を閉じる。二十日、頼家、左近衛中将となる。二十六日、朝廷から頼家に、頼朝の遺跡を継ぎ、従来どおり家人らに諸国の守護を勤めさせるよう、との宣下状到着。三月十九日、文覚を佐渡に配流。四月十二日、政子、頼家が訴訟を親裁することを留め、北条時政ら十三人の重臣による合議裁決制を採用。六月三十日、実朝の姉三幡没、享年十四。十月二十八日、梶原景時弾劾の連署状に、千葉介常胤《つねたね》ら六十六人が加判。十二月十八日、景時は鎌倉を追放される。

正治二年（一二〇〇）　**九歳**

正月五日、頼家、従四位上に叙せられる。二十日、梶原景時一族三十三人、上京の途中、駿河の国狐崎で討たれる。二月五日、頼家、和田義盛を侍所別当に還補。十月二十六日、頼家、従三位左衛門督に任ぜられる。この年、『新古今集』への道程として重要な後鳥羽院初度百首、二度百首が詠進される。このころ後鳥羽院の好尚を反映して繁々と歌合が催される。『無名草子』この頃成るか。

正治三年・建仁元年（一二〇一）　**十歳**

正月二十三日、越後の国（新潟県）の城長茂、頼家追討の宣旨を請うが許されず、翌月吉野で殺される。二月五日、御室撰歌合。十六・十八日、老若五十首歌合。六月、千五百番歌合の百首詠進。七月二十七日、二条殿に和歌所を置き、藤原良経らの寄人《よりうど》を定める。八月五日、源家長を和歌所開闔《かいこう》とする。十一月三日、源通具《みちとも》・藤原有家・定家・家隆・雅経・寂蓮《じゃくれん》に『新古今集』撰進の院宣が下る。この年九月以後、仙洞句題五十首催される。

建仁二年（一二〇二）　**十一歳**

正月二十三日、頼家、従三位。二月十日、和歌所影供歌合。三月二十二日、三体和歌会。五月二十六日、人麻呂影供歌合。七月十三日、水無瀬釣殿六首歌合。六月、俊成卿女、後鳥羽院に出仕。二十日ごろ寂蓮没。二十三日、頼家、従二位、征夷大将軍に補せられる。八月二十六日、守覚法親王没、享年五十三。九月十三日、水無瀬殿恋十五首歌合。二十六日、若宮撰歌合。十月二十一日、内大臣源通親《みちちか》、五十四歳で没。十二月二十五日、左大臣藤原良経、摂政となる。

建仁三年（一二〇三）　**十二歳**

二月四日、千幡（実朝）、鶴岡八幡宮に参詣し、神馬二頭を奉納。この春、千五百番歌合完成か。五月十九日、阿野全成を逮捕し、二十五日に常陸《ひたち》の国（茨城県）に流す。六月二十三日、八田知家、下野の国で全成を誅す。七月十五日、石清水《いわしみず》八幡宮若宮撰歌合。八月二十七日、頼家重病のため、関西三十八カ国の地頭職を弟千幡に、関東二十八カ国の地頭職・総守護職を頼家の長子一幡（当時六歳）に譲る。一幡の外祖父比企能員《ひきよしかず》、千幡への譲補を怒り、叛逆を企てる。九月二日、比企能員、頼家の病床で北条氏討伐を談合するも、襖越しに政子に聞かれ、時政に殺される。比企一族はこれを伝え聞き、一幡の館《たち》に籠《こも》って義時らと戦うが敗死（比企の乱）。五日、頼家、能員の死を聞き時政を殺すべきことを和田義盛・仁田忠常に命ずるが、義盛はその親書を時政に献じる。翌日時政の自宅で忠常を謀殺。その翌日、ついに頼家は出家。十日、千幡を将軍に推挙することに決り、千幡、政子の許より時政邸に移る。十五日、時政の後妻牧の方が、千幡に対する害心を抱いているとの阿波局の通報で、政子、千幡を時政邸から迎え取る。同日、朝廷から、千幡を従五位下に叙すとの位記および征夷大将軍の宣旨の書状（九月七日付）が鎌倉に到着。その際、「実朝」の名を後鳥羽院より授かる。つづいて二十一日、幕府は頼家の鎌倉退去を決定し、二十九日、伊豆の国修禅寺に下向させる。十月八日、実朝、北条時政の名越《なごえ》の邸で元服。翌日政所《まんどころ》始め、弓始め。十九日、将軍代始めの使節二名が上京。二十五日、実朝、阿闍梨《あじゃり》行勇を招き『法華経』を受ける。十一月三日、実朝、石清水八幡宮に神馬を奉納。九日、実朝・政子、大江広元の家に入る。二十三日、実朝、馬場所で小笠懸を射る。同日、俊成九十の賀が和歌所で催される。十二月一日、実朝の祈願により、鶴岡上・下宮で法華八講を行う。十四日、実朝、永福寺以下の諸堂に参詣し、礼仏《らいぶつ》。

建仁四年・元久元年（一二〇四）　**十三歳**

正月五日、実朝、従五位上となる。将軍として初めて鶴岡八幡宮に参詣。八日、御所心経会に出席。十日、弓始めに出席。十二日、読書始め。源仲章を侍読として『孝経』を読む。十四日、実朝、二所権現参詣のための精進を始める。十八日、鶴岡八幡宮別当阿闍梨尊暁、実朝の代参として二所に進発。義時も奉幣使として参詣。実朝、庭上で伊豆・箱根・三島三社の方角に向って二十一度の遙拝を行う。二月十二日、由比の浜に出、北条時房らの笠懸を見物。十三日、法華堂で仏事を修する。二十五日、北条義時の邸に赴く。三月六日、右少将に任ぜられる。十五日、実朝、幕府で天台止観の談議を始め、政子も来聴。二十七日、父頼朝の建立による勝長寿院に参詣。四月十八日、夢の告げにより、岩殿観音堂に参詣。五月五日、鶴岡八幡宮臨時祭に、大江広元を奉幣使として代参させる。六日、平賀朝政（時政の女婿）、蜂起した伊勢平氏を鎮圧し、十日に伊勢の国（三重県中央部）の守護に着任。十九日、父頼朝の親書を小山朝政らに進覧させて、写し留める。六月一日、愛染明王像三十三体を造り、供養。二十日、鶴岡八幡宮臨時祭に参詣。七月十四日、痢病にかかる。翌日、病気平癒を祈り、鶴岡宮で信読の大般若経を開始。十八日、頼家修禅寺で殺される。享年二十三。二十三日、実朝全快、沐浴《もくよく》。二十六日、実朝、安芸《あき》の国（広島県西部）壬生《みぶ》の庄の地頭職の争論を決裁し、初めて直接政道を聴断。八月四日、実朝の縁談につき内談あり。十五日、夜、明月の由比の浦に舟を出して遊ぶ。九月二日、馬二頭を伊勢内宮・外宮に奉献。十五日、北条義時の邸に遊び、一泊。十月十四日、将軍の御台所（奥方）として下向する坊門信清の女《むすめ》を迎えに、北条政範（時政の子）ら上京。十一月三日、実朝病む。五日、上京中の政範、十六歳で没。九日、実朝平癒、沐浴。十日、春日社歌合。十一日、北野社歌合。二十六日、『将門合戦絵』二十巻到来し、実朝、これを愛玩。三十日、藤原俊成没、享年九十一。十二月十日、信清の女鎌倉へ向けて出発。後鳥羽院は善勝寺の辺で桟敷から見物。十七日、実朝、広元の家に入る。十八日、政子依頼の七観音像が奈良より到来し、供養。実朝も結縁《けちえん》のために出席。

元久二年（一二〇五）　十四歳

正月四日、実朝、御台所を訪う。引出物あり。五日、正五位下。八日、御所の心経会。二十九日、右近衛権中将に任ぜられ、加賀介を兼ねる。二月十一日、鶴岡八幡宮に参詣。十七日、右中将拝賀のため鶴岡宮参詣。三月一日、寿福寺・若宮別当坊に出かけ、法文を談じ、蹴鞠《けまり》を翫《もてあそ》ぶ。二十六日、『新古今和歌集』撰進竟宴が催される。延喜・天暦の聖代に続くが如きこの朝威の発揚のかげには、相次ぐ幕府の内訌《ないこう》による一時的な権威低下があった。四月八日、騎馬・水干で鎌倉の諸堂を巡礼。十二日、十二首の和歌を詠む。二十五日、営中で五字文殊像供養。六月一日、実朝の願による大般若経を鶴岡宮で転読。十五日、元久詩歌合。二十二日、北条時政、畠山重忠・重保父子を殺す。七月十八日、北野社祈雨歌合。閏七月十九日、実朝を殺し、平賀朝政を将軍に立てようとする時政の妻、牧の方の陰謀が露顕し、政子、長沼宗政らを遣わし、実朝を義時邸に迎える。同日、時政出家し、翌二十日に伊豆に下る。執権職はその子義時の手に渡る。二十六日、幕府、在京の武士に命じて平賀朝政を殺させる。八月七日、宇都宮頼綱（歌人としても著名）の謀反が発覚し、執権義時・大江広元・安達景盛ら、政子の邸で評議。十一日、頼綱、弁明の書状を義時に進献。十六日、頼綱出家（法名「蓮生」）。十九日、頼綱、陳謝のため下野の国より鎌倉に到着するが、義時は対面を拒否。頼綱は髻《もとどり》を献上。九月二日、内藤知親《ともちか》、実朝の命により、『新古今集』を持参して京都から到着。十二月二日、頼家の子公暁、鶴岡八幡宮別当阿闍梨尊暁の門弟となり入室。この年、文覚、鎮西（九州）へ配流される。

元久三年・建永元年（一二〇六）　十五歳

正月二日、実朝、鶴岡八幡宮に参詣。八日、御所心経会に出席。十二日、読書始め。仲《なか》業《なり》、侍読として『御注孝経』を講ず。実朝、仲業に馬を贈る。二月四日、夕刻、雪を見物するため名越山の辺に出かけ、義時の山庄で和歌会。北条泰時・東重胤《しげたね》・内藤知親ら出席。十四日、興福寺僧徒ら、源空（法然）らが念仏を唱え他宗を誹謗《ひぼう》したことを訴える。二十二日、実朝、従四位下に叙せられる。三月四日、鶴岡宮に奉幣。七日、藤原良経急死、享年三十八。暗殺説も飛び交う。十二日、鷹飼《たかがい》桜井斉頼、実朝に鷹を飼う口伝・故実を語る。十三日、桜井、実朝の面前で狩の見事な業を披露し、剣を賜る。四月三日、実朝、鶴岡八幡宮参詣。六月十六日、実朝、政子の邸で行われた公暁着袴の儀に出席。二十一日、御所南庭で催された相撲を見る。七月二十五日、卿相侍臣歌合。二十八日、和歌所当座歌合。八月一日、和歌所述懐三首和歌会。十五日、実朝、鶴岡放生会《ほうじょうえ》に出席。十六日、流鏑馬《やぶさめ》を見物。十月二十日、公暁、実朝の猶子として、営中に参入。十一月十八日、実朝、下総《しもうさ》の国（千葉県北部と茨城県南部）に下向した寵愛《ちょうあい》の近侍、東重胤の遅参を怒り、重胤籠居《ろうきょ》。十二月八日、藤原家実、関白となる。二十三日、重胤、義時の助力で詠歌を実朝に献じて、実朝の不興を解き、義時に深謝。

建永二年・承元元年（一二〇七）　**十六歳**

正月三日、実朝、鶴岡八幡宮参詣。五日、従四位上に昇進。九日、実朝の御台所、鶴岡八幡宮に参詣。十八日、実朝、二所権現参詣のための精進始め。二十二日、二所に進発。義時・時房ら随従。二十七日、実朝、二所より帰還。二月十八日、専修念仏を停止し、源空を土佐（高知県）に、親鸞を越後に流す。三月一日、桜・梅等を永福寺より移植。三日、御所の北の庭で鶏闘の会を催す。七日、賀茂御《み》祖《おや》社歌合・賀茂別雷《わけいかずち》社歌合。四月五日、九条兼実《かねざね》没、享年五十九。十三日、実朝病む。十六日、義時の邸で病気平癒の祈願のため、一日の中に大般若経一部を転読。二十日、全快、沐浴。六月五日、実朝、鶴岡八幡宮の祭に参拝。十日、最勝四天王院障子和歌。八月十五日、実朝、鶴岡宮の放生会に参宮。随兵中に故障不参者が出、参詣の時刻が遅れたことから、今後は遺漏のないように指示。十六日、鶴岡宮参詣。十七日、吾妻助光、鎧の鼠害のために不参し、出仕を止められる。十一月八日、鶴岡宮の神楽《かぐら》に参詣。二十七日、実朝調伏のためと噂《うわさ》されていた最勝四天王院が落成し、後鳥羽院、高陽院より移御。十二月一日、実朝の祈願により、鶴岡宮で『大般若経』を転読。三日、吾妻助光、青鷺《さぎ》を生きながら射留めた射芸の賞として、実朝から出仕を許され、御剣を頂く。

承元二年（一二〇八）　**十七歳**

正月十一日、御所心経会。実朝の遊楽のため、八日の会をこの日に延期。十六日、三善《みよし》善信入道の名越の家焼失し、実朝の書籍や雑務の文書、累代の文書等を納めた文庫も灰燼《かいじん》となる。二月三日、実朝、疱瘡《ほうそう》を病み、鶴岡八幡宮の神楽を広元に代参させる。御台所も参宮。十日、実朝、疱瘡に苦しむ。二十九日、平癒、沐浴。三月三日、鶴岡宮の一切経会。実朝、疱瘡の予後のため時房が代参。御台所および政子は参宮。四月二十五日、鶴岡八幡宮の傍に神宮寺を建立することを決定。閏四月十一日、実朝急病。二十四日、平癒、沐浴。五月十七日、実朝病時の祈願として、鶴岡宮で『法華経』を供養。二十六日、後鳥羽上皇の熊野御幸に供奉する坊門忠信の従者として、藤内左衛門尉季康（御台所の侍）を上京させ、馬や旅の調度を忠信に進献。二十九日、御台所の侍、兵衛尉清綱、京都より下着し実朝と対面。実朝に相伝の『古今集』（藤原基俊筆という）一部を進献し、実朝、末世の重宝と感銘する。ついで、清綱から後鳥羽上皇御幸の新日吉《いまひえ》小五月会《こさつきえ》の話を聞き、清綱の子息松王丸も出場した競馬《くらべうま》・流鏑馬《やぶさめ》の射手の記を見る。同日、住吉社歌合。六月十六日、祈雨を鶴岡八幡宮の供僧に命じ、供僧ら江の島の龍穴に祈請。翌日、降雨あり、祈請の感応に剣・衣を宮寺に送遺。七月五日、神宮寺上棟。北条義時ら監臨する。十九日、永福寺阿弥陀堂の二十五三昧《ざんまい》聴聞のために、政子・実朝・御台所ら参堂。八月十五日、鶴岡宮の放生会。実朝参詣せず。十六日、実朝、馬場の桟敷で送拝の儀を行い、美作《みまさか》蔵人朝親らを代参させ、政子も奉幣。九月九日、鶴岡宮の祭。実朝参詣せず、朝親代参。十四日、熊谷直実、六十八歳で没。十月十日、政子、熊野詣に進発。十二月九日、実朝、正四位下に叙せられる。十六日、実朝、鶴岡神宮寺の本尊（薬師像）を拝観。翌日、神宮寺薬師像開眼供養。義時ら参列。二十日、政子、熊野山より下向。

承元三年（一二〇九）　**十八歳**

正月六日、御所心経会が催され実朝出席。その後、的始め。九日、実朝、鶴岡八幡宮に年頭の奉幣。使は遠江守親広《とおとうみのかみちかひろ》。二月三日、鶴岡八幡宮恒例の神事あり、大江広元に奉幣させる。三月三日、鶴岡宮一切経会。北条義時、実朝の奉幣使として参詣。二十一日、善信入道、京都より到来の鞠《まり》を御所に持参し、大柳殿御鞠記一紙を進覧。この月下旬、『五代簡要』（藤原定家撰）成る。四月十日、従三位に叙せられる。十四日、実朝の命で、神宮寺で初めて一夏《いちげ》安居《あんご》を結ぶ。五月十二日、和田義盛、上総《かずさ》の国（千葉県中央部）の国司を所望する。実朝、義盛のために政子と談合するが、頼朝が侍の受領の停止を命じていたことを理由に政子は不賛成。十五日、実朝、神嵩《こうのだけ》、岩殿観音堂に参詣、帰途、駿河局《するがのつぼね》の比企谷の家に立ち寄る。二十日、法華堂で梶原景時およびその一族の菩提を弔って仏事を行う。二十三日、和田義盛、上総の国司所望の嘆願書を大江広元を介して提出。二十六日、実朝、右近衛中将に任ぜられる。六月十三日、実朝、宿怨により梶原家茂を殺害し、和田義盛に身柄を預けられていた土屋宗遠の嘆願書を見、頼朝の月忌を考慮して恩免とする。七月五日、夢想により詠出した二十首を、藤原定家の門弟内藤知親《ともちか》を使として住吉社に奉納。この機会に、建永元年初学以後の歌三十首を選び、合点を受けるため定家のもとへ送る。八月十三日、知親、京都から帰着。定家、実朝の三十首に合点を付して返進し、また、和歌の風体について尋ねた実朝に応え、詠歌口伝『近代秀歌』一巻をも献上する。十五日、鶴岡八幡宮放生会。北条義時、実朝のために代参。九月、新羅社歌合。十月十三日、政子、頼朝の仏事を法華堂で盛大に行う。その導師として招かれた明王院僧正公《こう》胤《いん》、御所に参上し、実朝と面談。十七日、公胤、実朝に惜しまれつつ長講堂供養の導師のため帰京。十一月一日、鶴岡八幡宮で神楽あり。源親広《ちかひろ》代参。四日、弓馬の道を忘れないでほしいとの義時の諫《いさ》めを聞き入れ、小御所東面の小庭で、和田常盛らに切的を射させる。五日、頼朝が深く帰依した相模《さがみ》の国（神奈川県）大庭御厨《みくりや》の大日堂の修造を義時に命ずる。七日、四日に行われた弓の勝負の、負け方主催の酒宴の機会に、義時・広元、実朝に武芸を重んずべきことを諫める。八日、駿河の国益頭《ましず》の庄の年貢を燈油料として、鶴岡神宮寺に常燈を奉るべきことを義時に命ずる。十四日、義時、年来の郎従の功労者を侍に准ずべきことを実朝に要請するが、許されず。二十七日、上総の国司所望について考慮中であるよしを義盛に告げ、義盛を喜ばせる。十二月十一日、朝親《ともちか》・公業《きんなり》の私闘を聞き、北条時房に仲裁させる。十三日、政子・実朝、法華堂に参詣、恒例の仏事を修する。十七日、朝親・公業の喧嘩について、再度時房を使者に送って仲裁し、両人和解。十九日、西仁、平通盛旧蔵の硯《すずり》を実朝に献上し、実朝珍重する。二十三日、実朝、勝長寿院・永福寺・法華堂等に参詣。

承元四年（一二一〇）　**十九歳**

正月一日、北条義時、実朝の使として鶴岡八幡宮に奉幣。頼朝の大略元日奉幣の先例を再興。二十六日、実朝御《お》行《なり》始め。大江広元の邸に入る。二月一日、鎌倉火災。五日、頼朝の遺志を重んじ、越後の国菅谷寺に近辺の田地を寄進するよう義時に命ずる。二十一日、明王院僧正公胤に、長講堂供養の上童らの装束を贈る。五月六日、実朝、広元の家に赴く。義時・時房らも参上し、和歌以下の興宴に及ぶ。広元、三代集を実朝に贈る。十一日、小山・千葉・三浦以下十三家の御家人に、勅宣に任せて滝口に参候するよう書状を下す。二十一日、実朝、三浦三崎に遊び、舟中で管絃の遊びあり。後、和田常盛らの小笠懸を見物。六月三日、相模の国丸子川で土肥・松田両一族の争いを聞き、和田義盛・三浦義村を遣わして鎮めさせる。八日、政子、相模の国日向《ひなた》薬師堂に参詣。十三日、御台所の女房丹後局が京都から下向の途中、駿河の国宇都《うつ》の山で群盗に襲われたことを聞き、旅人の警固を海道駅家に下命。八月九日、社寺顚倒の事実の有無を諸国守護に注進せよとの書を下す。十五日、鶴岡八幡宮放生会、実朝参宮せず、義時代参。十六日、実朝、政子・御台所と、桟敷で流鏑馬《やぶさめ》・競馬・相撲を見物。九月九日、鶴岡宮の祭。義時、奉幣使として参宮。十三日、幕府和歌会。源親広・源光行・内藤知親ら出席。二十日、近江の国（滋賀県）の佐佐木広綱、馬一頭を献じ、実朝、鞠《まり》の庭で一見の後、義村に預ける。二十二日、粟田宮歌合。二十五日、本尊五字文殊像を供養する。十月十五日、聖徳太子の十七箇条憲法、物部守屋の収公田の員数・在所、天王寺・法隆寺の重宝等について、実朝の質問を受けていた広元が記録を探し求めて、本日進覧。十六日、御所属星祭《ぞくしょうさい》。十一月二十日、鎌倉に火災あり、北条泰時の小町邸など焼失。二十一日、幕府和歌会。東重胤《しげたね》・和田朝盛ら出席。二十二日、持仏堂で、実朝、聖徳太子御影を供養。二十三日、京都から取り寄せた奥州十二年合戦絵を見る。実朝の命で、中原仲業《なかなり》が詞書を読む。二十四日、駿河の国建穂寺《けんすいじ》の鎮守馬鳴《めみょう》大明神の別当・神主ら、酉《とり》の年に合戦があるとの託宣を実朝に注進。実朝は二十一日に見た夢と合致するとして占いを止めさせ、剣を奉献。二十五日、持仏堂で文殊供養を行う。同日、土御門天皇（十六歳）譲位し、順徳天皇（十四歳）践祚。これには後鳥羽院の意志が強く働いていたといわれる。

承元五年・建暦元年（一二一一）　**二十歳**

正月一日、義時、垸飯《おうばん》（将軍に対する饗応）を進ず。二日、大江広元、垸飯を進ず。三日、小山朝政、垸飯を進ず。五日、実朝、正三位に叙せられる。七日、北条時房邸以南が火災に遭う。九日、弓始め。十五日実朝、御《お》行《なり》始め。義時の邸に入る。十八日、美作権守を兼ねる。閏正月九日、永福寺の辺りより梅の木一本を御所北面に移植。二月四日、実朝および御台所祈願、熒惑星《けいこくせい》祭を行う。八日、鶴岡八幡宮御神楽、臨時祭。源親広を奉幣使として遣わす。二十二日、実朝、鶴岡八幡宮に参詣。疱瘡《ほうそう》を患った承元二年（一二〇八）以来、今日まで病後の痕跡を憚《はばか》って参宮はなかった。三月三日、鶴岡祭。一切経会にも参宮せず、広元代参。四月三日、鶴岡宮臨時祭。参宮せず、広元代参。二十九日、実朝、時鳥《ほととぎす》を聞きに永福寺に赴く。北条泰時・内藤知親《ともちか》・二階堂行村・東重胤《しげたね》・町野康俊ら供奉。時鳥は鳴かず空しく帰る。五月十日、実朝、諸家秘蔵の奥州藤原泰衡《やすひら》父祖代々の重宝を見る。十八日、御台所、岩殿観音堂に参詣。十九日、小笠原牧の牧士と奉行三浦義村の代官とが喧嘩。義村を罷免し、佐原景連を牧奉行に補す。二十日、鶴岡八幡宮の祭あり、親広代参。六月二日、実朝急病。御所南庭で泰貞属星《ぞくしょう》祭を行う。三日、実朝平癒、馬一頭を泰貞に贈る。十四日、実朝、寿福寺に参詣。十八日、持仏堂で御台所の本尊（如意輪観音）を供養。七月四日、実朝、唐の名君太宗と臣下との議論を集めて政治の要諦を説いた書である『貞観政要』を読み合わす。八日、政子と御台所、相模の国の日向《ひなた》薬師堂に参詣し、翌日帰る。十五日、実朝、寿福寺に参詣。仏事の後、方丈で法談。八月十五日、鶴岡八幡宮に放生会あり。実朝病気のため義時代参。実朝、廻廊の簾中でひそかに舞楽を見る。十六日、義時参宮。実朝、馬場の桟敷で神事を見る。二十七日、病後初めて鶴岡八幡宮に参詣。九月十五日、公暁、定暁僧都の室で出家。二十二日、公暁、登壇受戒のため定暁とともに上京。実朝、猶子公暁のために、供の侍五人を派遣。十月十三日、鴨《かもの》長明入道（蓮胤《れんいん》）、飛鳥井《あすかい》雅経《まさつね》の推挙で鎌倉へ下向、実朝に数度面会する。また頼朝の忌日のこの日、法華堂で念誦読経し、追懐の歌一首を堂の柱に記す。十九日、永福寺で宋本一切経五千余巻を供養。実朝も出席。十一月四日、坊門忠信の使者参着。実朝、忠信の書状中の朱雀門顚倒につき善信（三善康信）に尋ね、善信、朱雀門の怪異を説明。二十日、七月四日に開始した『貞観政要』の談議を終える。十二月十日、源仲章、和漢の名将についての実朝の質問に答え、名将の事跡をまとめて献覧。善信・大江広元、実朝の前でその記事を読み、再三問答あり、実朝すこぶる感銘。十三日、実朝、法華堂で恒例の仏事を修する。十八日、持仏堂で観音講を始める。二十日、和田義盛、上総の国司挙任所望の嘆願状の返却を広元に求め、実朝の不興を買う。二十五日、持仏堂で文殊供養。二十八日、実朝、明年の歳厄のため祈禱《きとう》・天曹地府祭を行う。

建暦二年（一二一二）　**二十一歳**

正月一日、北条義時垸飯《おうばん》を進ず。二日、広元垸飯を進ず。三日、小山朝政垸飯を進ず。十日、御所心経会。十一日、弓始め。実朝、小国《おくに》頼継《よりつぐ》の射芸に感じ、即座に越前の国（福井県北東部）稲津保《いなつのほう》地頭職を賜る。十九日、実朝、鶴岡八幡宮に参詣。大須賀胤信《たねのぶ》、調度懸《かけ》（主人の弓などを持って供をする者）を辞し、出仕を停止される。二十五日、法然、八十歳で生涯を閉じる。二十六日、実朝、二所権現参詣への精進始め。二月一日、実朝、和田朝盛を使者として、梅花一枝を塩谷《しおや》朝業《ともなり》に送り、朝業一首の和歌を返す。三日、実朝・政子、二所詣に進発し、八日に二所より帰着。十九日、京都の大番役怠慢につき、諸国守護に戒告を発する。二十五日、持仏堂で恒例の文殊供養。二十八日、実朝、相模川の橋の修理を不吉とする義時・広元らの意見を退け、修復を命ずる。三月三日、鶴岡八幡宮一切経供養。実朝参宮。六日、幕府の鞠《まり》始めに出場。九日、政子・御台所同伴で三浦三崎の御所に遊び、翌日夜帰還。二十九日、鴨長明、『方丈記』を執筆。四月六日、実朝、病に悩む。十八日、実朝の祈願として大倉郷に大慈寺を建立。五月七日、北条朝時、御台所の官女を誘い出し、実朝の勘気を蒙る。十一日、内裏詩歌合。二十三日、内裏歌合。二十七日、洪水あり。この月、後鳥羽院、安徳帝とともに壇ノ浦に沈んだ宝剣を求めて、藤原秀能《ひでよし》を鎮西に派遣する。六月二十日、実朝、寿福寺に参詣。住職栄西の手より仏舎利三粒を相伝。二十二日、持仏堂で聖徳太子聖霊会を行う。二十四日、実朝、和田義盛の家に入る。義盛、実朝に和漢将軍影十二枚を贈る。七月二日、御所の侍所を、千葉介成胤《しげたね》に命じて改造することを定める。八月十五日、鶴岡八幡宮放生会、実朝参宮。政子・御台所、その廻廊で舞楽を見物。十六日、実朝参宮。十七日、後鳥羽上皇御所で、猿楽・白拍子・今様などを行う。十八日、古物語を聞くため、伊賀前司朝光・和田義盛を北面三間所に伺候させる。十九日、鷹狩《たかがり》を禁ずべきことを守護・地頭に命ずる。二十二日、相模の国、片岡・前取等の社を実朝の祈禱所に定める。二十五日、持仏堂で恒例の文殊講を行う。九月二日、源頼時、京より下向。藤原定家、頼時に託し、消息・和歌の文書を実朝に進上。十三日、内裏詩歌合。十六日、実朝、神馬二頭を石清水・六条新八幡宮に進献。十八日、実朝、岩殿・椙本《すぎもと》等の観音堂に参詣。この月、内裏秋十首御会。十月十一日、実朝、大倉の新造の堂舎を見る。善信、山水の絵図を実朝に献じ、建久九年に見た夢について語る。十一月八日、御所老若絵合《えあわせ》。老方勝つ。大江広元・結城朝光献覧の、小町盛衰図・本朝四大師伝絵を、実朝珍重する。十三日、実朝、法華堂に参詣。この日、都では順徳帝の大嘗会《だいじょうえ》。十四日、絵合負方所課（負担）の遊宴。十五日、将軍の祈禱として、熊野奉幣使の派遣を決定。二十一日、荻野景継、御前の常燈を誤って消し、永福寺で出家。実朝、帰参を命ずるも、使者に対面せず逐電。十二月十日、実朝、従二位。二十四日、実朝、仏名経を礼する。二十八日、謀反の疑いで鎌倉中に騒動あり。二十九日、法華堂以下の諸堂を巡礼。帰途、広元の邸に入る。この月、五人百首。

建暦三年・建保元年（一二一三）　二十二歳

正月一日、実朝、鶴岡八幡宮に参詣。帰還の後、広元垸飯《おうばん》を進ず。二日、義時、垸飯を進ず。三日、時房、垸飯を進ず。四日、和田義盛、垸飯を進ず。後、義時の邸、八幡宮若宮別当の雪ノ下の本坊を訪い、夕方帰る。十二日、幕府女房ら双紙合《そうしあわせ》を催し、実朝判者となる。十六日、実朝、二所精進を始め、二十二日、二所権現に進発。北条義時・時房ら供奉する。二十六日、帰着。二月一日、幕府和歌会。題は「梅花万春を契る」。北条義時・泰時・伊賀光宗・和田朝盛ら出席。後に連歌あり。二日、芸能ある近侍の者を選び、学問所番とする。八日、鶴岡八幡宮の神事。泰時、奉幣使。十五日、千葉介成胤、謀反人の連絡係であった法師安念を生け捕り、義時に渡す。十六日、安念の自白により、謀反の一味数百人を逮捕。謀反は、信濃の国の住人泉親平が、頼家の忘れ形見を将軍とし北条義時を倒そうとしたもの。二十日、実朝、預り人の家を逃亡した囚人薗田成朝《しげとも》の受領希望の志に感じ、恩赦を命ずる。二十六日、囚人渋川兼盛が荏柄《えがら》社に奉納した十首に感じて罪を許す。同日、都では内裏詩歌合。二十七日、閑院内裏造営の功で、実朝、正二位に叙せられる。三十日、寿福寺に参詣。三月八日、鎌倉合戦の風聞で馳せ参じた和田義盛、御所で実朝に対面。実朝、義盛の子息義直・義重の罪を許す。九日、義盛、一族九十八人を引率して御所に参上し、囚人和田胤長の赦免を請うも許されず、義時は縛られた胤長に一族の前を通らせるという侮辱を与える。十六日、天変のため御所で祈禱あり。十九日、御所庚申《こうしん》歌会。鎌倉不穏の報に夜半中止。二十三日、浄遍・浄蓮、御所で法華・浄土両宗義について談議。二十五日、和田義盛、胤長の家屋敷を拝領し、喜悦。二十八日、藤原長定、歌絵巻二十巻を実朝に献ず。三十日、実朝、寿福寺に参詣、法談を聴聞。結城朝光の献じた本朝四大師伝絵を行勇律師に見せる。四月一日、尚友調進の更衣の装束を見る。三日、鶴岡八幡宮の神事あり、北条時房代参。七日、幕府で酒宴あり。山内・筑後両人に酒を賜り、二人の運命を予言する。八日、持仏堂で仏生会《ぶっしょうえ》を行い、後、寿福寺に参詣して灌仏《かんぶつ》を拝する。十五日、和田朝盛、歌会に出席した後出家し、上京。十七日、御所で八万四千基塔婆を供養。実朝、朝盛遁世のことを聞き、痛惜する。十八日、和田義直、父義盛の命で、朝盛入道を追い、駿河の国手越《たごし》駅から連れ帰る。朝盛、実朝に呼ばれて黒衣のまま幕府に参上。二十日、奈良十五大寺で衆僧を供養し、非人に施行《せぎょう》すべきことを、京畿内の御家人に命ずる。二十七日、実朝、宮内公氏・忠季を遣わして、和田義盛の蜂起中止を勧める。二十八日、実朝、北条義時・大江広元と協議（和田一族の扱いについての密議か）。鶴岡八幡宮等で祈禱を行わせる。五月二日、義盛、幕府および義時・広元の邸を攻める（和田合戦）。実朝、御所の火災を避けて法華堂に入る。義盛敗れ、前浜の辺に退く。三日、由比の浦・若宮大路で合戦が続き、実朝、広元の願書に二首の自筆の歌を加え、鶴岡八幡宮に祈願。和田義盛、義直の戦死を悲《ひ》哭《こく》しつつ、討死。五日、北条義時を侍所別当に補する。六日、御所焼失のため、実朝・御台所、広元邸に入る。九日、在京御家人の鎌倉参向を禁ずる。七月七日、御所和歌会あり。義時・泰時・東重胤ら出席。十一日、囚人富田三郎、強力の芸により赦免。十三日、内裏歌合。十七日、松尾社歌合。二十日、和田義盛の妻（豊受《とゆけ》太神宮七社禰宜《ねぎ》、度会《わたらい》康高の娘）を敬神の念から赦免。八月一日、実朝、政子邸に方違《かたたがえ》。三日、和田合戦で焼亡した御所上棟。六日、新造御所の障子絵が実朝の意に添わず、自分の希望等を京の佐佐木広綱のもとへ書き送り、識者に先例について尋ねさせる。七日、十二日、内裏歌合。十七日、藤原定家、飛鳥井《あすかい》雅経に託して和歌文書等を実朝に献ず。十八日、夜、数首独吟中の実朝、怪異に遭う。二十日、大江広元の邸から新御所に移る。二十六日、広元邸へ御行《おなり》始め。二十八日、鶴岡八幡宮で百怪祭を行う。九月十日、幕府で女房の勝負あり（正月十二日と同じく双紙合か）。北条時房・源仲兼・内藤知親のみ参加を許される。十二日、実朝、幕府で馬を検分、後、人々に賜る。十三日、内裏歌合。十九日、畠山重忠の末子阿闍梨重慶の謀反発覚し、長沼宗政に重慶を生け捕ることを命ずる。二十二日、秋草観賞のため、火取沢を逍遥。歌道に携わる北条時房・泰時・藤原長定・三浦義村・結城朝光・内藤知親ら供奉。二十六日、長沼宗政、重慶の首を斬って持参し、実朝の不興を買う。宗政、怒って源仲兼に実朝への不満を放言。閏九月十九日、内裏歌合。このころ、血腥《なまぐさ》い東国の情勢をよそに、都では順徳帝を中心に歌会がしきりに催される。十月二日、方違《かたたがえ》のため義時の邸に入る。三日、帰還。十三日、夜に入って雷鳴、同時に南庭で何度も狐が鳴くという変異あり。十四日、昨夜の怪異により、鶴岡八幡宮以下に祈禱を命ずる。十一月二十三日、藤原定家、飛鳥井雅経に託して、相伝の私本『万葉集』一部を実朝に贈る。実朝これを賞玩。定家はこの機会に、所領の伊勢の国、小阿射賀御厨《みくりや》の地頭の非法を実朝に愁訴。二十四日、永福寺で一切経会あり。十二月三日、和田一族のために寿福寺で仏事を修する。七日、鷹狩《たかがり》の停止を諸国の守護に命ずる。十五日、朝廷より改元の詔書到来（六日、建暦三年を改めて建保元年とする）。十八日、実朝自撰の『金槐和歌集』（藤原定家所伝本）成る。十九日、山家の雪を見に、二階堂行光の家に入る。行村ら群参し、和歌・管絃の遊宴後、夜、帰還。行光、黒馬を献上。翌日、馬のたてがみに結び付けられた行光の歌を見て、返歌をよみ、内藤知親に届けさせる。二十九日、日ごろ書写の円覚経を供養。三十日、円覚経を三浦義村に命じて三浦の海底に沈めさせる。

建保二年（一二一四）　**二十三歳**

正月三日、実朝、鶴岡八幡宮に参詣。火事の騒ぎに、四時間後再び参詣。十二日、的始め。二十二日、鶴岡八幡宮参詣。帰って後、二所精進を始める。二十八日、二所権現に進発。二十九日、箱根・三島社等に奉幣。二月一日、伊豆山権現に参詣。三日、夕方二所権現より帰着。安藤景盛の饗応により御所で酒宴。同日、内裏詩歌合。四日、気分のすぐれぬ（二日酔か）実朝に、栄西、茶を進め、茶徳を称えた書を献ずる。十日、坊門忠信、蹴《け》鞠《まり》の書一巻を実朝に送る。十四日、杜戸《もりと》の浦で遊ぶ。小笠懸あり、月の出を待ち、孤舟に棹さして由比の浜より帰還。二十三日、鶴岡八幡宮参詣。三月九日、夕方永福寺に出かけ桜を見物。北条泰時・二階堂行村・東重胤《しげたね》・宮内公氏随従。四月十五日、延暦寺衆徒、園城寺を焼く。十八日、大倉新御堂供養について御所で評議あり。実朝は導師として京都の高僧を招きたい意向であったが、往還に際しての万民の煩いを理由に、大江広元ら反対。二十七日、実朝、北条時房の三位所望に対し、将来の実現を約束。五月七日、園城寺堂舎僧房の修造を大内惟義《これよし》らに命ずる。二十八日、鶴岡宮で祈雨の祈禱を行う。六月三日、祈雨のため栄西を招き、『法華経』を転読させる。五日、実朝懇祈の結果か降雨あり。七月二日、内裏歌合。二十七日、大倉の大慈寺供養に政子・実朝出席。導師は栄西。八月十五日、鶴岡八幡宮放生会。実朝参詣。十六日、鶴岡宮参詣。二十九日、八月十六日に行われた後鳥羽上皇秋十首歌合を、飛鳥井雅経が書写し実朝に進上。実朝、これを賞玩。九月十三日、東北院職人歌合。二十二日、実朝、二所詣のための精進を始め、二十九日、二所に進発。北条義時供奉。三十日、月卿雲《げっけいうん》客妬《かくと》歌合《かあわせ》。十月二日、実朝二所より帰着。義時は相模の国一宮への奉幣使として逗留し、三日に参着。十一月十三日、和田義盛の残党が、頼家の息、栄実を将軍とし、叛逆を企てる風聞あり。大江広元の在京の家人が襲撃し、栄実自殺。十二月四日、由比の浜・若宮大路に火災あり。十日、実朝、永福寺一切経会に出席。十七日、平宗盛の家人源則種、幕府仕官を望み、歌人でもあったため許される。

建保三年（一二一五）　**二十四歳**

正月一日、実朝、鶴岡八幡宮に参詣。六日、北条時政、七十八歳で没。七日、実朝、鶴岡八幡宮参詣。十一日、若宮の辻で火災あり。二十五日、持仏堂で文殊像を供養。三月三日、鶴岡宮に参詣。五日、横須賀に花見に出かける。義時・広元らこれに従う。十三日、法華堂で仏事を修する。二十日、京に進める貢馬を役人に用意させ、その選定は実朝自身が行うことに決定。四月一日、鶴岡宮に参詣。二日、甘縄《あまなわ》神宮・日吉《ひえ》別宮に参詣。十八日、在京御家人の洛中《らくちゅう》守護不法を戒める書状を送る。五月五日、鶴岡八幡宮臨時祭。実朝参詣せず、広元代参。十二日、証菩提寺に内密に参詣。六月五日、実朝の帰依をうけた寿福寺の長老栄西没、享年七十五。源親広を使者として臨終に見舞わせる。十一日、月卿雲客妬歌合。七月六日、坊門忠信、六月二日の『後鳥羽上皇四十五番歌合』一巻を、上皇の命令によって実朝に贈る。八月十日、実朝、軽く病み、御所で祈禱。十五日、鶴岡宮の放生会に詣ずる。十六日、鶴岡宮には参宮せず、馬場の桟敷で流鏑馬《やぶさめ》を見る。広元代参。十九日、鎌倉に地震あり。この日以降十月二日ごろまで地震多発。二十一日、午前十時ごろ、鷺《さぎ》が御所西侍の上に群集するという怪事あり。さらに、午後二時ごろ地震。二十二日、前日の鷺の怪異に対する占いにより、実朝、御所を去り、北条義時の邸に入る。二十五日、鷺の怪により、安倍親職らの陰陽師、御所で百怪祭を行う。九月九日、鶴岡宮の神事に出席。十三日、内裏狂歌合。同日、藤原道家家百首。二十一日、連日の地震のため、三万六千神祭・地震祭の祈禱を行う。十月一日、義時、実朝に桑糸五十疋を贈り、実朝、近従の者に分ち与える。十一月五日、御牧の馬を見物の後、人々に分与。夜、庚申《こうしん》歌会あり。八日、実朝、義時邸より御所に帰る。二十一日、午後十時ごろ、太白哭星第二星を犯す天変を見る。二十四日夜、和田義盛以下の死者群参の夢を見る。二十五日、昨夜の夢により幕府で仏事を修する。この月ごろ、内裏名所百首。十二月十六日、連日にわたる天変のため、天文師、将軍に謹慎したほうがよいとの勘文を捧げる。北条義時らも、善政を興し、佳運長久の術を廻らされるべきことを実朝に勧める。三十日、天変のため祈禱を行う。

建保四年（一二一六）　**二十五歳**

正月十三日、実朝、鶴岡八幡宮に参詣し、帰還後、御台所参詣。十五日、江の島明神の託宣どおり、海変じて道路となる。実朝、三浦義村にその霊地に赴かせる。二十八日、持仏堂の本尊（運慶作の釈迦像）の供養を行う。二月一日、祈禱勤仕の鶴岡宮供僧良喜に馬を贈る。二十三日、実朝、二所に進発し、二十七日に帰着。三月三日、鶴岡宮一切経会。実朝は出席せず、北条時房代参。五日、頼家の息女、竹の御方（十四歳）、実朝の猶子として、御所に来て御台所と対面。十四日、御台所の父、坊門信清没、享年五十八。十六日、御台所、江の島に参詣。十八日、『拾遺愚草』（第一次本）成立。二十五日、父信清の薨逝《こうせい》により、御台所、信濃守行光の山荘に移る。四月八日、寿福寺参詣。九日、常の御所南面で、終日諸人の愁訴を聴断。十一日、藤原有家没、享年六十二。十九日、御台所、亡父の三十五日仏事を修する。五月十日、御所持仏堂に七条薬師像を安置し供養。十三日、法華堂で仏事を修する。十八日、七仏薬師法結《けち》願《がん》。二十四日、山ノ内の辺を巡覧。六月八日、東大寺大仏を造った宋人、陳和卿参着。十五日、実朝、陳和卿を御所に呼んで対面。二十日、実朝、権中納言に任ぜられる。閏六月八日、蓮胤《れんいん》鴨長明、六十二歳で没。九日、内裏百番歌合。二十日、実朝の帰依していた僧公胤没、享年七十二。七月十九日、御台所、寿福寺で于蘭盆会《うらぼんえ》を修する。二十日、実朝、左近衛中将を兼ねる。二十九日、法印忠快、実朝臨席のもと、相模川で六字河臨の法を修する。八月十五・十六日、実朝、鶴岡八幡宮放生会に参宮。十九日、御台所御所に入る。二十二・二十四日、内裏歌合。九月十八日、北条義時、大江広元を呼んで、実朝の任大将希望について諫言《かんげん》することを頼む。二十日、広元、北条義時の使者として御所に参上し、大将昇進の希望を諫《いさ》める。十月五日、諸人の庭中言上を聞く。二十九日、鶴岡八幡宮北斗堂で一切経供養。実朝・御台所、同車出席。十一月十二日、鶴岡八幡宮の神事に出席。中納言中将昇進につき拝賀の儀を行う。二十三日中納言着任後の直衣《のうし》始め。二十四日、前生の住所、医王山参拝のため渡宋を企て、北条義時らの反対を押しきって唐船修造を陳和卿に命じ、随従の者六十余人を定める。十二月一日、諸人の愁訴の渋滞につき、それらを、年内に片付けるよう奉行人らに命じる。十三日、法華堂で仏事を修する。二十三日、橘公業《きんなり》、実朝に愁訴し、実朝の同情を引く。二十五日、小笠原長清の申請で、頼朝の菩提を弔うため、甲斐の国（山梨県）の堂舎を御願寺とする。

建保五年（一二一七）　二十六歳

正月一日、実朝、鶴岡八幡宮に参詣。十一日、御所の辺り焼亡、御台所の乳母・源仲章らの家焼失。二十二日、鶴岡宮参詣、ついで二所精進を始める。二十六日、二所に奉幣のため進発。義時供奉。二月二日、二所より帰還。八日、実朝、鶴岡宮の神事に参宮。三月三日、鶴岡宮一切経会。泰時奉幣使。十日、永福寺で観桜。御台所同車。この後、二階堂行村の家で和歌会あり。四月三日、鶴岡宮に参宮。十四日、後鳥羽院庚申五首和歌会、連歌会。十七日、陳和卿の渡宋船完成し、実朝・義時の見守るなか、由比の浦で進水を試みる。船、浮ばず帰還。船は砂浜で朽損。二十日、北野社歌合。五月十一日、鶴岡八幡宮別当三位僧都定暁没。十二日、実朝、所領係争についての寿福寺長老行勇の口利きをたしなめる。行勇、泣いて寺に帰り、門を閉じる。十五日、実朝、寿福寺に赴いて行勇を慰め、法談あり。二十日、紀康綱の所領についての愁訴、詠歌により許可される。二十五日、持仏堂で文殊像供養。大江広元の反対を押し切って、導師行勇に年来所持の牛玉（牛の腹中にできる玉）を布施として贈る。二十七日、和田義盛以下の所領拝領の者に、神社・仏寺を以前どおり振興させることを命ずる。六月二十日、公暁、園城寺より下着。鶴岡八幡宮別当に補せられる。二十一日、神籬《ひもろぎ》の祓《はらえ》を始める。この月、定家、百番自歌合を改訂。七月二十六日、後鳥羽院の病気見舞の使者として、二階堂行村を上京させる。二十八日、荒馬三百三十頭を上皇に献上。八月十五日、鶴岡宮放生会に参宮。帰還後、庚申和歌会。同日、右大将源通光《みちてる》歌合。十六日、鶴岡宮に参詣。政子・御台所、流鏑馬・競馬等を見物のため馬場の桟敷に出席。九月四日、大風により鎌倉中の家屋、大略倒壊する。十三日、実朝、海辺の月を見るために三浦に赴く。三十日、永福寺舎利会に、政子・御台所とともに出席。今月、藤原道家家歌合。十一月十日、大江広元、重病のため出家。法名覚阿。実朝、結城朝光を使者として見舞わせる。十一日、公暁、鶴岡八幡宮別当職に補せられて以後初めて神拝。宿願により、同日以後一千日鶴岡八幡宮寺に参籠《さんろう》。十九日、四十番歌合。十一月四日、内裏歌合。十二月二十四日、右京権大夫北条義時、十二日に陸奥《むつ》守を兼ね、本日御所に参賀。二十五日、実朝、方違《かたたがえ》のため永福寺内の僧房に赴く。終夜続歌《つぎうた》御会。翌日、未明に帰り、衣二領・歌一首を僧房に残す。

建保六年（一二一八）　二十七歳

正月十三日、実朝、鶴岡八幡宮参詣。権大納言に任ぜられる。二月四日、政子熊野権現参詣のため上京。北条時房随従。十日、実朝大将所望の件で、大江広元、使者を京に送る。十二日、波多野朝定、左大将所望の使者として上京。十四日、二所詣に進発。十九日、二所より帰還。三月六日、実朝、左近衛大将・左馬寮御監となる。十六日、波多野朝定、京都より除書（任官の目録）を持参し下着。今度の使節の忠を賞し、朝定に剣を贈る。二十三日、勅使中原重継左馬寮御監の宣旨状を持参し、御所に参上。実朝、対面し、馬二頭を引出物とする。重継、翌日帰京。実朝、鞍・馬三頭、砂金百両を贈る。四月七日、東重胤《しげたね》を使者として千葉介成胤を見舞わせる。成胤は十日に没。二十九日、政子、京より帰還。五月五日、政子の上京に随従し、前日下着した時房を呼び、後鳥羽院御所の鞠会に参加した感激を聞く。六月二十日、実朝任大将拝賀の料として院が調進した調度を搬入するための勅使、藤原忠綱下着。二十一日、実朝、忠綱に対面。二十七日、実朝、任大将拝賀神拝のため鶴岡八幡宮に参詣。政子・御台所、車を橋の西に立てて見物。七月一日、勅使忠綱、帰洛。実朝、鞍馬三頭以下の餞別を与える。八日、実朝、左大将の直衣始めのため、鶴岡八幡宮に参詣。随兵の行列の左右について譲り合う長江明義・三浦義村に対して、年齢に従い、老年の明義を左、義村を右にと、明確な判定を下す。八月十三日、中殿和歌御会。十五・十六日、実朝、鶴岡放生会のため参宮。二十日、実朝、蔵人左衛門尉大江時広が、禁中奉行のため上京しようとするのを、鎌倉を軽んずるものとして不快とする。翌日、時広、北条義時に泣く泣く訴え、義時のとりなしで、実朝、上京を許す。九月十三日、明月の夜、御所で和歌会あり。一条信能・泰時ら七、八人出席。和歌披講の最中、鶴岡宮宿直人と児童・若僧らとの争いが起り、鶴岡八幡宮騒動。十四日、昨夜の狼藉を糺明し、宿直人を停止し、騒ぎの張本人、駒若丸（三浦義村の子）の出仕をとどめる。十月九日、実朝、内大臣に任ぜられる。同月、道助法親王五十首。十一月五日、佐佐木広綱の京都からの書状（十月十五日の日吉社御幸に供奉し、刃傷《にんじょう》沙汰を起した童を射留め、勧賞にあずかった旨を記す）に感じ、近江の国松伏別府を広綱に与える。二十七日、下総の国海上《うなかみ》の庄に下向して久しく帰参しない東胤行《たねゆき》に、早く参上せよとの書状と歌一首とを送る。十二月二日、実朝、右大臣に任ぜられる。同日、北条義時、霊夢によって草創の大倉新御堂に薬師如来像を安置し、供養する。五日、公暁、鶴岡八幡宮寺に参籠し、退出せぬまま祈請。除髪しないため、人々怪しむ。同日、白河義典を伊勢太神宮に奉幣のため進発させる。二十日、政所《まんどころ》始め。二十一日、大臣拝賀のための調度を後鳥羽院から下賜され、到着。

建保七年・承久元年（一二一九）　**二十八歳**

正月八日、御所心経会。二十三日、実朝の大臣拝賀に随従のため、坊門大納言忠信以下の公卿・殿上人下着。二十四日、忠信、幕府に来訪、妹の御台所に対面。実朝、忠信に馬を贈る。二十七日、夜に入って雪降り、積雪二尺余り。実朝、右大臣拝賀のため、午後六時ごろ鶴岡八幡宮へ出発。宮寺の楼門を入った時、北条義時、体の具合が悪くなり、御剣の役を源仲章に譲って退出。夜陰、神拝終って退出する時、公暁、石橋の際《きわ》にうかがい、父頼家の仇と叫んで実朝を襲撃、殺害。公暁、実朝の首を持ち、後見の備中阿《あ》闍梨《じゃり》の雪ノ下北谷の家に入る。食事の間、実朝の首を片時も放さなかったという。公暁、使者を三浦義村に送るも、義村は北条義時に報告し、公暁を殺せとの命に、長尾定景らを公暁のもとに遣わし、途中で遭遇した公暁を殺させる。実朝出立の時、変異多く、広元は束帯の下に腹巻を着用することを勧めたが、源仲章の反対で実行されなかった。また宮内公氏が理髪のため伺候したところ、実朝は鬢髪《びんぱつ》一筋を抜き、記念として公氏に賜り、禁忌の歌一首を詠んだ。さらに南門を出る時にも、鶴岡八幡宮の鳩が鳴き騒ぎ、車から降りる際、剣を突き折ったという。二十八日、実朝の死去を都へ報告するため、加藤次郎を使者とする。御台所、落飾。源親広ら御家人百余人、出家。午後八時ごろ、実朝を勝長寿院の傍に葬る。首の所在が不明で五体が揃わないため、公氏に賜った鬢髪を頭の代用として、棺に納める。二月九日、加藤次郎、京より帰参。実朝暗殺の報に京中驚愕し、後鳥羽院の禁制で静まった旨を報告。十三日、政子の命により、二階堂行光を使者として、六条宮・冷泉宮二皇子のうち、いずれかを関東将軍として下向させてほしい旨、後鳥羽院に奏請するべく上京させる。三月九日、後鳥羽院の使者藤原忠綱、政子の邸に参上し、実朝の死を院がひどく嘆息されたよしを伝え、次に義時に面会し、摂津の国（大阪府西北部と兵庫県南東部）長江・倉橋両庄の地頭を改補すべきことなどの院宣を伝える。七月十九日、左大臣藤原道家の子頼経（二歳）、後の第四代将軍として関東に下向。十二月二十七日、政子、実朝の冥福のため勝長寿院の傍に五仏堂を造り、供養。

初句索引

一、この索引は、本書の収録歌七五七首を、初句（第一句）によって検索する便宜のために作成したものである。
一、本文の表記にかかわらず、すべて歴史的仮名づかい平仮名表記で五十音順に配列した。
一、初句を同じくする歌が二首以上ある場合は、まず初句を掲げ、次に第二句を掲げて区別した。一字分下げて、—を付した見出しが第二句である。なお、第二句までが同じ場合は、さらに一字下げて第三句を示した。
一、各行行末の漢数字は、本文各歌頭の歌番号と一致する。

あ

あかつきの
—しぎのはねがき　四五六
—つゆやいかなる　四五五
—ゆめのまくらに　五三〇
あきかぜに
—なににほふらむ　一八一
—なびくすすきの　三七九
—やまとびこゆる　三二四
—よのふけゆけば　一七三
あきかぜは
—あやななふきそ　一九六
—いたくなふきそ　一八三
—ややはださむく　二〇三
あきたけて　二四五
あきたもる　二三〇
あきちかく　一五〇
あきならで　一八四
あきのたの　六九九
あきののに　四六〇
あきのの
—あさぎりがくれ　三七三
—はなのちぐさに　四〇九
あきのよの　二〇九
あきはいぬ　二七五
あきはぎの
—したばのもみぢ　二五四
—したばもいまだ　一八九
—はなのすすき　三八一
—むかしのつゆに　二五三
あきははや　一六一
あきふかみ
—すそのまくず　四五九
—つゆさむきよの　二〇六
あきもはや　五一九
あきをへて　二〇〇
あさがすみ　三
あさきよめ　六六七
あさぢはら
—あだなるしもの　四七三
—あとなきのべに　四七二
—つゆしげきにはの　二〇八
—ぬしなきやどの　五六〇
—ゆくへもしらぬ　四三
あさなあさな　一九二
あさぼらけ
—あとなきなみに　六〇五
—をぎのうへふく　一七五
あさまだき　二五三
あさみどり　二四
あしがもの　三八八
あしのはは　三〇七
あしのやの　三九四
あしびきの
—やまとびこゆる　二三五

―やまにすむてふ　六八七
―やまのをのへに　三七三
―やまほととぎす
　―こがくれて　一二五
　―みやまいでて　一二七
―やまよりおくに　五八三
あだしのの　三八〇
あだびとの
―あだにあるみの　五五四
―ことのはなれや　七三〇
あづさゆみ　五八七
あづまぢの
―さよのなかやま　七〇一
―せきもるかみの　七二〇
―みちのおくなる　四三五
―みちのふゆくさ　二八八
あはぢしま　三九一
あはれなり　五六五
あはれまた　七三七
あひおひの　七一四
あふことの　四八八
あふことを　四二四
あふさかの
―あらしのかぜに　五四六
―せきのせきやの　五四七
―せきのやまみち　五三三
―せきやもいづら　四四二
あふひぐさ　六五三
あまごろも　四二八
あまざかる　七五五
あまのがは
―きりたちわたる　一六八
―みなわさかまき　一六四
あまのとを　三二一
あまのはら
―かぜにうきたる　四〇四
―くもなきよひに　一七三
―そらをさむけみ　二九三
―ふりさけみれば
　―つききよみ　二一〇
　―ますかがみ　二一七
あめつちの　七四七
あめのした　七五四
あめふると　四七
あやむしろ　七五三
ありあけの　一三八
あれにけり　四六七
あをによし　四一
あをやぎの
―いともてぬける　二六
―いとよりつたふ　六六五

い

いかにして　五三七
いくかへり　六四八
いしばしる　四四三
いせしまや　三九〇
いせのうみや　二一四
いそのかみ
―ふるきみやこは　五九四
―ふるのたかはし　四四〇
いそのまつ　五八六
いづかたに　一一四
いづくにて　六〇〇
いづのくに　六四三
いづみがは　六七三
いつもかく　五六九
いでていなば　七一七
いとはやも　一一〇
いとほしや　六〇八
いにしへの
―かみよのかげぞ　六五七
―くちきのさくら　五四八
いにしへを
―しのぶとなしに
―いそのかみ　五九三
―ふるさとの　一三九
いはがねの　五三二
いはくぐる　一四七
いはにむす　三六五
いはねふみ　六二五
いはのうへに　七一〇
いまいくか　一〇〇
いまこむと　四二六
いまさらに
―なにをかしのぶ　四一五
―わがなはたたじ　六八五
いましはと　五四
いまつくる
―くろきのもろや　七一六
―みわのはふりが　六五二
いまはしも　一七一
いまよりは　六七五
いろをだに　六九七

う

うきしづみ　四四五
うきなみの　三八九
うぐひすは　三七
うたたねの　一四〇

うちたえて　六二七
うちつけに　三三〇
うちなびき　六
うちはへて　一五七
うちわすれ　五八二
うつせみの　五四九
うつつとも　六一〇
うづらなく　五五八
う（む）ばたまの
—いもがくろかみ　二九
—このよなあけそ　三五一
—よはふけぬらし　二一八
うばたまや　六二一
うはのそらに　四三三
うめがえに　一一
うめがかは　一七
うめがかを　一五
うめのはな
—いろはそれとも　三
—さけるさかりを　四〇
—それかあらぬか　七二七
うらみわび　六九五

お

おいぬれば　五八〇
おいらくの　三四七
おきつしま　五〇八
おきつなみ
—うちいでのはまの　五〇四
—やそしまかけて　七〇四
おくやまの
—いはがきぬまに　四九〇
—いはねにおふる　三一八
—こけのころもに　六五〇
—こけふみならす　四〇三
—すゑのたつきも　四九一
—たづきもしらぬ　四〇二
おしなべて　三二
おとにきく　四五
おとはやま　三〇三
おのがつま　四四
おのづから
—あはれともみよ　一〇三
—さびしくもあるか　三三九
—われをたづぬる　五九一
おほあらきの　四九六
おほうみの　六四一
おほかたに
—はるのきぬれば　二二
—ものおもふとしも　一八五
おほきみの　六六一
おほさはの　二八九
おほはらや　五六三
おもひいでて
—むかしをしのぶ　五六一
—よるはすがらに　五九六
おもひいでよ　七〇五
おもひきや　四五〇
おもひたえ　四七九
おもひのみ　四九三

か

かかるをりも　六三四
かきくらし　四
かきつばた　一四八
かくてなほ　二三一
かくてのみ
—ありそのうみの　五〇五
—ありてはかなき　六〇九
かくれぬの　三九五
かささぎの　三七六
かすがのの　九
かずならぬ　四二〇
かぜさむみ　二九八
かぜさわぐ　五〇
かぜふけば
—なみうつきしの　六六八
—はなはゆきとぞ　七
かぜをまつ
—いまはたおなじ　四六一
—くさのはにおく　一九〇
かぞへみば　七三四
かたしきの
—ころもでいたく　五二九
—そでこそしもに　三〇〇
—そでもこほりぬ　三〇一
かちびとの　五九二
かづらきや
—たかまのさくら　四六
—たかまのやまの　一二六
—やまをこだかみ　三四五
かはづなく　七三一
かみかぜや　六五九
かみつけの　六四七
かみといひ　六一八
かみなづき
—このはふりにし　二一七
—しぐれふるらし　二八〇
—しぐれふればか　二八一
—またでしぐれや　二六五

かみまつる　六六九
かみやまの　四〇三
かもめゐる
—あらいそのすさき　五一〇
—おきのしらすに　六二三
からころも
—いなばのつゆに　二三三
—きなれのさとに　六九〇
—すそあはぬつまに　六九六
かりがねの　五六
かりがねは　二二六
かりなきて
—あきかぜさむく　二〇四
—さむきあさけの　二六一
—さむきあらしの　二六三
—ふくかぜさむみ　二六〇
かりのゐる
—かどたのいなば　三一八
—はかぜにさわぐ　三八三
かれはてむ　六八四

き

きえかへり　四六二
きえなまし　四三
きかざりき　一二
きかでただ　四八一
ききてしも　六一二
きのふこそ　一五五
きのふまで　一五二
きみがよに
—くらぶのやまの　七四九
—なほながらへて　六六〇
きみがよは　三五九
きみがよも　三六九
きみならで　七四〇
きみにこひ　四〇七
きみにより　五〇三
きりぎりす
—なくゆふぐれの　一九八
—よはのころもの　二五八
きりたちて　一五六

く

くさふかき　五四〇
くさふかみ　四六五
くさまくら
—たびにしあれば
—いもにこひ　七〇〇
—かりこもの　五一三
くもがくれ　三七八
くものゐる
—こずゑはるかに　二三七
—よしのたけに　四四七
くもふかき　三三六
くらゐやま　三五六
くれかかる　一九九
くれてゆく　二七〇
くれなゐの　六三三
くろきもて　三六二

け

けさきなく　二六四
けさみれば　一
けふもまた
—はなにくらしつ　四八
—ひとりながめて　四八九
けふゆきて　七二六

こ

こがくれて　三七五
こがねほる　四八七
こけのいほに　二四〇
こけふかき　四三四
ここのへの
—くもゐにはるぞ　二
—くもゐをわけて　二三〇
こころうき　九二
こころをし　四三八
ことしげき　五五五
ことしさへ　九一
こぬひとを　四五三
このねぬる　一六
このはちり　二七八
このはちる　二六七
このもとに
—やどりはすべし　五二
—やどりをすれば　五三
このもとの　五一
こひこひて　一六九
こひしとも　七〇六
こむとしも　四二五
ころもでに　二九七
こゑたかみ
—かはづなくなり　六六六
—はやしにさけぶ　二〇一

さ

さきしより　六六四
さきにけり　七四
さくらばな

—うつろふときは　七六
—さきちるみれば　六八
—さきてむなしく　九三
—さくとみしまに　八四
—さけるやまぢや　九四
—ちらばをしけむ　六四
—ちらまくをしみ　六三
—ちりかひかすむ　八五
さけばかつ　六六
ささがにの　一七六
さざなみや
—しがのみやこの　八九
—ひらのやまかぜ　二四三
ささのはに　六七八
ささのはは　三三五
さつきまつ　一三一
さつきやま
—おぼつかなきを　六七二
—こだかきみねの　一三八
—このしたやみの　四〇一
さつきやみ
—おぼつかなきに　一四四
—かみなびやまの　一四五
—さよふけぬらし　六七〇
さとはあれて　四六六
さとはあれぬ　六一
さとみこが　六四六
さはべより　六〇六
さほやまの　二六六
さみだれに
—みづまさるらし　一三
—よのふけゆけば　一三五
さみだれの
—くものかかれる　一三七
—つゆもまだひぬ　一三六
さみだれは　一三四
さみだれを　一四二
さむしろに
—いくよのあきを　四五二
—つゆのはかなく　四五四
—ひとりむなしく　四五一
さやまなる　七三二
さよふくる　二三八
さよふけて
—いなりのみやの　三一〇
—かりのつばさに　三八四
—くもまのつきの　三〇九
—なかばたけゆく　二四六
—はすのうきはの　一四六
さりともと
—おもひしほどに　三八
—おもふものから　五九九
さわらびの　一九
さをしかの　一九四

し

しぐれのみ　三八六
しぐれふる
—あきのやまべに　六九三
—おほあらきのの　三八五
したもみぢ　二八二
しながどり
—ゐなののはらの　五二四
—ゐなやまわかれ　七四二
しなざかる　七五一
しのびあまり　四二七
しのぶぐさ　四六八
しのぶやま　四三六
しのぶれば　六九四
しほがまの
—うらのまつかぜ　五三六
—うらふくかぜに　二一六
しらがといひ　五八一
しらくもの　四〇五
しらつゆの　一九七
しらなみの　五〇一
しらまゆみ　五〇〇
しらやまに　四四六
しらゆきの　三四四

す

すずかけの　六四九
すまのあまの　二一五
すまのうらに　三九三
すみがまの　三三九
すみのえの
—きしのひめまつ　五八九
—きしのまつふく　五六六
—まつことひさに　四七八
すみよしの
—おふてふまつの　三五八
—まつとせしまに　四七七
—まつのこがくれ　五四一
すみをやく　五七五
すむひとも　一五九

そ

そでぬれて　一三三
そでまくら　五二三
そらやうみ　六四〇

それをだに　四九七

た

だいにちの　六一七
たかさごの　五七一
たかまとの　四三
たきのうへの　七三
たけのはに　七二一
たこのうらの　一〇八
たごのうらの　五〇九
たそがれに　一八六
たちかへり
—みてをわたらむ　一〇七
—みれどもあかず　一〇三
たちのぼる　三一九
たちよれば　五四二
たちわかれ　六三九
たづねても　六三
たづねみる　五四五
たづのゐる
—ながらのはまの
—はまかぜに　三六〇
—はままつの　七〇八
たなばたに　四八二
たなばたの　一七〇
たにふかみ　七二四
たのめこし　五五七
たのめても　七二三
たびごろも
—うらがなしかる　五一七
—すそのつゆに　五一八
—たもとかたしき　五一四
—よはのかたしき　五三一
たびねする　五二五
たびのそら　五二六
たびをゆきし　六三六
たふをくみ　六一六
たまくしげ
—はこねのみうみ　六三八
—はこねのやまの　六七一
たまさかに　二一三
たまだれの
—こがめにさせる　三六三
—こすのひまもる　二〇二
たまつしま　五六七
たまぼこの　五一二
たまもかる
—ゐでのかはかぜ　一〇五
—ゐでのしがらみ　一〇六
たれすみて　三四
たれにかも　三〇

ち

ちぎりけむ　五五九
ちぢのはる　三五三
ちどりなく　二九二
ちはやぶる
—いづのおやまの　三六六
—かものかはなみ　四九八
—みたらしがはの　三六八
ちぶさすふ　三四九
ちりつもる　二八五
ちりぬれば　九〇
ちりのこる　一〇四
ちりをだに　三五〇

つ

つきかげの
—しろきをみれば　二九〇
—それかあらぬか　三七七
つきかげも　四二一
つききよみ
—あきのよいたく　二四四
—さよふけゆけば　二九六
つきさゆる　六五六
つきぞすむ　七四六
つきのすむ
—いそのまつかぜ　五七三
—きたののみやの　六五五
つきみれば　二四一
つきをのみ　二三九
つのくにの　四七六
つまこふる　二三五
つゆしげみ　五一五
つゆをおもみ　二五五
つるがをかの　七一九
つるのをか　三一三

て

てうにありて　三七〇

と

ときにより　六一九
ときのまと　五五
ときはやま　七四五
としごとの　二七三
としつもる　五七九
としふとも　四三九
としふれば
—おいぞたふれて　五八八

―さむきしもよぞ　五七七
―やどはあれにけり　三一
とにかくに
―あなさだめなの　六二〇
―あればありける　六一
とびかける　七四八
とよくにの
―きくのそままつ　五九〇
―きくのながはま　三九二
とりもあへず　三四八

な

ながつきの　二七三
なかなかに　四九七
ながむれば
―ころもでかすむ　三五
―ころもでさむし　一六三
―さびしくもあるか　三三〇
―ふくかぜすずし　七〇七
ながめこし　一一三
ながめつつ　五七
ながめやる
―こころもたえぬ　二三三
―のきのしのぶの　一七四
ながれゆく　二六九
なきわたる　二一九
なくしかの　二三四
なげきわび　六〇一
なつごろも
―たちしときより　一二〇
―たつたのやまの　一一八
なつはただ
―うつせみのよの　七三六
―こよひばかりと　一五四
なつふかき　四九五
なつふかみ　一五一
なつやまに　一四九
なでしこの　四一三
なにしおはば
―いざたづねみむ　五四四
―そのかみやまの　四九四
なにはがた
―あしのはしろく　三〇八
―うきふししげき　六〇三
―うらよりをちに　四二九
―こぎいづるふねの　五四三
―しほひにたてる　三一五
―みぎはのあしの　三八二
なみだこそ　四九九
なよたけの
―ちぢのさえだの　七二三
―ななのももぢ　七一三

に

にはくさに　二〇七
にはのおもに　四七四

ぬ

ぬししれと　六八〇
ぬれてをる　二五六

の

のとなりて　一六〇
のべにいでて　一七九
のべみれば　二五七
のべわけぬ　五一六

は

はかなくて
―くれぬとおもふを　二七一
―こよひあけなば　三五二
はぎがはな　一九三
はぎのはな　一八八
はこねぢを　六三九
はしたかも　三三七
はしるゆの　六四四
はだすすき　七五三
はつかりの　二六二
はつこゑを　一三
はつしぐれ　二七九
はつせやま　二七四
はなすすき　二八七
はなにおく　一七七
はなにより　四六三
はなをみむ　七〇
はまべなる　六三四
はみのぼる　六八二
はらのいけの　三〇六
はらへただ　三三四
はるあきは　五八五
はるがすみ　三七一
はるかぜは　一八
はるきては　五三八
はるくれば
―いとかのやまの　七三
―なほいろまさる　二三
―まづさくやどの　一四
はるさめに　五三五
はるさめの
―つゆのやどりを　九九

―つゆもまだひぬ　二八
はるさめは　五三四
はるすぎて　一一九
はるたたば　五
はるといひ　五六八
はるのきて　七九
はるのゆく　七三三
はるのよの　七二八
はるはくれど　六七
はるふかみ
―あらしのやまの　八三
―あらしもいたく　一二三
―はなちりかかる　九五
―みねのあらしに　四四八
はるまちて　六八一
はるやあらぬ　四四九

ひ

ひこぼしの　一六六
ひさかたの
―あまぐもあへり　六七九
―あまとぶかりの　三一九
―あまとぶくもの　四八五
―あまのかはらに　四八四
―あまのかはらを　一六五
―つきのひかりし　二一三
ひとごころ　七四四
ひとしれず　四三〇
ひとりぬる　二四八
ひとりふす
―くさのまくらの
―つゆのうへに　五二一
―よるのつゆは　五三〇
ひとりゆく　五五六
ひめしまの　三六一
ひらのやま　三〇五
ひろせがは　四四一
ひんがしの　六六二

ふ

ふかくさの　五三九
ふくかぜの　一五八
ふけにけり　三〇四
ふじのねの　四九二
ふぢばかま　一八〇
ふねとむる　七二八
ふゆごもり
―それともみえず　三一一
―なちのあらしの　五七四
―はるたちくらし　七二三
ふゆふかく　七三九
ふゆふかみ
―こほりにとづる　三四二
―こほりやいたく　三四一
ふらぬよも　二七六
ふりつもる　三一六
ふりにけり　三〇四
ふりにける　六五四
ふるさとと　七三五
ふるさとに　三
ふるさとの
―あさぢがつゆに　四七〇
―いけのふぢなみ　一〇九
―すぎのいたやの　四七五
―もとあらのこはぎ　一八二
ふるさとは
―うらさびしとも　三二一
―みしごともあらず　三三
ふるでらの　二七
ふるゆきを　五七六

ほ

ほととぎす
―かならずまつと　一三三
―きくとはなしに　一三一
―きけどもあかず　一四一
―きなくさつきの　四〇〇
―なくこゑあやな　一四三
―なくやさつきの　三九八
―まつよながらの　三九九
ほのほのみ　六一五

ま

まきのとを　三三五
まきもくの　三三二
まこもおふる　三九六
ませのうちに　六七六
まつかぜの　七五〇
まつのはの　八
まつひとは　四一六
まつよひの　四一八
まてとしも
―たのめぬひとの　四五八
―たのめぬやまも　四一九
まれにきて
―きくだにかなし　五二七
―まれにやどかる　五二八

み

みくまのの

―うらのはまゆふ　五〇六
―なぎのはしだり　三一二
―なちのおやまに　六五一
みさごゐる　三一七
みしまえや　三九七
みそぎする
―かはせにくれぬ　一五三
―かやのちのわに　六七四
みちすがら　六五
みちとほし　五九八
みちとほみ　四九
みちのくに　六三七
みちのくの　四五七
みちのべの　一七八
みづがきの　六四五
みづくきの　六九二
みづたまる　二五
みづとりの　五七〇
みづのおもの　七二一
みてのみぞ　五五〇
みてもなほ　七四一
みなとかぜ　七〇二
みなひとの　一三九
みにつもる　三四六
みふゆつぎ　二〇
みむろやま　二八三
みやこべに　六二八
みやこより
―たつみにあたり　七五六
―ふきこむかぜの　六二六
みやばしら　七一五
みやまには　三三三
みよしのの
―やましたかげの　七五
―やましたかぜの　二四九
―やまにいりけむ　五九
―やまにこもりし　六〇
―やまのやまもり　五八
みるひとも　二五一
みわたせば　三三四

む

むかしおもふ　二五〇
むこのうらの　五一一
むしのねも　二五九

も

もしほやく　六八六
ものいはぬ　六〇七
ものおもはぬ　四〇八
もののふの
―やそうぢがはを　三四三
―やそうぢやまの　七四三
―やなみつくろふ　六七七
もみぢばは　二六八
もらしわびぬ　四三七

や

やどにある　三六四
やどはあれて　四六九
やはたやま
―こだかきまつに　三一四
―こだかきまつの　三五五
やほよろづ　六五八
やまかぜの
―かすみふきまき　八八
―さくらふきまく　七一
やまがつの　六九八
やまがはの　四四四
やまざくら
―あだにちりにし　八一
―いまはのころの　八〇
―きぎのこずゑに　八七
―ちらばちらなむ　六九
―はなにこぼるる　七三九
やまざとに　七
やまざとは　三一六
やまさむみ　二四三
やましげみ　四三二
やましろの　四一一
やまたかみ　三三三
やまだもる　二三三
やまちかく　一一四
やまとほみ　六三〇
やまはさけ　六六三
やまふかみ　七八
やまぶきの
―はなのさかりに　九七
―はなのしづくに　九六
やらのさき　七〇三

ゆ

ゆかしくば　五五一
ゆきつもる　五七二
ゆきてみむと　八三
ゆきふりて
―あとははかなく　五三三
―けふともしらぬ　三三八
ゆきめぐり　五六二
ゆくするゑの　七〇九

ゆくすゑも　三五七
ゆくとしの　五八四
ゆくはるの　一二五
ゆくみづに　八六
ゆひそめて　六二三
ゆふされば
—あきかぜすずし　一六七
—いなばのなびく　三二七
—うらかぜさむし　三三一
—きりたちくらし　三三六
—ころもですずし　一六二
—しほかぜさむし　三一八
—すずふくあらし　三三三
—のぢのかるかや　一九一
ゆふづくよ
—おぼつかなきを　六八三
—さすやかはせの　六三五
—さはべにたてる　二八六
—さほのかはかぜ　二九一
—みつしほあひの　二九五
ゆふやみの　一三〇

よ

よしのがは　二八四
よそにても　六八九
よそにみて　一九五
よにふれば　六〇二
よのなかに　六一三
よのなかは
—おしてはなちの　七一八
—かがみにうつる　六一四
—つねにもがもな　六〇四
よもしらじ　七五七
よろづよに　三六七
よをさむみ
—うらのまつかぜ　二九四
—かはせにうかぶ　三〇二
—かものはがひに　三八七
—ひとりねざめの　六三三
よをながみ　二四七

わ

わがいほは　三一七
わがかどの　三四〇
わがくにの　五五三
わがこころ　一〇一
わがこひは
—あはでふるのの　四六四
—あまのはらとぶ　四八三
—かごのわたりの　四八六
—なつののすすき　四一四
—はつやまあゐの　三七四
—みやまのまつに　四三一
—ももしまめぐる　五〇七
わがせこを　六九一
わがそでに
—おぼえずつきぞ　四三二
—かをだにのこせ　三九
わがそでの　四一〇
わかなつむ
—いさひとまねに　七三五
—ころもでぬれて　一〇
わがやどの
—うめのはつはな　一三
—うめのはなさけり　二九
—かきねにさける　六六八
—ませのはたてに　五五二
—やへのこうばい　三六
—やへのやまぶき　九八
わかれにし　四七一
わくらばに　五六四
わすらるる　四〇六
わたつうみに　五〇二
わたつうみの　六四二
わたのはら　二三三
われいくそ　五九五
われながら　二一一
われのみぞ　五七八
われのみや　一八七
われゆゑに　六三一

を

をざさはら
—おくつゆさむみ　四一七
—よはにつゆふく　二〇五
をじかふす　四八〇
をしみこし　一一七
をしむとも　一一六
をとこやま　三五四

新潮日本古典集成〈新装版〉

金《きん》槐《かい》和《わ》歌《か》集《しゅう》

平成二十八年十月三十日 発行
令和 五 年六月二十五日 二刷

校注者 樋《ひ》口《ぐち》芳《よし》麻《ま》呂《ろ》

発行者 佐藤隆信

発行所 株式会社 新潮社

〒一六二-八七一一 東京都新宿区矢来町七一
電話 〇三-三二六六-五四一一(編集部)
〇三-三二六六-五一一一(読者係)
http://www.shinchosha.co.jp

印刷所 大日本印刷株式会社

製本所 加藤製本株式会社

装画 佐多芳郎/装幀 新潮社装幀室

組版 株式会社DNPメディア・アート

乱丁・落丁本は、ご面倒ですが小社読者係宛お送り下さい。
送料小社負担にてお取替えいたします。
価格はカバーに表示してあります。

ISBN978-4-10-620846-1 C0392

古事記　西宮一民 校注

千二百年前の上代人が、ここにいる。神々の哄笑は天にとどろき、ひとの息吹は狭霧となって野に立つ……。宣長以来の力作といわれる「八百万の神たちの系譜」を併録。

萬葉集（全五巻）　青木・井手・伊藤・清水・橋本 校注

名歌の神髄を平明に解き明す。一巻・巻第一～巻第四　二巻・巻第五～巻第九　三巻・巻第十～巻第十二　四巻・巻第十三～巻第十六　五巻・巻第十七～巻第二十

竹取物語　野口元大 校注

親から子に、祖母から孫にと語り継がれてきたかぐや姫の物語。不思議なこの伝奇的世界は、美しく楽しいロマンとして、人々を捉えて放さない心のふるさとです。

紫式部日記 紫式部集　山本利達 校注

摂関政治隆盛期の善美を、その細緻な筆に誌した日記は、宮仕えの厳しさ、女の世界の確執をも冷徹に映し出す。源氏物語の筆者の人となりを知る日記と歌集。

源氏物語（全八巻）　石田穣二・清水好子 校注

一巻・桐壺～末摘花　二巻・紅葉賀～明石　三巻・澪標～玉鬘　四巻・初音～藤裏葉　五巻・若菜 上～鈴虫　六巻・夕霧～椎本　七巻・総角～東屋　八巻・浮舟～夢浮橋

今昔物語集本朝世俗部（全四巻）　阪倉篤義・本田義憲・川端善明 校注

爛熟の公家文化の陰に、新興のつわものたちの息吹き。平安から中世へ、時代のはざまを生きる都鄙・聖俗の人間像を彫りあげた、わが国最大の説話集の核心。

山家集　後藤重郎 校注

月と花を友としてひとり山河をさすらう人生詩人、西行——深い内省にささえられたその歌は祈りにも似た魂の表白。千五百首に平明な訳注を付した待望の書。

方丈記 発心集　三木紀人 校注

痛切な生の軌跡、深遠な現世の思想——中世を代表する名文『方丈記』に、世捨て人の列伝『発心集』を併せ、鴨長明の魂の叫びを響かせる魅力の一巻。

徒然草　木藤才蔵 校注

あらゆる価値観が崩れ去った時、批評家兼好の眼が躍る——人間の営為を、ある時は辛辣に、ある時はユーモラスに描きつつ、人生の意味を鋭く問う随筆文学の傑作。

謡曲集（全三冊）　伊藤正義 校注

謡曲は、能楽堂での陶酔に留まらず、自ら読んで謡う文学。あでやかな言葉の錦を頭注で味わい、舞台の動きを傍注で追う立体的に楽しむ謡いの本。

日本永代蔵　村田穆 校注

致富の道は始末と才覚、財を遣い果すもこれ人生。金銭をめぐって展開する人間悲喜劇のさまざまを、町人社会を舞台に描き、金儲けとは人間にとって何であるかを問う。

春雨物語 書初機嫌海　美山靖 校注

薬子の血ぬれぬれと几帳を染める「血かたびら」大盗悪行のはてに悟りを開く「樊噲」——。死を目前に秋成が執念を結晶させた短編集。初校注『書初機嫌海』を併録。

平家物語（全三巻）　水原　一　校注

祇園精舎の鐘のこゑ……生命を賭ける男たちの戦い、運命に浮き沈む女人たち、人の世の栄枯盛衰を語り伝える源平争覇の一部始終。八坂系百二十句本全三巻。

古今和歌集　奥村恆哉　校注

いまもし、恋の真只中にいるなら、「恋歌」を、愛する人に死なれたあとなら、「哀傷」を読んでほしい。華やかに読みつがれた古今集は、むしろ、慰めの歌集だと思う。

土佐日記　貫之集　木村正中　校注

女人に仮託して綴り、仮名日記の先駆をなした土佐日記。屛風歌を中心に、華麗で雅びな王朝世界を詠出して、大和歌の真髄を示す貫之集。豊穣な文学の世界への誘い！

和泉式部日記　和泉式部集　野村精一　校注

恋の刹那に身をまかせ、あふれる情念を歌に結実させた和泉式部――敦道親王との愛のプロセスをこまやかに綴った「日記」と珠玉の歌百五十首を収める。

和漢朗詠集　大曽根章介　堀内秀晃　校注

漢詩と和歌の織りなす典雅な交響楽――藤原文化最盛期の平安京で編まれ、物語や軍記をはじめとする日本文学の発想の泉として生き続けた珠玉のアンソロジー。

新古今和歌集（上・下）　久保田　淳　校注

美しく響きあう言葉のなかに人生への深い観照が流露する、藤原定家・式子内親王・後鳥羽院などによる和歌の精華二千首。作者略伝をはじめ充実した付録。

建礼門院右京大夫集　糸賀きみ江 校注

壇の浦の浪深く沈んだ最愛の人。その人への思慕と追憶を、命の証しとしてうたいあげた才女。平家の最盛時、建礼門院に仕えた後宮女房右京大夫の、日記ふう歌集。

連　歌　集　島津忠夫 校注

心と心が通い合う愉しさ……五七五と七七の句による連鎖発展の妙を詳細な注釈が解明する。漂泊の詩人宗祇を中心とした「水無瀬三吟」「湯山三吟」など十巻を収録。

竹馬狂吟集・新撰犬筑波集　木村三四吾　井口　壽 校注

苦々しいつまで嵐ふきのたう——言葉遊びと洒落の宝庫である俳諧連歌は、明るく開放的な笑いに満ちた庶民の文学。室町ごころを生き生きと伝える初の本格的注釈！

閑吟集　宗安小歌集　北川忠彦 校注

恋の焦り、労働の喜び、死への嘆き——時代を問わぬ人の世の喜怒哀楽を歌いあげた室町時代の歌謡集。なめらかな口語訳を仲立ちに、民衆の息吹きを現代に再現。

芭　蕉　句　集　今　栄蔵 校注

旅路の果てに辿りついた枯淡風雅の芸境。俳諧を通して人生を極めた芭蕉の発句の全容を、なめらかな口語訳を介して紹介。ファン必携の「俳書一覧」をも付す。

芭　蕉　文　集　富山　奏 校注

松尾芭蕉が描いた、ひたぶるな、凜冽な生の軌跡。全紀行文をはじめ、日記、書簡などを年代順に配列し、精緻明快な注釈を付して、孤絶の大詩人の肉声を聞く！

日本霊異記　小泉　道　校注

仏教伝来によって地獄を知らされた時、さまざまな説話、奇譚が生れた。雷を捕える男、空飛ぶ仙女、冥界巡りと地獄の業苦――それは古代日本人の幽冥境。

伊勢物語　渡辺　実　校注

引きさかれた恋の絶唱、流浪の空の望郷の思い――奔放な愛に生きた在原業平をめぐる珠玉の歌物語。磨きぬかれた表現に託された「みやび」の美意識を読み解く注釈。

蜻蛉日記　犬養　廉　校注

妻として母として、頼みがたい男を頼みとして生きた女の切ない哀しみ。揺れ動く男女の愛憎の襞を、半生の回想に折り畳んで、執拗に綴った王朝屈指の日記文学。

落窪物語　稲賀敬二　校注

姉妹よりも一段低い部屋〝落窪〟で泣き暮す姫が貴公子に盗み出された。幸薄い佳人への惜しみない優しさと愛。そして継母への復讐。甘美な夢をささやく王朝のメルヘン！

枕草子（上・下）　萩谷　朴　校注

華やかに見えて暗澹を極めた王朝時代に、毅然と生きた清少納言の随筆。機智が機智を生み、連想が連想を呼ぶ、自由奔放な語り口が、今、生々しく甦る！

更級日記　秋山　虔　校注

光源氏につむいだ青春の夢、砕け散った夢のかけらを、拾い集めて走らせる晩年の筆……。心の寄る辺を尋ね歩いた女の一生、懐かしく痛ましい回想の調べ。

狭衣物語（上・下）　鈴木一雄 校注

運命は恋が織りなすのか？　妹同然の女性への思慕に苦しむ美貌の貴公子と五人の女性をめぐる愛のロマネスク——波瀾にとんだ展開が楽しい王朝文学の傑作。

大鏡　石川徹 校注

老翁たちの昔語りというスタイルで描かれる歴代天皇の逸話、藤原道長の権力への階梯。菅原道真の悲話や宮廷女性たちの哀歓をもまじえ、平安朝の歴史と人間を活写。

宇治拾遺物語　大島建彦 校注

誰もが一度は耳にした「瘤取り爺」や「藁しべ長者」、庶民の健康な笑いと風刺精神が横溢する「芋粥」「鼻長き僧」など、一九七編のヒューマンドキュメント。

とはずがたり　福田秀一 校注

初めて後深草院の愛を受けた十四歳の春から、様々な愛欲の世界をへて仏道修行に至るまで。波瀾に富んだ半生と、女という性の宿命を赤裸裸に綴った衝撃的な回想録。

好色一代男　松田修 校注

七歳、恋に目覚めた世之介は、六十歳にしてなお見果てぬ夢を追いつつ、女護ケ島へ船出する。愛欲一筋に生きて悔いなき一代記。めくるめく五十四編の万華鏡！

近松門左衛門集　信多純一 校注

義理人情の柵を、美しい詞章と巧妙な作劇で織り上げ、人間の愛憎をより深い処で捉えて感動を呼ぶ『曾根崎心中』『国性爺合戦』『心中天の網島』等、代表的傑作五編を収録。

■新潮日本古典集成

古事記　西宮一民
萬葉集　一〜五　青木生子・井手至・伊藤博・清水克彦・橋本四郎
日本霊異記　小泉道
竹取物語　野口元大
伊勢物語　渡辺実
古今和歌集　奥村恆哉
土佐日記　貫之集　木村正中
蜻蛉日記　犬養廉
落窪物語　稲賀敬二
枕草子　上・下　萩谷朴
和泉式部日記　和泉式部集　野村精一
紫式部日記　紫式部集　山本利達
源氏物語　一〜八　石田穣二・清水好子
和漢朗詠集　大曽根章介・堀内秀晃
更級日記　秋山虔
狭衣物語　上・下　鈴木一雄
堤中納言物語　塚原鉄雄
大鏡　石川徹

今昔物語集　本朝世俗部　一〜四　阪倉篤義・本田義憲・川端善明
梁塵秘抄　榎克朗
山家集　後藤重郎
無名草子　桑原博史
宇治拾遺物語　大島建彦
新古今和歌集　上・下　久保田淳
方丈記　発心集　三木紀人
平家物語　上・中・下　水原一
金槐和歌集　樋口芳麻呂
建礼門院右京大夫集　糸賀きみ江
古今著聞集　上・下　西尾光一・小林保治
歎異抄　三帖和讃　伊藤博之
とはずがたり　福田秀一
徒然草　木藤才蔵
太平記　一〜五　山下宏明
謡曲集　上・中・下　伊藤正義
世阿弥芸術論集　田中裕
連歌集　島津忠夫
竹馬狂吟集　新撰犬筑波集　木村三四吾・井口壽

閑吟集　宗安小歌集　北川忠彦
御伽草子集　松本隆信
説経集　室木弥太郎
好色一代男　松田修
好色一代女　村田穆
日本永代蔵　村田穆
世間胸算用　金井寅之助・松原秀江
芭蕉句集　今栄蔵
芭蕉文集　富山奏
近松門左衛門集　信多純一
浄瑠璃集　土田衞
雨月物語　癇癖談　浅野三平
春雨物語　書初機嫌海　美山靖
與謝蕪村集　清水孝之
本居宣長集　日野龍夫
誹風柳多留　宮田正信
浮世床　四十八癖　本田康雄
東海道四谷怪談　郡司正勝
三人吉三廓初買　今尾哲也